매끄러운 세계와
그 적들

매끄러운 세계와
그 적들

한나 렌 소설 이영미 옮김

엘리

차례

매끄러운 세계와 그 적들

"누가 아빠인지 어떻게 알아. 둘 다 똑같은걸."

「길모퉁이의 구멍」, R. A. 래퍼티

"유키라니…… 그게 누군데? 내 이름은 미스즈잖아?"

「멀티 히로인 신드롬」, 소어스로트

1.

찌는 듯한 더위에 잠이 깨, 커튼을 열고 창밖으로 눈 풍경을 보았다.

무성하게 우거진 정원의 푸른 초목들 위로 지금도 춤추듯 나풀나풀 떨어지는 솜털 같은 눈은 머지않아 세상을 온통 하얗게 물들이겠지. 거리는 인적이 끊겨 한산했다. 어젠 강 너머 불꽃놀이 대회를 바라보았던 유리창에 이마를 찰싹 붙이고, 나는 그 냉랭함과 적막함에 부르르 몸을 떨었다.

여름이 절정에 다다랐는데도 아침에 일어나자마자 창밖에 쌓이는 눈을 바라보는 것이 나의 일과다. 반년 전쯤 폭설 때문에 고등학교가 휴교에 들어간 적이 있었는데, 그 후로 이렇게 하는 것이

습관이 되었다. 7월이든 8월이든 기상이변으로 인해 폭설이 내릴 가능성이 절대 제로인 날은 존재하지 않게 되었고, 그래서 나는 매일 아침 창밖에 눈이 쌓이게 한다.

이대로 눈앞의 상황을 바꾸지 않는다면 실제로 겨울 그날처럼 학교를 쉴 수 있겠지만, 정말로 그렇게 한 날은 아직 네다섯 번 정도다. 결국은 '야호, 폭설이다! 오늘은 학교에 안 가도 돼!'라는 선택지를 스스로에게 보여주어 마음을 달래는 것이다. 특히 오늘처럼 숨이 턱턱 막히는 무더위 속에서 땀범벅이 되어 눈을 뜨는 아침에는 더더욱 그렇다. 말하자면 눈 구경은 아침에 이불 밖으로 빠져나올 기력을 짜내기 위한 일종의 의식인 셈이다.

잠옷을 벗고 교복으로 갈아입을 즈음에는 창밖은 온통 한여름 햇볕으로 반짝거렸고, 그래, 이불 속에 틀어박혀 평생을 보내는 것도 매력적이긴 하지만, 그럼 동아리 활동도 못 하고 방과 후에 애들이랑 놀지도 못하잖아, 하는 정도의 기특한 마음은 먹을 수 있었다.

"하즈키! 밥 식는다!"

"지금 가."

계단을 내려가 부엌으로 들어서니, 아빠는 이미 식사를 마치고 식탁 맞은편에서 잡지를 읽고 있었다. 시간 여유가 많은 것도 아니라서, 나는 아침인사도 하는 둥 마는 둥 얼버무리고 아침을 먹기 시작했다. 오늘은 된장국이 조금 짜서 다 먹은 후에 그릇을 시야에서 지우고, 딸기잼을 듬뿍 바른 토스트를 베어 물었다. 이미 절반

정도밖에 안 남았지만 디저트를 대신하기엔 이 정도가 딱 좋다. 맞은편에 앉은 엄마가 입을 열었다.

"오늘은 아빠 기일이니까 일찍 들어와야 해, 야오이."

"알았어."

아, 맞다. 사 년 전에 교통사고로 아빠가 돌아가셨지. 그런 일도 있었네. 마지막 빵 조각을 욱여넣고, 밥공기를 밥상에 내려놓자마자 일어섰다. 가방을 어깨에 걸쳐 메고 외쳤다.

"다녀오겠습니다."

"다녀와라."

"잘 다녀와."

부모님 목소리의 배웅을 받으며 나는 집에서 튀어나왔다.

아물아물 아지랑이가 피어오르는 아스팔트가 나를 맞아주었다.

30도 가까운 열기에 달궈진 언덕을 힘차게 뛰어 내려가며 기분 좋게 땀을 흘렸고, 기상이변으로 벚꽃이 흐드러진 가로수 길을 달렸다. 중간부터는 길가의 철 이른 낙엽을 바스락바스락 밟았고, 얼어붙은 수면으로 실눈을 힐끗거리며 때 아닌 눈으로 치장한 다리를 달려 다 건넜을 즈음에는 언덕 위로 학교가 보였다.

사계절의 패치워크를 곁눈질하며 학교까지의 길을 주파하는 것이 나의 룰에 가깝긴 하지만, 달릴 때는 살짝 쌀쌀한 바람이 제일 상쾌해서 자연스럽게 기온이 낮은 쪽에서 달리는 경우가 많다. 학교 근처에서 친구와 합류하기도 하고 그렇지 않기도 하고, 반 친구이기도 하고 그렇지 않기도 한 도코요나 아이나나 마코토 등과 수다를 떨며, 혼자, 각기 다른 타이밍에 학교 건물로 달려 들어간다.

"하즈킨!"

교실 문을 열자마자, 반 친구인 신도 도코요가 말을 걸었다.

"〈발트라인 6〉 대박 재밌어. 스토리, 진짜 눈물 나."

"어, 벌써 샀니?"

"응. 정식 발매일은 모레인데 도저히 기다릴 수가 없어서 오늘 아침에 줄 서서 사버렸지. 지금 학교 빠지고 맨 처음으로 세 번째 마을에 돌입하는 중."

"그럼 나도 해볼까?"

"하즈킨!"

교실 문을 열자마자, 반 친구인 도키토 아이나가 말을 걸었다.

"나 있지, 어제부로 여기저기 진 빚이 천만 엔이 넘었어."

"또 포커 한 거야? 아무리 그래도 절대 못 빌려줘, 그 정도 액수는."

"기념으로 파티라도 열까 하는데."

"거기서도 또 포커 칠 생각이잖아. 너 그러다 진짜 못 갚는다."

"야요이!"

편의점 문을 열자마자, 아르바이트 선배인 시바미네 씨가 말을 걸었다.

"모레 교대시간 좀 바꿔줄래? 데이트 약속이 잡혀서."

"어? 의대생 남자친구랑은 헤어진 거 아니었어요?"

"다른 세계랑 착각한 거 아냐? 나 삼 년째 열애 중이거든! 여기, 증거. 사진."

"으아…… 이렇게 더운데 숨 막히게……"

"무슨 말을 그렇게 해."

나는 반사적으로 창밖의 눈 풍경으로 시선을 돌린 후, 오늘 아침 제일 먼저 산 〈발트라인 6〉를 플레이한다. 과연 소문대로 스토리가 초반부터 눈물 나고 재미있다. 하지만.

나는 고개를 살짝 갸웃하며 도코요에게 묻는다.

"발트라인, 스토리는 분명 재미있긴 한데 난이도 조절이 좀 어설프지 않아?"

"스타트 캐릭터를 여자 검객으로 잡으면 밸런스가 최고야! 맞다! 깜박했어! 겐자키 선생님이 조례시간 전에 교무실로 오랬는데."

"으윽. 진짜?"

담임인 겐자키 선생님은 아나운서와 아이돌로도 활동할 만큼 다재다능하지만, 옆으로 째진 눈과 가느다란 눈썹이 좀 사나운 인상을 주어 여자 검객 소리에 문득 떠오르는 것도 무리는 아니다. 나는 내가 무슨 짓이라도 저지른 걸까 불안에 떨며 교무실로 향했다. 방에서는 담요를 들쓰고 〈발트라인 6〉의 플레이 환경을 한층 더 쾌적하게 만들었다. 만약 설교를 듣게 되면 게임 쪽에 집중하자는 속셈이었다.

겐자키 선생님은 교무실 책상에 앉아 한 손에 커피를 들고 서류를 훑고 있었다.

됐어, 상대가 알아채기 전에 이쪽에서 먼저 몸을 바짝 낮춰 "실례합니다!" 하고 큰 소리로 인사하자. 혼내기 전에 기선을 제압해 버리는 거야. 그렇게 마음을 먹었건만, 선생님은 등에도 눈이 달렸는지 이쪽을 돌아보더니 둥근 의자를 권하며 말했다.

"가케하시구나. 여기 앉아."

'혼내기 전에 기선 제압' 작전은 실패. 이제 후퇴해야 하나? 열심히 머리를 굴리고 있는데, 겐자키 선생님이 뜻밖의 얘기를 꺼냈다.

"오늘, 전학생이 와."

"아아. 그렇군요."

예상치도 못한 내용이라 너무 얼빠진 대답을 하고 말았다.

"알아보니까 예전에 이쪽에 살았던 것 같고, 너랑은 초등학교 때 붙어 다녔다고 하던데. 이쓰쿠시마 마코토. 이쪽에 살았던 그 아이, 기억나니?"

"정말요? 유치원 때부터 친한 친구였어요! 분명 아빠 일 때문에 이사 갔을 텐데?"

"꽤 오랫동안 못 만났니?"

"뭐, 관점에 따라서는 그렇죠. 오늘도 같이 등교하긴 했지만. 전학 간 후로는 삼 년 동안 한 번도 못 만났어요."

너무 놀란 나머지, 나는 마코토를 쿡 찔렀다.

"오늘, 마코토 네가 전학 온대! 그 왜, 중학교 다닐 때 전학 길지도 모른다고 했었잖아. 그래서 내가 난리를 피웠었고."

교실 창문 밖으로 동아리 후배를 큰 소리로 나무라고 있던 마코토가 이쪽을 바라보며 말했다.

"그래. 분명 그런 일도 있었지."

마코토가 새록새록 떠오르는 옛일을 그리워하듯 팔짱을 꼈다.

겐자키 선생님이 커피로 손을 뻗으며 말을 이었다.

"그래서 가케하시한테 부탁이 있어."

"네."

무슨 일인지도 모르면서 선생님의 진지한 말투에 나도 모르게 고개를 끄덕였다.

"가능한 선이면 되니까, 아니 뭐, 딱히 강요하는 건 아니야. 어디까지나 네가 그애를 어떻게 생각하느냐에 달린 거니까."

설교를 할 때면 거침이 없는 겐자키 선생님치고는 묘하게 뜸을 들이고 있었다.

"버팀목이 돼줄 수 있겠니?"

"버팀목……요?"

"전학 간 뒤로 사고를 당한 모양이야. 그것 때문에 아직도 몸에 영향이 남아 있어."

"네? 구체적으로 어떤…… 혹시, 다리?"

"그건 아니고. 본인이 반 애들한테는 말하지 말아달라고 해서 내

입으로 밝힐 순 없어. 사생활 보호 문제도 있으니까. 어쩌면 너에게는 직접 털어놓을지도 모르지."

목발을 짚거나 휠체어를 타거나 눈이 보이지 않거나, 그렇게 몸에 장애가 있는 아이가 같은 반이 되는 경우는 얼마든지 있다. 그런 거라면 굳이 이렇게 미리 말하지 않아도 모두들 도와줄 게 틀림없는데.

"너, 어딜 다친 거야?"

"글쎄, 모르겠는데. 그쪽은 보지 않아서."

마코토도 고개를 갸웃했다.

이상한 얘기다. 이시자키 선생님이나 스에히로 선생님에게 물어볼까 하고 시선을 돌렸지만, 곰곰이 생각해보니 마코토가 전학 오는 건 겐자키 선생님의 반뿐이라 의미가 없었다.

"제가 할 수 있는 일이 있다면 노력해보겠습니다. 친구니까요."

그 말에 겐자키 선생님이 고마워, 하며 고개를 숙였다. 무척 당황스러웠다.

교실로 돌아온 나는 안절부절못하며 전학생이 오기를 기다렸다. 게임이나 수다나 아르바이트에도 마음이 동하질 않았다.

조례시간을 알리는 종소리와 함께 문이 열린 순간, 나는 손님에게 건네받은 동전을 실수로 계산대에 와르르 쏟고 말았다. 겐자키 선생님을 따라 교실로 들어온 아이를 보고, 심상치 않은 위화감을 느꼈기 때문이다.

긴소매 웃옷은 대개 겨울용 교복이라 지금 입으면 너무 더울 덴데. 마코토는 어릴 때나 지금이나 늘 갈래머리인데, 전학생인 그 아이는 심한 쇼트커트라고 해도 될 만큼 머리칼을 바짝 잘랐고, 그 모양이 야무진 생김새와 어우러져 여고생이라기보다는 미소년 중학생으로 착각할 정도였다. 원래 예쁘다기보다는 멋있다는 인상이 더 앞서는 친구였지만, 지나치다는 생각이 들었다.

그러나 나는 다른 무엇보다, 군인 같은 발걸음으로 교단을 향해 걸어가는 그 경직된 표정에서 새로운 환경에 뛰어들 때의 두려움 같은 것만으로는 설명할 수 없는 묘한 느낌을 받았다.

"자 그럼, 몇몇과는 이미 아는 사이일 테지만 자기소개를—"

선생님 말씀이 채 끝나기도 전에 "이름은 이쓰쿠시마 마코토" 하고 그애가 날카롭게 말을 뱉었다.

"앞으로의 학교생활, 빌요 없이 나한테 다가오지 마."

교실은 쥐 죽은 듯이 조용해졌고 반 분위기는 싸늘해졌다. 아무래도 듣기가 거북했는지 겐자키 선생님이 자기소개를 다시 시켰고, 조례가 끝나자마자 생물 수업이 시작되긴 했지만 나들 집중할 수는 없었을 것이다. 그로부터 오십 분간 교실 안의 분위기는 이상했다.

"이들 시각세포에는 저마다 다른 역할이 있고, 긱각 추상세포, 간상세포, 양극세포라는 이름이 붙어 있어요. 그 역할의 차이와 분포에 대해서, 음, 여기서부터 시험에 나오니까 집중하세요."

나이 많은 도구 선생님의 쉰 목소리를 흘려듣는 와중에도 대부분의 반 아이들은 교실이나 복도, 통학로를 뛰어 돌아다니며 예사롭지 않은 전학생을 놓고 이야기꽃을 피우고 있었다. 조리 실습 중이던 도코요가 파운드케이크에 설탕을 터무니없이 넣는 바람에 엄청난 사태가 벌어진 것도 이 교실에서 도코요의 바로 뒷자리가 마코토였기 때문인지도 모른다.

난데없는 거부에 당황한 나는 오십 분 내내 다른 쪽을 보는 것도 그다지 내키질 않아서 쉬는 시간 종이 울리자마자 마코토에게 다가갔다. 자기 자리에서 한 발짝도 움직이지 않고, 참고서를 펼치고 앉아 있는 그애 곁으로.

주위의 시선이 나에게 쏟아지는 것을 느꼈지만, 그래서 더더욱 자연스럽게 말을 걸었다.

"와! 아까 자기소개, 엄청 터프하더라. 갑자기 그런 농담을 던지다니, 너답지 않았어."

그런데도 마코토는 나를 힐끗 쳐다봤을 뿐, 곧바로 다시 참고서로 시선을 돌렸다.

"내 말 못 들었어? 용건 없으면 나한테 말 시키지 마."

거부하는 그 말은, 나 말고도 모두가 조용히 귀를 기울이고 있던 터라 순식간에 교실 온도를 떨어뜨렸다.

"장난 아니다, 진짜."

나는 과장되게 머리를 긁적이며 애써 밝은 목소리를 냈다.

"너무 쌀쌀맞게 굴지 마, 좀. 여기서는 삼 년 만의 재회잖아? 혹시 지난달 있었던 러브레터 소동, 아직 화 안 풀린 거야?"

"가케하시."

이름이 아니라 성으로 불리자, 순간 기가 꺾였다.

"안됐지만, 난— 전학 간 후로 최근 삼 년 동안, 어떤 너랑도 만난 적이 없어."

"그랬구나. 친한 척해서 미안."

나는 한순간 얌전하게 고개를 숙였다가 "그래도!" 하며 마코토의 책상을 양손으로 내리쳤다.

"그렇다면 어떻게 지냈는지 더더욱 듣고 싶고, 그동안 쌓인 얘기도 많다는 뜻 아니겠어?"

나는 이를 드러내며 씩 웃었다. 이번에는 마코토 쪽이 살짝 움찔하는 듯했지만, 그애는 곧바로 다시 나를 노려보았다.

"용건을 말해. 용건 없으면 얘기 그만 끝내자."

"음, 그러니까, 네가 여기로 돌아왔고 다리도 다치지 않았으니까, 여기서도 들어오고 싶을 것 같아서. 육상부 말이야. 참고로 내가 지금 부주장을 맡고 있는데, 마코토의 운동신경이면 보나 마나 대회도—"

"생각 없어."

"좋았어. 그럼 당장 입회 신청서 받으러 가자. 점심시간에 학생회에 신청서 내면, 내일 방과 후부터는 운동장 연습에도 나갈 수 있어. 어, 어?"

"내 말 못 들었어? 생각 없다고 했잖아. 동아리 활동 같은 데 쓸 시간 없다고!"

쩍 소리가 나겠다 싶을 정도로 입이 벌어진 나는 가까스로 마음을 추스르고 마코토를 몰아붙였다.

"에이 설마, 농담이지? 너처럼 매일같이 몇 킬로미터씩 달리던 육상 바보가."

"뭐, 분명 그런 시절이 있었을지도 모르지."

마코토는 오늘 처음으로 웃었지만, 그것은 소름이 끼칠 정도로 차디찬 옅은 미소였다.

"내 인생엔 이제 옆길도 샛길도 없어."

2.

결국 마코토는 쉬는 시간에 몇 번이나 말을 걸어도 계속 내 제안을 거절했고, 종례가 끝나자마자 도망치듯 교실에서 나가버렸다.

부랴부랴 가방을 챙겨 쫓아갔는데, 교문을 튀어나간 순간 하마터면 문 옆에 서 있던 누군가와 부딪칠 뻔했다. 당황해 몸을 뒤로 젖히고, 떨어뜨린 가방을 집어 다시 뛰어가려는데 분위기 파악을 못 한 상대가 말을 걸어왔다.

"저어, 실례합니다. 이 학교 2학년 학생인가요?"

이십 대 중반쯤으로 보이는 호리호리하고 부드러운 느낌의 남자였다. 우리 학교 교복은 휘장 색깔로 학년을 구분할 수 있으니, 그걸 보고 나를 2학년 학생이라고 판단했겠지.

나는 "아아, 네" 하고 고개를 끄덕이며 한 발짝 거리를 두었다.

"그럼, 혹시 이쓰쿠시마 마코토 학생이 지금 어디 있는지 아나요?"

남자의 말에 나는 잔뜩 경계심을 품었다. 다시 상대를 뚫어져라 살폈다. 흠 잡을 데 없는 양복 차림이었지만, 어디 아픈 데라도 있나 싶을 정도로 얼굴빛이 창백했다. 첫 출근 날에 몸이 안 좋아진 신입사원 같았다.

"당신, 뭐야? 보호자나 아는 사람은 아니지? 스토커야?"

"아니, 아닙니다. 천만에요. 전 이런 사람이에요."

남자가 몹시 당황한 기색으로 수첩만 한 검은색 신분증을 펼치자, 얼굴 사진 아래에 이런 글자가 적혀 있었다.

'가지카와 경찰서 경장 스도 준.'

"경찰에서 왜 마코토를……?"

"음, 그러니까 그게, 일반인에게 공개하긴 좀 어려운데."

상대는 손수건으로 땀을 훔치며 망설이는 듯하더니, "할 수 없군요" 하며 주위를 두리번거리고는 목소리를 낮추고 말했다.

"이쓰쿠시마 마코토 학생은 삼 년 전 모종의 사건에 휘말려 상해를 입었는데, 가석방된 그 사건의 범인이 얼마 전에 종적을 감췄어요. 이 남자, 혹시 본 적 있어요?"

사진 속의 남자는 떡 벌어진 어깨로 보나 윤곽이 뚜렷한 얼굴 생김새로 보나 바이킹의 후손을 연상시키는 용모였고, 오른쪽 뺨에서부터 아래턱까지 칼자국 상처가 깊게 나 있었다. 마치 연극부에서 하는 전형적인 '해적' 분장 같아서 현실감이 느껴지지 않는 얼굴이었다. 한 번 보면 절대 잊을 수 없는 얼굴이기도 했다. 나는 고개를 획획 소리가 나게 가로저었다. 애당초 마코토가 그런 사건에 휘말렸다는 얘기 자체가 처음 듣는 소리였다.

"그런 놈이 도망쳤는데 왜 뉴스에 안 나오는 거죠?"

"탈옥한 게 아니고 가석방 중에 실종된 거라 전국에 지명수배를 내릴 수도 없는 상황이에요."

"마코토 주위를 경계하는 건 왜……"

"가장 노리고 있는 사람이니까요. 복역 중에도 조사하려고 했었고. 적반하장도 유분수지만 말이에요. 애초에 그 사건 때문에 이쓰쿠시마 학생이 승각장애乘覺障礙를 입었고……"

 말을 뱉고 나서야 '아차' 싶은 표정으로 변하는 모습이 너무 어수룩해 보였다. 경찰은 적성이 아닌 것 같았다.

"승각장애, 그게 뭐지?"

 당황해서 입을 막는 몸짓을 하는 그를 흘끗 보고, 나는 뒤를 돌아보며 아이나에게 사정을 설명하고 그 말에 관해 물었다.

"승각장애란 말이지, 흐음, 이제야 이해가 가네."

 아이나는 학생회실 벽에 기대 선 채 혼자 고개를 끄덕거렸다. 그러다 서랍에서 네모난 작은 상자를 꺼내어 책상 위에 내려놓았다.

"여기에 트럼프 한 벌이 있어."

아이나는 마술사처럼 능숙한 손놀림으로 상자에서 꺼낸 트럼프를 부채 모양으로 펼쳤다.

"트럼프 한 벌은 쉰네 장뿐이지만, 어쨌든 카드가 무한하게 있다고 생각해봐."

앞면으로 펼쳐진 카드는 조커 두 장을 사이에 두고, 스페이드 에이스부터 다이아몬드 킹까지 순서대로 가지런히 있었다.

"아무거나 상관없으니까 카드 한 장에 손가락을 얹어봐."

시키는 대로 하트 5 위에 손가락을 얹었다.

"그 손가락이 하즈킨의 의식. 손가락을 얹은 카드가 지금 우리가 이야기를 하고 있는 이 현실이야."

카드에 얹은 내 손가락을 들어 올린 아이나가 이번에는 클로버 킹 위로 위치를 옮기며 말했다.

"여기는 음, 예를 들어 하즈킨이 아르바이트를 하고 있어서 나랑 하즈킨의 연결고리가 반 친구 사이가 아니라 편의점 단골손님과 점원 관계인 현실이라고 하자."

아이나가 다시 내 손가락을 움직여 이번에는 다이아몬드 7 위에 내려놓았다.

"여기는 하즈킨과 내가 다른 나라에 살고 있어서 아무런 친분도 접점도 없는 현실."

이해하겠니? 하고 아이나가 묻기에 고개를 한 번 끄덕였다.

"우리는 종류가 무한한 카드 위를 왔다 갔다 할 수 있어. '밖에 비가 오는데 맞고 싶진 않아. 비가 안 오는 현실로 가자.' '할아버지가 얼마 전에 돌아가셨는데 묻고 싶은 얘기가 아직 남았어. 할아버지가 살아 계신 현실로 가자.' '사고로 손을 다쳐서 게임을 하지 못해. 사고 따윈 없었던 현실로 가자.' '요즘 자극이 부족해. 핵전쟁이 일어나서 황폐해진 현실로 가자.' 이쪽으로 갔다 저쪽으로 갔다, 모든 가능성 속에 살고 있는 자신으로 옮겨 다니며 살아가고 있어. 승각이 정상적으로 작동하는 우리는 모든 가능성을 보고, 듣고, 감촉할 수 있어."

나는 고개를 끄덕거렸다.

"그런데!"

아이나가 내가 손가락을 얹어놓은 카드를 제외한 나머지 카드를 모조리 책상 옆으로 밀어냈다.

"그 카드밖에 안 남는다면 어떨 것 같아?"

내 입에서 우웩 소리가 튀어나왔다.

"주어진 단 한 장의 카드로 승부를 볼 수밖에 없어. 나로부터 다른 나로 움직이지 못해. 딴 곳으로 시선을 돌릴 수가 없는 거야. 그 마코토한테 일어난 일은 요컨대 이런 거지."

손가락 아래 남겨진 한 장의 카드로 시선을 떨어뜨린 나는 그저 조용히 아이나의 말을 듣고 있었다.

"자기가 전학 간 적 없는 현실에서 하즈킨이랑 어떻게 지냈는지 당연히 알 수가 없고, 하즈킨이랑 만난 적 없다는 말도 사실인 거야."

"자기 인생에 옆길도 샛길도 없다는 말은 승각장애 때문에 그렇게 됐다는 의미였네."

내가 다시 몸을 돌리자, "흠, 그렇군. 승각장애란 말이지. 이해가 됐어"라며 마코토가 고개를 끄덕였다.

"지금까진 몰랐었구나."

"나는 '그 마코토'와는 교체될 수 없잖아. 눈치 못 챘지."

조금 전 아이나의 트럼프에 빗대어 말한다면, 지금 내 눈앞에 있는 사람은 분명 54장 중 53장, 혹은 무한 장에서 한 장을 뺀 나머지 무한 장을 자유롭게 오갈 수 있는 마코토다. 카드 한 벌 중 잃어버린 한 장을 눈치채지 못하는 것도 무리가 아니다.

"미안합니다. 수사기밀에 해당하기 때문에 더 이상은. 다만, 그 댁에도 연락하겠지만, 이쓰쿠시마 학생을 보면 가능하면 혼자 있지 말고 조심해서 집에 돌아가라고 전해줘요."

내가 고개를 끄덕이는 모습을 본 경관은 그제야 마음이 놓인 듯, 땀을 훔치며 몇 번이나 감사 인사를 하고 자리를 떴다.

하지만 그에게 붙잡혀 있었던 탓에 더 이상 마코토를 쫓아갈 수는 없었다. 연락처를 모르니 말을 전달할 방법도 없었다. 나는 만약을 위해 휴대전화로 선생님에게 연락을 한 후, 다시 마코토의 하곳길을 추적하기 시작했다.

그나저나, 나는 혼잣말을 중얼거렸다.

팔다리를 다치든, 시각이나 청각, 혹여 가족을 잃게 되어도, 우리는 사는 세계를 슬쩍 바꾸면 그만이다. 괴로워할 이유가 전혀 없다. 언제든 돌아올 수 있고 돌아오지 않아도 상관없다. 하지만 승각장애가 있다면 모든 '도망'이 불가능해진다.

게다가 승각장애자의 세계에서는 일어나기 힘든 일은 일어나지 않는다.

확률이 낮은 어떤 가능성이 실현된 현실을 인식할 수 없다면, 한여름에 눈을 보긴 어려울 테고 벽을 통과하는 일은 말도 안 된다. 지금까지 그런 능력이 있었던 인간에게는 괴로운 일일 것이다.

큰 사고로 다리의 기능을 잃고 말았을 때, 사고를 당하지 않은 현실이나 기적적으로 회복한 현실 혹은 치료 방법이 발견된 현실을 알지 못한다면, 선택권이라곤 없이 오직 한곳에 머물러야 한다면, 머물 수밖에 없다면, 그 마음이 어떨까?

그쯤에서 불현듯 깨달았다.

지금 이 현실에는 승각장애를 치료하는 방법이 존재하지 않는다. 그렇다면 승각장애 치료법이 존재하는 가까운 현실을 살짝 엿보고 와, 그 치료법을 마코토에게 적용하면 되지 않을까?

나는 재빨리 시선을 전환했다. 나는 소파에 앉아 있고, 나를 빙 둘러 책장이 떠 있다. 눈앞의 책장에서 책 한 권을 뽑아 펼친다. 승각장애 치료 전문서다. 무엇보다 내가 그 책의 저자다. 책장을 넘기는 즉시 무얼 적었는지에 대한 기억과 이해가 되살아난다.

그리고 다시 통학로에 있는 가케하시 하즈키로 돌아온다.

안 돼. 가져올 수가 없어.

분명 승각장애 치료법은 멀리 있는 나에게는 이미 확립된, 자명한 사실이다. 그렇지만 그 상세한 내용을 기억한 채 이곳에 돌아오는 것은 불가능하다. 이곳에서 최단거리에 있는 '승각장애 치료법이 있는 현실'인데도 이쪽과는 언어도 문자도 화학식 체계도 전혀 다르다. 그리고 직감일 뿐이지만, 기술 수준의 격차가 너무 크다. 그쪽에 있을 때는 이해가 되지만 이쪽에 있을 때는 이해할 수 없다.

가방을 품에 안은 채 눈을 감고 돌이켜봐도 그 지식을, 이해를 재현할 수 없다. 분명 중요한 어떤 도형이나 문자의 형태만이 겨우 머리에 남아 있어서 수첩 한구석에 펜으로 끄적거려보았지만, 그것이 무엇을 의미하는지 알 수 없었다.

각오를 다지고, 통학로를 따라 있는 강가에 앉았다. 그리고 가방에서 어제 새로 산 노트를 꺼냈다.

그쪽으로 가서 최대한 많은 행을 뇌리에 새기고, 이쪽 노트에 옮겨 쓰자.

보고, 돌아오고, 옮겨 쓰고. 보고, 돌아오고, 옮겨 쓰고. 마치 아무도 모르게 감춰둔 귀중한 마술 책을, 오직 기억에 의지해 훔쳐내려는 이단자가 된 기분이었다. 아니, 그보다는 훨씬 난이도가 높다.

도서관을 훔치려는 것과 같으니까. 그쪽에 있을 때 나는 안다. 이 한 권의 의학서로는 부족하니, 이질적으로 발전한 의료기술의 이론 체계를 통째로 이식하려면, 의학과 공학과 생리학 입문서, 전문서, 사전, 기술서, 치료기구 설계서, 매뉴얼 같은 것들을 대량으로 가져온 후에 이쪽에서 실제로 운용해야 한다.

왜인지 두통이 느껴지기 시작했다. 작업을 계속한 탓일까, 미션 달성이 불가능한 탓일까. 두 눈 주위를 손가락으로 몇 번이나 세게 눌렀다. 계속 앉아 있어서 허리도 아팠다.

날이 저물어 슬슬 어스름해진 탓에 글씨를 쓰기도 힘들어져 문득 고개를 들었을 때였다.

"마코토."

작은 강물을 사이에 둔 맞은편 길을, 오늘 만난 보이시한 헤어스타일의 마코토가 혼자 걸어가고 있었다.

나는 허둥지둥 노트를 가방에 욱여넣고, 어느새 검은 어둠에 삼켜지고 있는 강물 위로 발을 내딛다가, 그대로 첨벙 물속에 고꾸라지고 말았다.

"푸아."

뇌를 너무 혹사시킨 탓에 멍해졌던 것이다. 강 위를 달려 물 한 방울 묻지 않고 건너편에 도달할 수는 있다. 우연히 그게 가능한 현실을 선택하면 된다. 그러나 강 위를 달려 '저 마코토가 있는' 건너편에 도달하는 건 불가능하다. 승각장애를 입어 분리된 마코토는 단 하나의 길에만 존재하기 때문이었다.

요란한 물소리에 마코토가 나를 발견했다.

"뭐 하는 거야."

냉정한 그 말에 지지 않으려고, 몸을 일으키며 목소리를 높였다.

"너야말로 뭐 해. 일찍 갔으면서 이 시간까지 어딜 쏘다닌 거야."

"학원 다녀오는 길이야. 누구한테 걱정 들을 이유는 없어."

"그렇게는 안 되지. 경찰이 널 혼자 두지 말라고 했으니까."

경찰이라는 단어에 대한 반응인지, 마코토가 미간을 살짝 찡그린 것처럼 보였다.

"뭐라나라, 내가 휘말렸던 사건의 범인이 행방이 묘연하다는 거 같아."

"그럼, 들었겠네. 내 몸에 일어난 일."

"미안, 그렇지만―"

"알았으면! 더 이상 날 따라다니지 마."

마코토는 좀 전보다 한층 빠른 걸음으로 뒤도 돌아보지 않고 주택가 쪽으로 모습을 감춰버렸다.

혼자 일어나 몸에 들러붙은 물풀을 떼어내고 있으니 문득 옛날 일이 떠올랐다.

유치원 때, 마코토와 나는 누가 더 빠른가로 말다툼을 하다 유치원 안뜰을 세 바퀴인가 다섯 바퀴인가 돌며 경쟁한 적이 있었다. 그런데 경쟁이 과열된 나머지 마지막 바퀴에서 둘 다 코스를 벗어났고, 안뜰 연못에 빠지고 말았다. 뛰어넘을 수 있을 줄 알았던 것이다. 늘 상냥했던 유치원 선생님에게 둘 다 호되게 야단을 맞았던 그때도 옷에 묻은 물풀을 하나하나 떼어냈던가.

그때와 닮은 것 같으면서도 닮지 않은 지금.

그로부터 며칠 동안, 나는 정보 수집에 매달렸다.

육상부 연습 일정도 소화해내는 동시에 도서관에서 사건 당시 신문기사를 찾아보고 인터넷을 검색해 사건 개요는 파악할 수 있었지만, 한편으로는 왜 지금까지 이 사건을 몰랐을까 하는 의구심이 점점 쌓여갔다.

제약연구소 직원인 남자가 약품이 실린 탱크로리를 훔쳐 건물로 돌진한 사건. 연구소 직원 여럿이 부상을 당했고, 마코토가 장애를 입었다. 마코토가 그 사건에 휘말린 것은 우연이었다. 학교 수업 중 지역의 기업에서 일하는 사람을 인터뷰하는 과제가 주어진 터라 친척이 일하는 그 연구소를 방문한 것이었다. 전복된 탱크로리에서 흘러나온 약품을 온몸에 뒤집어쓴 마코토는 그 자리에서 바로 승각장애를 입고 말았다.

사건의 내용은 알아낸 한편, 마코토에게 다가가려는 시도는 좀처럼 성공하지 못했다. 나 말고도, '다른 마코토'와 친구인 반 아이들이 몇 명이나 있어서 고집스러운 그애에게 과감히 도전했지만 장렬히 전사했다. 그런데도 어느새 승각장애 소문은 날개 돋친 듯 퍼져서, 마코토가 이렇게 변한 이유는 분명 실패할 수 없는 인생을 살기 위해 공부에 집중하기로 결심했기 때문이라는 공통인식이 형성되어갔다.

"그래도 여전히 아깝고, 이해가 안 가요."

나는 운동장에 흰 줄을 그으면서 육상부 주장에게 말했다.

"나보다 호리호리해서 육상에 적합한 체형이고, 나만큼이나 달리기를 좋아했는데."

동시에 비슷한 질문을 던졌더니, 도코요는 "하긴, 인생의 백업 데이터가 사라지면 괴롭겠지" 했고, 아이나는 "남겨진 하나의 자신에게 불만이 있는 거 아닐까? 가족이라든가 환경이라든가" 했고, 시바미네 씨는 "남사 문제야. 남자한테 '근육 있는 여자는 싫다'는 말을 들은 거지" 했다.

그리고 육상부 주장은 오랜 생각 끝에 이런 대답을 내놓았다.

"그랬던 애가 그렇게나 변했다면, 역시 그 제약연구소 사건인가에 트라우마 같은 게 생긴 게 아닐까?"

3.

지도를 보면 이곳이 도도제약의 제2연구동인 건 틀림없다. 그러나 벽면 한 부분이 움푹 들어가 있어 저기에 간판이 달려 있었겠구나 추측할 수 있는 정도일 뿐, 접이식 출입문은 굳게 닫혀 있었다. 경비원이 상주했던 곳인지, 바로 안쪽에 보이는 출입관리실에는 사람이 보이지 않았고 주차된 차도 없었다. 암회색 건물로 눈을 돌리자 몇몇 유리창 너머로 텅 빈 실내가 보였고, 시설은 이미 사용하지 않는 게 분명했다.

아르바이트와 동아리 활동을 소화해내면서 전철에 흔들리길 몇십 분, 역에서부터 걸어서 이십 분, 나는 도착한 목적지 앞에서 팔짱을 끼고 서 있었다.

"당사자한테 묻는 게 최고긴 한데."

어쩔 수 없이 나는 나눠서 살펴보기로 한다. 눈앞의 상황을 바꿔서 〈도도제약 제2연구동〉 간판이 벽에 붙어 있는, 열린 문을 통과했다.

출입관리실에 있던 경비원이 내 얼굴을 보고 수상쩍어하는 표정을 지었다.

"이치진 슈스케가 일으킨 사건에 휘말렸던, 이쓰쿠시마 마코토의 관계자입니다. 마코토에게 부탁받은 전언이 있는데 말씀을 나눌 만한 분이 계실까요?"

내 말을 들은 경비원은 당황한 기색을 보이며 내선으로 연락을 취했다.

"네. 관리실입니다. 삼 년 전 다른 쪽에서 일어난 사건의, 피해자분의, 그…… 관계자분이 전할 말이 있다고. 아, 네. 학생입니다. 네."

경비원은 전화선 너머의 상대와 뭔가 상의를 하는 기색이더니, 이윽고 수화기를 내려놓았다.

"잠깐 기다리면 담당자가 응대해줄 겁니다. 안으로 들어가면 오른쪽에 응접실이 있습니다. 거기에서 기다려주겠습니까?"

오히려 불안감이 커질 정도로 지나치게 정중한 태도였다.

응접실로 들어가자마자 사무직으로 보이는 여자가 커피를 내왔다. 나는 쓴 걸 잘 못 먹는 터라 담당자가 나타나길 기다리며 폐허가 된 연구동 탐색을 이어갔다. 뒤쪽 출입문을 넘어 몰래 숨어들었고 운 좋게 마침 빠져 있던 창을 통해 안으로 들어갔다.

조명도 거둬진 복도, 빛이라곤 창밖에서 비쳐드는 햇빛뿐인 어스름한 복도 앞쪽에 사람 그림자가 보였다. 한순간 움츠러들었지만, 그 키와 몸집이 눈에 익었다.

"아, 형사님!"

어깨를 움찔하며 돌아본 사람은 교문에서 마주친 그 남자였다.

"아아, 이쓰쿠시마 학생의 친구군요. 깜짝 놀랐잖아요."

꽤나 놀랐는지 무척 한심한 목소리를 쥐어짜내더니, 곧이어 발작하듯 기침을 해댔다. 이 사람도 은근 성가시네.

"오래 기다리셨습니다. 이쓰쿠시마 마코토 학생의 관계자분이라고요?"

응접실로 들어온 이는 공장에서 일하는 사람인지 회색 작업복 차림의 나이 든 남자였다.

"네. 마코토의 친구인 가케하시 하즈키입니다."

나는 일어서서 인사를 했다. 현재 상황에서 내가 그 마코토의 친구라고 소개할 권리가 있는지는 잘 모르겠지만, 이쓰쿠시마 마코토의 친구인 것은 틀림없다.

"연구주임을 맡고 있습니다. 오늘은 무슨 용건으로 오셨는지?"

최소한 학생이라고 얕보는 눈빛은 아니었다. 겸손한 태도에 오히려 경계심이 짙어져 나는 신중하게 단어를 고르며 말했다.

"다른 쪽에서, 이치진 슈스케가 도주를 해 마코토를 노리고 있어요. 경찰의 추적을 교묘하게 따돌리고 있는 것 같은데 무슨 실마리가 될 만한 게 없을까요?"

"죄송합니다만, 저희 직원 일이라고는 하나 다른 쪽에서 벌어진 일이라 뭐라 드릴 말씀이……"

나는 거의 남지 않은 커피를 입으로 가져갔고, 그 동작을 하는 동안 열심히 머리를 굴렸다.

"너무 이상하잖아요. 왜 별 관계도 없는 범죄자가 마코토를 노리죠?"

"그건 이쓰쿠시마 학생이 가장 잘 이해하고 있을 텐데요. 이치진도 승각장애였으니까."

하마터면 사레가 들릴 뻔했다.

"그게 무슨 말씀이세요?"

"몰랐나요? 이쓰쿠시마 학생과 똑같은 약품이 원인이었어요. 이치진은 작업 중에 실험기구 파손사고로 약품을 뒤집어쓰고 말았죠. 불행한 우연들이 겹쳐 벌어진 결과였고, 물론 '여기'에서는 그 사고가 일어나진 않았습니다. '여기'의 이치진은 승각장애를 입지 않았으니까 범죄를 저지르지도 않았고, 작년에 일신상의 이유로 퇴직할 때까지 성실하게 일했어요."

이 사람, 어린 여학생을 상대로 말이 너무 많은 거 아닌가? 오히려 신변이 위험해질 수도 있겠다 싶어, 만약을 대비해 눈앞의 상황을 바꿔 보험을 들어두기로 했다.

"그러니까 전, 콜록, 이치진이 이 폐허에 숨어 있을 가능성을 고려해서……"

나는 아직 기침이 멎지 않은 상대에게 이렇게 말했다.

"형사님, 다른 쪽에 있는 나한테 무슨 일이 생기면 알릴 테니까 그때는 도와주세요."

"뭐, 뭐라고요?"

나는 당황한 듯한 그의 얼굴을 곁눈으로 보며 다시 응접실로 돌아왔다.

"그럼 이치진 슈스케는 자기가 승각장애를 입은 분풀이로 습격 사건을 일으킨 거네요."

피해자가 승각장애를 입었을 뿐 아니라 범인이 사건을 일으킨 계기 역시 승각장애였다면, 표면화된 보도가 적었던 것도 당연하다.

"그런데 위험하기만 한 그런 약을 어디에 사용할 생각이었죠?"

"아마 실용화되었다고 해도 마땅한 용도는 없었을 겁니다."

내 입이 넋이 나간 사람처럼 헤벌쭉 벌어졌을 것이다.

"사용할 데도 없는 약을 왜 만들어요?"

"원래 그 약품이…… K056이라는 약품 자체가 용도가 없을뿐더러 어떤 작용을 통해 승각을 정지시키는지에 대해서도 밝혀진 바가 없습니다."

어른을 상대하고 있는데도 내 머리를 쥐어뜯고 싶은 심정이었다. 자기들이 만들던 약의 용도와 정체를 모른다니. 대체 무슨 말을 하는 건지 이해가 안 됐다.

"저희 연구소는 정식 연구 진행 외에 특수약품을 분석 대상으로 삼고 있습니다."

의아해하는 내 마음을 꿰뚫어봤는지, 그가 업무 보고라도 하듯 손을 펼쳐 보였다.

"다른 쪽, 다른 현실에 있다가 이쪽에 잠깐 들른 사람이 자신의 발자취를 남기기 위해, 혹은 단순한 장난기로 이쪽에는 알려지지 않은 물질의 성분비나 화학식, 작성방법을 써서 남겨둘 때가 간혹 있습니다. 그런 연구였습니다. 우리로서는 용도도 모르고 부작용도 모르지만 그런 약품들을 생성해 동물실험을 거친 후 어떻게든 이쪽에서도 사용할 수 있게 한다, 그런 연구 말입니다."

나는 멀리 있는 세계의 의료기술을 훔쳐내려 했던 나의 모습을 떠올렸다. 나 자신이 곤란에 직면했듯이, 문명이 낮은 쪽에서 높은 쪽의 기술을 빼내 오기는 힘들겠지. 어쩌면 다른 곳으로 유출될 수 없도록 특수한 정보관리 시스템으로 통제당하고 있을 가능성도 있다.

　그러나 반대로 문명이 높은 쪽의 인간이 일시적인 기분으로 낮은 쪽에 정보를 주는 경우는 훨씬 간단할 것 같다.

"그래서 난치병 치료약이 개발된 적도 있습니다. 거의 하늘이 베푸는 은혜와 같아서, 당첨이 되느냐 꽝을 뽑느냐 하는 도박에 가깝지만 말이죠. 그리고 이번에는,"

"꽝이었다, 그런 얘기군요."

　주임은 미안해하듯 고개를 끄덕였다.

"K056의 성분비는 인터넷 게시판에 올라온 글 형식으로 찾아냈어요. 광범위하게 피질 수 있도록 남겨진 걸 보면, 우리의 '여기'에 혼란을 일으키려는 악의 섞인 장난이었을 겁니다. 만드는 데 제법 시간이 필요하기 때문에 세간에 나돌진 않았습니다만."

"상당히 위험한 정보잖아요. 저한테 다 얘기해도 되나요?"

"이쓰쿠시마 소장님께서 숨김없이 얘기하라고 지시하셔서. 곧 소장님께서 직접 오실 겁니다."

"이, 이쓰쿠시마 소장님이라고요?"

"아, 마코토 학생의 삼촌 되십니다. 이곳 소장을 맡고 계시고요."

　그러고 보니 마코토가 처음 이 사건에 휘말린 것은 사회 수업인지 자유학습인지 때문에 친척이 일하는 회사를 찾아간 게 계기였다지.

　바로 그때, 문을 노크하는 소리가 들렸다.

"아, 마침 오시는군요."

안쪽의 대답을 기다리지 않은 채 문을 열고 굼뜨게 들어오는 인물을 보고, 나는 앉은 자리에서 벌떡 일어났다. 특수 제작이라도 했을 법하게 큼지막한 작업복을 입은 그 사람은 얼굴에 큰 상처가 있는, 얼마 전 '도주범' 사진에서 본 흉악한 그 남자였기 때문이다.

그러나 주임은 태연하게 그 남자에게 말을 건넸다.

"이쓰쿠시마 소장님, 이쪽이 마코토 학생의 친구인 가케하시 학생입니다."

"처음 뵙겠습니다, 소장을 맡고 있는 이쓰쿠시마입니다."

굵은 목소리와 함께 울툭불툭한 손을 내미는데, 차마 그 손을 잡을 수가 없었다. 뚫어져라 쳐다본 이름표에도 틀림없이 '소장 이쓰쿠시마 다쓰오'라고 쓰여 있었다. 머릿속에서 경보가 울렸다.

"저어, 혹시 이치진 슈스케의 사진이 있을까요?"

나의 느닷없는 요청에, 이쓰쿠시마 소장이 눈썹을 살짝 치키며 말했다.

"사진이라면 저쪽 책상에……"

주임이 책상을 뒤적여 응접실 탁자 위에 사진을 올려놓았다. 내 시선이 사진에 가 박혔다. 여러 해 전에 찍은 듯한 직원 단체사진 속에서 '이치신'이라는 명찰을 붙이고 있는 남자는, 당연하겠지만, 내가 도주범이라고 들은 그 남자가 아니었기 때문이다. 그러나 그 얼굴은 눈에 익었다.

그것은 도주범을 찾아다닌다던 형사의 얼굴이었다.

모든 걸 깨닫고, 눈앞의 현실을 바꾼 순간.

나는 내가 밧줄에 묶여 바닥에 쓰러져 있다는 것을 깨달았다.

4.

관찰하자. 침착하게 상황을 파악하자. 뒤통수에 열이 수반된 통증이 느껴졌지만 가만히 움직이지 않은 채 열심히 생각을 해본다. 전기충격기 같은 것으로 기절시킨 모양이다. 뺨에 느껴지는 울퉁불퉁 거친 감촉과 고무 제품 냄새. 좁은 공간으로 비쳐드는 햇빛. 엔진 소리와 진동. 그래, 나는 지금 자동차 뒷좌석 바닥, 고무매트 위에 널브러져 있는 게 틀림없다. 납치된 것이다, 한심하게도.

"이런 짓을 저질러놓고, 끝까지 안 잡힐 수 있을 것 같아?"

마코토의 목소리다.

"글쎄, 과연 어떨지" 하고 대답한 것은 그 형사, 아니, 형사인 척했던 도주범 이치진의 목소리였다. 태도가 돌변하지도 않았고 사람 좋아 보이는 그 말투 그대로여서 얼굴을 확인하지 않아도 알 수 있었다.

이치진이 차를 운전하고 있고, 조수석에는 마코토가 앉아 있는 듯했다. 이런 분위기라면 마코토는 묶여 있진 않은 것 같은데, 그렇다면 틈을 봐서 탈출해도……

나도 참, 바보 같긴.

밧줄에 묶여 있는 나를 두고 혼자 도망칠 리가 없잖아. 나는 인질, 거추장스러운 짐이다. 이치진은 마코토를 자기에게 복종시키기 위해 나를 노린 게 분명하다. 애초에 학교 근처에 나타난 것도 인질로 삼을 만한 대상을 물색하기 위해서였는지도. 그러다가 나라는 인질을 미끼로 마코토를 차로 유인한 게 아닐까.

이대로 상대가 원하는 대로 이용당할 수는 없다. 도움을 요청할 곳은 조금 전 그 연구소…… 아니, 훨씬 적당한 사람이 있다. 나는 차 안을 노려보며 입을 꽉 다물었다.

"도와줘! 납치당했어."

나의 큰 목소리에 컵라면 진열대를 정리하고 있던 시바미네 씨가 깜짝 놀라 얼굴을 들었다.

"나, 납치?"

"다른 쪽에서 나랑 이쓰쿠시마 마코토라는 반 친구가 납치됐어요. 자동차에 실렸고, 난 이런 식으로 온몸이 밧줄로 꽁꽁 묶여 있고."

손짓발짓을 섞어가며 말을 쏟아내는 사이, 시바미네 씨는 평상시의 맹한 표정을 굳게 긴장시키며 힘차게 고개를 끄덕였다.

"알았어. 근데 네가 잡혀 있는 곳이 어디야?"

"이치진 슈스케라는 놈이 승각장애를 구실로 범죄를 저지른 곳이에요."

"그 차가 어디를 달리고 있는지 알아?"

"해가 비치는 방향을 봐서는 동쪽으로 가고 있는 것 같아요. 신호 대기가 없으니까 고속도로일 테고. 밖이 안 보여서 모르겠지만 알아내볼게요. 알아내는 대로 다시 연락할게요!"

차 안에서는 이치진과 마코토의 대화가 이어지고 있었다.

"제발 진정하고 들어주면 좋겠어요. 학생은 날 오해하고 있어요."

"넌 습격사건과 납치사건의 범인이야. 그거 말고 뭐가 있지?"

"대부분의 사람에게는 그렇죠. 하지만 학생에게는 그렇지가 않아요."

"대체 무슨 소릴 하는 거야."

마코토는 말은 킹하게 했지만, 막상 대답이 나오기까지는 잠깐 동안 부자연스러운 침묵이 흘렀다. 이치진도 분명 그걸 느꼈을 것이다. 그가 나지막이 웃음을 흘리더니 다시 말을 이었다.

"다른 누구보다 학생 자신이 가장 잘 알 텐데. 이제 오직 나만이 학생을 이해하는 사람이니까."

"웃기는 소리 하지 마!"

"난 진지해요. 선천적으로 승각 능력이 없는 사람이야 백만 명 중 한 명꼴로 존재한다지만, 후천적으로 승각을 완전히 잃어버린 사람은 그보다 훨씬 적어요. K056의 영향으로 원치 않게 승각을 잃은 우리 정도죠. 그래서 난 학생의 고통을 이해해요."

"범죄자에게 이해받고 싶은 생각 없어."

"말이야 그렇게 하겠지만, 이쓰쿠시마 학생."

그야말로 형사가 도둑질한 소녀를 타이르듯 부드러운 말투였다.

"학생도 누군가와 이야기할 때, 상대의 눈빛이 신경 쓰이지 않나요?"

그 말에 뒤이어 흐르는 침묵에서 알 수 없는 뭔가가 느껴졌지만, 진동과 소리로 '바깥' 정보를 알아챘기 때문에 신경 쓸 겨를이 없었다.

"고속도로에서 빠졌어요. 근처에서 소방차 사이렌 소리가 들려요."

"알았어! 지금 갈게."

손님에게 복권을 건네는 내 옆에서 계산을 마치고, 시바미네 씨는 또 다른 세계의 직무로 옮겨갔다.

"학생이 뭐라 하든, 다른 누구도, 저기 쓰러져 있는 친구조차도 이해 못 해요. 이 세계에 복수할 권리가 있는 인간은 학생과 나뿐이니까."

"복수? 살인이라도 할 작정이야?"

이번에는 마코토도 지체 없이 받아쳤지만, 이치진은 한숨을 쉬었다.

"살인 따위 시시해요. 어차피 다른 인간들은 살해당할 것 같으면 의식을 다른 데로 옮겨 도망쳐버리면 그만이니까. 그보다 훨씬 적절한 보복을 할 수 있잖아요, 이것을 사용하면."

가방 같은 걸 여는 지퍼 소리. 마코토가 숨을 삼켰다. 차체가 흔들려 무언가 몇 개가 짤그랑짤그랑 소리를 내며 미끄러져 매트 위로 떨어진 것 같았다. 누워 있는 내 배 가까이로도 한 개가 굴러왔다. 싸늘한 감촉이라 무슨 병 같은 용기라는 걸 알 수 있었다.

"전부 K056이에요. 대량 생성은, 시간이야 좀 걸리겠지만 쉬운 일이죠. 승각 이외에는 아무런 피해를 주지 않고요. 해가 없다는 건 우리가 이미 증명했으니까. 한 병으로 40만 리터의 물을 오염시킬 수 있어요. 수도국 저수조나 강 원류에 대량으로 흘려보내기만 하면 돼요. 경구 섭취뿐만 아니라, 맞아요, 샤워를 하거나 세수를 하거나 수영장 물로만 써도 그 자리에서 승각 능력이 죽지요."

"이 장애를 피뜨릴 속셈이군."

이치진이 왠지 기쁜 음성으로 맞아요, 하고 대답했다.

"이 매끄러운 세계의 인간은 모두 절대적인 이상향에서 살고 있어요. 고통이나 슬픔을 느껴도 그것들이 없을 수 있는 가능성을 지니고 있고, 실제로도 언제든 그 가능성을 실현시킬 수 있죠. 사랑받지 못하면 사랑받는 현실로 가면 됩니다. 영원한 생명을 원하면 그것을 이룬 현실로 옮겨가면 되고요. 그들에게 있어, 하나의 가능성만으로 살아가야 하는 우리는 저차원 생물이고 이해할 수 없는 존재이자 공포의 대상이에요. 무엇보다 이 세계의 적들이에요."

"그건 당신의—"

순간 이치진의 기침이 마코토의 반론을 가로막았다. 한차례 기침을 쏟아낸 이치진이 목 저 아래에서 올라오는 거친 숨결을 흘리며 속삭이듯 가는 목소리로 말을 이었다.

"그렇기 때문에 우리에게는 이 낙원을 파괴할 권리가 있어요. 이 세계를 연옥으로 떨어뜨릴 자격이 있어요. 우리는 선택받은 인간이에요."

그러곤 이치진은 또다시 심하게 기침을 해댔다.

그 시끄러운 소리에 뒤섞여, 한순간 기분 탓인가 했지만, 서서히 커지며 다가오는 소리가 있었다. 이번에야말로 경찰차의 사이렌이었다.

"흠, 좀더 걸릴 줄 알았는데."

이치진이 감탄이라도 하듯 혼잣말을 흘렸다.

확성기 너머에서 차를 세우라는 경고가 들려왔지만 이치진에게선 당황한 기색이 느껴지지 않았다. 나는 더욱 경계심을 품었다. 만약 저놈이 경찰을 따돌리기 위해 나를 인질로 삼으려 들면, 내 손으로 본때를 보여주고 말겠어.

몸이 묶인 채 그나마 자유로운 손가락을 가까스로 움직여 가느다란 약병을 향해 뻗었다. 들키지 않고 끌어오기 위해서였다. 있는 힘껏 머리에 내려치면 기절시키는 정도는 가능할지 모른다.

그런데 그때, 크고 날카로운 브레이크 소리와 함께 차체가 덜컹 흔들리며 멈춰 섰다. 좌석에 머리를 부딪친 나는 새나오는 신음을 가까스로 참아냈다.

"이젠 도망칠 수 없어. 네 계획도 여기서 끝이야."

"그건 단편적인 견해예요."

놈은 나에게 손을 댈 작정일까, 마코토에게 손을 댈 작정일까. 숨을 멈추고, 모든 신경을 집중해 이치진의 움직임에 대비했다. 안전벨트를 푸는 기척이 느껴지고, 문의 잠금장치를 해제하는 소리가 들렸다.

"오히려 지금부터가 시작입니다."

그 말과 함께, 마치 집으로 돌아와 현관문을 여는 사람처럼 태연하게, 이치진이 차 문을 열고 밖으로 몸을 내밀었다. 곧바로 경찰들이 우르르 몰려들었고, 이치진이 그들에게 끌려가 바닥에 엎어지는 동안 나는 어안이 벙벙한 채 꼼짝할 수 없었다.

발트라인 레벨을 끌어올리는 사이, 나의 참고인 조사가 끝났다. 작은 조사실에서 겨우 해방되자, 문 밖에 낯익은 여자 경찰관이 기다리고 있었다.

"수고했어요. 활약이 대단했네요."

"그런 말은 됐으니까, 결국 이치진이 어떻게 그런 짓을 벌이는 게 가능했고, 뭘 하려고 했는지 알려주세요. 질문만 하고 대답은 해주질 않더라고요."

"미안해요. 비밀유지 의무라는 게 있어서."

"그렇군요. 경찰이니까. 자 그럼, 이쪽에선 어때요?"

시바미네 씨는 편의점 유니폼을 로커에 넣더니 나를 보며 한숨을 내쉬었다.

"이치진 슈스케는 K056을 뒤집어쓰기 전부터 죽을병을 앓고 있었나 봐. 복역 중에도 치료를 받았지만 병 진행을 막지 못했대. 출소 직후 입원했는데 그 병원에서 모습을 감췄던 모양이야."

너무 놀라 어안이 벙벙했다. 그 칙칙한 얼굴빛도 그렇고 기침도 그렇고, 무슨 병, 어쩌면 K056의 정체불명 후유증 같은 게 아닐까 생각은 했었지만, 그 이전에 이미 중병에 걸려 있었을 거라곤 상상조차 하지 못했다.

"그런 납치를 실행에 옮긴 게 기적적일 만큼 체포당하자마자 쓰러져서 다시 병원으로 옮겨졌나 봐. 살날이 몇 주밖에 안 남았대."

그러니까, 자포자기 심정으로 물귀신처럼 이 세계를 끌어내리려 했단 말인가. 그런 상황이었다면, 범죄를 저지르기보다는 달리 해야 할 일이 얼마든지 많았을 텐데. 어쨌든 이제 그 남자가 마코토의 인생에 쓸데없이 끼어드는 일은 없을 것이다. 마음이 놓인 내가 가슴을 쓸어내리는데, 다른 방에서 참고인 조사를 받았는지, 복도 저편에서 마코토가 바닥을 응시하듯 고개를 푹 숙인 채 걸어왔다. 나는 가까이 달려가면서 손을 크게 흔들며 마코토를 불렀다.

그러나 고개를 들고 이쪽을 바라보는 그애의 몸짓은 너무나 기계적이었고, 게다가—

"미안…… 혼자 있고 싶어."

멍한 눈동자는 전혀 이쪽을 바라보고 있지 않았다. 내 다리가 얼어붙은 것처럼 멈춰 섰다. 모든 게 해결됐다는데, 마치 유령이라도 등에 업은 사람처럼, 마코토의 표정은 근래 들어 가장 어두웠다. 마코토는 그대로 내 옆을 스쳐 지나 현관을 향해 걸어갔다.

"부모님이 데리러 왔으니까 그냥 내버려둬."

경찰관인 시바미네 씨가 그렇게 귀띔한 데다 마코토의 태도에 움츠러들어버린 나는 그 자리에 우두커니 서서 마코토의 뒷모습을 바라볼 수밖에 없었다.

내 머릿속에서 경보가 울리고 있었다. 심상치 않은 마코토의 모습에 대해, 나의 친구가 겪고 있는 정체 모를 무언가에 대해.

생각하자. 내 생각은 지금 마코토의 생각에 닿지 못했다. 결정적으로 뭔가가 어긋나 있다.

"저, 시바미네 씨, 이치진이 얼마 살지 못한다는 걸 마코토가 알고 있나요?"

"맨 처음 재판 당시 피고인 측 변호사가 얘기했을 테니까 알고 있지 않을까?"

그 남자는 죽음이 임박한 상태에서 승각장애로 인해 죽음마저 피할 수 없게 되자 절망에 빠졌다. 그리고 마코토는 수십 년 후의 일이라고 해도 그와 똑같이 죽음을 피할 수 없는 자신의 미래를 엿보았고, 그래서 차 안에서 나눈 이치진과의 대화에서 할 말을 잃었다. 그런 걸까? 아니, 분명 그건 아니다. 마코토를 저렇게까지 궁지에 몰아넣은 무슨 일이 오늘 있었던 것이다.

수도국 습격 얘기일까? 그렇지만 K056을 생성하려면 시간이 걸리고, 이치진은 살날이 얼마 남지 않았다. 그렇다면 그가 입에 담았던 테러 계획도 실행할 수—

그때였다, 불현듯 이해가 된 것은. 마코토가 무슨 생각을 하는지, 뭘 깨달았는지.

마코토는 알아버린 것이다. 이치진 슈스케의 계획을.

자기의 얼마 남지 않은 시간을 이용해 난동을 벌이고, 어이없는 실패로 끝나 붙잡힐 것까지 내다보며 세운 그의 계획을.

그것은 공범이 되어달라는 권유 따위가 아니었다.

이 세계에 대한 복수를 맡긴 것이다. 자기와 같은 장애가 있는, 오직 한 사람 마코토에게.

K056의 성분비는 인터넷에 공개되어 있으니, 찾아보고 준비하는 것쯤이야 시간문제다. 수도국에 숨어드는 것도 준비만 한다면.

마코토가 그런 생각을 하고, 실행할 마음을 먹는 것이 문제일 뿐.

이번 납치사건은 그 '지식'과 '선택지'를 효과적으로 건네주기 위한 결행이었던 것이다.

자신이 이 세계 사람들에게 쉽사리 붙잡힐 거라는 계산은 이미 되어 있었다.

등 뒤로 식은땀이 흘렀다. 나는 그때, 다른 세계에 도움을 청해 안전하게 구조되어선 안 되었다. 밧줄에 묶인 상태라 해도 부딪쳐 이치진을 쓰러뜨려야 했다. 지금의 마코토나 이치진과 같은 세계

안에서 맞서 싸웠어야 했다.

마코토는 나를 버려두고 도망칠 수 있었는데, 위험을 무릅쓰며 그 자리에 머물렀다. 나는 다른 세계에 있는 시바미네 씨를 통해 유유히 경찰에 신고했고, 단 한 번도 내 몸을 위험에 노출시키지 않은 채 그 자리를 빠져나왔다.

마지막 순간 여유 넘치던 이치진의 목소리를 떠올리며, 나는 주먹을 움켜쥐었다.

5.

조명이 꺼지기까지 남은 시간은 약 삼십 분.

밤의 운동장은 낮이나 방과 후 연습 때보다 훨씬 넓고 황량해서, 도심에 난데없이 생겨난 사막처럼 마법에라도 걸린 듯 고요했다.

거기에 덩그러니 그림자 하나가 서 있었다.

"야."

나는 한 손을 들며 그쪽으로 다가갔다.

양팔을 가슴 앞에서 교차시켜 어깨 근육을 풀던 마코토가 그 자세 그대로 이쪽을 돌아보았다.

"또 너야?"

"응, 또 나다. 방해해서 미안."

"언제부터 알았어? 가방에 숨겨둔 스파이크를 봤어?"

마코토는 그렇게 말하며 팔을 내렸다. 깊은 밤 몰래 몇 번이나

운동장을 달렸을까. 체육복으로 갈아입은 것은 물론이고 준비운동까지 철저했다.

"아니. 네가 다니는 학원에서 너희 집까지 가는 길을 확인했더니, 중간에 학교 후문 근처를 지나잖아. 좋든 싫든 운동장이 눈에 들어올 수밖에 없는데, 너 같은 애가 그 유혹을 이겨낼 리 없겠다 생각했지."

긍정의 의미인지 나지막이 한숨을 내쉬는 마코토에게 나는 한 걸음 더 다가갔다.

"역시 들어오면 좋겠는데, 육상부. 틀림없이 에이스를 다툴 수 있을 거야."

"미안하지만 대답은 같아. 이젠 누구랑 경쟁하고 싶은 마음도 없고, 그보다 내가 지금 동아리니 뭐니 얘기할 상황이 아니야."

마코토가 조금 머뭇거리는 기색을 보이더니 말을 이었다.

"학교 그만둘 거야."

나는 입술을 깨물었지만 새삼스레 놀라지는 않았다. 그런 예감이 들었기 때문이다.

"사건이 있은 후에 도도제약에서 막대한 보상금이 나왔어. 대부분은 가족에게 남기고, 당분간 쓸 돈만 찾아서 여행을 떠날 생각이야. 일용직 일이든 뭐든 해서 어디에도 오래 머물지 않고, 혼자 힘으로 살아가려고."

"그건 좀, 너무 막 나가는 거 아닌가? 생각이 너무 없어."

"부정하진 않겠어. 하지만 이제 타인과 함께 있는 게 괴로워. 솔직히 조금 흔들렸어, 이치진이 한 말. 나를 이해해줄 사람은 아무도 없다는 말. 범죄자가 내 마음을 흔들어 공범으로 삼으려 했을 뿐이란 걸 알면서도 말이야. 그 사람을 두 번 다시 만날 생각은 없어…… 하지만 한순간이나마 그 사람 말에 넘어갈 뻔했던 내가 이 따뜻한 세계의 누군가와 함께 살아가는 것은 안 되겠다 싶어."

"따뜻한 세계?"

마코토가 갑자기 시선을 허공으로 던졌다.

"아빠도 엄마도 주위 친구들도 모두 친절하게 대해줬어."

희미한 달빛을 받은 마코토의 옆얼굴이 고요하고 쓸쓸한 빛으로 붙들어 있었다.

"내가 별거 아닌 불편 때문에 짜증을 내도, 화풀이로 마음에 없는 말을 퍼부어도, 누구도 나에게 화내지 않아. 미워하지 않아. 모두들 언제든 다른 내가 있는 곳으로 옮겨갈 수 있으니까."

그렇구나. 그제야 간신히 무엇이 마코토를 괴롭히고 있는지 알 것 같았다.

"'눈빛이 신경 쓰이지 않나요?' 이치진이 했던 그 말."

"들었구나? 맞아. 상대가 언제 내게서 눈을 돌리고 다른 곳으로 가버리는지, 아, 나는 과연 그걸 알아챌 수 있을까 생각했었어. 그 사람도 마찬가지였겠지."

나와 대화를 하고 있는 상대가 다른 쪽에서 온 누군가로 교체되는 건 아닐까.

　나를 버리고 다른 내가 있는 쪽으로 가버리는 건 아닐까…… 하는 그런 공포.

　예전에는 평범한 이 세계의 일원이었던 이치진이라는 남자와 마코토. 두 사람이 가장 두려워한 것은 유한한 생명도, 유한한 가능성도 아니었다. 자신들을 계속 지켜봐주는 누군가가 이 세계에 존재할 수 없다는, 아마도 이 세계의 정상인이라면 누구나 알고 있으면서도 사실은 제대로 알지 못하는 그 현실이었다.

　"달리기도 인생도 이젠 나 혼자 헤쳐나갈 생각이야. 나에게서 눈을 돌리지 않는 사람은 오직 나뿐이니까."

　다시 이쪽을 돌아본 마코토의 표정은 한없이 평온했고, 그러면서도 쓸쓸했다.

　눈앞에 있는데도 아주 멀게 느껴졌다.

　보이지 않는 그 거리감에 압도당할 것 같았다. 그러나 나는 아무렇지 않은 척 입을 열었다.

　"마코토, 우리 마지막으로 한판 어때?"

　마코토가 허를 찔린 듯 눈을 깜박거렸다.

　"내가 이기면 육상부에 들어와. 네가 이기면 네가 좋은 대로 살고."

　"내가 너무 불리하지. 꾸준히 연습해온 사람을 어떻게 당하겠어?"

　"재능은 네가 더 낫잖아. 키도 더 크고. 정 그러면 나한테 핸디캡을 줘도 좋아."

"핸디캡이라, 그럼 몇백 미터 정도…… 아니, 잠깐만."

턱에 손을 대고 골똘히 생각에 잠겼던 마코토가 못된 장난을 떠올린 어린아이처럼 입술을 실룩 일그러뜨렸다.

"한쪽 다리만 이쪽에 두고 달려. 옛날에 둘이 자주 했던 거."

"아하, 그기. 확실히 핸디캡으로는 딱 좋네."

제안에 응해준 것에 가슴을 쓸어내리며 나는 코스를 가리켰다.

"그럼 이 트랙을 열 바퀴 달리고, 열한 바퀴째에는 제3코너에서 돌지 말고 수영장 앞에 있는 저 철망까지, 어때. 오천 미터는 좀 안 되겠지만 끝맺긴 좋잖아."

"좋아."

나도 옷을 갈아입고 준비운동을 한 다음, 출발선에 섰다.

호흡을 가다듬었다. 오른쪽 다리를 뒤로 빼고 중심을 낮춘 후, 스타트 자세를 취했다.

학교 건물 벽에 걸린 시계가 일 초, 또 일 초 시간을 새겼다. 이윽고 초침이 12에 다다르며—밤 아홉시를 알린 순간.

그 신호와 더불어.

오른발로 운동장 지면을 박차며 내디딘 왼발이—얼룩 한 점 없는 새하얀 밤의 설원을 힘껏 밟았다. 냉기가 장화를 뚫고 왼발로 스며들었다.

다음 오른발은 운동장 흙 위에, 왼발은 눈 위에.

속도가 빨라짐에 따라, 가속이 붙어감에 따라, 플래시 영상처럼 여름과 겨울이 교차한다. 옆에서 마코토가 나타났다, 사라진다. 내 몸이 열기를 띠기 시작한다. 몸에 들러붙는 듯한 끈끈한 여름 공기와 살을 에는 듯한 매서운 겨울바람을 번갈아 맞으면서 내 몸이 코너를 돈다. 장갑 낀 손끝이 얼어 감각이 사라진다.

골풀 냄새가 코를 찔렀다. 동시에 버선을 신은 왼발이 다다미를 밟았다. 왼쪽 발바닥에 전해지는 감촉은 스파이크 너머로 전해지는 운동장의 감촉보다 훨씬 더 생생하다. 운동장을 에워싼 울타리와 끝없이 이어지는 다다미의 지평선이 시야 끝자락에서 어른거리며 바뀐다. 이정표처럼 곳곳에 놓인 인형은 하나같이 똑같은 얼굴이어서 오히려 거리감을 잃게 만든다.

직선 코스에서 속도를 더욱 높이자, 허리 언저리가 갑자기 무거워졌다. 나의 세 개짜리 꼬리의 무게다. 눈에 어른거리는 오른팔은 초록색을 띠고 있다. 이쪽과 저쪽을 오가다 보니, 내 몸의 반쪽이 파충류가 된 것처럼 보이기 때문이다. 발밑이 불안정한 까닭은 대지 대신 울퉁불퉁한 피부와 맥박 뛰는 혈관 위를 달리고 있기 때문이다. 거대한 짐승의 등을 척추 끝까지 달려가 다시 코너를 돌 무렵에는 아주 조금 마코토와 거리가 벌어지기 시작한다. 아니, 그것은 예지 같은 것이라 아직 눈에 보일 정도는 아니다.

귀를 찢을 듯한, 아니, 훨씬 더, 살갗이 부르르 떨릴 듯한 굉음에 휩싸였다. 꿈틀꿈틀, 구불거리는 배관에서 종이 발을 헛디디지 않도록 달리고 있지만, 그 밑에서는 황금빛 덤불처럼 빛과 소리가 흘러넘쳐 저 멀리 아래쪽에서 펼쳐지고 있는 연극 무대의 활기를 전해준다. 질주하는 소리와 고동 소리, 그리고 숨소리만이 존재하는 정적의 세계와의 전환에 현기증이 날 것만 같다. 혹사한 나의 팔다리는 머리만 남기고 폭발하여 종이 눈보라로 변해 무대 위로 떨어져 내린다.

잇따라 시야로 돌진해온 하얀 지면은 눈의 색도 종이의 색도 아니었다. 저쪽에서 산산이 흩어졌다 이쪽에서 겹겹이 쌓이는 뼈. 세차게 몰아치는 흙먼지에 무심코 얼굴을 찡그린다. 연기가 흩날린 직후 눈앞에 모습을 드러낸 것은 거미 다리 같은 여섯 개의 금속 다리를 가진, 숫자판이 붙은 시계였다. 코끼리만 한 그것이 다리 하나를 내리찍었지만, 내 오른쪽 옆으로 아슬아슬 비켜난다. 마코토가 위험해, 순간 있을 수 없는 가정에 겁을 먹었다가 정신을 차리자, 금속의 다리는 백골의 산에 내리꽂히고, 나는 이제 두 걸음 정도 마코토와 벌어져 있다.

별안간 앞으로 고꾸라질 것 같다. 발밑이 아니라, 앞에서 중력이 끌어당기고 있었다. 좌우의 눈 아래는 별들의 바다. 내 몸의 절반은 우주 공간에서 지상을 향해 뻗은 밧줄 위에 있었다. 발바닥에서 배어 나오는 고무의 흡착력으로 자세를 바로잡고, 나는 시상을 향해 다시 뛰어 내려가기 시작한다. 번갈아 바뀌는 중력 방향의 변화는 흡사 뱃멀미 같은 어지러움과 메스꺼움을 일으킨다. 산소를 필요로 하지 않는 신체와 산소를 요구하는 육체의 전환 역시, 발작처럼 나의 신경을 뒤흔들었다.

"자 알 가!"

띄엄띄엄 들려온 것은 귀에 익은 목소리다. 또 다른 밤의 교정에서 목발을 짚은 마코토가 손을 흔들고 있다. 대답하고 싶지만 그럴 여유는 없다. 눈빛을 주고받았으니 그거면 됐다. 나는 바로 앞에서 달리는 마코토를 따라가고 있다. 몇 개의 현실에서 전력질주를 하는 나를 이리저리 옮겨 다니며 나는 마코토를 바짝 쫓는다.

마지막 바퀴를 끝내고 목표지점으로 향하기 직전, 길이 뚝 끊겼다. 더 이상 앞은 존재하지 않는다. 다만, 나 자신의 크기조차 가늠할 수 없는 암흑의 공간에서, 내가 밟고 차낸 지점에만 빛의 띠가 생겼다. 그로부터 어떤 어마어마한 에너지가 만들어지며, 미래가 생겨났다.

나는 밤의 운동장을 달리는 육상부원인 것만큼이나, 세계의 씨앗을 뿌리는 창조주였다.

흥분과 공포와 전력질주로 심장이 터질 것 같았다. 폐가 찢어질 것 같았다. 몸이 폭발해 날아갈 것 같았다. 영원한 폭발을 일 초 앞둔 폭탄 같았다. 그러나 상하좌우에 그려졌던 빛의 띠가 흩어지며 사라진 순간 내 옆에 마코토가 있었고, 내가 뻗은 팔의 손끝은 울타리에 닿아 있었다. 후려치는 듯한 피로감이 온몸을 덮쳤고, 나는 그 자리에 쓰러졌다.

"무승부인가?"

움켜쥔 울타리에 기댄 채로 마코토가 간신히 그 말을 흘렸을 뿐, 둘 다 호흡과 맥박을 가라앉히는 데 필사적이라 한동안 아무 말도 할 수가 없었다. 보통은 목표지점 너머에 제동용으로 몇 미터쯤을 더 두는데, 이번 코스 선정은 확실히 실수였다. 나는 콘크리트 위로 몸을 던져 체온을 낮추고 있다가, 휘청거리며 일어나 그대로 위험하게 덜컹덜컹 울타리를 올랐다.

뛰어내린 곳은 밤의 수영장이었다.

미리 갖다놓은 운동 가방에서 수건을 꺼내 몸을 닦고, 스포츠음료를 병째로 들고 꿀꺽꿀꺽 마셨다.

"야, 너."

눈을 흘기며 기진맥진한 표정에 어이없음을 더하는 마코토에게 울타리 너머로 새 수건과 스포츠음료를 보여주자, 마코토도 조심조심 울타리를 넘어왔다.

나는 수건과 음료수를 건네며 말했다.

"무승부는 아니지. 내가 0.1초 빨랐어."

"헛소리 마."

스포츠음료로 입을 적시고 호흡을 가다듬은 후, 마코토가 말을 이었다.

"감정적으로 무승부였다는 거지, 내가 한 프레임 빨랐어."

그러더니 스포츠음료를 다시 움켜쥐고, 이번에는 500밀리리터를 거의 다 들이켠 후에 말을 더했다.

"됐다, 관두자. 네가 핸디캡을 갖고 뛴 건 분명하니까. 처음부터 그런 조건으로 승부를 겨루는 게 아니었어."

"뭐, 딱 맞는 핸디캡이었지. 게다가 마지막으로도 절묘했고."

"마지막? 무슨 뜻이야?"

나는 가방에서 꺼낸 것을 "자, 봐" 하고 던져주었다.

재빨리 그것을 받아든 마코토가 힐끗 보더니 소리쳤다.

"K056!"

마코토가 텅 빈 약병에서 내 쪽으로 시선을 돌렸다. 나는 입술을 살짝 일그러뜨리며 말했다.

"자, 내용물은 지금쯤 어디 있을까?"

나는 미소를 머금고, 발바닥으로 수영장 가의 콘크리트 감촉을 확인하며 한 발 한 발 뒷걸음쳤다.

튕겨 나오듯 달려드는 마코토와 정면으로 시선을 마주친 나는, 복음을 전하는 사람처럼 양팔을 좌우로 크게 벌리고 결정적인 최후의 한 걸음을 뒤쪽으로 내디뎠다. 마코토가 나를 향해 팔을 뻗었지만, 이미 늦었다.

땀으로 흠뻑 젖은 몸을 등부터 맞아들인 한밤의 수영장 물은 살갗이 에일 듯이 시원하고 차가웠다. 눈 깜짝할 시간 속에서―요란한 물보라를 일으키며 수면으로 떨어져 하늘을 향한 자세를 유지한 채 꺼져 내려가는, 영원처럼 느린 찰나 속에서―나는 보았다.

칠흑 같은 하늘에서.

꼬르륵꼬르륵 빠져들며, 입에서 뿜어낸 거품이 솟구쳐 오르는 수면의 저 끝자락에서.

성층권까지 쌓아올린 책의 벽을.

천공으로 우뚝 솟은 거대한 나무에 휘감긴 다랑논 같은 도시를.

우주에서 지표로 내리꽂힌 거대한 천벌의 창을.

구름을 뚫는 빌딩들 사이를 유영하는 익룡의 무리를.

오로라 속에 깎아지를 듯이 솟은 인류의 묘비를.

망가져가는 나의 승각이 오작동으로 잡아낸, 헤아릴 수 없는 엄청난 세계의 환영을—최후의 추억처럼, 망막에 아로새기며.

물속에서 바라본 출렁이는 수면에 수없이 눈부신 빛이 단 한 번 흔들거리고, 나의 세계는 영원히 수렴되었다.

물속으로 풍덩 뛰어드는 소리에 이어 물살을 가르는 거품과 물보라가 눈앞을 덮었고, 잔상은 안개가 걷히듯 깨끗이 사라졌다. 곧이어 강한 팔이, 나를 힘껏 안아 올린다.

"푸아."

가까스로 숨을 쉴 수 있게 되자, 곧바로 불같이 성난 목소리가 쏟아졌다.

"하즈키! 네가 지금 무슨 짓을 저질렀는지 알아! 대체 왜 그런 짓을 해!"

물을 너무 많이 마신 나는 한참 동안 요란하게 콜록거린 후에야 간신히 얼굴을 들었다. 마코토의 심각한 눈동자를 마주하자 어떤 표정을 지어야 할지 알 수가 없어 그만 목을 움츠리며 머리를 긁적였다.

"아무래도 이렇게 안 하면, 이것저것 아른아른 보여서 견딜 수 없을 테니까."

"후회할 거야."

"알아. 여러 번 그러겠지. 그래도."

마코토를 앞에 두고 강한 척할 필요는 없다. 자연스럽게 솔직한 대답이 흘러나왔다.

"후회할 거라는 것까지 포함해서 이쪽을 선택했어."

마코토는 무슨 생각을 하는지 퉁명스럽게 고개를 홱 돌리더니, 내 팔을 잡은 채로 철썩철썩 물결을 일으키며 나를 끌고 갔다.

"넌 우주최강 바보야."

당연하다면 당연하겠지만, 수영장 밖으로 나가는 두 사람 다 체육복이 흠뻑 젖어 있었다. 탈수 전 빨래 상태나 다름없는 옷을 있는 힘껏 쥐어짜고, 나는 재채기를 한 번 했다.

"이래저래 너무 과했어. 감기 걸릴지도 모르겠다."

"아직 쉽게 해줄 수 없어."

몇 번이나 물기를 짜낸 체육복의 배 언저리를 툭툭 털어내며 마코토가 내 쪽을 쳐다보았다.

"오늘 밤 안으로 신고해서 이 수영장 물을 안전하게 처리해야 하고, 넌 내일도 빠지지 말고 학교 나와야 해."

그러더니 에취, 조그맣게 재채기를 하고 말을 이었다.

"넌 나에게 육상부 가입신청서 작성법을 가르쳐줄 의무가 있으니까."

나는 두어 번 눈을 깜박거린 후 대답했다.

"진작 이렇게 나왔어야지."

"하지 마! 어깨동무하지 마! 더워서 숨 막힌다고! 물에 빠진 생쥐 꼴을 하고선."

"왜 그래, 옷이야 갈아입으면 되잖아."

"갈아입을 옷은 운동장 끝에 두고 왔어. 누구 때문에."

"그럼 다시 뛸래? 운동장까지?"

"너 그러다 진짜 감기 걸린다. 아 참, 바보는 감기도 안 걸린다니, 넌 괜찮을지도 모르겠네."

"야, 너!"

우리 두 사람은 운동장 쪽으로 걸어간다. 조명은 이미 꺼져 있었지만, 조금도 불안하지 않았다. 차가워진 몸을, 더위로 나른해진 듯한 밤바람이 훑고 지난다.

단 한 번뿐인 내일은, 분명 오늘보다 훨씬, 더울 것이다.

제로연대의 임계점

1902년(메이지 35년) 4월, 개교한 지 얼마 안 된 오사카 가이메이여학교의 강당에 이 학교 여학생들을 삼십여 명 모아놓고 독일인 교육학자 빌헬름 클라인이 강연을 하고 있었다. 교육과 근대국가에 관한 강연으로 일본어 통역이 함께한 자리였다.

드디어 그의 논지가 가경으로 접어들었을 즈음, 갑자기 여학생 하나가 불쑥 일어나더니 쏜살같이 빠른 독일어로 질문을 던졌다. 근대국가의 동원주의에 대한 비판이 주된 내용이었다. 질문을 던진 여학생은 그에 대한 만족스러운 답변을 들을 수 없다는 것을 알아채자, 아직 강연이 진행 중인데도 불구하고 그대로 강당을 나가버렸다.

기막혀하는 클라인과 강사진을 앞에 두고 느닷없이 또 다른 소녀 하나가 자리에서 일어났다.

그러더니 "도미에 학생이 들을 필요가 없다고 판단했다면, 우리가 과연 들을 필요가 있을까요"라는 의미의 말을 영어로 격하게 쏟아내고는 자리를 떴다. 그 말에 이끌리듯 소녀들이 잇달아 자리에서 일어났고 모조리 그곳을 나가버렸다.

마지막에 단 한 명의 여학생이 자리에 남아 있었지만, 어른들이 찬찬히 살펴보니 그 소녀는 행복해 보이는 얼굴로 잠들어 있었다.

맨 처음 클라인에게 반기를 든 것은 나카자이케 도미에, 학생들을 선동한 여학생은 미야마에 후지, 자리에서 세상모르고 잠들어 있던 소녀는 고다이라 오토라.

이상이 당시 도미에의 동급생들로부터 얻어낸 증언으로, 가이바라 도키타로에 의해 『고전 SF 대계』 6권의 '권말 해설'에 기록되었으며, 이후 일본 SF의 정사라 일컬어지는 글들에 수없이 등장하는 내용이다.

그러나 이 일화는 완전한 허구다. 의심할 여지 없이 명백하게, 후세에 생겨난 망상의 산물이다. 우선 클라인은 1902년 1월에 독일로 돌아갔기 때문에 그가 1902년 4월 가이메이여학교에 입학한 도미에를 비롯한 학생들 앞에서 강연하는 것은 불가능한 일이었다.

둘째, 도미에는 '가이메이파'로서 영어와 프랑스어에는 능통했지만, 독일어는 읽을 줄도 말할 줄도 몰랐다.

1차 자료를 조금 조사해보는 것만으로도 단박에 '지어낸 이야기'임이 명확해지는 이 거짓 일화가 놀라울 만큼 널리 인용되고 유포된 이유는, 역시 세 명의 작가인 그녀들 즉, 나카자이케 도미에, 미야마에 후지, 고다이라 오토라의 성격을 단적으로 드러내(준다고 여겨지)기 때문일 것이다.

　예의 그 소동은 새빨간 거짓임에도 불구하고 일본 SF의 제로연대, 즉 1900년대를 논함에 있어 상징적인 장면으로 많은 이들의 기억 속에 남아 있다. 아마도 가이바라 도키타로가 날조했을 이 이야기가 버젓이 활개를 친 이유는 애초 세 사람의 우연한 만남과 관련하여 '진짜' 증언을 찾아보기가 힘들기 때문일 것이다.

　세 사람 중 도미에에 관한 기록은 많다. 한 예로 가이메이여학교에서 학교 설립 당시부터 1903년까지 교원으로 재직한 시노키니지코의 증언을 인용하고자 한다.

　"화족*의 딸이라느니, 영국에 살다 왔다느니, 그런 얘기들은 중요한 문제가 아니었습니다. 도미에 학생은 자태가 얼마나 고왔던지, 길을 걸을 때마다 학생들이 빙 둘러싸며 울타리를 만들어서 멀리서도 눈에 띄었죠. (중략) 그리고 그 큰 집으로 벗들을 불러다 공부 모임이라고 하나요, 영어 소설을 읽었다는데, 영문과 도노쇼

---

* 작위를 가진 사람과 그 가족. 봉건시대부터 잔존하던 귀족제도를 메이지시대에 들어 새로 정립하면서 만든 용어로, 2차 세계대전 이후 폐지되었다.

선생은 한편으로는 기뻐하면서도 언제 잘못을 지적당할지 몰라 전전긍긍하셨죠.”

이처럼 교원이든 학생이든 어쨌거나 도미에에 관한 기억뿐이다. 방과 후에 도미에가 소녀들과 농구를 즐기는 모습도 곧잘 목격됐고, 당시에는 아직 고가였던 만년필을 긴자의 〈마루젠〉에서 대량으로 사들여 친구들에게 선물했다는 얘기도 사실인 것 같다. 그러나 후지와 오토라에 관해선 특별한 증언이 없다. 그녀들의 교우 관계가 언제 어떻게 시작됐는지에 관한 확증 또한 잡을 수가 없다.

다만 일본 SF의 제1세대, 다시 말해 제로연대 SF의 역사가 어떻게 시작됐는지에 관한 답변만큼은 명확하게 제시할 수 있다.

여기에서야 겨우, 틀림없는 사실로서의 ‘제로연대’에 관해 말할 수 있게 되었다.

모든 것의 시작은 1902년 5월이었다.

이달과 다음 달, 여학생 대상 문예정보지였던 〈여학동붕〉이 독자 투고를 받아 2호에 걸쳐 게재한 소설이 있는데, 그게 바로 일본 최초의 SF라고 일반적으로 일컬어지는 『스이바시 동반자살 사건』이다. 작가는 나카자이케 도미에였다.

에도 말기인 고카* 4년, 술에 취해 스이바시(현재의 오사카부

---

* 일본 연호의 하나. 1844년 12일 2일~1848년 2월 28일.

덴포잔시에 실제 있는 다리)에서 구마강으로 떨어진 목수는 마음에 걸리는 이상한 꿈을 꾸고 겨우 눈을 뜬 후, 완전히 달라진 세상을 목격한다. 그가 도착한 곳은 철도가 깔리고 가스등이 거리를 비추는 수십 년 후의 메이지 세상이었다.

많은 평론가들이 이 작품을 『우라시마타로』*에서 영감을 얻은 도미에의 창작으로 간주하고, 잘못된 전제에 입각한 평가를 내렸다. 그러나 이 작품은 완전한 창작물이 아니다. 이 소설의 전반부는 워싱턴 어빙의 단편소설 「립 밴 윙클」에 등장하는 지명과 인명을 조금 손봤을 뿐, 목수가 경험하는 이변의 골자(늙은 친구와의 재회, 아내의 죽음 등)가 거의 동일하다. 다시 말해 실제로는 '번안'인 셈이다. 다른 점이 있다면 그가 아내를 여읜 슬픔을 견디지 못해 아내가 혼수품으로 가져왔던 화로에 유골을 넣고 '동반자살' 하는 후반부뿐이다.

일본에서 해외문학이 그다지 활발히 소개되지 못했던 시대에는 해외소설의 도용이나 무단번안이 거의 일상적으로 행해졌으니 (주1), 후반부의 전개가 독자적이긴 하지만 이 작품 역시 그 변형이라고 볼 수 있을 것이다. 그러나 당시에 그것을 지적할 수 있는 사람은 없었고, 실제로도 뜻밖의 평판을 불러일으킨 『스이바시 동반자살 사건』의 전문이 실린 〈동양일일신보〉 메이지 35년 6월 20

---

* 일본 각지에 존재하는 용궁 신화이자 동화.

일 자에서는, "시공간의 법칙을 천외의 기량으로 깨뜨리는 시도, 고금에 유례가 없으니"라며 시간이동 아이디어를 도미에의 독창적 창작으로 오인해 극찬하고, "이처럼 재기발랄한 재녀才女, 필시 브론테 여사에 비견할 문호가 되리"라고 칭송한다. 이 소설을 두고 내려지던 '독창적'이라는 평가는 모리 오가이에 의해 이미 번역되어 있던 「립 밴 윙클」(번역본의 제목은 「신新 우라시마」)과의 유사성이 신문지상에서 지탄받으면서 1910년대에 일시적으로 실추된다. 그러나 국가주의가 고양됐던 1930년대에 『스이바시 동반자살 사건』이 『우라시마타로』를 힌트로 삼아 쓰인 소설로 다시 소개된 후로는 「립 밴 윙클」과의 관련성은 더 이상 거론되지 않았다. 현재까지도 『우라시마타로』에서 영감을 받은 소설이라는 오해가 뿌리 깊은 것은 그 때문이다.

어쨌든 결과적으로 『스이바시 동반자살 사건』이 일본 SF의 원조가 된 점은 부정할 수 없다. 신문지상에 오르내리면서 평판을 불러일으켰고, 같은 해 실상사에서 출간되며 작품의 인지도는 더욱 높아졌다. 그 후, 이 작품에 영향을 받아 교토여학교 2학년인 센노 시즈가 쓴 『제비뽑기』(미래로 가는 방법으로 신사의 도리이를 이용했고, 여학생을 주인공으로 삼았다), 여성운동가 무타구치 미스에가 쓴 미래 팀방기 『서기 1950년 제도* 에마키**』가 발표되

---

* 제국의 수도인 도쿄를 칭한다.
** 두루마리 그림.

었다. 이와 같은 작품 러시는 일본 SF가 현재에 이르기까지 주로 여성 작가에 의해 쓰이게 된 직접적인 원점이 되었다.

이 시기에는 도미에의 작품을 읽고 스이바시에서 강으로 뛰어드는 사람이 끊이지 않아서(주2) 한때는 다리 출입을 막아놓았다고 하니, 『스이바시 동반자살 사건』이 메이지 사회에 미친 영향은 적지 않았다고 해도 좋을 것이다.

자 그런데, 도미에가 쓴 작품이 한창 선풍을 일으키던 그때, 미야마에 후지가 본명으로 〈여학동봉〉에 투서를 보냈다. 그 투서에는 도미에가 '먼 옛날로의 회귀', 다시 말해 미래가 아니라 '과거로 거슬러 가는 시간여행'을 소재로 신작을 집필하고 있다는 내용이 암시되어 있었다. 그리고 덧붙여, 다리의 동쪽에서 떨어지면 과거로 가고, 서쪽에서 떨어지면 미래로 간다는 설정까지 시사했다.

이쯤에서 고개를 갸웃하는 독자도 많으리라 생각한다. 아시는 바대로 그 다리를 똑같이 시간여행에 이용하면서도 '과거로 가는 시간여행'을 그린 『구로판관* 고잇신** 전말』(1902)의 작가는 도미에가 아니라 오토라다.

명백하게 마크 트웨인의 『아서왕 궁전의 코네티컷 양키』를 의식하고 있는 『구로판관 고잇신 전말』에서는 신센구미***의 잔당

---

* 헤이안시대 말기의 무장 미나모토노 요시쓰네의 특칭.
** 대변화를 뜻하는 말로, 메이지유신의 다른 명칭.
*** 에도시대 말기인 1863년에 조직되어 막부 타도를 막으려 했던 무사 조직.

을 잡기 위해 스이바시에서 뛰어내린 사쓰마 지방의 무사 가노 고쿠로쿠가 눈을 뜨자, 겐페이합전*시기의 한복판에 내팽개쳐 있다. 그는 총이나 성냥처럼 그 시대에는 없는 도구와 미래의 지식을 구사하며 안토쿠 천황을 미나모토노 요시쓰네와 연합시켜 해중海中으로 천도, 일본을 손아귀에 넣어버린다.

이 작품은 〈여학동봉〉에 게재된 후, 〈자유신문〉에 실렸다.『스이바시 동반자살 사건』이 게재된 매체가 당시 매출 2순위였던 〈동양일일신보〉였던 데 반해, 〈자유신문〉은 기반이 약해 언제 사라질지 모르는 신문이었기 때문에 두 작품을 대하는 세간의 차이를 느끼게 된다.

그렇긴 하나,『스이바시 동반자살 사건』이 제아무리 큰 평판을 불러일으켰다 한들, 여학생 대상의 잡지에 실린 동인지적 성격의 작품이 큰 신문에 전재되고 곧이어 문인이라는 보증 표를 받게 된 것은 도가 조금 지나친 감이 있다. 분명 도미에의 아버지이자 〈가쓰시마 방적〉의 창업자인 나카자이케 고젠, 그의 재계·언론계 인맥에서 힘입은 바가 크다. 한편 전통과자점 딸이었던 오토라에게는 이렇다 할 후원자가 없었던 것이 그녀의 평가가 조금 뒤지는 원인이었다.

그런데도 일본 최초로 '과거로 가는 시간여행'을 묘사한『구로판

---

* 1180년부터 1185년까지 일어난 대규모 내란.

관 고잇신 전말』은 이듬해에, 마찬가지로 실상사에서 출간되어 세간에 알려졌다. 하지만 출간과 거의 동시에 그 내용에 대해 부정적인 입장을 표명한 사람도 있었다. 바로 그녀의 동급생, 미야마에 후지였다.

"12세기 말경에 고잇신, 즉 대변화가 있게 된다면 필경 메이지유신의 시대가 생겨날 여지가 없어진다. 그렇다면 가노 아무개라는 이가 어떻게 그 다리에 이를 수 있겠는가. (중략) 세월이라 함은, 일찍이 렌인법사*가 더없이 적절하게 표현하신 바처럼 큰 강과 같다. 상류에서 시작해 완곡히 사행하며 큰 강이 된다. 그런고로 용수湧水가 향하는 방향을 바꾸면 강은 멸한다. 오래전 정해진 바를 따라 흐르려는 물길을 손으로 휘게 하면, 제아무리 큰 강이라 해도 길을 잘못 들어 이후에는 보쿠스이**를 남기지 못한다. 사리를 아는 사람, 이로써 스이바시에서 뛰어내려 지나간 과거로 향하는 것을 탐탁히 여기지 않으니,『고잇신 전말』이라는 기서奇書의 저자, 천려하다는 지탄을 면할 길이 없다."

이것이 후지가 써서 〈여학동붕〉에 투고한 '간언', 요킨대 역사를 바꾸면 주인공의 존재가 소멸해버린다는 모순을 지적한 내용인

---

* 헤이안시대 말기부터 가마쿠라시대 초기까지 일본의 가인이자 수필가였던 가모노 조메이의 법명.
** 일본의 가인.

데, 뜻하지 않게 '타임 패러독스'에 대한 세계 최초의 언급이 되었다. 이로써 '시간 SF'의 창시자는 도미에, '과거로의 시간여행 SF'의 창시자는 오토라, '타임 패러독스'의 제창자는 후지라는 구도가 완성되었다. 이것은 이후, '평가자'라는 특권적인 입장을 후지에게 부여하게 된다. 결과는 항상 도미에에 대한 상찬과 오토라에 대한 혹평이었지만.

그러나 당시 가이메이여학교에서 세 사람의 관계는 매우 양호했던 것으로 보인다. 기록에 따르면, 도미에가 발안자가 되어 가이메이여학교에서 올린 W. B. 예이츠 원작의 연극은 각본을 후지가, 주연을 오토라가 맡아 성공을 거두었다. 도미에의 공부 모임도 이 시기에는 여전히 계속된 듯하다.

그렇게 일반 여학생으로 돌아오나 했는데, 도미에와 오토라가 잇달아 작품을 발표한다.

먼저 도미에의 두 번째 SF 작품인 『명예로운 신호수信號手』가 처음에는 〈대학〉에, 그 후 〈자유공론〉에도 게재되었다. 1904년(메이지 37년) 1월의 일이다.

빈회의* 시기의 세마포르sémaphore 통신 신호수가 몰락한 왕족에게 기묘한 소문을 듣는다. 통신 내용 가운데 나폴레옹의 부활을

---

* 1814년 9월부터 이듬해 6월까지 프랑스혁명과 나폴레옹전쟁 후의 사태를 수습하기 위하여 빈에서 열린 국제회의.

전하는 거짓 정보가 섞여 있었는데, 누가 그 정보를 흘려보냈는지 알 수가 없다는 얘기였다. 신호수는 '신호망' 자체에 지성이 있다는 것을 감지하고, 눈에 보이지 않는 그 '지성'과 세마포르 신호를 이용해 대화를 나눈다. 신호망은 이미 유폐된 나폴레옹을 오직 정보상에서의 망령으로 부활시켜 유럽 대륙을 교란하고 프랑스를 재기시키려고 시도했던 것이다.

이 작품은 '정보망에 생겨난 지성'이라는 비약적인 발상으로 일반 독자뿐만 아니라 도리이 미쓰구나 기바 요코 같은 사상가, 나아가 1910년대에 발흥한 신흥종교 '신지회信知会'에까지 영향을 미쳤다.

『명예로운 신호수』는 연극으로 만들어져 에이라쿠칸을 비롯한 여러 극장에서 대대적인 성황을 이루었다. 첫 작품인 『스이바시 동반자살 사건』 또한 '스이바시 독자獨自 자살'이라는 제목의 연극으로 연이어 만들어져, 에이라쿠칸에서만 총 팔만 명을 동원하는 등 『명예의 신호수』 이상으로 성공을 거두었다.

이에 도미에는 일약 화제의 인물로 떠오른다. 각 신문사로부터 취재 요청을 받았을 뿐만 아니라, 많은 대학에 초빙되어 강연도 셀 수 없이 많이 했다(주3).

한편, 같은 해 4월에 오토라 역시 두 번째 작품을 발표한다. 『인간뇌수人間腦髓』, 게재된 지면은 〈학사입국〉으로 남학생 대상 잡지였다(주4).

『인간뇌수』는 1907년(메이지 40년)에 오사카에서 빈발한 대규모 정전 사건을 그려냈다. 구(舊) 사족*의 차남으로 지적 장애가 있었던 남자가 밤마다 전선을 자르며 돌아다닌 것이 정전의 원인이었다. 붙잡힌 남자는, 전화망이 하나의 '뇌'로 활동하기 시작해 전선에서 나오는 미약한 전파로 이미 인간을 지배하고 있다, 우리는 이제 그 뇌를 움직이는 일부에 지나지 않는다, 라고 주장하지만 곧바로 정신병원에 갇힌다.

이 작품은 발표 직후부터 수많은 상찬과 비방의 대상이 된다.

전달망 자체에 의식이 생긴다는 내용이 도미에 작품을 베낀 것이라는 비판이 대부분이었지만, 최대 비판자였던 후지의 경우는 〈여학동붕〉 기고를 통해, 작중 남자가 주장하는 '전선망=거대한 뇌'라는 논지가 너새니얼 호손의 『일곱 박공의 집』에 등장하는 사상과 흡사하며, 이 작품의 근간을 이루는 아이디어까지도 도용이라고 단언한다.

그러나 『명예로운 신호수』에서 왕족의 딸이 신분을 속이고 노점상을 하는 대목이 『일곱 박공의 집』의 서두 부분과 흡사해서, 오히려 『명예로운 신호수』가 『일곱 박공의 집』에서 영감을 얻어 쓴 작품이라는 점이 지적되기까지는 태평양전쟁 시기까지 기다려야 했다.

---

* 메이지유신 이후 무사 계급 출신자에게 줬던 명칭.

어쨌든 『인간뇌수』 또한 『명예로운 신호수』만큼은 아니었지만 많은 독자에게 읽힌 것은 분명했다.

그래서일까, 『인간뇌수』를 발표하고 얼마쯤 지나 세 사람의 관계에도 변화가 보이기 시작한다. 도미에는 두 사람을 이끌고 다니는 것을 그만두고 후지와만 환담을 즐기거나 자수를 배운다는 구실로 오토라와 둘이서만 시간을 보내곤 했다. 후지와 오토라는 소원해졌고, 당연한 흐름으로 소녀들 역시 오토라파와 후지파로 나뉘었다고 한다. 후지 쪽이 더 많은 소녀를 거느렸기 때문에 결국은 오토라 쪽에서 후지를 피할 때가 많아졌다는 증언도 있지만, 확실치는 않다.

전원이 가까스로 다시 모인 것은 1905년(메이지 38년) 3월 가이메이여학교의 졸업식에서였다. 성적 우수 학생을 특별 표창해야 하니, 학교에서 셋이 나란히 앉으라는 명령을 내렸을 때였다.

본래 양갓집 따님들을 모아놓았기에 여러 기업에서 보낸 축전도 축전이었거니와, 도미에와 오토라 같은 재능 있는 작가 앞으로 축전이 밀려든 바람에 아침 아홉시에 시작한 졸업식이 저녁 여섯시까지 이어졌다. 졸업생과 강사진까지 잇달아 꾸벅꾸벅 졸기 시작하는 와중에 도미에는 후지와 체스 판 없는 체스를 거듭해 두는 한편, 오토라와는 카드 없는 하쿠닌잇슈*를 즐겼다고 한다(주5).

---

* 가인 백 명의 와카和歌를 한 수씩 뽑아 만든 카드 중에서 윗구를 소리 내어 읽으면, 그것에 이어지는 아랫구가 쓰인 카드를 먼저 집어내는 놀이.

그녀들이 가이메이여학교를 졸업한 이듬해, 러일전쟁 종결로 인해 해운海運 투기에서 큰 손해를 입은 가이메이여학교의 이사장 무라가 도호는 이 학교의 매각을 고지한다.

그 소식에 주목한 사람이 바로 도미에의 아버지, 나카자이케 고젠이었다.

고젠은 여러 신문과 논단지 등을 통해 '14세부터 18세까지'의 소녀를 교육하는 사학 '메이지여자학교'의 개설을 고지한다.

가이메이여학교의 건물과 기숙사를 그대로 재이용하고 강사진도 대부분 이어받았는데, 도미에와 후지, 오토라 또한 어학이며 문학 강사로 교단에 서게 되었다. 그것이 뭇사람을 끌어들여, 정원을 80명으로 제한했는데도 462명이나 되는 응모가 쇄도하는 바람에 급거 면접으로 선발할 수밖에 없었다고 한다.

1907년(메이지 40년)의 최초 입학생 80명 중에는 가이메이여학교 재적생, 훗날 해군대장이 된 이시바시 미치타케의 외동딸, 〈아이오이 철강〉을 경영하던 구가마에 히노유키의 둘째 딸과 셋째 딸, 기후현 소재 조동종 사원의 딸 등도 포함되어 있었다. 이곳 기숙사에 모인 소녀들 중에서 요시마루 요네, 다케요시 사토코(다케요시 사토시), 우지하라 지즈코를 비롯해 1910년대를 대표하는 SF 작가가 다수 배출되었다. 또한 이 학교 출신자들이 내부 사정을 거의 말하지 않았기 때문에, 훗날, 이 사학에서 어떤 초능력 개발이 시행됐다는 소문이 퍼졌는데, 그 대부분은 창작에 기반을 둔 것이었다(주6).

이 학교의 실체에 관해 가장 많이 기록된 책은 1920년(다이쇼 9년)에 출간된 도지마 데쓰초의 『가이메이 사숙의 진실』이다. 도지마는 〈신동양월보〉의 기자였던 아버지에게 메이지여자학교를 '조사'하라는 지시를 받고, 성별을 속인 채 이 학교에 입학하여 그 내부 사정을 기록했다.

『가이메이 사숙의 진실』에 따르면 이 학교의 수업 과목은 영어, 수학, 국어, 한문, 문학, 지리, 역사, 과학 외에 재봉, 가정, 체조, 고토 연주, 다도, 꽃꽂이, 보드게임 등이 있었다. 기숙사 청소며 요리도 학생들의 당번제로 행해졌고, 지극히 건전한 방식으로 자활이 이루어졌다. 이것은 모두 도미에의 제안을 받아들인 결과였는데, 여기에서도 도미에는 여전히 인기의 대상으로 학생들의 사랑을 한 몸에 받아 그녀가 가는 곳마다 소녀들이 몰려들었다고 한다.

또한 도지마에 따르면, 외국 작품의 독서회가 일상적으로 열렸고, "예전에 나카자이케 선생님이 친구들을 불러 대접했을 때와 조금도 다르지 않은" 형식이었다고 한다. 도지마가 참여한 모임에서 제임스 배리의 『작은 하얀 새』가 다뤄진 적이 있었는데, 도지마가 지적하듯이, 공원에 만들어진 아이들만의 국가가 마침내 세계를 삼켜가는 작품인 요시마루 요네의 『길개훈乞丐訓』*(1908)은

---

* 걸개는 걸인을 뜻한다.

『작은 하얀 새』와의 유사성이 보인다. 이처럼 '독서회'에서 이용한 재료로 소설을 썼을 가능성을 고려한다면, 도미에 일행의 작품 대부분이 주요 아이디어를 외국 작품에서 끌어왔다(고 여겨진다)는 얘기가 될 것이다.

그런데 1908년(메이지 41년) 2월, 그녀들에게 전환기가 찾아온다. 도미에가 미국인 교육학자 르네 톨먼의 권유에 따라 일 년 정도 미국 유학을 떠나겠다고 선언한 것이다. 단 일 년이라 해도 그녀와 떨어지고 싶지 않다며 동행을 요청하는 학생들이 많았지만, 허락은 떨어지지 않았다.

대체할 다른 강사를 마련해뒀지만, 메이지여자학교가 도미에라는 버팀목을 일시적으로나마 잃자 동요는 상당했다.

학생들은 그 시기에 오히려 오토라와 후지 사이가 회복된 것처럼 보였다고도 했다.

교관실敎官室에서 둘이 오토라의 본가인 전통과자점의 과자를 먹으며 진지하게 토론을 펼치는 모습이 자주 목격되었다. 내용은 시간의 성질이나 미래 사회의 형태, 종교 등으로 다양했고, 토론이 과열된 나머지, 두 강사가 수업 시간이 됐는데도 나타나지 않은 적이 몇 번이나 있었던 모양이다.

그런데 제로연대 SF의 역사에서는 그다지 중요하지 않지만, 그해에 또다시 스이바시를 이용한 시간 SF 한 권이 탄생했다는 점을 언급해두고 싶다.

스이바시를 다시 '시간을 넘나드는 다리'로 이용한 이는 기존의 두 작가가 아니라 후지였다. 방증사에서 출간된, 그녀에게는 첫 소설인『구사카가미』*(1908)가 그 책인데, 이것은 몇십 부만 출간되었고 현재 완전한 판본이 존재하지 않는다.

　'스이바시가 놓인 구마강에 조릿대 나뭇잎을 엮어 만든 장난감 배를 띄우고, 거기에서 떠오르는 파문으로 모든 사람의 미래를 읽어낼 수 있다'는 이야기인 모양인데, 미래 예측과 사상에 너무 기운 나머지 소설 형식을 제대로 갖추지 못했다고 한다.

　원본이 뿔뿔이 흩어져버렸기 때문에 이런 내용은 후지의 회고록 등에서 끌어모은 억지추측에 불과하다. 다만, 후지 자신은 여러 번 "부끄러워해야 할 졸작"이라 칭했고, 지인들이 가지고 있던『구사카가미』는 자기 손으로 모아다 불살라버렸다는 소문까지 돌았던 것은 사실이다.

　당시 도미에를 비롯한 그녀들의 소설이 인기를 얻자 그 영향으로 적은 부수의 서적 출판이 여학생들 사이에 유행했는데, 그것을 총관했던 곳이 방증사였다. 재산이 있는 양갓집 딸들을 노려 기념 출판 같은 형태로 책을 만든 다음 고액을 청구하는 악질업체였던 방증사는 그로부터 삼 년 후 해산 명령을 받는다. 후지 자신은 이

---

*화초 한두 개를 꽂는 작은 유리 꽃병. 거울 받침대를 이용한 반사광으로 꽃의 자태를 더욱 돋보이게 하고, 다양한 표정의 풍경을 만들어낸다.

런 사태와 관련해 생각한 바가 있었을지 모르지만 많은 말을 하지
는 않았다.

당시 대표적인 SF 작품 중에서 메이지여자학교 관계자들이 쓴
것은 요시마루 요네의 『걸개혼』, 고다이라 오토라의 『동창銅瘡』
(1908년 간행. 일본 최초의 종말 SF. 명료하게 에드거 앨런 포의
「적사병赤死病 가면」을 의식하고 있다), 그 밖에 가바 아마리의 『벌
들이 우는 언덕』(1907년 간행. 정보망 지성을 다룬 작품이 난무하
는 와중에 유일하게 생물의 집합지성을 다룬 점에서 주목할 만한
가치가 있다)이 있고, 나아가 도미에나 오토라의 작품에 영향을
받아 쓴 소설은 수없이 많아서 이때가 제로연대에서 SF가 가장 찬
란했던 시기라고 말해도 좋을 것이다.

그런데 1908년 10월, 이와 같이 무르익는 분위기에 가공할 만
한 일격이 가해진다.

제로연대 최대의 작품, 『후지와라 가문의 비첩秘帖』의 전편前篇
이 공개된 것이다. 작가는 놀랍게도 미국으로 건너가 부재중이었
던 도미에였다.

도미에는 일본을 떠나기에 앞서 후지도 오토라도 아닌 다른 강
사에게 이 원고를 맡겼고, 그 강사는 도미에의 말에 따라 "1908년
10월에 〈동경매일〉 기자에게" 그것을 넘겼다. 도미에는 일본과는
머나먼 바다로 가로막힌 땅에 있으면서도 이 문학적 폭탄을 터뜨
린 것이다.

이야기는 그간의 작품에서 보아온 것보다 한층 더 기기묘묘한 내용이었다.

이치조 천황 치세하의 어느 새벽녘, 세이 쇼나곤*은 중궁中宮 데이시에게 불려가 자기가 하는 이야기를 기록하라는 명을 받는다. 그것은 아직 생기지 않은 수백 년 후의 도읍에 관한 이야기였다. 하늘을 나는 인력거로 공중이 가득 차고, 영원히 밤이 찾아오지 않는 도읍 도쿄, 모든 사람이 늘 자기 심정을 와카처럼 읊고 얼굴 앞으로 잇달아 떠우며 거리를 걷는 도읍 에도, 사람 위를 사람이 걸을 정도로 혼잡하고, 인체를 마디마디 잘라 파는 시장이 서며, 원하면 불사不死를 얻을 수 있는 도읍 가마쿠라 등, 그 모든 내용이 데이시가 속한 후지와라 가문의 머나먼 자손들의 눈으로 묘사된 이야기였다.

이 작품은 등장과 동시에 유례가 없는 반향을 불러일으켰다.

표면적으로는 진귀한 도구와 개념의 나열이었지만, 현실과는 다른 모습으로 표현된 무수한 도시의 묘사는 마치 문명 비판 같았고, 또한 먼 미래의 도시에서부터 순서대로 묘사된 형식에는 어떤 은폐된 의도가 있다고 여겨졌다.

전반부만 발표되어 아직 결말이 밝혀지지 않은 이야기에 대한 허기도 화제에 박차를 가했겠지만, 가장 충격적으로 받아들여진

---

* 헤이안시대의 여성 작가이자 가인.

것은 독자에게 보내는 헌사였다.

"간사스럽게도 소저, 본 작품을 결말에 이르기까지 모두 쓸 수는 있으나, 아직 그 내々를 소상히 밝히지 않고 타인의 생각이 어디까지 미칠 수 있는지 삼가 보기를 원하는 바. 앙원하나니, 필력을 자부하는 자, 후편을 집필해보시길 바라오."

요컨대 이 작품의 '후편' 집필을 청한다는 내용이었다.

자기 이외의 저자가 쓴 '속편' 모집이라는 일종의 폭거는, 그러나 수많은 회답을 낳았다. 문학자 중에서도 다카마도 유유, 단 레이지, 이색적인 분야에서는 그리스도교 목사인 오시카와 마사아리 등이 '후편' 집필에 도전했다(주7). 다양한 매체에서 독자적인 '후편'이 발표되는 와중에 당연하다는 듯이 그 당시 여학생들 또한 '후편' 집필에 매진했다. 대량의 투고를 받은 〈여학동붕〉은 특별 호를 발간하지 않을 수 없었다.

그런데 메이지여자학교에서는 역으로 그 활동이 표면화되지 않았다. 도미에에게 심취한 여학생도 분명 많았을 텐데, 경쟁하듯 '후편'이 쓰이는 현상은 전국의 여학교 중 이곳에서만 발생하지 않았다.

그 이유는 『가이메이 사숙의 진실』에서 명백하게 밝혀졌다.

『후지와라 기문의 비첩』 및 후편 공모가 발표된 다음 날 아침부터 후지는 심하게 동요했고, 몇 주가 지난 후에는 "유령도 전율할 만큼 까칠하게 야위고 눈빛만이 유난히 형형한 채, 끝내는 머리칼이 마구 헝클어져 산중의 마귀할멈으로 착각할 만큼, 미야마에 선생님의 평상시 미모는 흔적조차 찾아볼 수 없었다"라고 쓰일 정도로 변해버렸다고 한다. 후지는 교사라는 직분과 도미에의 이야기에 어울리는 '후편'을 써야 하는 난제(그 야망은 누구의 눈에나 명확히 보였다)를 양립시킬 수는 없었던 것 같다.

한편, 오토라는 여느 때처럼 교단에 섰지만, 침식을 잊고 소설에만 몰두하는 후지를 차마 보고만 있을 수는 없었던 모양이다. 기숙사 밖으로 데리고 나가 타이르려 했으나, 후지가 "나는 선택받은 인간입니다" 하고 히스테릭하게 되받아쳤다는 풍설이 돌았다.

상황이 이러하니 여학생들은 『후지와라 가문의 비첩』을 거의 금기시해, 공공연하든 몰래 숨어서든 '후편'을 써볼 용기를 가질 수 없었던 것 같다.

메이지여자학교에 관한 상세한 사정을 알 수 있는 것은, 안타깝지만 이 시점까지다. 『가이메이 사숙의 진실』의 저술자인 도지마 데쓰초가 그 후로는 목격하지 못했기 때문이다. 그는 이 학교가 경계와 긴장감에 휩싸인 와중에 마침내 정체가 밝혀져 추방의 쓰라린 고통을 겪게 된다(주8).

한 가지 확실한 것은 같은 해 5월 31일, 가장 중요한 '후편'이 발표되었다는 것이다. 그 작가는 역시 후지가 아니라 오토라였다.

아래의 내용이 〈문연〉에 발표된, 오토라가 쓴 '후편'이다.

중궁 데이시는 결국 스스로 자신의 정체를 밝힌다. 그녀는 미래에서 과거로 거슬러 가며 사는 일족이었다.

메이지 200년이라는 아득한 미래의 도시 도쿄에서 생겨난 '전파뇌수'는 지구 전체를 지배하고 있고, 사람들은 그 명령에 따라 오로지 발전發電 철근 아치지붕과 발전망網으로 지상을 메우는 데 전념하며, 뇌의 진화를 위해서만 일하고 있다.

그녀의 일족은 그런 지배에 저항하기 위해, 조금씩 과거로 거슬러 가 그 시대에 '기술'의 씨를 뿌리며 '전파뇌수'를 타도할 수 있는 역사를 만들고자 하는 것이었다.

일족 중의 어떤 이는 수백 년 후에 발명되는 비행 기술을 시정市井 발명가에게 가르치고, 어떤 이는 미래의 의학 지식을 본초학의 내용인 양 위장해서 널리 퍼뜨리고, 어떤 이는 기술자와 군인을 대면시켜 무기 발달을 수백 년 앞당기고, 어떤 이는 와카집和歌集에 미래의 상황을 알리는 암호를 넣었다. 그리고 그 모든 이들은 자기의 수명이 다하기 전에 자신의 자녀를 더 먼 과거의 세상으로 보낸다.

자기가 알고 있는 다음 세상의 기술을 구사해 과거의 세계를 개조하며 역류해가는 것, 그것이 후지와라 가문에 이어져 내려온 사명이었던 것이다.

이 작품은 오토라에게 있어서는 지금까지 써왔던 내용의 총결산이었으며, 성난 파도처럼 어지럽게 뒤엉킨 발상들로 가득 차서 일종의 광기마저 감돌았다.

작품 안에서 세이 쇼나곤은 과거로 돌아가는 것의 비현실성을 강하게 주장한다. 그러나 중궁 데이시는 다음과 같이 답한다.

"시간의 형상은 물水처럼 흐르는 물物이 아니라, 무수히 늘어선 유수한 못沼과 같다. 사람은 개구리, 못에서 못으로 도약하며, 그것을 시각이라 부른다."

이 논리를 현대적으로 설명하자면 '시간에 연속성 따윈 존재하지 않으며, 무수한 각각의 독립된 시점에서 시점으로 인간이 돌아다니는 것이다. 따라서 강 상류가 하류를 지배하듯이 과거가 미래를 지배하지는 않으며, 때문에 과거를 바꿔도 모순은 생기지 않는다'는 식이다. 굳이 말할 필요도 없겠지만, 이것은 의식하고 쓴, 후지의 '타임 패러독스'에 대한 재반론이었다.

중궁 데이시는 일생을 바쳐, 궁궐에 증기구동 지식을 뿌리내리는 데 성공한다. 그녀 자신의 소임을 마치고, 다음 소임을 딸인 슈시에게 맡겨 더 먼 과거로 보낼 예정이다. 그쯤에서 데이시는 세이 쇼나곤에게 들려주던 이야기를 끝낸다.

이야기는 몇 년 후, 데이시가 말해준 증기식 월승루月昇楼라는 미래 세계의 기계 장치를, 노년에 접어든 세이 쇼나곤이 주렴 너머로 목격하는 장면으로 막을 내린다. 마지막 한 행은 중궁 데이시의 사세구*로 매듭지어진다.

---

* 죽을 때 남겨놓는 시가 따위의 문구.

"밤새 주고받은 사랑의 언약 잊지 않았다면 그리움에 흘리실 당신의 눈물, 그 빛깔 보고프고나."

작품이 발표되고 도미에의 귀국까지 남은 시간은 보름 정도뿐이었지만, 그 보름 동안의 '후편' 경쟁 결과는 오토라 한 사람의 압승이라는 세평이 지배적이었다. 그런데도 세간의 많은 사람들, 특히 메이지여자학교 학생들이 도미에의 귀국과 그녀가 타인의 '후편'에 대해 내리는 평가, 그리고 도미에 자신이 직접 쓴 '후편'을 마른침을 삼켜가며 지켜봤으리라는 상상은 쉽게 해볼 수 있을 것이다.

그러나 그 기대는 어긋나고 만다. 도미에가 귀국하는 날이었던 1909년(메이지 42년) 6월 10일, 메이지여자학교에 해산 명령이 내려진다. 처분 명목은 치안경찰법 제1조 위반이었다. 정부가 이 학교를 배제할 목적으로 이곳을 교육기관이 아닌 '결사結社'로 승인하는 결정을 내렸기 때문이다.

원인이 된 요소는 무수히 많았다. 『인간뇌수』의 내용을 곧이곧대로 받아들여서 전선을 자르며 돌아다니는 사람이 여럿 생겨난 것, 도시마 데쓰초를 사형私刑에 처한 것, 『후지와라 가문의 비첩』에 당시 정부와 황실의 중추에 있던 인물 여러 명이 실명으로 등장한 것(구조 씨의 넷째 딸은 그 당시의 황대자비였다). 그것 말고도 불씨로 삼을 꼬투리는 마음대로 골라잡을 수 있었다. 한 해 전에 일어난 적기사건*의 영향을 받아 제2차 가쓰라 내각이 사회운동과 소요에 대한 단속을 강화한 것도 탄압의 배경이었다.

무슨 계기만 있으면 이 학교에 해산 명령을 내릴 태세가 갖춰져 있었던 셈이다. 하필이면 그때, 6월 초순에 작가 다카마도 유유가 구마강 부근에서 괴한 집단에게 마구잡이 폭행을 당했다. 그가 "범인들은 여학생이었던 것 같다"고 증언했고, 이에 덧붙여 "내가 쓴 '후편'을 질투한 도미에의 신봉자 소행이다"라고 주장한 것이 최후의 결정타가 되었다(주9).

경관 부대가 메이지여자학교로 들이닥쳤을 때, 후지는 교관실에 혼자 틀어박혀, 산더미처럼 쌓인 원고 속에 파묻히듯 앉아 필사적으로 만년필을 끼적이고 있었다. 뺨은 움푹 꺼져 바짝 말라 있었고, 경관이 들이닥친 줄도 모르고 정신없이 글을 쓰고 있었다고 한다. 원고와 필기구를 빼앗길 지경이 되어서야 간신히 그 존재를 알아채 물고 달려들며 저항했기 때문에 후지는 그 자리에서 즉각 체포되었다(주10).

기숙사 안을 더 수색한 경관들은 도미에를 맞이하려던 수많은 여학생들과 강사들을 맞닥뜨렸지만, 의문스럽게도 도미에와 오토라의 모습이 어디에도 보이지 않았다.

---

* 1908년에 일본에서 발생한 사회주의자 탄압 사건.

같은 날 여학생 여러 명이, 스이바시에서 뛰어내리는 두 사람의 모습을 목격한다. 두 사람은 다리 난간에 올라선 후, 도미에가 오토라에게 손을 내밀어 이끄는 듯한 모습으로 떨어졌다고 한다. 다만, 분명 같은 장소에서 그 상황을 지켜봤을 목격자들이 어찌 된 영문인지 동쪽으로 뛰어내렸다는 사람과 서쪽으로 뛰어내렸다는 사람으로 나뉘었고, 그 논쟁은 끝내 결론이 나지 않았다.

이틀 후, 〈동양일보〉 지면에 '희대의 두 문필가, 홀연히 사라지다' 라는 제목이 대서특필된 기사에는 다음과 같은 정보가 실려 있었다.

"경찰이 구마강의 바닥을 수색했지만, 그녀들의 시체는 고사하고 유류품조차 발견되지 않았다. 도미에가 썼을 『후지와라 가문의 비첩』의 후편 또한 어디에서도 찾을 수 없었다. 도미에의 부모는 경찰에게 두 사람의 수색을 더 이상 요구하려 들지 않았다. 여학생들과 강사들이 총출동하여 필사적으로 수색을 펼쳤지만, 헛수고에 그쳤다."

그 후, 오늘에 이르기까지 두 작가의 행방은 묘연하여 알 길이 없다.

일본 SF 제로연대에 있어 가장 중요한 두 작가가 동시에 사라진 데다 메이지여학교라는 탐구의 장이 소실되었기 때문에 일본 SF는 일단 절멸한다. 일본 SF의 제로연대는 이렇듯 너무나 빠르게 싹을 틔우고, 꽃을 피우고, 져버렸다.

1910년대 중반 미야마에 후지의 『본방* 8000년 서책』(주11)에
서부터 시작된 일본 SF의 부흥에 관해서는 향후 연구에 맡기기로
하겠다.

---

* 일본열도를 간략하게 부르는 말.

주注

1. 예를 들어 구로이와 루이코 번역본 이외의 『암굴왕』*에 원작에는 없는 내용을 덧붙여 오리지널이라고 주장하며 당시에 널리 읽힌 책이 있다. 『「당글라스의 딸」 사건』(시미즈 료, 전론사) 『'번안'가의 시대─기타바타 모치즈키 「암굴여왕」』(시미즈 료, 개조출판국) 등을 참고할 것.

2. 구마강은 실제로는 보기보다 수심이 깊지 않기 때문에 자살 목적으로 스이바시에서 뛰어들어도 죽는 사람은 없었다. 〈지문국보〉에 따르면, 메이지 35년에 석 달 동안 일곱 명이 뛰어내렸는데, 그중 두 명이 찰과상을 입었다고 한다.

3. 당시 사진에 남아 있는 도미에를 보면, 늘 여학교의 보라색 하카마**를 입고 뭔가에 도전하는 듯 늠름한 표정을 짓고 있지만 항상 정면이 아니라 비스듬한 자세로 찍혀 있다.

4. 〈여학동붕〉에 한 차례 투고했지만, 여성 독자의 투고만 받는다는 거절 편지와 함께 반송되었다(오토라는 당초 이 작품을 다른 이름으로 발표하려 했다).

---

* 알렉상드르 뒤마의 소설 『몬테크리스토 백작』을 칭한다.
** 일본 옷의 겉에 입는 주름 잡힌 하의.

5. 어떤 규칙을 써서 어떤 방법으로 하면 이런 유희가 가능한지, 두 사람 말고는 누구도 알지 못했다.

6. 이 전설의 유포에 특히 공헌한 이는 1920년대의 후쿠라이福来 파 SF 작가였다.

7. 그중 1943년의 '소설 튜링 테스트'를 통과한 것은 오시카와의 작품을 제외하면, 모두 여학생들의 작품뿐이었다. 최고점인 180점을 받은 것은 오토라가 쓴 '후편'이다.

8. 그는 여학생들에게 에워싸여 가진 것을 모조리 털렸을 뿐 아니라, 거짓말을 계속한 벌이라 하여 강제로 밀어 넣은 비누로 입 안을 씻기는 등 비참하기 이를 데 없는 사형私刑에 처해졌다. 그때 소동이 벌어졌다는 소리를 듣고 달려온 오토라는 여학생들을 물러나게 하고, 그에게 바이스를 건네며 그 자리에서 남자를 포기하면 용서하겠다는 취지의 말을 매우 정중하게 전했다고 한다.

9. 이것은 훗날, 원고를 진척시킬 수 없었던 다카마도 유유의 광언狂言이었음이 드러난다. 진상이 탄로 난 다음 날, 그는 구마강에서 익사체로 발견되었다.

10. 추후 이 원고의 내용이 뿔뿔이 흩어져, 후지가 평생 남긴 70여 편의 SF 작품 중에서도 가장 중요한 몇몇 작품(커뮤니케이션 보조 툴을 예측한 『전인문차電人文車』, 대항관측병기対抗観測兵器를 예측한 『Deathstone Lens』 등)으로 발전 및 전용되었다.

11. 후지는 만년에, 1910년대 이후의 작가 활동 재개와 관련하여
    잡지기자에게 "다시 만나려면 세계를 앞당길 수밖에 없었기
    때문"이라는 말을 남겼다. 이 말을 한 다음 날, 후지는 장기이
    식 거부반응으로 인한 심부전으로 사망한다. 향년 51세. 일본
    인 최초로 달의 흙을 밟은 여성이었다.

미아하에게 건네는 권총

.

네 손안에 총이 있다. 차갑게 빛나는 검은색 총. 너의 조그만 손바닥은 익숙지 않은 그 새카만 무게가 당혹스러워 땀이 배어 있다. 한밤중에 몰래 숨어든 서재, 무수한 상처가 새겨진 고풍스러운 낡은 책상, 빛바랜 나뭇결이 괴물의 안구처럼 너를 겁먹게 했던 그 책상의 서랍. 칼끝이 녹슨 메스와 fMRI용 접속 플러그, 엑스선 필름, 잡다한 물건들, 그 맨 안쪽 깊숙이 들어 있는 총 한 자루. 너는 책상 앞에 웅크리고 앉아, 있는 힘껏 펼친 왼손을 손잡이에 얹고 있다.

예전 누군가가 그랬듯이, 너는 떨리는 손으로 총구를 관자놀이에 갖다 댔다. 총구의 감촉. 그 부위를 중심으로 체온이 올라가는 듯한 착각. 그러나 총이 불길을 뿜어낼 리는 없다. 그 총은 오래전 총알을 토해냈으니까. 그리고 두 번 다시 깨어나지 않을 테니까. 영원히.

총의 이름은 '웨딩나이프(WK)066'. 전 세계에서 몇백만 자루나 만들어진 총. 수많은 사람을 안녕으로 인도했을지도 모를, 축복해 마땅할 총. 그러나 어쩌면 수많은 영혼의 숨통을 끊었을지도 모를, 저주받은 총. 지금 네 스스로 관자놀이에 들이댄 920그램짜리 쇳덩어리의 실체는 과연 어느 쪽일까. 그런 질문은 아직 어린 너에게는 버겁다.

너의 숨결은 어느새 거칠어졌다. 너는 총에 완전히 매료되어버렸지만, 그럼에도, 그 총을 손에 든 이유를, 그제야 간신히 떠올린다. 자, 총을 내려놓자.

총을 시야에 담고, 혀로 어금니의 스위치를 조작한다. 곧바로 네 눈앞에, 정확하게는 네가 쓴 안경형 단말기(히에로니무스)에 전개된다, 문자가, 문장이. 대부분의 웨딩나이프에는 고유 '설명서'가 첨부되어 있다. 그 한 자루가 누구와 누구를 어떻게 맺어주기 위해 만들어졌는지 기록한 서류다. 너는 조용히 눈을 크게 뜨고, 단말기가 안구의 움직임을 읽어 초점을 맞출 때까지 기다린다.

그리고 읽기 시작한다. 간자에 미쓰구와 호조 미아하의 사랑 이야기를.

그들이 어떤 연유로 서로를 사랑하지 않게 되었는지에 관한 이야기를.

*　*　*

건배사는 외쳐졌는데, 간자에 미쓰구에게는 잔을 부딪칠 상대
가 없었다. 회장을 가득 메운 수많은 테이블 주위에서 참석자들이
서로 술잔을 부딪쳤지만, 그 테이블에는 미쓰구밖에 없었다. 환담
을 나누는 손님들도 미쓰구의 시야에는 하나같이 젖빛 유리에 가
로막힌 것처럼 흐릿하게 어른거릴 뿐이다. 옷 색깔과 모양으로 간
신히 남녀가 구별되는 정도다. 안경을 벗으면 그들의 모습을 선명
하게 볼 수도 있겠지만, 사교용 소프트웨어로 미쓰구에게 '말 걸
지 말아주세요' 사인을 보내고 있는데 굳이 경계심을 불러일으키
는 것도 우스운 짓이다. 눈길은 자연스레 연회장 안에 몇 안 되는,
미쓰구에게 또렷하게 '보이는' 인물, '말 걸지 말아주세요' 기능을
선택하지 않은 인간에게로 향했다.

신랑석에서 누군가에게 고개를 숙이며 인사하는 이 연회의 주
인공, 간자에 시온에게로. 미쓰구의 형이자 간자에 집안의 차남인
간자에 시온과 재벌가 따님의 결혼식 피로연 자리이긴 했지만, 미
쓰구는 시온을 간접적으로밖에 모른다. 형제 중 가장 큰 기대를
받았을 만큼 재능이 뛰어난 사람이었던 모양이긴 하다. 그는 자신
이 발안한 '임플랜트Implant' 의료를 통해 오늘에 이르기까지 다수
의 정신병을 지상에서 사라지게 했고, 지금도 없애나가는 중이다.

〈간자에 뇌의료〉가 목표로 내건 '뇌지도 완전해독'은 그에 의해 달성될 것으로 예견됐었다. 그가 열네 살에 가출해 도망치기 전까진.

지금 미쓰구가 보는 시온은 붙임성 있어 보이는 둥근 눈동자의 남자였다. 온화한 생김새며 겸손한 태도가 연구자보다는 영업직을 연상시켜, 도를 넘어선 야망 따윈 찾아볼 수 없었다.

그러나 그가 마냥 선량하지만은 않다는 것은, 이제 '간자에 시온'으로 검색해보면 누구나 알 수 있는 사실이다. 그는 열네 살 나이에, 우수 직원들을 데리고, 사전에 교섭해둔 거대기업의 자본 지원을 받아 독자적인 뇌과학 연구기관을 설립했다.

그렇다, 시온은 간자에 가문의 반역자인 것이다. 자금 면에서나 규모 면에서나, 간자에 시온이 창설한 〈동아東亞 뇌외과〉는 아직 〈간자에 뇌의료〉를 위협할 수준에는 이르지 못했지만, 경계해야 할 사업상의 적수임은 분명했다. 동아가 발표한 몇몇 기술은 간자에서 그를 중심으로 진행되던 연구였고― 예를 들어 거울 신경 세포 동기화에 따른 감정 추체험 시스템은 거의 완성 단계였다―결혼 역시 자금 면에서 든든한 후원자를 확보하려는 시온의 책략 중 하나인 셈이었다.

때문에 형식적인 결혼식 초대장을 받은 〈간자에 뇌의료〉의 의사연락회로서는 간자에 시온에게 최저 수준의 예의로 응할 필요가 있었다. 그 결과가 현재 간자에서 '가장 무가치한 인물', 열다섯 살짜리 학생이며 뇌의학이 아니라 경제학을 전공하고 있는 미쓰구를 대표로 참석시킨다는 결정이었다. 조직 차원에서는 최적의 판단이었고, 위험부담은 한 가지뿐이었다. 참석자 모두가 시온을 지지하는, 〈간자에 뇌의료〉를 잡을 포위망을 짜려는 기관의 인간이기 때문에, 미쓰구는 필연적으로 서먹하고 거북한 경험을 하게 되어 있었다. 그뿐이었다.

미쓰구는 무심코 중얼거렸다. "형이었으면……" 훨씬 노련하게 처신했을 텐데, 라고 말하려다 허둥지둥 입을 막았지만 이미 늦었다. 형이라는 말을 포착한 귓가의 본폰BonePhone이 착신을 알렸다.

"그렇지, 나 같으면 거절 사인 같은 건 무시하고 말을 걸었을 거야. 말 걸지 말라고 했는데 말을 건다고 법에 걸리는 건 아니니까. 하긴 뭐, 넌 우리 집에서도 낯가림이 제일 심하니까, 무리할 거 없어. 조직이 보증하는 낯가림, 그런 명예직이잖아."

"쓸모없는 사람 취급하지 마. 나름 열심히 일하고 있으니까."

통화 상대는 형인 간자에 가즈야다. 대외 교섭 활동이 많은 간자에 집안의 장남으로서, 가즈야는 타인과의 소통 욕구가 식욕 수준으로 높아지는 임플랜트 수술을 받았다. 그래서 늘 누군가와 얘기하고 싶은 충동을 느꼈고, 자칫 틈을 보이면, 여동생인 기리카나 남동생인 미쓰구, 그의 비서가 얘기 상대 역할을 맡아야 한다. 사업 파트너를 구속하지 않는 분별력은 있다지만, 그에 따르는 부작용도 있는 것이다.

"파티에 참석해놓고 사업 얘기도 안 꺼내고, 인사하러 돌아다니지도 않고, 그냥 밥이나 먹는 게 일이군."

듣기 좋은 아름다운 바리톤 목소리지만, 그것은 귀걸이형 본폰에 인스톨되어 있는 통화 소프트웨어가 가즈야의 육성을 변환해주기 때문이다.

"내가 의사연락회로부터 받은 지시는 파티에 참석할 것, 그것뿐이었어."

"그렇다면 간자에 제일의 원장이 직접 간자에 미쓰구에게 임무를 내려주지."

잠시 침묵이 흘렀다. 소프트웨어가 헛기침을 의미 있는 말로 인식하지 않고 생략했기 때문일 것이다.

"잘하면 의사연락회를 무릎 꿇게 만들 수도 있어."

미쓰구는 무심코 손으로 귓불을 가리듯이 덮고, 귀를 기울였다. 의사연락회의 감시원도 몇 명쯤은 이 대화를 도청하며 귀를 기울이고 있을 것이다. 그런데 뒤이어 들려온 말은 허를 찔렀다.

"여자를 꼬셔."

미쓰구는 그 자리에 고꾸라질 뻔했다. 손에 잔을 들고 있었기 때문에 흘러넘친 페리에가 테이블보를 적셨다. 웨이터가 달려왔다. 젖빛 유리 너머로도 알 수 있는 주변의 시선에, 미쓰구는 죄송해하며 고개를 숙이고 도망치듯 연회장을 빠져나왔다.

"야, 뭘 그리 놀라. 합스부르크 가문에서는 옛날부터 쓸모없는 인간의 용도는 정략결혼으로 정해져 있었어."

연회장 앞 복도에서 미쓰구는 혼자 허탈감을 떨쳐내듯 고개를 흔들었다.

"하긴, 명문가가 모인 것 같긴 하네. 모두 동아의 입김이 미칠 테니까."

"목표는 간자에 시온의 딸이야."

형이 재빨리 받아쳤다.

"〈동아 뇌외과〉는 이제 의사연락회의 최대 근심 사안이야. 그런 곳의 최고 권력자의 딸을 네가 잘 구워삶아서 푹 빠지게만 만들면, 만사가 해결돼. 간자에와 동아의 재통합도, 너의 입신출세도 결코 허황된 꿈은 아니지."

"꿈이야. 오늘 결혼하는 두 사람에게 아이가 태어나려면, 그것만 해도 대체 몇 년 후의 일인지 알아? 그리고 형의 딸을 꾀는 반사회적인 취향이 내겐 없어."

"아니, 아니, 양녀야. 국제연합 교육기관에서 맡아 키운 지진재해 고아인데, 논문도 몇 편 쓴 모양이야. 열두 살에 보조기억장지 이론을 완성시켰을 정도로 불세출의 천재지. 평판을 들은 시온이 자기 밑에서 연구를 돕게 하려고 형식적으로 양녀결연을 맺은 것 같더라고."

아, 그렇다면야, 하고 하마터면 고개를 끄덕일 뻔했던 미쓰구가 곧바로 다시 고개를 저었다.

"무슨 말인지는 알겠는데, 처음 보는 여자애한테 작업을 걸 만한 주변머리가 내겐 없어."

"그야 해보지 않으면 모르지. 철들 무렵부터 상아탑에만 틀어박혀 살아온 여자야. 다루기 쉬울 것 같지 않아? 게다가 너의 이상형은 분명 '나보다 압도적으로 똑똑한 인간'이잖아. 이건 다시없을 기회야. 내 말 잘 들어. 일단 옷매무새부터 단정하게 가다듬어. 그리고……"

조언이 여자들에게 먹히는 농담에 이르렀을 무렵, 미쓰구가 일방적으로 연결을 끊었다. 소프트웨어를 매개로 한 탓에 제대로 파악되지 않았던 형의 장난기가 점점 더 분명하게 느껴졌던 것이다.

연회장 문을 향해 걸어가며, 또다시 젖빛 유리의 공간과 마주할 각오를 다지고 깊은 숨을 몰아쉬었다. 그런데 웬일인지 일단 옷매무새부터 단정하게 하라는 형의 말이 떠올라서 무심코 양복 옷깃을 가다듬었다. 넥타이도 똑바로 고쳐 매고, 마지막으로 헐거워진 구두끈을 다시 묶으려고 몸을 숙였다.

그 순간 휘익 하고 바람을 가르는 소리가 들렸다. 몸을 숙인 채로 위를 올려다보니, 조금 전까지 자기 머리가 있었던 위치에서 무엇인가가 은빛으로 반짝이고 있는 게 아닌가. 돌아서는 동시에 재빨리 몸을 피하며 그 자리를 벗어났다. 시야로, 예리한 은빛 무기를 들이미는 흰 가운이 날아들었다. 가운을 입은 인물이 미쓰구의 목덜미를 노리고 뒤쪽에서 칼인지 뭔지를 휘둘렀다는 걸 알아차리기까지 걸린 시간은 불과 몇 초. 가운이 움직였다. 이쪽으로 온몸을 날리며 공격하듯이. 이번에는 은빛 날붙이가 미간을 노리며 바짝 다가왔는데, 미쓰구가 순간적으로 허리를 낮춰 안경이 날아가는 정도에서 끝이 났다. 미쓰구가 재빨리 다리에 태클을 걸자, 적은 그 자리에 엉덩방아를 찧었다. 은빛 무기가 바닥으로 나뒹굴었고, 미쓰구는 상대의 무기가 의료용 메스임을 깨달았다.

안경이 벗겨진 덕분에 미쓰구는 상대를 또렷하게 볼 수 있었다. 새로 장만했는지, 눈이 시릴 정도로 깨끗한 새하얀 가운. 렌즈가 두꺼운 히에로니무스는 다양한 소프트웨어를 인스톨할 수 있는 연구자용이었고, 뒤로 묶은 머리도 실험에 방해가 될까 봐 그런 것 같았다.

그리고 깊이를 알 수 없는 커다란 눈동자. 미쓰구보다 키가 조금 컸지만, 상대는 소녀였다.

"그래 뭐, 그렇게 쉽게 끝나진 않겠지."

조용한 그 목소리에, 미쓰구의 등줄기가, 전류가 흐르듯 빠르게 서늘해졌다. 소녀는 눈썹 하나 까딱하지 않고, 부드러워 보이는 입술만 일그러뜨리며, 뭔가에 싫증이 난 듯 실망스러운 표정으로 흰 가운의 매무새를 가다듬었다. 그러나 눈 깊은 곳에는 살의가 서려 있었다. 고요하게, 무자비한 사형집행인의 그것처럼 고요하게, 차디찬 살기를 머금은, 얼어붙은 눈동자였다.

목숨을 잃을 뻔한 위기는 넘겼지만, 눈앞에 있는 정체 모를 상대에 대한 공포 때문에 미쓰구는 너무나 혼란스러웠다. 저도 모르게, 땀이 밴 손을 양복 자락에 몇 번이나 훔치고 있었다. 그리고 가까스로 말을 쥐어짜냈다.

"뭐 하는 짓이야?"

핵심을 찌르는 말이었지만 얼간이 같은 질문이었다. 상대는 무기력한 듯이 어깨를 실룩 움츠렸다.

"순수한 살인미수 외에 조금 전 내 행위를 달리 설명할 방법이 있을까?"

못 알아듣는 말도 아닌데, 이방인을 마주한 것처럼 당혹스러웠다. 혀를 움직여 송곳니를 특정 리듬으로 건드리면 밖에서 대기 중인 경호원에게도 경보가 울리겠지만, 그 고용주인 의사연락회에 빚을 지고 싶지는 않았다.

"너 대체 뭐야?"

무리하게 뱉은 목소리는 살짝 갈라져 있었지만, 상대는 시원스럽게 대답했다.

"호조 미아하."

미아하. 어디선가 들어본 적 있는 이름이었다. 검색을 해보려는데, 문득 히에로니무스가 벗겨졌다는 사실이 떠올랐다. 그것을 꿰뚫어보기라도 한 듯 상대기 말했다.

"내가 직접 붙인 이름이야. 소설에서 따왔지. 21세기 초 디스토피아 문학에서."

그 말을 듣자, 어디에서 그 이름을 봤는지 떠올랐다.

"······『성서』구나."

"흠, 아버지한테 듣긴 했지만 당신들은 역시 그걸 '성서'라고 부르네."

간자에의 의사연락회에 소속된 사람이면 누구나 가지고 있는 물리서적이 있다. 포켓 사이즈이지만, 금박을 새긴 호화로운 장정의 새하얀 책. 지난 세기 말부터 이번 세기 초까지의 뇌과학 관련 장편소설과 단편소설을 모아놓은 책. 3단 조판 형식에 1000페이지가 조금 안 되는 앤솔러지. 뇌과학 여명기의 비전이나 오해를 파악하기 위한 교본으로 십여 년 전에 의사연락회가 엮은 책인데, 그 모양새 때문에 '성서'라고 불린다. 따라서 그 책을 가지고 있다는 것은 〈간자에 뇌의료〉와 인연이 있는 인간이라는 뜻이다. 타이밍이 지나치게 절묘한지라 좀체 그런 생각을 떠올리기가 쉽지 않았지만, 차차 눈앞의 상대가 누구인지 짐작이 가기 시작했다.

"시온 씨의 딸인가? 기술을 인정받아 양녀가 되었다는."

소녀 미아하는 말없이 고개를 끄덕였다. 상대가 누구인지 알게 되자 마음의 여유가 생긴 탓일까, 속에서 부글부글 화가 치밀어 올랐다.

"동아의 당신에게 내가 '적'인 것은 이해합니다. 하지만 그게 목숨까지 노릴 명분이 될 순 없어요. 묻겠습니다. 왜 나를 찌르려고 했죠?"

미아하는 대답은 하지 않고 그 자리에서 몸을 숙였다. 미쓰구는 경계 태세를 취했다. 하지만 소녀는 발밑에 떨어져 있던 미쓰구의 히에로니무스를 주웠을 뿐이었다.

"호기심이지. 간자에 미쓰구가 죽으면, 〈간자에 뇌의료〉며 〈동아 뇌외과〉가 어떻게 움직일지 관찰하고 싶었거든."

미아하가 아무렇게나 획 던지는 안경을 미쓰구가 가슴으로 허둥지둥 받아냈다.

"하지만 이 실험은 단념할래. 이젠 불시 공격도 할 수 없게 됐고, 연구실에서 메스 다루는 거에 비하면 의외로 성가신 작업이었어."

그렇게 말한 소녀는 나지막이 하품을 했다. 이해할 수 없는 그 언동은 연구자라기보다 살인귀를 연상시켰고, 미쓰구의 등줄기가 또다시 서늘해졌다. 이토록 충동적으로 살인을 시도하는 상대가 지금껏 어떻게 제대로 된 사회생활이나 연구를 할 수 있었는지 이해가 안 됐다.

"그럼, 난 이만 실례하겠어. 그쪽한테 무슨 의도가 있었는지 평범한 인간인 나로서는 도무지 이해가 안 되지만, 흥미나 호기심만으로 목숨을 노렸다니 도저히 참아줄 수가 없군."

미쓰구가 발길을 돌리려 하자 미아하가 혼잣말처럼 중얼거렸다.

"붙잡지는 않을게. 하지만 나시 들어가 마지막까지 이 결혼식을 봐두는 게 현명하지 않을까? 안 그러면 보나 마나 그 연락회인가 뭔가 하는 곳에서 두고두고 손가락질하지 않겠어?"

미아하는 가운 자락을 팔랑팔랑 휘날리며 곧장 문 너머로 사라졌다.

미쓰구는 아무도 없는 복도에서 한동안 망설였지만, 그 말이 마음에 걸려서 결국 다시 들어가기로 했다. 연회장 문을 열자, 실내는 어두웠고 여기저기에서 환호성이 터져 나왔다. 모두들 칵테일 잔을 손에 들고, 그것을 물끄러미 쳐다보고 있었다. 미쓰구도 부랴부랴 웨이터에게서 잔을 받아들었다. 눈높이까지 들어 올린 잔, 그 안에 담긴 칵테일 속에 빛나는 문자가 떠 있었다. 잔에 프린트된 AR코드 정보에 따라 액체에 문자나 영상을 띄우는 건 새로운 기술은 아니었다. 문제는 거기에 전개되는 내용이었다.

후원자를 얻은 〈동아 뇌외과〉가 향후 실용화시킬 예정인 신기술. 뇌 속의 모습을 정밀하게 그려내는 fMRI 소프트웨어. 압축언어습득 임플란트. 장시간 불면효과가 있는 영양제. 성도착 치료약…… 무수한 정보들이 떠올랐다 사라졌다. 분명 내빈 모두는 손에 든 잔에서 전개되는 미래도에 환희를 느끼고 경외심을 품을 것이다. 기자들은 하나같이 뉴스 기사를 입력했고, 일반 손님들은 소셜네트워크에 정보를 흘렸다.

그런 와중에 미쓰구는 혼자서 동아의 선제공격에 전율하고 있었다. 그러나 칵테일 잔 속에 잇달아 떠오르는 기술발표 영상에 대한 충격을 고스란히 드러낼 수도 없는 노릇이었다. 그랬다가는 간자에 대표(자신)의 얼빠진 얼굴이 누군가에게 찍혀 동아의 홍보에 이용될 게 분명했다.

"마지막으로 오늘의 피로연을 마무리하는 식을 거행하고자 합니다."

신랑 – 시온의 말을 듣자니 아직도 비장의 카드가 남아 있는 것 같아 이가 갈렸다. 웨이터가 들고 온 물건은 자개와 문양으로 장식된, 오르골 모양의 네모난 상자였다. 그것이 신랑과 신부 앞에 하나씩 놓였다.

"이것은 오늘 소개해드린 기술 대부분의 이론을 세운 저희 딸이 직접 설명해드리겠습니다."

조명을 받아 더 희어진 가운을 선명하게 휘날리며 미아하가 앞으로 걸어 나갔다.

"〈동아 뇌외과〉 제2연구소의 개발부 주임이며 신동아대학의 뇌과학 교수를 맡고 있는, 우리의 자랑스러운 딸 호조 미아하를 소개하겠습니다."

박수를 받으며 등장한 미아하는 인사말도 서두도 없이, 본폰을 통해 참석자들에게 목소리를 날려 보냈다.

"간자에가 신봉하는 『성서』에, 호주 작가가 쓴 이런 내용의 소설이 수록되어 있습니다."

미아하가 머리를 움직이자 묶은 머리가 나붓나붓 흔들렸다. 미쓰구는 왠지 미아하가 자기 쪽을 본 것처럼 느껴졌지만, 기분 탓인지는 알 수 없었다.

"언젠가 서로의 사랑이 식어갈 것이 두려웠던 커플이 영원한 사랑을 위해 임플랜트로 자신들의 감정을 고정한다. 결과적으로 서로의 사랑이 식어갈 것에 대한 불안을 영구히 뇌에 새기게 된다는 희극입니다. 예전에는 비극이었을지도 모르지만."

에두른 유머에 누군가가 소리 죽인 웃음을 흘렸다.

"이 자리에서 선보일 것은 특정 개인을 인식하는 데 이용되는 뉴런을 파악하고, 그 활성화에 반응해, 호의판단을 담당하는 회로를 작동시키도록 설정된 임플랜트입니다. '특정 인간을 영원히 사랑하기' 위한 장치인 셈이죠. 의심할 여지가 없는, 영원한 사랑의 보증. 앞으로의 일생을 함께할 두 사람에게는 없어서는 안 될 것입니다. 미리 말해두자면 세뇌에는 사용할 수 없겠지요. 본인 동의하에 장기간 fMRI 검사를 받지 않으면, 표적 뉴런을 특정할 수 없기 때문입니다."

신랑과 신부가 거의 동시에 상자를 열었다. 안에 담긴 것은 멀리서 보기에도 중량감이 느껴지는, 흐릿하고 검게 빛나는 총이었다. 연회장에 술렁임이 일었다. 신랑과 신부 앞에 각각 한 자루.

"시중에 판매되는 임플랜트는 비강鼻腔 주입 형태가 많지만, 뇌에 직접 주입하는 방법이 비용은 많이 들더라도 보다 효율적이라는 건 상식입니다. 이번에 그 주입 장치를 주사기가 아니라 권총으로 디자인한 이유는,"

조명이 더 어두워졌다. 빛을 받는 사람은 신랑과 신부뿐이었다.

"단순한 극적 효과일 뿐입니다."

신랑신부 두 사람은 서로에게 가까이 다가가 상대의 이마에 총을 겨눴다. 조금 전까지 술렁거렸던 홀이 쥐 죽은 듯 고요해졌다. 모두 마른침을 삼키며 그 광경을 지켜보았다.

"우리는 이 총에 '웨딩나이프'라는 이름을 붙였습니다. 케이크에 나이프를 찔러 넣듯이 뇌수에 메스를 댐으로써, '아플 때나 건강할 때나'로 시작되는 혼인 서약은 말로 할 필요도 없이 자명한 것이 됩니다. 그들의 사랑은 오늘부터 흔들림 없는 과학으로 보증됩니다. 영원한 인연에 축복이 함께하기를."

방아쇠가 당겨졌다. 팡 하고 폭죽이 터지는 듯한 소리가 났지만, 그것도 연출에 불과하겠지. 총성은 아니었다. 생김새야 권총과 똑같았지만, 총구에서 뿜어져 나온 것은 총알이 아니라 극소장치를 주입하는 바늘뿐이었다. 두 사람은 쓰러지거나 잠들지도 않았고, 서로 미리 짜기라도 했는지 미소를 주고받았다. 그리고 총을 내려놓은 시온이 말을 이어받았다.

"물론 임플랜트 수술은 나노머신 프로그램에 따라 실행되기 때문에 현시점에서는 아내와 저의 뇌에 변화가 없습니다. 여섯 시간 후 임플랜트 장치가 가동되기 시작할 때, 저희는 불멸의 사랑을 얻게 됩니다. 배우자에 대한 사랑, 자식에 내한 사랑, 이웃에 대한 사랑 등 반응회로야 다양하지만 이 기술의 응용으로 인류가 누구도 미워하지 않고, 사랑이 깃든 가슴으로 마주하는 것도 가능해지겠지요."

호조 미아하는 이제 자기 역할은 끝났다는 듯이 신랑신부 옆에서 벗어나 어둠 속으로 사라지며 이번에는 육성으로 말했다. 마치 누군가 특정한 한 사람을 향해 하는 말인 듯이.

"인류는 사랑을 정복했다. 〈동아 뇌외과〉가 세계를 바꾼다. 흔들림 없는 사랑이 사람을 바꾼다. 세계가, 인간이라는 존재가 바뀌어가는 시대를 특등석에서 관람하시길."

다음 날 아침부터 〈동아 뇌외과〉의 세계 전략이 시작되었다. 이미 임상시험을 마치고 동시 출시된 다양한 기술들은, 예를 들면 중앙아메리카에서 다수의 마약 조직을 괴멸시켰고, 예를 들면 아시아 몇몇 나라에서 교육 제도를 붕괴시켰다.

사회에 가장 큰 충격을 안긴 기술은 역시 '웨딩나이프'였다. 시온과 신부가 서로에게 총을 겨누는 장면과 그로부터 십여 시간 후 영원한 사랑을 얻은 두 사람이 정식 인터뷰를 하는 영상은 눈 깜짝할 사이에 1억 회 넘게 재생되었다.

"물론 서로에게 총을 쏘기 전부터 우리의 사랑은 진실했습니다. 그렇지만 지금은 이렇게 아내와 함께 있는 것만으로도 행복한 기분과 따뜻한 마음이 가슴속에서 용솟음치고, 그것이 영원히 다하지 않으리라는 것을 압니다. 진실한 사랑은 극적이지 않습니다. 그러나 그녀의 웃는 얼굴은 언제까지나 나의 행복이고, 그녀와 나누는 대화는 언제까지나 나의 평온입니다. 이런 확신이야말로 진실한 사랑입니다."

다정하게 웃으며 행복하게 눈빛을 주고받는 시온과 아내의 모습은 세계를 열광시켰다.

'영원한 사랑을 거부하는 이는 동반자로 선택할 수 없다.' 이것은 동아가 만든 구호가 아니라, 자연발생적으로 이 시대 사람들에게 생겨난 '사상'이었다. 상대를 평생 사랑할 마음이 진정이라면, 말에서 그칠 게 아니라 화학적인 보증을 덧붙이는 게 무슨 문제냐는 것이었다. '웨딩나이프'는 일반 대중에게도 연금이나 보험을 뛰어넘는 인생의 '보증'으로 받아들여졌다. 출시 일 년 만에 총의 은혜를 입은 부부가 십만 쌍을 넘어섰다. 너무나도 우아하게, 동아의 '사랑'은 세계를 침략해갔다.

이에 대해 〈간자에 뇌의료〉의 의사연락회 일부가 취한 전략은 추하고 졸렬했다. 베트남에서는 동아와 제휴한 나노머신 제조업체가 갑작스러운 파업으로 인해 부득이하게 생산을 정지해야 했고, 미국에서는 동아의 임플랜트 도입에 적극적이었던 대학병원에서 발생한 사소한 사무 실수가 대규모 의료소송으로 둔갑했다.

그런데도 동아의 기세는 꺾이지 않았고, 두 세력이 투쟁하는 소용돌이 속에 있던 미쓰구는, 미아하의 예언이 현실로 변해가는 모습을 차라리 후련한 심정으로 지켜보았다.

그러나 결국 미아하는 세계를 바꾸지 못했다.

그보다 앞서, 세계가 그녀에게 날카로운 발톱을 드러냈기 때문이다.

* * *

미쓰구는 나리타공항에서 신동아 종합병원으로 향하는 택시 안에서 히에로니무스에 제시된 정보지 기사들을 훑고 있었다. 그중 첫 소식은 미쓰구가 하노이의 의료부품 업체와 상담을 하는 와중에, 세계를 휘돌아 미쓰구에게도 도착했다. 의사연락회의 결정에 따라 교섭이 마무리될 때까지는 귀국을 앞당길 수도 없어서 그가 나리타행 비행기에 오른 것은 '사고' 발생 후 이 주가 지나서였다.

그들 형제의 큰형은 시애틀로, 큰누나는 산호세로 각자 학회에 참석차 가 있었다. 그런 까닭에 의사연락회 일부의 폭주를 막지 못했는지도 모른다.

기사는 차가운 사실만을 전하고 있었다. 간자에 시온과 아내, 그리고 양녀인 미아하가 비자동운전 자가용을 타고 신토메이 고속도로를 달린 이유는 학회 날짜와 한 달에 한 번 있는 대중교통 정지일이 겹친 우연 때문이었다. 운전기사까지 포함해 네 명이 탄 세단은 급커브를 미처 다 돌지 못하고 보호난간에 부딪히며 크게 파손됐다. 라이프로그 조사 결과, 사고현장 바로 앞 육교에서 누군가 포인터로 운전기사의 안구를 겨냥해 강력한 레이저를 쏜 것이 확인되었다. 사고 당일 전파자 위치정보를 추적해 밝혀낸 범인은 인간뇌파派의 테러리스트였는데, 인근 고속도로 휴게소 화장실에서 목을 매고 죽었다. 폭행으로 체포된 전력이 있었고 그 형벌로 뇌에 공격충동억제 임플랜트를 심었는데도, 그가 또다시 범죄를 저지를 수 있었던 이유에 대해선 밝혀진 것이 없었다.

그리고 지금 간자에 미쓰구의 비즈보드에는 "〈동아 뇌외과〉 특허권 131, 1791, 2201, 2202, 〈간자에 뇌의료〉에 양도" "가부라기 기술연구소, 〈동아 뇌외과〉와 제휴 파기" "〈간자에 뇌의료〉 동아제약 주식 50퍼센트 취득"이라는 내용의 문서가 사고 당일부터 대량으로 밀어닥치고 있어 기능이 마비될 지경이었다.

문서를 확인하는데 속이 울렁거리는 불쾌한 기분이 엄습했다. 차멀미인지 뭔지 확실치 않았다.

"됐어요. 여기서 내려줘요."

미쓰구는 목적지를 수백 미터 앞둔 길가에서 차를 세웠다.

그러니 그것은 분명 우연이었다. 병원으로 이어지는 남은 길을 걸어가던 중, 횡단보도 너머에서 '사고'의 유일한 생존자를 발견한 것은. 하얀 환자복 위에 흰 가운을 덧입은 소녀의 모습을.

호조 미아하는 나무 지팡이를 짚고 있었다. 사고로 절단할 수밖에 없었던 다리의 장애를 보완하기 위한 지팡이. 옷 속이라 보이지는 않지만 의족도 달았을 게 틀림없다. 최신 의족은 뇌의 전기신호를 읽어내 균형을 잡고 특정 부위에 힘을 줄 수도 있어서, 몇 시간만 들여 익숙해지면 원래 있었던 다리처럼 뜻대로 움직일 수 있다. 지금은 그 훈련 중이겠지. 그러나 일반적으로 그런 재활치료에는 활동 보조인이 따라다니게 마련이다. 미아하 스스로, 그런 동행을 냉정하고 완고하게 거절하는 모습을 쉬이 떠올릴 수 있었다.

멀리서는 표정을 읽을 수가 없었다. 그러나 이따금 멈춰 섰고, 숨이 차는 듯 어깨를 위아래로 들썩거렸다. 한 차례 쉬었다가 자세를 바로잡고 다시 걷기 시작하는 그 모습을 바라보고 있으니, 미쓰구는 미아하에게 말을 거는 것이 몹시 무모하게 느껴졌다. 미아하는 이해할 수 없는 이유로 자기를 살해하려 들었고, 간자에를 향해 도발적으로 선전포고를 한 이형異形의 존재였다. 그때의 미아하가 상대라면 무슨 말이든 던질 수 있을지도 모른다. 그러나 저토록 '인간답게' 연약해 보이는 지금의 미아하에게는 오히려 더 얼어붙고 말았다.

바로 그 순간, 미아하의 옆으로 오토바이가 휙 하고 지나갔다. 손에서 놓친 지팡이가 바닥에 나뒹굴었고, 균형을 잃은 소녀는 아스팔트 위에 무릎을 꿇었다.

미쓰구는 반사적으로 달리기 시작했다. 곁으로 뛰어가, 자기 힘으로 일어서려 애쓰는 소녀의 손을 잡았다. 소녀는 아주 잠깐 망설이더니 손을 맞잡으며 몸을 일으켰다. 일어선 소녀가 얼굴을 들었는데, 고맙다는 인사를 하려 했는지 열었던 입술이 '고'의 형태로 굳어버렸다.

그때 미아하의 표정이 어떻게 변해갔는지, 미쓰구는 평생 잊지 못할 것이다. 알아챔, 한순간의 치욕, 그리고 마음을 검게 뒤덮어버릴 듯한 증오. 그 눈빛에, 미쓰구는 계단을 끝없이 굴러떨어지는 듯한 기분에 휩싸였다.

시선에 마음이 타버릴 것 같은 침묵을 깬 것은 역시 미아하였다.

"대단히 만족스럽겠지."

미아하가 손을 뿌리쳤다. 균형을 잃고 또다시 넘어지는 게 아닐까 걱정될 정도로 매몰차게.

"간자에 시온과 그의 아내를 처치하고, 딸은 아무짝에도 쓸모없는 존재로 만들어놓았으니. 하지만 승부를 시작한 건 이쪽이야. 패배해서 무엇을 잃었든 간에 내가 짖어댈 말은 없어. 굳이 한마디 한다면, 축하해. 너희는 훌륭하게 내 모든 걸 망가뜨렸어. 연구도, 재산도, 영혼까지도."

미쓰구는 목소리가 나오지 않았다. 미아하의 한마디 한마디에 자기 주변의 세계가 증오의 냉기로 뒤덮여 얼어붙는 것 같았다. 그 정도의 적의였다. 조금 전까지 아무렇지 않게 서 있던 지면이 언 땅으로 변해 발밑에서부터 얼어붙는 것 같아, 무심코 부르르 몸이 떨렸다. 시선 둘 곳을 몰라 이리저리 방황하다가 문득 지팡이가 여선히 바닥에 있다는 사실을 떠올리고, 그것을 집어 미아하 쪽으로 내밀었다.

"〈간자에 뇌의료〉를 대표해서 사죄드립니다. 도리에 어긋난 수단으로 당신에게서 소중한 것들을 빼앗은 점. 당신의 몸에 상해를 입힌 점."

미아하는 낚아채듯 거칠게 지팡이를 끌어당겼다. 그러곤 "사죄의 말 따윈 필요 없어. 가능하면 내 앞에서 빨리 사라져줄 수 있을까?"라고 말하더니, 의족을 끄는 듯한 어색한 동작으로 발길을 돌렸다.

미쓰구는 그 등에 매달리듯 말을 건넸다.

"일부 의사연락회의 폭주였어요. 대다수는 그런 방법을 비난하고 있습니다. 우리 형제들은 창업자 일가지만, 그들의 투쟁노선과는 거리를 두고 있어요."

"너한테는 책임 없잖아? 그럼 그걸로 된 거잖아."

미쓰구가 허둥지둥 달려가 그대로 자리를 뜨려는 미아하의 앞을 막아섰다.

"기다려요. 나는…… 나는 당신을 지키러 왔어요."

이쪽을 바라보는 미아하의 눈동자에는 미쓰구에게 메스를 들이 댔을 때 이상으로 차가운 냉기가 서려 있었다. 그 깊은 눈동자에 삼켜지지 않으려고, 미쓰구는 단숨에 말을 쏟아냈다.

"간자에에 대항할 수 있는 두뇌를 가진 당신을 보호할 방법은 단 하나. 간자에의 이름으로 지키는 거야. 당신이 간자에 일가로 들어오면, 의사연락회에서도 더 이상 손댈 수 없어. 그들에게는 '간자에의 일원으로 그룹 내부에 있는 것'은 일종의 성역이고, 당신의 지성만 흡수할 수 있다면 그들이 당신을 건드릴 이유도 사라져. 그러니 우리 쪽으로 와줬으면 해. 우리 형제 누군가의 양녀라는 형식으로."

미아하의 긴 속눈썹이 그늘을 드리웠다. 눈을 가늘게 뜨고 옅은 미소를 머금었기 때문이다.

"그것이 '의사연락회'의 제안인가?"

이번에야말로 말문이 막혀버린 미쓰구를 향해 미아하가 가차없이 내뱉었다.

"'죽고 싶지 않으면 두 손 들고 같은 편이 되어라', 그런 협박으로 받아들여도 되겠지?"

"거래, 라고 생각하면 어때."

미쓰구가 가까스로 고안해낸 설득 방법은 거래 상담이라는 자신의 영역으로 무리하게 끌어들이는 것이었다.

"〈간자에 뇌의료〉는 유능한 아군은 최대의 존경심으로 대우하지. 연구 시설과 환경은 당신이 원하는 대로 제공할 수 있고. 동아 이상의 조건이야. 그리고 당신이 연구를 지속해 큰 공헌을 해준다면 의사연락회도 당신의 견해를 무시할 수 없게 되고…… 당신이 점령할 수도 있어. 만약 당신에게 복수할 의지가 있다면, 우리 쪽으로 들어오는 게 최선이야. 나도 돕고 싶어."

미쓰구는 별안간 그 자리에 주저앉으며 두 손을 바닥에 짚고, 머리를 낮게 더 낮게 숙였다. 마음을 굳게 닫아버린 미아하를 지킬 수 있는 방법이 달리 떠오르지 않았기 때문이다. 정오의 뜨거운 돌바닥에 이마가 달아올랐다.

"부탁이야. 우리 가족은 시온 형의 딸인 당신을 더 이상 불행하게 내버려둘 수 없어. 제발 이쪽으로 투항해줘. 이것이 내가 할 수 있는 최대치의 제안이야."

침묵 위를, 장소와는 어울리지 않는 전기자동차의 경쾌한 경고음이 스치고 지나갔다. 미쓰구는 자기 얼굴에서 바닥으로 뚝뚝 떨어지는 땀을 느끼고 있었다.

"일주일만 기다려. 답을 하지."

분노도 모멸도 아닌, 평탄하고 무감동한 어조의 목소리가 내려왔다.

그리고 한 발, 또 한 발 지팡이를 짚는 소리. 소녀가 멀어지는 발소리. 얼굴을 들자, 지팡이에 의지해 걸어가는 소녀의 뒷모습이 차츰 작아졌다. 그 모습이 사라진 후에야 미쓰구는 간신히 귀로 손을 뻗어 본폰을 더듬었다.

간자에 미아하로부터 긍정적인 답변을 얻었다고 의사연락회에 전하기 위해.

***

의사연락회에 하는 정식 보고는 그로부터 두 달 후가 되었다.

"호조 미아하 교수에게 몇 가지 질문을 드리겠습니다. 당신은 사흘 전 서류를 제출하여 간자에 미쓰구의 양녀가 되었습니다. 이것이 당신의 자유의사에 따른 것이며, 의식을 상실시키는 수단이나 협박에 의한 것이 아님을 이 자리에서 증언할 수 있습니까?"

"어, 틀림없어."

멀리서 울리는 시시오도시* 소리가 이따금 정적을 깨는 다다미방이었다.

미쓰구와 미아하가 나란히 방석에 정좌하고, 면접관처럼 일렬로 앉은 의사연락회 상임이사 십여 명이 마주하고 있었다. 그런데 이런 표현은 옳은 것 같으면서도 옳지 않다. 환경 자체는 매우 전근대적이지만, 미쓰구, 미아하, 연락회의 높으신 분들은 사실 누구한 사람도 같은 공간에 있지 않았다. 다다미방은, 실제로는 거기에 아무도 없을 뿐 아니라 물리적으로 존재하지도 않는다.

나란히 앉은 이사들 중, 메리 셸리 아이콘이 말했다.

"미아하 씨가 신동아에서 주도했던 연구 중 신체결손자의 환지통** 억제 관련 실험도 있었는데, 그건 간자에서 내가 맡게 됐어. 그런데 fMRI, MEG, Domino, 어느 데이터를 확인해도 환지

---

* 위쪽 대나무 홈통에서 아래쪽 대나무 홈통으로 물이 떨어져 차면 아래쪽 대통이 서서히 내려가다 시소처럼 튕겨 오르는데, 그때 대통의 뒤가 돌을 때려 소리가 나는 장치.

** 팔다리를 절난한 환자가 이미 없는 수족에 아픔과 저림을 느끼는 현상.

통의 발화 패턴이 시기마다 달라서 임플랜트에 의한 항상적 저해가 어려워. 입원 중 그 해결책과 관련해서 뭐 떠오른 게 없을까?"

"처음부터 오해가 있었던 것 같군. 그건 환지통의 억제가 아니라 유도를 위한 연구야. 환지통을 소실시키는 조건을 구체화하려는 발상에서 나온 거라고. 특정 뉴런의 활성화를 차단시키는 게 아니라, 환자의 특정 동작에 반응해 진정작용을 일으키는 임플랜트를 일정 기간 처방해 조건화해두면, 최종적으로는 임플랜트 없이 손가락을 튕기는 것만으로도 환각적인 아픔과 저림을 억제하는 게 가능해지지."

"과연. 현장에 하달할게. 협조해줘서 고마워."

채팅이나 스카이프로 끝낼 만한 내용의 모임인데도 굳이 대규모 준비까지 하면서 대면으로 진행해야 하는 이유는 한 가지. 연락회가 미아하를 '대질對質'하는 자리였기 때문이다. 그런 까닭에 미쓰구와 미아하는 일부 행사장에나 있지 않을까 싶은 간이촬영 장치를 일부러 옮겨와 촬영한 영상을 각자의 서재와 병실에 나란히 투영시킨 반면, 연락회 의사들은 트랜스암체어transarmchair에 앉아 얘기할 뿐이었다. 따라서 의사들에게는 미쓰구와 미아하의 전신이 보이지만, 미쓰구와 미아하에게는 이사들이 각자 설정한 아이콘의 '얼굴'만 보인다. 두 사람은 전신을 드러내며, 다다미방 한가운데 뜬 십여 개의 아이콘과 마주하고 있는 것이다.

아이콘의 종류는 가지각색이라 팬시 캐릭터를 쓰는 사람, 메리 셸리처럼 역사적인 인물을 이용하는 사람, 마네킹 얼굴에 기하학 무늬를 붙인 사람 등 다양했다. 딱히 정체를 감추거나 비밀결사 흉내를 내는 건 아니다. 본명으로 검색하면 누구든 그들의 얼굴 사진과 프로필을 볼 수 있다. 다만 그것은 그들의 본성을 일시적으로 가리는 가면일 뿐이었다. 자기 모습으로 참여한 사람이 없는 건 아니었지만, 본인을 스무 살 정도 젊게 보이게 보정한 영상인지라 오히려 자기를 가장 속인 사람 같기도 했다. 곧이어 미아하에게 질문을 던진 이가 바로 그 인물이었다.

"다리는 경과가 좀 어떤가? 간자에 연구소에 들어와도 충분히 활약할 만큼 나아졌나?"

방석에서 일어선 미아하가―실제로는 병실 침대였을 것이다―그 자리에서 한 바퀴를 돌아 보였다.

"덕분에, 보시는 것처럼 예전과 비교해도 손색없이 생활할 수 있게 됐지."

"다행이군. 불행한 사고였지만 자네처럼 우수한 연구자를 잃지 않고 끝난 것을 행운으로 여겨야겠지. 부친께서도 분명 기뻐하실 거야."

그 남자가 바로, 웨딩나이프와 동일한 임플랜트를 연구하고 있었지만 동아에게 추월당했던 의사, 사건을 꾸민 가장 유력한 용의자라는 사실을 미쓰구는 알고 있었다.

"스가이 씨 말씀대로 불행한 사건이었지요. 경시청에서 수사협

조를 요청했는데, 연락회에서 전면적으로 협조해도 되겠지요? 범인이 어떤 이유로 범죄억제 수술을 받은 뒤에도 살인을 저지를 수 있었는지, 그 기술적 원인도 판명될지 모르니까."

그렇게 비아냥거린 사람은 오소리 아이콘이었다. 미쓰구의 누나인 기리카는 큰형인 가즈야가 몸이 안 좋아 참석하지 못한 그 날, 미쓰구의 유일한 아군이었다. 스카이와 기리카 사이에 불꽃이 튀는 모습을 지켜보면서 미쓰구는 미아하의 무반응이 의아했다. 실제로는 멀리 떨어져 있으니 미아하의 감정이 전달되기 어려운 면도 있겠지만, 아무리 그래도 눈썹 하나 까딱하지 않고 사고 관련 얘기를 흘려듣는 태도는 어떤 심경 변화에서 비롯된 것일까.

하지만 그런 불안을 품으면서도, 미쓰구는 각 이사들의 질문이 막힘없이 끝나고 아무런 파란 없이 진행된 것에 가슴을 쓸어내리고 있었다. 마지막으로 쌍곡선 그래프 아이콘 너머에서 대표이사의 질문을 듣기 전까진.

"미아하, 자네는 지난주 일시 퇴원을 한 적이 있어. 자네에게 양해를 구하지는 않았지만 그때 잠시 호위를 붙였지. 지하철역 부근에서 종교 단체 팸플릿을 나눠주는 초로의 여자를 만났을 때, 자네는 팸플릿을 받아드는 한편 뭔가를 몰래 건네주는 몸짓을 보였다는 보고가 올라왔더군."

술렁임이 일었다. 이사들도 그 사실을 모르는 사람이 대부분이었던 모양이다.

"그 여자를 추적했는데 쓰쿠바 역에서 하차했을 때 놓쳤다고 했어. 쓰쿠바 대학엔 이제 얼마 남지 않은 〈동아 뇌외과〉의 뇌의료 팀이 있지, 아마?"

그 은밀한 행동은 미쓰구도 처음 듣는 얘기였다. 그는 놀라서 미아하를 쳐다보았다.

"그게 뭐? 연구원에게 부탁해서 정체되어 있는 실험 진행을 전달했을 뿐이야. 까마귀를 백조로 바꾸는 정도의 단순한 생물학적 실험일 뿐이지. 당신들은 걱정할 필요 없는 문제야."

잔물결조차 일지 않는 미아하의 완벽한 무표정에는 아무런 변화가 없었고, 말투에서도 당황한 기색은 느껴지지 않았다. 그러나 미아하가 뭔가를 꾀하고 있는 듯한 느낌은 모두에게 전해졌다. 미쓰구는 대표이사가 어떤 결정을 내릴지, 다른 이사들과 함께 마른침을 삼키며 지켜보았다.

"우린 '안심'하고 싶은 것뿐이야. 자네가 우리에게 오해에서 비롯된 근거 없는 적의를 품고 있는 것은 아닌지, 그런 불안을 없애고 싶은 거지. 자네 자신을 위해서라도 말이야."

미쓰구는 이사가 하는 말의 의도를 알 수 없어 미간을 찡그렸지만, 이어지는 말에 의문이 얼음 녹듯 풀렸다.

"자네에게 임플란트 수술을 했으면 하네. 자네의 성격에서 공격적인 부분을 없애기 위해서."

"잠깐만요."

미쓰구의 한마디에 공기가 한순간 위태로워졌다. 엉겁결에 내뱉은 말이 연락회에 대한 반항으로 여겨지지 않도록 서둘러 얼버무려야 한다는 조바심에, 미쓰구는 꼬일 것 같은 혀를 애써 움직였다.

"아, 그러니까, 미아하의 두뇌의 우수성은 그 공격적인 성향과 불가분의 관계가 있을 가능성이 있습니다. 따라서 임플랜트를 이용한 성격 전환이 우리에게 반드시 이익을 가져다주리라는 보장이 없습니다. 순종적으로 바뀌더라도 평범한 사람이 되어버리면, 쌍방에 해만 될 것 같은데요."

"미쓰구, 여기는 자네 의견을 듣는 자리가 아니야."

대표이사가 단호하게 말했다.

"통상적으로 범죄자에게만 실행하는 조치입니다. 외부에 알려지면 중대한 인권침해라며 시끄러워질 거예요."

오소리가 미쓰구에게 도움의 손길을 뻗었다. 그런데 그것을 가로막은 것은 의사의 반박이 아니었다.

"알았어."

감정 없는 눈동자를 고정한 채 내뱉은 미아하의 말이었다.

"내가 간자에게 반항하지 않는 임플랜트 수술을 받으면 되는 거지?"

반발의 기미조차 없는 대답에 대표이사 자신도 당황했는지, 그래프가 살짝 일그러진 것처럼 보였다.

"맞아, 맞아, 바로 그거야. 받아들여주겠지?"

미아하가 머리를 위아래로 끄덕이자 몇몇 아이콘에서 한숨이 터져 나왔다. 그들은 호조 미아하를 굴복시키고 회유하기는 어렵다고 생각했었던 것이다. 노골적인 안도의 분위기가 공간을 지배했다. 동료의 변심에 고립된 기분으로 억지웃음만 얼굴에 붙들어 둔 미쓰구는 아랑곳없이, 대표이사가 조금 부드러워진 말투로 입을 열었다.

"그럼 당장 간자에 중앙병원에 입원 수속을 밟도록. 최고의 의료진이 자네의 fMRI 검사를 실시하고—"

"그런 수고는 필요 없어."

부드럽게 풀리고 있던 공기가 또다시 얼어붙었다.

발언 내용도 그렇지만, 그 어조에서 〈동아 뇌외과〉 굴지의 두뇌를 가진 소녀의 위엄이 확연하게 되살아났기 때문이다. 누가 말을 건네기도 전에 미아하가 오른다리의 의족을 뺐다. 의족이 누에콩 깍지처럼 둘로 갈라졌다. 안쪽의 빈 공간에 감춰진 검은 물체가 보였다. 모두가 그것이 무엇인지 알아챘다. 검은 총신.

"멈춰!"

누군가가 소리쳤다. 미쓰구가 재빨리 달려들어 총을 빼앗으려 했지만, 그 손은 허공을 움켜쥐었다. 그 자리에 없는 인간에게 손이 닿을 리 없었다. 미쓰구는 앞으로 고꾸라지며 넘어지고 말았다. 곧바로 몸을 일으켰지만, 그때 이미 미아하는 관자놀이에 댄 총의 방아쇠를 당기고 있었다. 미쓰구의 눈에, 미아하가 무릎부터 무너져 내리며 쓰러지는 모습이 느리고 느린 슬로모션으로 펼쳐졌다. 허물어지는 소녀를 안으려던 팔은 또다시 그 몸을 빠져나갔다. 쓰러진 소녀의 입술이 희미하게 떨리고 있었다.

미아하가 쏜 것이 진짜 총이 아니라는 건 누구나 간파했다. 임플랜트 주입 도구임을 모두 알고 있었다. 그러나 그것이 어떤 효과를 불러일으킬지에 대해선 그 자리에 있는 누구도 예측할 수 없었다. 여러 가지 뇌수술을 동시 진행하는 경우, 뇌의 대부분을 휴면상태로 만들어놓지 않으면 사고가 발생할 가능성이 높다. 미아하가 의식을 잃은 것은 그 임플랜트가 침입 전 마취 조치를 실행하는 종류이며, 그 정도 대규모 개조를 자기 뇌에 시도했다는 의미였다. 대체 무얼 위해서?

그 자리에 있는 사람들 중 오직 미쓰구만이 미아하가 입 밖으로 낸 말을 '보고' 있었다. 아주 짧은 말이었기 때문에, 입술 읽는 훈련 같은 걸 한 적이 없어도 읽어낼 수 있었다.

그것은 "망가져"였다.

* * *

욕실 문이 열리는 소리. 키 큰 여자가 미쓰구가 있는 거실로 돌아왔다. 그녀는 시중을 들 때 젖지 않도록 옷소매를 걷어붙이고 있었다.

미쓰구가 "고생했어"라며 고개를 꾸벅 숙였다.

간자에 기리카가 옷매무새를 가다듬으며 "뭐, 이젠 저애도 우리 가족이니까"라고 말하고 너그러운 표정으로 고개를 끄덕였다. 운동 욕구가 주기적으로 상승하는 임플랜트 때문에 병원과 체육관만 오가는 생활을 반복하다시피 하는 기리카는 근육이 운동선수 못지않아서 그 탄탄한 팔다리의 기운이 옷을 뚫고 전해질 정도였다. 지진재해 때는 차체를 들어 올려 트럭 밑에 깔린 아이를 구해내고 곧장 응급처치를 해 생명을 구했을 뿐 아니라, 마비된 교통이 회복되기를 기다리지 않고 자전거를 타고 병원으로 달려가 사십팔 시간 내내 실수 없이 구급의료에 매진했다는, 동생인 미쓰구조차 경외심을 품을 만한 일화가 있었다.

조직에서 고용한 간병인이 몸이 좋지 않아 올 수 없게 되었기 때문에 때마침 집에 있던—평소에는 병원에서 자는—기리카가 나서서 미아하의 간병을 맡아준 것이다.

기리카는 미아하가 옷 벗는 걸 도와주고, 휠체어에서 목욕탕 의자로 이동할 때 손을 빌려주고, 혼자서는 씻을 수 없는 부위를 스펀지로 닦아주고, 욕조에 드나들 때 옆에서 거들어주었다. 지금의 미아하는 그렇게, 일일이 다른 사람의 도움을 받지 않고선 목욕 하나도 해낼 수 없는 존재가 되어 있었다.

자유롭지 않은 두 다리. 총알로 자기 뇌에 새긴 족쇄. 의족은 다시 그저 허리 아래 달린 쓸모없는 도구로 돌아왔고, 두 번 다시 마법의 다리로 돌아갈 수 없다.

기리카는 냉장고에서 꺼낸 단백질 팩의 뚜껑을 열고 있었다.

"음, 근데 말이야, 이번에는 그나마 내가 있어서 다행이었지만 사실 내내 같이 있는 네가 할 수 있어야 해."

영양 물질을 위로 흘려 넣는 누나를 곁눈질하며 미쓰구가 대답했다.

"아무리 간병이라는 명목이 있어도, 연인 사이도 아닌데 이성의 목욕을 돕는 건 범죄에 가까워."

"어떻게 생각하느냐는 하는 사람 마음에 달렸지. 누군가가 눈앞에서 곤란에 처했는데, 일반론에만 묶여 있다가는 도와줄 수 있는 상대도 도울 수 없게 돼. 명심하시오, 젊은이."

기리카는 쾌활하게 웃으며 미쓰구의 등을 두드렸다. 힘이 어찌나 센지 내장기관까지 진동이 느껴질 정도였다. 미쓰구는 컥컥거리며, 밤 조깅을 나가는 기리카의 뒷모습을 배웅했다.

잠시 후, 거실로 휠체어의 바퀴 소리가 다가왔다.

"목욕 끝났어요, 미쓰구 씨."

미쓰구는 논문에 열중하는 척하며 트랜스암체어의 디스플레이 화면을 계속 스크롤했지만, 건네 오는 말을 무시할 수는 없었다. "어어" 하고 대답하며 휠체어를 탄 소녀 쪽으로 얼굴을 돌렸다. 거기에 간자에 미아하가 있었다.

얼굴은 똑같다. 크고 깊은 눈동자, 예전과 전혀 다르지 않다. 그렇지만 미아하의 모든 것 하나하나가 지성과 단호함이 아니라, 순수함과 천진함을 느끼게 했다. 마치 아이처럼. 마치 딴사람처럼…… 당연한 일이다, 미아하의 총알이 파괴한 것은 두 다리만이 아니었으니까. 무수한 임플랜트 통합체가 미아하의 뇌를, 미아하가 설정한 대로 유린했다.

고도의 추상적 사고 능력의 감쇠. 일반인으로 살아가는 데는 아무 문제도 없지만, 뇌의학 연구자로서는 치명적이다. 미아하는 자신이 관여했던 연구에 관한 '기억'은 있지만, 그 논문들에 해설을 붙이기는커녕 '이해'조차 할 수 없게 되었다. 내향적인 성격으로의 변화. 미쓰구와 기리카조차도 미아하와 대등한 대화를 할 수 있기까지 보름이 걸렸다. 공격성 저하. 지금의 미아하는 미쓰구에게 흉기를 들이대기는커녕 타인에게 욕 한마디 할 수 없다. 억지로 데려간 예전 연구실에서는 실험쥐의 사후 반점 사진을 보고도 눈을 돌려버렸다.

흡사 성형 중독처럼, 자신의 인격을 잇달아 바꾸는 임플랜트 중독 환자가 아주 드물기는 하지만 존재한다. 그러나 한 번에 그렇게 많은 임플랜트 수술이 행해진 사례가 과연 또 있을까.

그리고 명백하게 또 한 가지 중대한 변화가 있었다.

미쓰구는 평정심을 가장한 채 말을 건넸다.

"부탁했던 책, 서재에 있던데. 그 방은 아직 못 보여줬으니까 안내해줄게."

다행히 서재는 1층에 있다. 미쓰구가 휠체어만 밀면 데려갈 수 있다.

미쓰구는 휠체어 등받이에 좌우로 튀어나온 손잡이를 잡고 밀면서 미아하의 뒷머리를 내려다보았다. 지금 입고 있는 하늘색 잠옷은 인터넷으로 고르게 했는데, 예전의 미아하였다면 절대 입지 않았을 소녀 취향의 옷이었다. 집에 가보니 사복으로 입을 만한 옷도 거의 없고 잠옷은 아예 없어서, 지나치게 간소한 생활태도가 엿보였다. 외출복 종류도 새로 사야 했다.

서재 문을 열고, 미아하를 안으로 들였다. 그런 다음 책상 옆 책꽂이에서 책 한 권을 꺼내 보였다.

"자, 이 책이야. 그런데 너라면, 이건 싫증이 날 만큼 많이 읽었을 텐데?"

미쓰구가 책을 건네며 물었지만, 미아하는 간절히 기다렸다는 듯이 환하게 웃으며 책장을 넘기려 했다.

"괜찮아요. 어쨌든 처음부터 다시 한번 읽고 싶었으니까……
앗."

물리서적에 익숙지 않은 사람처럼, 책장을 넘기던 미아하가 종이에 손가락을 베이고 말았다.

"괜찮아? 안 다쳤어?"

미쓰구가 그렇게 물으며 무의식적으로 미아하의 손을 덥석 잡왔다.

그러자 미아하가 크게 놀라며 고개를 살짝 숙였다. 미아하의 뺨이 발그스름하게 물들었다. 마치 사랑에 빠진 소녀처럼.

'마치'가 아니다.

미아하는 미쓰구에게 이성으로서 호감을 품고 있다.

이것이 마지막 총탄이다. 호조 미아하가 남긴 최후의 일격.

'간자에 미쓰구에 대한 나의 인식을 연애 감정으로 바꾼다'는 명령.

'자살' 이후 눈을 떴을 때, 병실에 있던 경호원과 간자에 형제들이 그 주위를 에워쌌지만 미아하의 눈에는 미쓰구 외에는 아무도 들어오지 않았다. 어미가 뇌리에 각인된 새끼 새처럼, 소녀는 멍한 눈빛으로 그 자리에 있던 모두가 알아챌 만큼 명료하게 미쓰구만 뚫어져라 쳐다보았다. 그리고 허둥지둥 이불 속으로 몸을 감췄다. 변변치 못한 환자복이라 옷차림이 단정하지 못한 자신을 부끄러워하는 듯이.

연구실 생활은 상상조차 할 수 없는, 내성적이고 조신한 규방의 아가씨. 게다가 몇 번 만난 적도 없는 또래 남자에게 푹 빠져 있다. 의사연락회로서는 세계의 미래를 좌지우지할 중대한 인물에서 관심조차 가질 필요 없는 평범한 인간으로 전락해버린 셈이었다.

그러나 그런 한탄도 잠시, 의사연락회는 더 이상 미아하에게 신경 쓸 여력이 없었다. 미아하의 '자살'이 있고 두 달 후, 몇몇 뇌과학 기술을 군사적으로 전용할 가능성이 있다고 판단한 미국 정부의 요청으로 여러 국가의 연구기관이 정부에 접수된 것이다. 의사연락회의 연줄은 각국의 정재계에도 닿아 있었지만, 그럼에도 불구하고 거듭되는 간섭을 끝내 막지 못해 몇 명인가가 실각했고, 세력 판도가 뒤바뀌었다. 그 와중에 간자에 가즈야를 비롯한 온건파가 다시금 세를 얻었다. 미쓰구 역시 명색뿐이긴 하지만 한 대학병원의 이사로 취임하게 되었다.

호조 미아하가 그토록 많은 임플랜트를 자신에게 심은 이유로 고려해볼 수 있는 것은 한 가지. 반짝이는 지성을 상실한 빈껍데기 같은 영혼을 이별 선물로 남겨, 간자에와 의사연락회에 대한 복수를 대신하는 것. 그러나 정작 복수의 상대는 맞서기도 전에 스스로 무너져 내리는 중이었다.

"미아하."

무심코 나온 호명에 소녀가 들뜬 목소리로 "네" 하고 대답했다. 지금 간자에서 벌어지고 있는 사태에 대한 감상을 묻고 싶었지만, 눈앞에 있는 소녀에게 그런 질문을 던지는 것은 부적절하다는 생각이 들었다. 미쓰구는 "아무것도 아니야"라고 얼버무렸고 미아하는 어리둥절한 표정으로 고개를 살짝 갸웃했다.

* * *

가끔은 멀리 나가보자고, 방에만 틀어박혀 지내는 미아하를 연신 설득하던 미쓰구가 드디어 보답을 얻은 것은 그로부터 반년쯤 후인 가을 무렵이었다. 미쓰구가 여러 번 권해도 "아직은 밖에 나갈 기운이 없어요"라며 미루기만 하던 미아하를, 성묘를 구실 삼아 드디어 밖으로 데리고 나오게 되었다.

간자에 가문을 버린 시온은 처가의 묘지에 잠들어 있었다.

간사이에 있는 묘지까지 리니어 지하철, 전철, 버스 등을 몇 차례 갈아타며 가는 동안에는 배리어 프리barrier free 시설이 갖춰진 세계의 은혜를 누릴 수 있었지만, 조성된 지 백 년이 넘은 묘지에서는 그럴 수가 없었다.

돌계단으로 올라가면 목적지인 묘지가 바로 나왔지만 그들은 계단을 피해 갈 수밖에 없었다. 미아하의 휠체어를 밀고, 몇 해 전에야 겨우 무리하게 만든 것 같은 꾸불꾸불한 슬로프를 다 올랐을 무렵에는 미쓰구의 숨이 턱까지 차올랐다.

"괜찮아요, 미쓰구 씨?"

"일단은 괜찮아. 하지만 일 년에 한 번 받는 메디컬 체크, 다음번에는 나도 누나랑 똑같은 임플랜트를 심어달라고 하는 게 좋을지도 모르겠어."

"미쓰구 씨는 지금 이대로가 좋아요. 단련된 모습은 절대 어울리지 않을 거예요. 지금처럼 호리호리한 게 훨씬 더 미쓰구 씨다워요."

"위로로 받아들여야 할지, 쓴소리를 돌려 말하는 건지 모르겠네."

미아하가 "쓴소리 같은 거 아니에요"라며 입을 삐죽 내밀었다. 이제 미쓰구와 미아하는 그 정도 농담은 주고받을 수 있는 사이가 되었다. 숫기 없이 변했다고 해도 지능이 보통 사람보다 떨어지는 건 아니었고, 미아하에게도 예의범절이나 유머의 '기억'은 남아 있었다.

드디어 목적지인 묘석에 다다랐다. 휠체어를 밀기 위해 두 손을 다 쓰던 미쓰구가 배낭에서 꽃다발을 꺼냈다. 묘 앞에 미아하가 꽃을, 미쓰구가 불 피운 향을 올렸다. 두 사람은 손을 모으고 한동안 침묵했다.

미쓰구가 묘를 향해 히에로니무스를 조준하자, 간자에 시온의 라이프로그에 접속이 됐다. 죽은 자의 단말기에 기록되어 있던 막대한 육성과 문서 데이터의 보관 창고다. 유족이 세상을 떠난 사람과 대화를 나누는 인터페이스. 그러나 공개 정보의 데이터량이 이토록 많은 예는 드물다. 사생활 보호보다는 후세에 남기는 기록을 우선시했던 것일까. 미쓰구는 걷잡을 수 없는 호기심에 이끌려 '미아하' '첫 대면'으로 라이프로그를 검색했다. 시온과 미아하가 맨 처음 얼굴을 마주한 날의 영상 파일이 전개됐다. 국제연합 교육기관에서 미아하가 생활했던 방일까? 대량의 디스플레이 화면이 빛나는 트랜스암체어를 등지고 회전의자 위에 책상다리를 하고 앉은 미아하를, 시온이 내려다보며 말하고 있었다.

"단기기억강화 장치에 관한 논문을 읽어봤다. 그 나이에 썼다는 게 믿기질 않더군."

"기억을 강화해봐야 실용성이 라이프로그만도 못한데, 고작 그런 연구로 치켜세우는 건 나이로만 평가받는다는 증거겠죠. 아직 결과가 나오지 않은 연구도 몇 개 더 있는데, 개인적으로는 그런 연구 따위로 평가받는 게 뜻밖이라 유감스럽군요."

시온이 "그 말을 들으니 더욱 믿음직스럽다"며 웃었지만, 미아하는 말 그대로 분한 감정을 느끼는지 오히려 씁쓸한 표정이었다.

그걸 알아챘을까, 시온이 골똘히 생각에 잠기듯 턱에 손을 얹은 후 말했다.

"세계의 젊은 뇌과학 연구자 중에서 네가 최고가 아닌 건 분명해. 하지만 현시점에서의 실적이 다는 아니지. 중요한 건 비전의 방향을 공유할 수 있느냐 없느냐니까. 유망한 인재라는 측면에서 본다면, 중국 푸젠성과 독일과 나이지리아에 한 명씩, 너를 능가하는 아이들을 알고 있어. 하지만 사상적인 차이 때문에 양자결연을 맺을 순 없었지."

"사상?"

"그래. 간단한 퀴즈를 하나 냈거든. 그들은 내가 기대하는 답을 내놓지 못했고. 지금부터 내가 너에게 그 퀴즈를 내겠다."

시온이 장난스럽게 손가락을 세우자, 미아하의 몸이 긴장했다.

"정답을 맞히면 정식으로 양녀결연을 맺을 거야. 하지만 대답하지 못하면 없었던 일이 돼."

미아하가 말없이 고개를 끄덕이자 시온이 말을 이었다.

"아이들 취향의 동화 같은 퀴즈니까 어깨에 힘 들어갈 필요까진 없어. 옛날 옛적 어느 연못에 저주받은 백조가 살았지. 저주 때문에 태어나면서부터 깃털이 검어서 온몸이 까마귀처럼 새카맸어. 백조 무리 가운데서 자기만 검은 몸이라 고독을 느끼던 그는 어느날 생각다 못해 머리부터 하얀 페인트를 뒤집어썼지. 하얗게 되면 모두에게 열등감을 느끼지 않을 수 있겠지 하는 생각에서 말이야. 그런데 그에게 걸린 저주는 너무나 강력해서 하얀 페인트를 아무리 뒤집어써도 몸은 계속 검은 채였고 하얗게 물들질 않았지. 고민을 거듭한 그가 다른 백조들과 섞이기 위해 다음으로 떠올린 방법은 뭘까?"

동화 같은 질문에 미쓰구는 어리둥절했다. 미아하의 눈동자에도 갈피를 잡지 못하는 빛이 감돌았다.

"모르겠다면 어쩔 수 없지. 오늘은 연구를 방해해서 미안했네. 예정대로 자금 원조는 해주겠지만 양녀결연 얘기는 없었던 걸로 하지."

발걸음을 돌리려는 시온의 옷자락을 가냘픈 손이 붙들었다.

"기다려. 알았어요. 그 저주받은 백조가 어떻게 했는지. 그 백조는—"

대답은 듣지 못했다. 묘지에 화약 터지는 듯한 소리가 울려 퍼졌기 때문이다.

미아하가 "위험해!" 하고 외치며 휠체어를 움직여 미쓰구 앞으로 뛰어들었다. 메마른 소리가 울린 후, 휠체어 위의 그녀가 몸을 움찔하며 경련을 일으켰다. 총에 맞은 것이다. 임플랜트 같은 페이크가 아닌, 진짜 총알이 미아하의 배를 관통했다. 미쓰구에게는 그렇게 보였다.

미쓰구는 급히 달려가 미아하를 정면에서 덮듯이 감싸 안았다. 놀란 듯한, 초조한 듯한 미아하의 목소리.

별안간 우아한 바리톤 목소리가 귓가에 울렸다.

"범인은 붙잡혔다. 지금 바로 의료진을 보내지."

무슨 상황인지 알 수는 없었지만, 어쨌든 위기는 모면한 것 같았다. 아니다. 미아하가 이미 총에 맞았다. 미쓰구는 몸을 일으키고 미아하의 몸을 확인했다.

"저어, 전, 괜찮아요. 무사해요."

"무사할 리가 없어, 가만있어!"

미쓰구는 미아하의 초조한 목소리를 가차 없이 물리치며, 강제로 미아하의 옷을 찢고 총상을 확인했다. 드러난 흰 피부에 상처가 보이지 않았다. 피도 흐르지 않았다. 이상하다. 내 눈으로 본 총격에서 총알이 분명 미아하의 몸을 향해 날아온 것 같은데, 하고 의아해하다가 문득 옷이 찢어지지도 않았는데 총에 맞았을 리는 없다는 생각이 들었다. 바로 그때, 휠체어 아래 떨어져 있는 책 한 권을 발견했다. 간자에의 『성서』였다. 미아하가 들고 다녔던 모양이다. 그 책을 빌려준 지 반년, 미아하가 싫증도 안 내고 내내 읽던 책. 뒤집어보니 표지가 움푹 파인 게 보였다. 총알이 페이지 중간에 박혀 있었다. 단단하고 두꺼운 표지가 총알의 기세를 꺾은 것이다. 절묘하게 맞아떨어진 상황에 신의 존재까지 믿길 정도였지만, 미쓰구는 바로 미아하 쪽으로 몸을 돌렸다.

"미안해. 나 때문에 네 목숨까지 위험에 빠뜨렸어."

"저어, 미쓰구 씨, 그보다―"

"의료진은 필요 없을 듯하군."

낯선 굵은 목소리가 등 뒤에서 들려왔다. 몸을 긴장시킨 채 돌아보자, 눈앞에 있는 남자가 친근하게 오른손을 들었다.

건강해 보이지 않는 창백한 얼굴에 새우처럼 등이 굽은 남자, 단박에 그 정체를 알아보았다.

"형……!"

소프트웨어로 변환되지 않은 가즈야의 목소리를 직접 대면해 듣기는 몇 년 만이었다. 가즈야는 의료진으로 보이는 사람들 여럿을 등 뒤에 대동하고 나타났다.

"스가이 원장, 아니, 전직 원장이라고 해야겠지, 그놈한테 안 좋은 낌새가 보인다는 정보가 올라와서 말이야. 기리카랑 너에게 비밀리에 이십사 시간 감시를 붙였었지. 우리 세 형제만 없애면 지금의 변화를 멈출 수 있다고 믿었던 모양이야. 그런데 네가 아무것도 모르고 경호원도 없이 태평하게 움직이다가 표적이 된 거야. 미끼로 삼은 것 같아 미안하다."

"스가이…… 그 사람, 아직도 의사연락회에 집착하고 있었어?"

"안됐지만 이번 습격으로 증거를 잡은 거나 마찬가지니, 그놈도 이젠 끝났지."

가즈야가 입꼬리를 올리며 웃었다. 나름 회심의 미소였다. 미쓰구는 그제야 안도의 한숨을 내쉬고 혼잣말을 흘렸다.

"참, 나. 나 같은 걸 죽여봐야 대세와는 아무 상관도 없는데."

"그보다 미쓰구 너, 아가씨를 에스코트하면서 너무 오래 한눈팔면 미움받아."

가즈야가 의료용 담요를 던져주었다. 당황한 미쓰구가 옆에 있는 미아하에게 시선을 돌렸더니, 소녀는 가슴부터 배까지 찢긴 옷을 필사적으로 덮어 감추느라 소리 없는 비명을 내지르고 있었다. 미쓰구는 부랴부랴 담요를 덮어주었다. 가즈야는 부산스러운 그 소동을 실컷 놀려낸 후, 이번에는 의료진 중 하나를 '대화 상대'의 희생양으로 삼고, 시끄럽게 떠들며 돌계단을 내려갔다.

가까스로 미아하가 안정됐을 즈음, 미쓰구가 다시 한번 감사와 사과의 말을 건넸다. 변함없이 순진무구한 말이 돌아왔다.

"마음 쓰지 마세요. 미쓰구 씨에게 도움이 돼서 오히려 기쁠 정도예요."

그러나 그것이 끝은 아니었다.

"난, 미쓰구 씨를 좋아하니까."

너무 아무렇지 않게 툭 던진 말이라 미쓰구는 그것이 마침내 털어놓은 사랑 고백임을 알아채지 못했다. 그리고 문득 깨달은 순간, 소름이 돋았다. 어색한 미소를 지으며 입으로는 "고마워"라고 대답하면서도 등에 감당 못 할 식은땀이 돋았다.

예전에는 미쓰구를 죽이려 했던 소녀가 이번에는 자기 몸을 던져 그의 목숨을 구했다. 수줍어하는 미아하의 웃는 얼굴을 보자 죄의식으로 가슴이 옥죄어왔다. 미아하의 헌신은 자신을 향한 애정에서 비롯됐고, 그것은 임플란트에 의해 만들어진 가짜 감정에 불과했기 때문이다. 미아하의 목숨이 하마터면 허구의 애정 때문에 사라져버릴 뻔했던 것이다.

망가져, 라는 저주가 시간이 지나 또다시 머릿속에서 메아리쳤다. 그 말을 한 사람은 섬뜩하게도, 지금 막 "미쓰구 씨를 좋아하니까"라고 고백한 이와 같은 사람이었다.

* * *

가구라자카의 안쪽 골목에 자리한 일본 가옥. 그곳 3층에서 바라보는 거리는 평소 같았으면 불빛 공해 대책으로 인해 광량이 지난 세기의 4분의 1도 안 됐겠지만, 그래도 일 년에 한 번 제전이 열리는 밤이라 황금빛은 물론이고 빨강색과 초록색 조명으로도 물들어 있었다.

〈간자에 뇌의료〉 산하의 식료품 제조업체는 fMRI를 통해 시식자의 뇌를 모니터링함으로써 통각까지 포함한 모든 감각을 해킹해, 미식 체험을 안겨주기 위한 최고의 메뉴를 완성해나갔다. 이곳은 그런 연구 과정에서 생겨난, 맛은 있지만 지나치게 가격이 높아 일반 판매는 할 수 없었던 메뉴들을 제공하는 가게로, 하루에 단 한 팀만 그 체험을 누릴 수 있었다. 분자요리를 더한층 극단화시킨 듯한 코스의 내용은 애피타이저부터 디저트까지 맛과 모양이 똑같은 요리가 단 하나도 없었다. 계속해서 튀는 듯한 소리를 내는 솜사탕 모양의 수프, 어느 모로 보나 수정水晶처럼 보이는 오리고기 요리, 루빅큐브처럼 생긴 파스타, 시험관 비슷한 용기에 담긴 두 가지의 액체를 섞어 만드는 셔벗. 미아하는 그런 요리 접시들 하나하나에, 마법이라도 보는 것처럼 감탄사를 쏟아냈다.

미아하가 디저트를 충분히 즐겼을 즈음, 미쓰구가 입을 열었다.

"오랫동안 널 고생시켰어. 감사 인사라고 하긴 뭣하지만 주고 싶은 게 있어."

미아하의 눈이 기대감으로 반짝였다. 이럴 때면 나이보다 서너 살은 더 어려 보인다.

미쓰구가 가방에서 뭔가를 꺼냈다. 오르골을 조금 크게 만든 듯한, 눈이 부시도록 아름답게 장식된 상자였다. 미아하가 머뭇거리는 기색으로 살며시 뚜껑을 열었다. 총이었다.

"동아에 남아 있던 너의 fMRI 검사 데이터를 드디어 찾았어."

데이터는 스가이 전 원장의 압수물에서 발견되었다. 그것을 은닉한 목적은 미아하의 천재성을 재현하기 위해서였을 것이다. 그 남자가 계속 보관해준 덕분에 지켜낼 수 있었다는 사실에 아이러니를 느끼면서, 미쓰구는 상자 안을 들여다보는 미아하를 보며 밝은 목소리로 말했다.

"이걸로 넌 호조 미아하로 돌아갈 수 있어."

미쓰구는 지금의 미아하도 이해할 수 있도록 차근차근 설명을 이어갔다.

"현시점에서 네 뇌의 fMRI 사진을 찍어 예전의 뇌와 비교하면, 어느 부위에 어떤 처치를 하면 예전의 뇌로 돌아갈 수 있는지 다 알아낼 수 있어. 그다음은 임플랜트 세트를 만들어 이 권총에 담으면 돼. 그 한 방으로 넌 원래의 너로 돌아갈 수 있어."

미쓰구는 머릿속으로 상상해보았다. 적개심을 되찾은 미아하가 간자에를 향해 또다시 선전포고를 하는 미래를. 이번에는 해외자본과 손을 잡을까, 아니면 〈간자에 뇌의료〉 내부에서 주도권을 뺏으려는 시도를 할까. 어쨌거나 미아하는 이번에야말로 세계를 바꿀 것이다. 미쓰구는 그 과정에서 간자에가 망해도 상관없다는 각오까지 되어 있었다.

여전히 눈을 들지 않는 미아하의 이상한 낌새를 알아채지 못하고, 미쓰구가 더욱 기세를 올리며 덧붙였다.

"가짜 애정으로 나 같은 걸 좋아할 필요도 없어. 너는 '사로잡힌 뇌'라는 감옥에서 탈출할 수 있어. 하루하루를 연구에 쏟아부을 수도 있고. 예산은 얼마든지 내려줄 테고, 간자에서 독립해도 암살자는 더 이상 찾아오지 않아. 넌 이제 마음도 환경도 모두 원래대로―"

"싫어요."

가냘픈 그 목소리에 미쓰구의 말이 가로막혔다. 고개 숙인 소녀의 뺨에서 굵은 눈물이 흘러내렸다.

"부탁이에요. 날 죽이지 말아주세요."

무슨 말을 하는지 이해가 안 됐다. 세상에 태어나 단 한 번도 여자를 울린 경험이 없었던 미쓰구는 너무 놀란 나머지 자리에서 벌떡 일어서기는 했지만, 그다음 무엇을 어떻게 하면 좋을지 알 수 없었다. 우두커니 선 채로, 띄엄띄엄 말을 이어가는 미아하의 모습을 지켜볼 수밖에.

"그 사람과 같은 기억을 가지고 있어서 알아요. 그 사람은 자기에게서 연구를 빼앗은 당신들을, 세계를 증오하고 있어요. 누군가를 사랑한 적도 없어요. 그 사람은 평생 당신에게도 그 누구에게도 호의를 품지 않아요. 하지만 나는, 당신을 좋아하는 나인 이대로 살아가고 싶어요."

미아하가 말하는 '그 사람'이 누구인지 간신히 이해했을 때, 미쓰구는 말 그대로 머리에 총을 맞은 듯한 충격을 받았다.

"아니야, 넌 오해하고 있어. 예전의 너와 지금의 너는 완전히 똑같은 인간이야. 같은 기억을 가지고 있고, 같은 뇌를 이용해서 사고를 해. 성격이나 기호가 조금 변했다고 네가 사라져버리는 건 아니야. 약간, 그래, '기분'이 변했을 뿐이야. 마음가짐이 달라졌을 뿐이라고."

말을 짜맞춰가던 미쓰구의 내면에 불현듯 의혹이 일었다. 미아하가 성묘를 갔던 이유는 아버지를 위해서가 아니라 '과거의 미아하'를 위해서가 아닐까. 그것을 깨닫자 미쓰구의 몸에 전율이 일었다.

"웨딩나이프든 임플랜트든, 자기 뇌를 조절했어도 그건 '자연에도 있을 수 있는 뇌의 가능성' 중 하나를 유도한 것에 불과해. 양식을 좋아했던 사람이 나이가 들어 일식을 더 좋아하게 된다고 해도 아무도 그걸 두고 '딴사람이 됐다'고 말하진 않아. 아내를 순수하게 사랑하는 결혼 직후의 남편과 세월이 지나 다른 이에게 빠져든 남편은 다른 사람이 아니야. 같은 사람의 마음이 조금 움직였을 뿐이지. 임플랜트는 그런 약간의 심경 변화가 발생하기 쉽게 해줄 뿐이야. 무에서 유를 창조하거나 영혼을 지워버릴 수 있는 건 아니라고."

"그게 같은 사람이라고 어떻게 단언할 수 있죠? 아내를 사랑할 수 없게 된 남편은 이미 다른 사람 아닌가요? 만약 인간이라는 존재가, 원래 그렇게 기분을 조금씩 변화시키며 과거의 자기를 잇달아 죽여가고 있는 거라면 어때요?"

창밖, 시야 끄트머리에 잡히는 원색의 빛은 다채롭기 그지없었지만, 미쓰구는 왠지 거무튀튀하게 뒤덮여가는 듯한 착각에 빠져들었다. 예전에 어디선가 비슷한 경험을 한 듯한 느낌이 들었다. 당황하자 말투가 한층 거칠어졌다.

"만약 그 이론이 맞는다면, 네가, 호조 미아하가 설계한 무수한 임플랜트는 수많은 인간을 살육해가는 거나 다름없어. 성격개조형 임플랜트는 원래의 인격을 죽임으로써, 웨딩나이프 또한 애정의 방향을 고정시킴으로써, 생겨날 가능성이 있는 인격들을 죽이는 거고. 하지만 그런 사상은 너의 이념과는 거리가 멀어. 너는 고민하는 인간을 보다 나은 '삶'으로 이끌어주고 싶었을 뿐이야."

"그 사람이 그렇게 생각했다고 해도," 미아하는 언젠가 이런 논쟁을 하게 될 것을 예견이라도 한 듯 막힘없이 말을 이어나갔다. "난 그렇게 생각하지 않아요."

미쓰구는 미아하의 논리에서 허점을 발견했다고 생각하고, 글썽이는 눈동자를 바라보며 기세 좋게 말했다.

"너는 나를 좋아한다고 했어. 하지만 네 논리대로라면 나는 매일 딴사람으로 변해가고 있으니, 너도 매일같이 인격이 변하는 인간으로 갈아타고 있다는 뜻이 돼."

"아마 인간에게는 '나'와 비교해 '너'라는 존재가 훨씬 더 모호한 연속체여도 상관없는 게 아닐까요? 나는, 겁이 많아도 앞을 바라보는, 누군가에게 도움이 되려고 하는 당신이 좋아요. 하지만 만약 당신이 내일, 세상에 대한 절망 때문에 길을 가는 사람들을 찔러 죽인다고 해도, 갑자기 이성과의 향락에 눈을 뜬다고 해도, 소극적으로 변한다 해도, 이기적으로 변한다 해도, 나는 계속 '당신'을 사랑할 거예요. 인격이 어제와 달라졌다 해도, '당신'이 '당신'이라는 사실만으로, 사랑은 계속될 수 있어요. 인간의 마음은 새로운 '나'라는 파도에 연달아 삼켜지는 모래성처럼 약한 것이니까, 절대적인 '나'는 없어요. 그래서 나와 마찬가지로 불연속적인 '당신'과의, '타자'와의 관계 속에서 '나'라는 것의 환영을 쌓는 것 아닐까요?"

논리가 맞지 않았다. 어느 부분인지 당장은 판단할 수 없지만, 논리가 무너진 주장이었다. 눈앞에 있는 미아하는, 뇌과학 기술을 이용해 인격을 극적으로 개조하는 것을 마다하지 않는 천재가 아니었다. 뇌에 메스를 대는 걸 두려워하고, 이성적인 사실과는 거리가 먼 애매하고 불명확한 정체성의 존재방식을 주장하는 감정형 인간이었다. 그런 판단이 서자, 문득 감정적인 설득은 통할지 모른다는 생각이 들었다. 미쓰구는 단숨에 말을 쏟아냈다.

"세뇌 같은 걸 통해, 좋아하지도 않는 사람에 대한 호의가 심어진 인간은 불쌍하다고 생각해."

열기가 밴 목소리였다. 그는 테이블에서 몸을 내미는 듯한 자세로 기세를 담아 말했다.

"동정해야 마땅한 존재라고 생각한다고! 그런 사랑은 기분이 나빠. 그리고 그렇기 때문에 직감적으로 알 수 있어. 뇌수술 때문에 좋아하지도 않는 나를 좋아하게 된 너에게 난 평생토록 호의를 품지 않아. 너의 마음은 절대로, 절망적으로, 보상받을 수 없어."

목소리가 너무 고압적인 것 같아, 미쓰구는 말투를 부드럽게 누그러뜨렸다.

"이건 너를 해방시켜줄 총이야, 너의 사고를 쐐기로부터 해방시켜줄 총이라고. 왜곡된 사랑의 족쇄로부터 너를 벗어나게 해줄 총, 너 자신의 행복으로 이끌어줄 총이야. 너를 진짜 너로 되돌리기 위한 총이라고!"

단호하게 말하고 자세를 고쳐 앉자 의자가 몹시 불편하게 느껴졌다. 목과 혀를 축이고 싶어 견딜 수가 없었지만, 잔으로 손을 뻗을 기분은 아니었다. 나는 지금 너무나 심한 말로 미아하에게 상처를 입힌 건 아닐까? 나의 말이 미아하의 인격 자체를 '역겹다'고 부정한 것은 아닐까? 내가 방금 한 말이, 역겨우니까 죽어, 라는 말과 무슨 차이가 있지? 아니다, 상대는 '정당한' 인격의 미아하가 아니다, 그러니 부정했다고 해도 아무 문제 될 게 없다.

"하지만 나에게는," 되돌아온 것은 목이 메어 울먹이는 목소리로 쏟아내는 말이었다. "뇌니 과학이니 아무것도 몰라도, 당신을 좋아하는 지금의 나만이 진짜 '나'예요."

미쓰구는 자신의 마음속에서 소용돌이치는 뜨거운 감정의 정체를 이해할 수 없었다. 조바심일까? 연민일까? 공포일까?

"내일의 나는 오늘의 나와는 다를지도 모르죠. 하지만 내일도 여전히 당신을 좋아하는 나를 나 자신의 증거로, 버팀목으로 삼고 살아가고 싶어요."

잇달아 넘쳐흐르는 그 마음에 어떤 말로 끼어들어야 할지 알 수가 없었다. 분명 난방이 되고 있을 텐데, 얼어붙은 손으로 심장을 움켜쥔 것처럼 가슴이 옥죄어들며 시려왔다. 어떤 말도 입 밖으로 낼 수가 없었다.

"권총으로 자기를 쐈을 때의 호조 미아하는 복수심에 사로잡혀서―그래요, 난 '기억'하고 있어요―최대한의 분풀이로 가능한 한 자기와 거리가 먼, 아무런 도움도 안 되는 인간을 만들려고 자기 인격을 매장했어요. 자살했어요. 그 순간, 그 사람은 자기의 뇌와 몸의 소유권을 포기한 거예요. 그러니 그 사람에게는 뇌의 소유권이 있고 나에게는 없다는 건 불공평해요."

더듬거리며, 울음 섞인 목소리로 이따금 눈물을 훔치고, 고개를 숙였다 다시 들었다 하면서도 미아하는 말을 멈추지 않았다.

"날 봐주지 않아도 괜찮아요. 하지만 제발 당신을 그냥 좋아하게 해주세요."

고개를 끄덕여줄 수는 없었다. 자신의 속죄를, 간자에의 속죄를 위해서는 미아하가 예전의 호조 미아하로 돌아가야 한다. 미쓰구는 그것이 옳다고 믿고 있었기 때문이다. 자기를 사랑하기 위해 만들어진 가상의 인격을, 자기는 정작 사랑할 수 없었기 때문이다. 미쓰구는 예전에 미아하를 설득해냈던 방법에 다시 한번 매달렸다. 테이블에 두 손을 짚고 고개를 숙였다.

"부탁이야. 네가 동의하지 않으면, 난 너의 뇌를 원래대로 되돌릴 수 없어. 너의 뇌를 지키지 못한 내 죄를 갚게 해줘. 넌 절대 후회하지 않을 거야. 그러니 제발 허락해줘."

침묵이, 몹시 긴 시간처럼 느껴졌다. 심장의 고동 소리로 시간을 잴 수 있을 것처럼 주위가 고요했다. 눈앞의 잔이 머금은 빛이 밤하늘의 네온사인을 받아 황금빛으로 한들거렸다.

"얼굴을 드세요."

고개를 든 미쓰구의 눈에 들어온 것은 상자 뚜껑을 닫고 두 손으로 밀어내는 미아하의 모습이었다.

"만약, 아무리 해도 내가 사라지길 원하는 마음이 없어지질 않는다면, 그 사람을 되돌리고 싶은 마음이 없어지질 않는다면, 모든 걸 포기할게요."

그러니, 라고 말을 이은 미아하의 손에 힘이 들어가 있었다. 손끝이 떨릴 정도로 덧없고 강한 힘이.

"그때는 나에게 이 총을 건네주세요. '죽어'라고 말하세요."

미아하는 울어서 부은 눈으로 애써 미소를 지어 보였다. 그것은 도발이었다. 각오였다. 화학물질에 유린되어 누군가를 공격하는 것조차 허락받지 못하게 된 뇌, 미쓰구를 원망조차 할 수 없게 된 뇌의, 전력을 다한 저항이었다. 미쓰구는 더는 아무 말도 할 수가 없었다.

존재를 부정당한 다음 날 아침에도 미쓰구를 향한 미아하의 애정에는 변함이 없었다.

그뿐인가, 전보다 훨씬 더 미쓰구를 좋아하게 되었다. 미아하는 미쓰구에게 말을 많이 걸었다. 읽은 책에 관한 얘기. 좋아하는 음악 얘기. 예전의 가족 얘기. 간자에 형제 얘기. 말 많은 가즈야도 어이없어할 정도로 온종일 미쓰구와 대화를 나누고 싶어했다. 데리고 나가달라고 조르기도 했다. 미아하는 미쓰구와 영화를 보러 갔다. 불치병에 걸려 시한부 선고를 받은 사람처럼. 사랑하는 사람과의 남은 시간을 조금이라도 더 가슴에 새기려는 사람처럼. 미아하는 그렇게 살아갔다.

그리고 미쓰구는 미아하를 사랑할 수 없는 자신 때문에 고뇌했다. 거짓된 애정을 그렇게까지 기피하려 드는 자신의 모습을 처음으로 깨닫고, 괴로움에 몸부림쳤다. 밤중에 잠에서 깨는 날이 늘어갔다. 수면부족으로 서재의 책상이나 이동 중인 차 안에서 툭하면 선잠에 빠지는 생활이 이어졌다.

그렇다 보니 신의 계시를 받은 것도 그가 이사로 근무하는 병원 소파에 누워 있을 때였다. 몸을 뒤척이던 그는 등에 딱딱한 감촉을 느꼈고, 거기에 뒹굴고 있던 뿔 같은 물체를 발견했다. 찬찬히 살펴보니 그것은 웨딩나이프의 방아쇠를 가공한 것이었다. 결혼 반지 같은 느낌으로, 임플랜트 결혼식을 올린 사람이 이런 아이템을 지니고 다니는 건 드문 일이 아니었다.

그때 불현듯 아이디어가 떠올랐다. 간자에 미아하는 임플랜트 수술로 인해 간자에 미쓰구를 영원히 사랑한다. 간자에 미쓰구는 뇌를 조작당해 자기를 좋아하게 된 간자에 미아하를 영원히 사랑하지 않을 것이다. 간자에 미아하는 자기에게 다시는 임플랜트 수술을 하지 말아달라고 애원했다.

아. 간단한 일이구나.

이 세 가지 조건에서 이끌어낸 해답은 이러했다.

'간자에 미쓰구가 간자에 미아하를 사랑하게 되면 해결된다.'

연구동에 있는, 뛰어가면 오 분도 안 돼 만날 수 있는 의사에게 연락했다.

알아보기 위해서. '간자에 미쓰구'의 뇌를 스캔하고, 임플랜트를 디자인하고, 치료하기까지 얼마나 걸릴지 알아보기 위해서. 자신의 뇌를 바꾸기 위해서.

이깃이 내가 그녀를 사랑하게 된 전말이다.

"어제부터 굉장히 진지하게 뭘 쓰고 있죠? 나한테도 좀 알려줄래요?"

휠체어를 직접 움직여 서재 문을 열고 들어온 미아하의 목소리에 뒤를 돌아보았다. 아침이슬처럼 간지럽고 상큼한 목소리였다.

"내가 어떻게 널 사랑하게 됐는지, 가능한 모든 말들을 쏟아내써 내려가는 중이야."

입꼬리를 올려 웃어 보이자, 그녀의 뺨이 옅은 주홍빛으로 물들었다. 두 손으로 뺨을 가리며 감추려는 동작은 조금 지나쳤지만, 그래서 더욱 사랑스러웠다.

예전에는 왜 내가 미아하를 사랑하지 못했을까. 이렇게 내 마음을 되돌아보며 글을 쓰고 있으니 정말로 이상한 기분이 들었다. 지난날의 내가 예전의 호조 미아하와 비교하며 위화감을 느꼈던, 지금의 미아하의 여러 모습들. 수줍어하는 미소, 어린아이처럼 천진한 눈동자, 작은 새의 지저귐이 떠오르는 부드러운 목소리. 지금은 그 모든 것이 그녀의 매력으로 느껴지기 때문이다. 예전의 나는 눈이 멀었었다. 이토록 사랑스러운 이를 사랑할 수 없었다니.

그렇다, 이 설명서를 삼인칭으로 쓴 이유는 나로서는 도저히 이해가 되지 않았기 때문이다. 예전에 나의 뇌를 사용해 사고하고 고뇌했던, 마지막까지 이 미아하를 인정하려 들지 않았던 간자에 미쓰구라는 인간이. 나에게 바통을 넘겨주고, 모든 걸 포기해버린 남자가.

족쇄에 묶인 인간은 호조 미아하가 아니라, 간자에 미쓰구였다. 임플랜트로 생겨난 사랑을 정면으로 받아들일 수 없었던, 불쌍한 비합리주의자. 그는 자기의 뇌를 개조하기 위한, 미아하를 좋아하기 위한 임플랜트를 심기 직전까지도 여전히 망설이고 주춤거렸다. 자기가 지금 사랑하지 않는 상대를 사랑하는 것에 두려움을 느꼈고, 방아쇠에 손가락을 건 후에도 오 분이나 더 망설였다. 결국 방아쇠를 당길 수 있었던 것은 고민에 지쳤기 때문이다. 예전의 간자에 미쓰구는 위선자였을 뿐이다. 근거가 불명확한 윤리관을 내세워 선함과 악함, 좋음과 싫음을 정당화시키려 드는, 사람을 사랑할 줄 모르는 망가진 인간.

나는 미아하를 안고, 그녀의 머리카락을 손가락에 감았다. 그녀의 체온이 올라가는 것을 느꼈다. 지금 이 가슴속에 있는 온기가 진실한 사랑이 아니라면, 이 세상에 사랑 따윈 존재하지 않는다.

사랑스럽다. 정말 사랑스럽다. 입으로 말하지는 않지만, 내가 미아하에게 건넬 수 있는 진실한 말은 그것이다. 그리고 미아하에게도 똑같은 마음이 있다.

이리하여 간자에 미쓰구와 호조 미아하는 원래는 서로를 사랑한 적이 추호도 없었음에도 불구하고, 서로 사랑하게 되어 행복하게 살았다.

우리는 지금 더할 나위 없이 행복하다. 더할 나위 없이.

* * *

너는 입력된 데이터를 마지막 글자까지 다 읽었다.

숨이 막혀서 가슴이 답답하고 무겁다. 심장의 고동을 억누를 수가 없다. 너는 그 박동 소리조차 밖으로 새나가지 않을까 두려워한다. 지금 너의 가슴을 무겁게 짓누르는 것은 차디찬 공허. 끝까지 읽어낸 피로감에 머리는 멍하다. 침대로 돌아가 잠자리에 들자. 그러면 내일 아침에는 오늘 본 모든 것을 잊어버릴지도 모른다. 그런 근거 없는 도피에 마음을 맡긴 너는 설명서의 텍스트를 닫으려 한다. 단 하나, 이미 이 세상에는 없을지 모를 누군가가, 이미 이 세상에는 없을지 모를 누군가에게 남긴 '망가져'라는 말이 영원토록 너의 가슴속에 남으리라 예감하면서. 머릿속에 울리는 그 말을 떨쳐내듯, 너는 텍스트를 닫으려 한다.

그러나 그 순간, 별안간 네 눈앞을, 손으로 쓴 거대한 문자가 가로막는다.

"우리의 이야기를 이렇게 끝낼 수만 있었다면, 얼마나 간단했을까!"

휘갈겨 쓴 글씨였다. 데이터를 입력한 문장과 손으로 쓴 글자가 혼재하는 건 전혀 이상할 게 없다. 너를 전율하게 만든 것은 별안간 손 글씨로 바뀐 첫 문장의 필체였다. 감정이 휘몰아친 듯 휘갈겨져 있는 그것은 틀림없이, 직선적이고 오른쪽으로 살짝 올라간 듯한 간자에 미쓰구의 글씨였다.

너는 또다시, 좌우를 확인할 여유도 없이, 새로이 용솟음친 말들의 무리에 시선을 빼앗긴다.

* * *

우리의 이야기를 이렇게만 끝낼 수 있었다면, 얼마나 간단했을까! 이렇게 이야기를 마무리할 수만 있었다면. 내가 그녀라는 존재의 왜곡에 눈을 질끈 감고, 맹목적으로 사랑할 수만 있었다면.

간지럽고 상큼한 목소리? 조금 지나쳤지만, 그래서 더욱 사랑스럽다?

말은 간단하다, 마음에도 없는 감정을 써 내려가는 건 쉽다. 하지만……

서재 의자에 구부정하게 앉아 열심히 이 문장을 쓰고 있는 나에게 질문을 던진 미아하. 그녀 쪽을 바라본 내가 할 수 있는 거라곤 경직된 뺨에 억지 미소를 띠며 "별거 아니야"라는 말을 짜내는 게 고작이었다. 그녀는 감정을 숨기는 내게서 뭔가를 느꼈는지, 서글프게 눈을 내리고 "미안해요, 방해해서"라는 말을 남기고 방에서 나갔다.

곧이어 나는, 그녀가 나의 태도를 그녀에 대한 혐오로 받아들이지는 않았을까 하는 불안에 휩싸여 후회한다. 그러면서, 그래도 상관없지 않은가, 그녀가 '호조 미아하'로 돌아가기로 결심하는 방아쇠만 될 수 있다면, 하고 스스로를 다독인다. 아니다, 그녀의 인격이 가짜라고 해서 그 존재에 대한 부정까지 용서받을 수 있는 것일까? 나는 또다시 갈등의 심연 속으로 빠져든다. 이것이 내 몸에 일어난 진정한 현실이다.

나는 여전히 그녀를 사랑하지 않는다. 지금의 그녀에게 품을 수 있는 감정은 오로지 동정과 자비뿐이다.

수술은 실패했다. 아니, 수술을 받지도 못했다.

뇌 정밀검사 직전, 간자에서는 고참인, 이미 일선에서는 물러나 명예직이 된 의사에게 연락을 받았다. 채 두 시간도 지나지 않아 응접실에 나타난 그는 태블릿에 비하면 불편하기 이를 데 없는 전자 종이를 둥글려서 옆구리에 끼고 있었다. 그는 절대 인터넷 회선에 유출되면 안 되기 때문이라고 미리 양해를 구한 뒤, 전자 종이를 펼쳤다.

"결론부터 말씀드리면, 당신의 체내에는 어떤 나노머신을 투입해도 나노머신이 정상적으로 작동될 수 없습니다."

"어떤 나노머신을 투입해도?"

무심결에 앵무새처럼 따라 물었다.

현대의 뇌신경 임플랜트는 특정 자극에 특정 반응을 야기하도록 뇌에 전기신호로 새겨 넣는 나노머신이다. 나노머신의 작동이 불가능하다는 말인즉, 임플랜트를 활용할 수 없다는 뜻이다.

"당신의 척추 엑스선 사진입니다. 여기 광점이 보이십니까?"

의사의 목소리와 함께 전자 종이 위에 모습을 드러낸 것은 하얀 마디 모양의 척추 뼈들이 연결된 엑스선 사진이었다. 의사가 전자 화면에서 이미지를 확대하자, 각각의 마디 주위를 둘러싸고 있는 하얀 점들을 확연히 알아볼 수 있었다.

"이 극소 유닛들은 나노머신의 침입을 파악하고 체내에서 특정 효소를 생산해 나노머신을 인체에 무해한 아미노산으로 분해시킵니다. 다시 말해 나노머신이 인체에 침입하자마자 그것을 파괴해 기능을 빼앗는 것이죠. 우리 팀에서는 '인디퍼런스 엔진Indifference Engine' 즉, '무관심 기관'이라고 부르고 있습니다."

나는 전자 종이를 낚아채 확대된 하얀 형체를 뚫어져라 응시했다.

"나노머신의 인체 간섭에 아무 영향을 받지 않는다 하여 붙여진 이름입니다. 만약 어느 나라의 독재자가 임플랜트 수술을 통해 전 국민을 자신의 꼭두각시로 만들려고 해도, 체내에 무관심 기관을 심어둔 인간은 세 시간도 안 돼 나노머신을 자가분해 할 수 있기 때문에 세뇌를 받아들이지 않습니다. '무관심 기관'은 수술로도 제거할 수 없어요. 임플랜트에 윤리적 저항감이나 위기감을 느낀 일부 인사들을 위해 만들어진 것이라 일반인에게는 보급되지 않았습니다만."

나는 그 이미지를 한참 동안 바라보고 나서야 겨우 입을 뗐다.

"언제, 왜 내 뇌에 그런 게?"

"언제냐는 질문에 대한 답변은 당신이 열두 살 때 받은 메디컬 체크 때였습니다. 왜냐는 질문에 대한 답변은 당신들 형제를 제외한 의사연락회 의견에 따른 결정이었습니다."

의사연락회. 이미 이빨이 빠져버린 괴물의 이름이 망령처럼 모습을 드러내며 마음을 헤집었다.

"예전에 시력을 회복시킨다는 명목하에 외과수술이 유행한 적이 있었습니다. 수술 직후에는 그 효과가 분명하게 나타났지만, 몇 년이 지나지 않아 장애가 생기는 사례가 빈번했어요. 안구에서 그런 일이 생기는데, 뇌에서 생기지 말라는 보장이 어디 있겠습니까. 거의 매주 새로운 뇌신경 임플랜트가 실용화되고 있지만, 현재 기능하고 있는 가장 오래된 임플랜트가 언제 만들어졌는지 아십니까? 고작해야 삼십 년 전이에요. 그러니 모든 임플랜트가 장래에, 예를 들어 백 년 후쯤이라도, 수술받은 사람의 정신을 계속해서 정상적으로 통제할 수 있다는 임상적인 보장은 어디에도 없어요. 그건 당신 가족도 마찬가지입니다."

"가즈야 형이나 기리카 누나 말인가요?"

"네. 그들이 현재는 평범한 인간과 다를 바 없는 생활을 하고 있지만, 앞으로 오십 년 후의 어느 날, 아무런 전조도 없이 가즈야 씨가 일과 연구, 거기다 수면과 식사까지 제쳐두고 끝도 없이 누군가에게 말을 시키는 바람에 폐쇄병동에 갇힐 가능성도 전혀 없지는 않겠죠. 쥐나 원숭이로 실험을 반복해온 결과로 보면 그럴 가능성은 한없이 제로에 가깝지만 절대적인 제로는 아니에요. 고속으로 실용화되고 있는 임플랜트는 인간을 샘플로 한 오십 년 백

년의 경과 관찰 같은 건 아직 이뤄지지 않았기 때문이죠. 임플랜트 수술은 인간의 삶의 방식을 완전히 규정해버리는 시스템입니다. 그렇기에 더더욱 만일의 사태가 발생하면, 그 정신은 완전히 엉망이 되겠죠. 그때 간자에의 최고 자리에 앉을 수 있는 사람은 임플랜트에 뇌가 좌우되지 않는 인간뿐입니다."

의사는 변명조의 말투에서 벗어나 힘차게 격려하듯 유려한 연설을 펼쳤다.

"당신은 일종의 보험입니다. 〈간자에 뇌의료〉는 전 세계의 인간을 대상으로 삼아 장대한 인체실험을 하는 거나 다름없어요. 그 피험자들이 무사히 일생을 마칠 수 있다면 그걸로 좋겠지만, 실험이 실패한다면 당신처럼 피험자가 아닌 사람이 사회를 움직이면 됩니다."

별안간 현기증이 일었다. 실험이라고 표현했지만, 이것은 인류의 대부분을 판돈으로 내던진 거대한 도박이다. 내기에 이긴다면 신인류로서의 안정된 삶을 얻을 수 있지만, 진다면 베팅한 인간의 뇌는 모조리 빼앗기고 만다. 그렇기에 '구인류'라는 칩을 남겨두어야 한다. 나는 〈간자에 뇌의료〉가 남겨둔 칩이었던 것이다.

"원래는 간자에 시온이 그 역할을 맡을 예정이었는데, 그가 간자에에서 나가버렸기 때문에 갑작스럽게 당신이 뽑히게 됐죠. 다시 말해 당신은……"

의사는 내내 머뭇거리고 있다가, "만일의 만일, 이란 뜻인가"라는 내 말에 애매하게 고개를 끄덕였다.

　나는 주먹으로 테이블을 내리쳤다. 눈앞의 의사가 아니라 시온을 향한 분노가 가슴 가득 차올랐다. 제멋대로 행동하여, 아무것도 모르는 사람에게 자기 역할을 떠넘기다니. 나는 그 남자 때문에 미아하를 행복하게 해줄 수 있는 마지막 카드를 영원히 잃어버리고 말았다.

　"현재의 기술로는 일단 체내에 심은 무관심 기관은 수술을 통해 제거하거나 해제할 수 없습니다. 하지만 오히려 자랑스럽게 여겨야 합니다. 당신은 보기에 따라서는 가즈야 씨나 기리카 씨보다 더 중요한 인물이에요. 영원히 임플랜트에 좌우되지 않고, 온전한 자신의 뇌로만 생각할 수 있어요. 선악도, 모든 행동의 가치도, 자율의지로 선택할 수 있어요. 영원히 자유로운 겁니다."

　자유……

　의사의 말을 다시금 떠올리자, 어깨에서 힘이 빠져나가는 느낌이 들었다.

　그런 것으로는 그녀를 고통에서 해방시켜줄 수 없다. 나는 임플랜트 발사용 총을 손에 들고, 새카만 총구를 손가락으로 어루만졌다. 나는 그녀를 사랑할 수 없다. 그녀는 영원히 나를 사랑한다. 그렇다면 이제 남은 답은 하나뿐이다. 내 뇌에 덮어쓰기를 할 수 없는 이상, 미아하라는 인간의 행복을 위해서는 그녀를 설득하여 총을 건넬 수밖에 없는 것이다.

"죽어"라고 말하면서.

서재 의자에 앉은 채로 책상 서랍에 총을 넣고, 대신 예리하게 빛나는 메스를 꺼냈다. 다섯 손가락으로 움켜쥔 메스를 책상에 내리꽂았다. 그리고 케이크라도 자르듯 그대로 미끄러뜨렸다. 책상에 살색 자국이 새겨졌다. 다시 한번 내리꽂고 미끄러뜨렸다. 다시 한번. 또 한 번.

무의미한 작업에 몰두하는 사이, 가슴속에서 열이 솟구치며 입이 저절로 움직였다.

왜!

"왜 나만 이러냔 말이야! 칼리아그노시아* 처치를 받은 학생도! 제마족과 호아족**의 소년병도! 루엔케팔린***과다분비 환자도! 모두 다 뇌만 손보면 지금까지의 가치관이, 편견이 모조리 파괴된 새로운 세계의 관점으로 살아갈 수 있다면서! 『성서』에서는 그걸로 해결되잖아!"

"미쓰구, 그건 그들이 『성서』에 나오는 인물이기 때문이야."

아무런 예고도 없이 귓가에서 바리톤 음성이 울려 퍼졌다. 너무나 밝고 쓸데없이 참견을 잘하는 형의 목소리였다.

---

* 미추에 대한 인식 자체를 불가능하게 해주는 뇌 시술. 테드 창의 단편 「외모지상주의에 관한 소고 : 다큐멘터리」에 등장한다.
** 이토 게이카쿠의 단편 「인디퍼런스 엔진The Indifference Engine」에 등장하는 두 민족.
*** 뇌에서 생성되는 진통작용 화학물질.

"그 무렵에 쓰인 뇌과학 소설은 사랑이나 정의나 윤리를 해체하는 데 주안점을 뒀어. 그 목적을 달성하려면 화자 자신이 테크놀로지의 은혜를 입은 시술을 뇌에 새겨서 그 눈으로 세계를 바라볼 수밖에 없었지. 이해하겠어? 주인공이 자기 자신의 시점으로 상대화를 경험하지 못하면, 기존의 가치관을 결정적으로 붕괴시킬 수 없으니까 계몽에 도움이 되질 않는 거야."

"그래, 뇌에 메스를 대지 않고 얻을 수 있는 관점이란 건 빤하잖아."

갑자기 목소리 톤이 부드럽게 바뀌었다. 간자에 기리카의 다정한 목소리로.

"『성서』가 '성서'로 불린 이유는 단순히 그 형상 때문만은 아니야. 뇌에 손을 대서 기존의 윤리관이 흔들리고 새로운 세계관에 눈뜨는 주인공들의 이야기가, 예수의 가르침을 받아 새로운 세계관에 눈뜬 제자들의 이야기와 본질적으로 다르지 않기 때문이었어. 뇌의 임의 부위가 손상된 환자가 거기에 깃들어 있던 가치체계를 잃고 새로운 '가르침'에 눈을 뜬다면, 누구나 『성서』의 등장인물이 될 수 있어. 간단하지?"

본폰의 전원을 손가락으로 누르자, 그제야 소리가 사라졌다. 그렇게 생각한 것도 잠시, 분명히 전원을 껐는데 좀 전보다 높아진 음량으로 또 다른 여자의 목소리가 흘러나왔다.

"미쓰구 씨에게는 그런 탈주로를 드릴 수 없어요. 임플랜트를 심을 수 없는 뇌로, 살아 있는 인간 본연의 모습으로 괴로워해주세요. 정의니 윤리니 애정이니 영혼이니 하는, 임플랜트를 심으면 한순간에 소멸될 환상이며 헛된 집념을 가슴속에 품은 채로 대답을 얻지 못하고 계속 괴로워해주세요."

미아하의 목소리. 아니, 아니다. 이 냉담한 목소리는 그 기특한 소녀의 목소리가 아니다. 나는 그것이 누구의 음성인지 알고 있었다. 본폰째로 귀를 잡아뗐다. 귀는 치즈처럼 쉽게 밑동에서 찢겨 나왔다. 그러나 소리가, 이번에는 뇌를 뒤흔들듯 머릿속에서 직접 울려 퍼졌다.

"망가져!"

내가 내지른 고함 소리에 놀라 눈을 떴다. 나는 메스를 움켜쥐고, 책상에 엎드린 채로 잠들어 있었다. 이마에는 땀이 번졌고, 심장이 요동쳤다. 문득 느껴진 인기척에 뒤를 돌아보자, 휠체어에 앉은 미아하가 담요를 손에 든 채 머뭇거리며 굳어 있었다. 기진맥진해서 잠들어버린 내가 혹여 감기라도 걸릴까 걱정하는 마음일 것이다. 그 친절한 마음에 형식으로나마 보답하기 위해 나는 입꼬리를 올리며 아까보다는 조금 나은 미소를 지어 보였다. 그러나 마주한 커다란 눈동자 속에서 과학도였던 소녀의 잔상을 발견한 나는 그녀에게 아무런 말도 건넬 수가 없었다.

미아하는 그제야 조용히, 금방이라도 꺼져버릴 듯한 희미한 미소를 보이고 방에서 나가기 위해 휠체어의 방향을 돌렸다.

"역시…… 아니었네."

돌아선 그녀의 중얼거림을 멍하니 들으면서 나는 다시 책상에 머리를 맡겼다.

그녀가 방에서 나가고, 문이 닫히는 소리가 들리고 나서 몇 초 후. 나는 벼락이 친 것 같은 충격에 휩싸여 벌떡 일어섰다.

그리고 히에로니무스를 전개시켰다. 내가 지금까지 무엇을 기록해왔는지. 미아하와의 만남. 재활치료 중인 그녀와의 조우. 권총 자살. 인격이 바뀐 그녀. 묘지에서의 1막. 논쟁. 사적인 기록일 뿐이었던 문장을 다시 한번 읽었다. 내 손으로 쓴 문장을 파고들듯이 읽었다. '임플랜트 시술을 받고 미아하를 사랑하게 된 나'를 상상하며 쓴 부분도. 거기에 깃들어 있던 암시. 족쇄에 묶인 사람은 누구였는가. 나는 일어나 머리를 쥐어뜯으며 안타까움에 몸부림쳤다. 지금까지 내 생각이 진실에 미치지 못했던 것을. 너무나 오랫동안 먼 길만 빙빙 맴돌았던 것을. 갈등을 파괴하고 미아하를 구하는 방법, 거기에 이르기 위한 단 하나의 열쇠. 진실.

나는 서재에서 튀어나갔다. 아까와 비슷한 정도이거나 그 이상으로 심장 고동이 빨라진 것을 느꼈다. 그녀의 방으로 달려가 노크도 하지 않고 문을 벌컥 열어젖혔다. 그녀는 휠체어에 앉은 채 무슨 문고본을 읽고 있었다. 그녀가 나를 보고는 당황한 기색으로 무릎덮개 밑에 책을 숨겼다. 나는 개의치 않고, 몸을 굽혀 그녀와 눈높이를 맞췄다. 미아하의 두 손을 잡고, 당황하는 그녀에게 말을 건넸다.

"날 위해 죽어줘."

바로 눈물이 흐르지는 않았지만, 그녀의 표정은 울면서 웃는 것처럼 일그러졌다. 죽이지 말아주세요, 라고 떨면서 중얼거렸던 그때의 얼굴과 겹쳐졌다. 아니, 그녀는 그때 고개를 숙이고 있었나? 어쨌든 그녀의 반응에 당황한 나는 서둘러 덧붙였다.

"세 시간이면 돼."

그것은 수술이라기보다는 심령술 같았다. 침대 위에서 상반신을 일으킨 그녀는 오랜만에 그 흰 가운을 입고 있었다. 예전의 미아하를 되찾았을 때를 대비해서라는 핑계는 댔지만, 과학보다 오컬트를 신봉하는 듯한 그 준비에는 스스로도 어이가 없을 정도였다.

수술 내용에 대해 미리 충분히 설명을 했는데도 미아하는 여전히 불안한지, 시트 자락을 움켜쥔 채 겁먹은 시선으로 이쪽을 바라보았다.

"그 사람은…… 호조 미아하는 당신을 증오하는 데다 간교한 꾀를 부리는 사람이에요. 제발 그 사람 말에 속지 마세요. 귀를 기울이면 안 돼요."

"괜찮아. 난 그녀에게 뭘 좀 알려주러 갈 뿐이야. 그러니 걱정할 거 없어."

그녀는 결의를 다진 듯이 입을 굳게 다물고, 침대에 듬직하게 자리 잡은 오르골처럼 생긴 상자의 뚜껑을 열었다. 그리고 유리세 공품이라도 만지듯 조심스러운 손길로 내용물을 꺼냈다. 이날을 위해 새로 만든 총이다. 그렇지만 역시 어둠을 빨아들인 듯한 검은색. 그녀는 그 총을 품에 끌어안았다. 그리고 큰 눈망울로 나를 올려다보며 천천히 입을 열었다.

"혹시, 혹시라도 내 인격이 두 번 다시 돌아오지 않는다면, 기억해주세요. 나는 최후의 뉴런이 반응회로를 바꾸기 직전까지, 호조 미아하로 변하는 마지막 순간까지도 변함없이 미쓰구 씨를 사랑했다는 걸. 당신이 그걸 잊지 않겠다고 말해준다면, 나 같은 가짜 영혼도 이 세상에 태어난 의미는 있었다고 믿을 수 있어요."

"맹세할게. 내가 사랑할 수 없었는데도 나를 변함없이 사랑해준 너를 잊지 않겠다고."

힘차게 고개를 끄덕이자, 그녀의 손에서 벗어난 총이 나의 손으로 건네졌다. 방아쇠를 당기는 것은 내 역할이었다. 타인의 인격의 정당성을 판단하고 한쪽에 사형을 선고하는, 도리에 어긋나는 그런 짓은 나의 죄로 짊어져야 했기 때문이다. 이것은 나의 선택이며 나의 이기심이다. 나는 미아하에게서 선택의 권리를 빼앗았다. 그러니 공이치기를 당기는 사람은 나여야만 했다. 자신의 오만을 잊지 않기 위해.

내가 미아하의 관자놀이에 총구를 갖다 대자, 그녀는 숨을 크게 들이마시고 조용히 눈을 감았다.

나는 천천히 방아쇠를 당겼다. 미아하의 몸은 한순간 뻣뻣하게 굳었지만, 이내 스르르 힘이 풀렸다. 뒤로 쓰러지는 그녀의 몸을 양팔로 안아 침대 위에 눕혔다. 그리고 감기에 걸리지 않게 담요를 덮어주었다. 가짜 다리는 추위를 느끼지 않을 테지만, 그래도 마음에 걸려서 무릎 아래까지 감싸도록 담요를 펼쳤다.

마취 효과가 나는지, 가슴이 규칙적으로 위아래로 들썩이기 시작했다. 흰 가운의 주름이 조그맣게, 희미하게 흔들렸다.

그녀의 뇌를 겨냥해서 쏜 것은 '간자에 미아하'를 '호조 미아하'로 되돌리기 위해 두 사람의 의료기록을 비교해 설계한 임플랜트 통합체다. 다만, 무관심 기관이 만들어내는 것과 똑같은 효소가 포함되어 있었다. 그 작용으로 인해, 호조 미아하의 뇌를 되살리는 임플랜트는 세 시간이 안 돼서 스스로 무너진다. 이미 그녀의 머릿속에 심어진 '자살'했을 때의 임플랜트는, 떨어진 부위에 있어서 영향을 받지 않는다.

다시 말해 지금부터 불러내는 호조 미아하의 인격은 세 시간만 유지되는 것이다.

이 시스템을 사용하면, 하나의 뇌를 두 사람으로, 예를 들면 하루걸러 교대로 사용할 수 있을지도 모른다. 전례가 없는 이런 인체실험을 몇 번씩 실행해도 그녀의 뇌가 견뎌낸다는 가정하의 얘기겠지만. 나는 고개를 흔들었다. 이번 한 번으로도 도박이다, 인도적으로도 의학적으로도 용납될 수 없다.

기다린 시간은 수십 분. 이윽고 그녀의 눈꺼풀이 서서히 열렸다.

몸을 가볍게 일으킨 미아하는 좌우를 두리번거리더니 곤혹스러운 표정으로 내 쪽을 바라보았다. 미안해하는 그 표정은 예전의 그녀처럼 여겨지지는 않았다.

왜 원래 인격을 되찾지 못했지? 이론상으로는 이 시점에서 이미 임플랜트가 작용을 개시, '호조 미아하'의 인격을 되찾았어야 한다.

당황한 나는 그녀의 관자놀이를 확인하려고 얼굴을 가까이 댔다. 바로 그때 미아하가 두 손을 뻗었고, 앞으로 뻗은 양손은 곧장 나의 목덜미로 달려들었다. 함정이다, 하고 알아챈 순간에는 이미 그녀의 손이 혼신의 힘을 다해 내 목을 조르고 있었다.

비명을 내지르려 했지만, 소리로 맺어지지 않는 신음만 새어나왔다. 그녀의 엄지손톱이 찢을 듯이 목으로 파고들었다. 눈앞이 보였다 안 보였다 했다. 의식이 멀어질 것 같았다. 질식 직전에야 그 가느다란 손목을 잡아 강제로 떼어내고, 그대로 쓰러지며 피했다.

"아무래도 대단히 악취미적인 공수*를 받은 것 같단 말이야. 악령이면 악령답게 산 자에게 빙의해서 죽이는 게 본분이겠지."

바닥에 엎드린 채로 쓰러진 내 배에 말과 함께 뭔가가 와서 꽂혔다. 호흡곤란에서 막 벗어났는데, 다시 공격해온 새로운 고통에 나는 몸을 꺾으며 신음했다. 흐려지기 시작한 시야에 들어온 것은

---

* 무당이 죽은 사람의 넋이 하는 말이라며 전하는 말.

내 배를 겨냥하고 휘두른 그녀의 의족과 그 의족을 품에 안은, 따분한 것 같기도 한 감정 없는 얼굴이었다.

확신이 들었다. 수술은 실패하지 않았고, 조금 전 눈을 뜬 인간은 틀림없는 '그녀'이며, 눈을 뜬 순간에 보인 행동은 연기였다는 것을. 그녀는 호조 미아하, 그 사람이 틀림없었다. 나는 그 파괴적인 영혼과 대치하고 있는 것이다. 찌르는 듯한, 꿰뚫는 듯한 시선을 느꼈다.

"알고 있었어."

나는 비틀거리며 일어섰다. 목에 손을 대자, 그녀의 손톱자국이 선명하게 느껴졌다.

"네 마음에 나에 대한 증오가 있다는 건 분명 알고 있었지. 그녀도 충고해줬는데. 너에게…… 호조 미아하에게 속지 말라고."

돌연, 고개를 숙인 미아하가 크크큭 하며 목을 울리는 것 같은 섬뜩한 웃음소리를 흘렸다.

"'호조 미아하에게 속지 마라?' 같은 나지만 어이가 없군. 아니, '내 뇌지만'이라고 말해야 하나? 그애의 교활함은 정말이지 기가 찰 지경이야. 너에게 거짓말을 하며 계속 속인 건 바로 그애라고."

내 당혹감을 꿰뚫어본 듯이 웃으며, 그녀가 베개 밑에서 책 한 권을 끄집어냈다.

"물리적으로나 확률적으로나, 넌 진심으로 이런 게 총알을 막을 수 있다고 생각했나?"

『성서』였다. 총알에 움푹 파인 책, 예전에 묘지의 총격으로부터 그녀의 목숨을 지켜냈던 책.

"이깟 종이다발로는 총알을 막을 수 없어. 이건 가짜야."

그녀는 책의 표지를 노크하듯 톡톡 두드렸다.

"무슨 뜻이지?"

나는 '속지 마세요'라는 말을 되새기며 조용히 물었다.

"물론 너에겐 그야말로 아닌 밤중에 날벼락이었겠지. 스가이는 너의 목숨을 노리기에 앞서 〈간자에 뇌의료〉를 누구보다 원망하고 있을 '미아하'를 자기편으로 끌어들이려고 했어. 그애가 너한테 빠졌다는 것도 모르고 말이야. 스가이가 접촉하려고 찾아왔을 때, 그애는 그 살인 계획을 이용할 수 있다는 걸 알아챘지."

충격에 빠진 상대는 아랑곳도 않고, 그녀는 막힘없이 말을 이어 갔다.

"원래는 스가이가 고용한 살인범에게 그애가 신호를 보내 총격이 시작될 예정이었어. 그런데 준비 중인 저격수의 동태를 살피다가, 그애가 휠체어 손잡이에 설치해둔 공포탄으로 총성을 낸 거야. 네 눈에는 총탄도 날아온 것처럼 보였겠지만, 전날 너의 히에로니무스에 잔재주를 부려둔 프로그램이 가상의 총알을 띄웠을 뿐이야. 총알은 전혀 발사되지 않았어. 간자에 가즈야에게 암살 정보를 흘려 범인을 즉시 체포하게 만든 것도 그애야."

나는 멍하게 그 얘기를 듣고 있었다. 눈이 휘둥그레진 채, 마비된 것처럼 꼼짝도 할 수 없었다.

"그애는 네가 표적이 될 걸 알고, 이 책을 미리 준비해뒀지. 책을 파내고 인터넷으로 구한 총알을 박아뒀어. 아마추어의 잔재주지만, 공포의 순간 너에게 잠깐만 보여주면 되니까 충분히 속일 수 있었지. 하지만 아무리 증거를 인멸해도 여기에는 여전히 남아 있는 게 있어."

미아하가 자기 머리를 집게손가락으로 톡톡 두드려 보였다.

"왜? 미아하가 왜 그런 짓을?"

대답을 예상하면서도 나는 물었다. 미아하는 보란 듯이 말투를 누그러뜨렸다.

"자신을 내던져 살해당할 뻔한 너를 지켜낸 기특한 여자, 라는 지위를 얻기 위해서지."

미아하는 『성서』를 펼치고, 인쇄된 문장을 사랑스러운 듯이 어루만졌다.

"나는 그애가 된 후로 한 번도 이 책을 '읽지' 않았어. 그애에게는 뇌과학이나 철학은 전혀 무가치한 것이었기 때문이야. 그애는 너의 환심을 사기 위해 읽는 척했을 뿐이야. 눈으로는 문장을 좇았지만 내용은 하나도 머릿속에 넣지 않았지."

미아하가 눈만 움직여 이쪽을 쳐다보았다.

"그애가 너에게 숨기고 정말로 읽었던 책이 어떤 종류인지 알고는 있나? 옛날 연애소설이야. 웨딩나이프의 보급으로 연애소설은 소멸 직전이지. 자기가 당연하게 가지고 있는 감정이니 그런 걸 다룬 책까지 굳이 찾아 읽을 필요는 없으니까. 사랑이 주는 고양 감 따원 마음속에 있는 감정을 음미하면 그만, 굳이 외부에서 찾 지 않아도 되니까. 그런데도 그애가 연애소설에 푹 빠져서 읽은 이유는,"

미아하가 몸을 내밀며 내 쪽에 얼굴을 가까이 댔다. 친한 친구 에게 몰래 비밀기지가 있는 장소를 털어놓는 소년처럼.

"너를 농락하기 위해 꾸며낼 이야기를 연애소설에서 발견했기 때문이야. 그애의 마음에 들고, 현실에서도 응용할 수 있겠다고 판 단한 방법이 '목숨을 걸고 지켜낸다'는 형식이었지. 거기에다 역시 맘에 들었던 어느 소설 비슷하게 '연인에게서 받은 선물로 총알을 막아내는' 상황을 더해 삼류 연극이 탄생했지."

그녀가 책을 침대에 집어던졌다. 탁 소리를 내며 책장이 닫혔다.

"스가이가 조사받는 과정에서 간자에 미아하와 공조했다고 주 장했지만, 가즈야는 무시해버렸어. 미쓰구를 사랑하도록 만들어 진 인격이 미쓰구를 위험에 노출시킬 리가 없다면서. 그애와 한통 속이 되어 나중에는 증거까지 날조한 가즈야는 그애의 말이 거짓 인 걸 알았으면서도 말이지."

미아하는 바보 취급을 하듯 코웃음을 치며 말을 이었다.

"그애의 뇌가 너를 사랑하는 것, 너에게 사랑받는 것을 최우선 으로 하는 건 분명해. 하지만 그렇기 때문에 더더욱, 그걸 이루기 위해 널 속이는 것도 정당화되지. 공격충동억제 임플란트 역시 심어졌지만, 너에게 사랑받는다는 큰 목적을 위해서라면 널 감금하거나 궁지에 빠뜨리는 행위도 가능했을지 몰라. '너를 향한 사랑'에 속박됐지만 그것은 곧, '너를 향한 사랑'으로 이어지기만 한다면 그 어떤 윤리 규범에서도 해방된다는 뜻이지. 그게 그애의 본성이야."

미아하는 승리감에 젖은 듯이 의기양양하게 웃어젖혔다.

"그 소극적인 성격의 몇 퍼센트쯤이 연기일까? 자기 인격을 되찾았을 때는 틀림없이 이렇게 말하겠지. '그 사람이 한 말은 모두 엉터리예요. 그 말을 믿지 마세요.' 눈물을 글썽이며 너에게 미움받지 않으려고 필사적으로 아양을 떨 거야. 그런 인간을 불여우라고 부르지."

그녀는 어조를 높이며 '간자에 미아하'의 음성을 연기했다. 사악한 웃음을 머금은 표정은 그대로 유지한 채. 마치 속마음과는 짝이 맞지 않는 가면을 쓴 듯 섬뜩하게 보였다.

"자, 그건 그렇고. 이제 어쩔 셈이야? 나를 없애고 그애를 행복하게 해주려고 날 불러냈다고 들었는데, 그애가 순진무구와는 거리가 먼 인간인 걸 알았으니 상당히 혼란스러울 텐데?"

두꺼운 안경 너머 이쪽을 응시하는 미아하의 눈동자는 얼음의 칼처럼 무자비한 빛을 머금고 있었다. 또다시 그 언젠가처럼 냉기가 느껴졌다. 상대의 마음까지 얼어붙게 만들려는 그 영혼이.

하지만.

"놀라긴 했어…… 하지만 네가 생각하는 정도까진 아니야."

그녀는 의심스러운 듯이 눈썹을 치켜떴지만, 사실 나의 마음은 매우 안정되어 있었다.

"난 알고 있었어. 그 미아하가 마냥 어수룩한 사람이 아니라는 걸. 훨씬 영리하고 인간적이라는 걸. 내게 줄곧 큰 거짓말을 했으니까."

마침내 나의 차례가 돌아오자 나는 각오가 도망치지 못하게 목소리를 높였다.

"미아하는 나에게, 간자에 미쓰구에게 미움받지 않으려고 거짓말을 했지. 호조 미아하는 그 누구도 사랑한 적 없는 냉혈인간이라고. 호조 미아하는 이성에게 어떤 마음도 품어본 적이 없다고. 그런데 아니야. 예전 호조 미아하의 뇌 모니터링 데이터를 분석하면, 그게 거짓임을 바로 알아낼 수 있지."

나는 뇌라는 최대의 사생활을 침해했다. 무례하게 들여다보았다. 그런 권리도 권한도 내겐 없었지만, 권총 자살 전, 호조 미아하의 의료기록을 봤을 때 나는 알아버렸다.

"너는 너를 찾아내 〈동아 뇌외과〉로 가자고 청했던 남자, 간자에 시온을 사랑했어. 양아버지를 대하는 감정이 아니라 이성을 대하는 연애감정을 품고 있었지."

이것이 나의 카드였다. 이번에는 상대가 침묵할 차례였다.

"미아하가 한사코 숨겼던 것은 예전의 자기의 뇌가 간자에 미쓰구가 아닌 다른 인간을 사랑했었다는 사실이야. 그래, 너의 뇌는 간자에 시온을 사랑했었기 때문에 이성애를 작동시킬 회로를 이미 갖고 있었어. 너는 임플랜트의 힘을 빌려 제로에서 연애감정 회로를 만들어낸 게 아니야. 뇌에 총알을 박아, 연애감정을 작동시키는 발화점의 뉴런을 바꿨지. '사랑의 대상'을 슬쩍 교체한 거야."

간자에 미아하가 두려워한 것은 간자에 미쓰구를 향한 자신의 사랑이 '시온을 향한 사랑'의 재생이라는 사실이 드러나, 내가 혐오감을 품어버리는 상황이었을 것이다.

"예전에 그 연회장에서 나는 네가 휘두른 흉기에 죽을 뻔했어. 나는 그걸 너의 못된 변덕 탓이라고 생각했었지. 하지만 그건 크나큰 오해였어. 네가 그 장소에서 살인사건을 일으키려 한 데는 결정적인 의미가 있었어. 내가 그날 그 자리에서 너에게 살해당했다면 어떤 일이 벌어졌을까? 간자에와 동아의 전쟁? 천만에, 그런 장기적인 목표가 아니야. 네가 원한 건 결혼식을 멈추는 거였어. 결혼식만 멈출 수 있다면, 신랑신부가 서로의 뇌에 임플랜트를 심는 의식도 일단은 미룰 수 있었어. 미아하가 그랬듯이, 웨딩나이프로 누군가에 대한 사랑을 뇌에 새긴 인간은 그 무효화를 평생 거부하게 되니까, 넌 무슨 수를 써서든 간자에 시온의 결혼을 막아야만 했어. 네가 고안한 웨딩나이프로 시온의 마음을, 그의 아내가 될 여자에게 가로채이기 전에 말이야. 다만 한 가지 이해가 안 되는 건, 왜 굳이 그런 에두른 방법이 필요했을까 하는 거야. 직접 네 마음을 전했어도 좋았을 텐데."

"그만 됐어" 하며 그녀가 내 말을 막았다. "내 마음을 전할 수는 없었어. 그럼 모든 게 끝나버릴 테니까."

그 말투에는 이미 가시가 사라지고 없었다.

"아버지는 타인의 감정을 이해하지 못했어. 기쁨도 분노도 슬픔도 행복도 애정도. 타고난 감정이 무뎠지. 다만 한 가지 알았던 건, 자신의 내면이 타인과는 다르다는 사실뿐이었어."

그날 그 연회장에서 만났던 시온의 모습을 떠올려보려 했지만 세일즈맨처럼 온화하게 웃는 얼굴밖에 떠오르지 않았다.

"아버지가 그렇게 많은 업적을 남길 수 있었던 것도 자기에게는 없는 '인간적인 감정'을 임플란트로 설계해서 언젠가는 자기 뇌에 심으려 했기 때문이야. 그래, 인간이 되고 싶었던 거지, 그 사람은."

그녀가 문득 위를 올려다봤다. 속눈썹에 드리워진 조명 빛이 너울거려 그녀는 평소보다 더 아름다웠고, 그러면서도 수심이 가득해 보였다.

"저주받은 몸, 새카만 몸을 가진 백조가 고독에서 벗어나기 위해 어떻게 했는지 알아? 간자에 시온을 처음 만난 날, 나에게 냈던 문제. 답은 어이없을 정도로 단순해. '자기가 바뀔 수 없다면 다른 백조들을 바꿔버리면 된다.' 검은 몸을 가진 백조는 돌아다니며 다른 하얀 백조들에게 검은 페인트를 뒤집어씌웠지. 그러면 더 이상 따돌림은 당하지 않을 거라 믿고. 내 대답을 듣고 돌아본 그 사람의 얼굴은 놀라움과 기쁨으로 환하게 빛났어. 그런 것처럼 보였지. 그리고 다시 물었어.

'이제 다음 문제를 내겠다. 옛날 옛적에 타인의 감정을 이해하지 못해, 언제 웃어야 할지 언제 울어야 할지 모르는 인간이 있었지. 그 녀석은 인간의 감정을 알 수 있는 기계를 머릿속에 넣고, 비로소 웃고 울 수 있게 됐어. 하지만 마음은 후련해지지가 않았지. 자기가 진정으로 다른 사람들처럼 감정을 맛보며 살고 있지 않다는 것, 기계의 힘을 빌려 겨우 속이며 살고 있다는 사실에 소외감을 느꼈으니까. 그는 깊은 고민을 거듭한 끝에 자기가 고독하지 않을 수 있는 방법을 알아냈어. 과연 그게 뭘까?'

'모든 사람의 머릿속에 그 기계를 넣으면 되겠죠. 세계를 나에게 맞게 다시 만들어내면.'

내가 그렇게 대답하자, 그 사람은 흥분된 목소리로 내게 손을 내밀며 말했어.

'정답이야, 꼬마 아가씨. 괜찮다면, 검은 백조를 도와줄 수 있겠니?'

한참이 지난 후에야 아버지는 말해주었어. 자기가 〈간자에 뇌의료〉에서 도망쳐 나온 이유도 자기 뇌에 무관심 기관…… 임플랜트 저해 시스템을 넣겠다고 의사연락회에서 강요했기 때문이라고. 네 몸속에 있는 거와 같은 거. 하지만 아버지는 인간이 될 수 있는 방법을 빼앗길 순 없었던 거야."

그녀는 인간, 이라는 단어에 야유라도 담듯 강조했다.

"아버지는 감정이 풍부한 사람을 멀리했어. 애정이든 친밀감이든 자기로서는 도무지 이해하기 힘들었으니까. 그래서 그런 인간들 모두에게 임플랜트를 심으려 했고, 타인에겐 관심조차 없어 보이는, 오로지 연구에만 몰두하는 소녀, 의식을 없애버린 인간의 이름을 스스로에게 붙인 소녀를 옆에 뒀지."

"자기와 같은 부류라고 생각해서?"

그녀는 씁쓸한 미소를 지으며 고개를 끄덕였다. 마치 호조 미아하가 아니라, 간자에 미아하처럼.

"하지만 판단 착오였어. 나는 순식간에 그 영혼에 이끌려버렸으니까. 그래도 그런 마음을 입 밖으로 냈다간 모든 게 무너져버린다는 것은 잘 알고 있었지…… 난 『성서』의 등장인물은 될 수 없었어."

그녀는 오래 짊어졌던 무거운 짐을 내려놓은 것처럼 깊고 깊은 한숨을 내쉬었다. 그러곤 말을 이었다. 이번에는 내가 아니라 마치 자기 자신에게 들려주듯이.

"애초에 밖에서도 흰 가운 입는 걸 고집했던 건, 괴짜 같은 차림새로 자신을 무장하려 했던 범인凡人의 얕은꾀에 불과해. 감정을 부정하고 자신의 평온을 찾기 위해 세계를 파괴하는, 그런 식의 초월과 체념을 '동경하는' 인간이 먀햐*와 같은 인간일 리 없어. 동경해서 그 이름을 참칭하는 인간은 오히려 그 이름과는 가장 먼, 범용한 영혼의 소유자야. 나는 그저 파괴자의 뒤를 쫓아가는 그림자였을 뿐이지."

아마도 그녀는 자신의 이름을 짓는 데 이용했던 작품의 언어로 얘기하고 있을 테지만, 나는 이해가 잘 되지 않았다. 그나마 이해할 수 있었던 것은 그녀가 초월자 같은 존재는 아니라는 사실이었다.

오랜 짝사랑 끝에 연인을 잃고 스스로 죽음을 택한, 연약한 인간일 뿐이었다는 사실.

"효소와 임플랜트를 이용한 시스템이면 나와 그녀를 교대로 살게 하는 것도 기술적으로는 가능하겠지만, 나는 아버지를 잃은 세상에서 더 이상 살고 싶은 마음이 없어."

그러더니 다시 한번, 그녀다운 독기를 되찾은 목소리로 말했다.

"그런데 넌 구태여 나를 되살리면서까지 아버지를 향한 나의 사랑을 지적하고 비웃으려 했던 건가? 사랑 없는 세상과 결별하려 한, 저속하고 범용한 인간을?"

그게 아니야, 하고 대답하고 나는 시계로 시선을 돌렸다. 남은 시간이 많지 않았다. 호조 미아하를 이 세상으로 다시 불러낸 최대의 목적을 이뤄야만 했다.

---

* 이토 게이카쿠의 『하모니』에 등장하는 소녀.

"그녀를, 간자에 미아하를 행복하게 해주려면 반드시 확인해야할 게 있었어. 내가 생각한 그것이 맞는지 틀리는지."

말투가 점차 격해지는 것을 느꼈지만 멈춰질 것 같지는 않았다.

"당신을 눈앞에 마주하니 드디어 확신이 서는군. 내가 간자에 미아하를 사랑할 수 없었던 이유는 '임플랜트로 타인을 사랑하게 된 인간'을 불쌍히 여겼기 때문이 아니야."

그렇다, 그 대답은,

"내가 당신을, 호조 미아하를 사랑하기 때문이야."

시간이 멈췄다. 미아하는 아무런 대답도 하려 들지 않았다. 그녀의 표정은 방으로 밀려들어온 땅거미 그늘에 가려 있었다. 사진으로 잘라낸 풍경처럼, 그곳에는 오직 정적만이 흘렀다. 나는 숨이 멎어버리기 전에, 방금 내가 입에 담은 말의 의미를 다시 한번 되짚어보았다.

처음 만났을 때, 그녀가 목숨을 노렸는데도 나는 왜 아무에게도 알리지 않았을까. 재활치료 중인 그녀에게 나는 왜 손을 내밀었을까. 그녀에게 공격충동억제 임플랜트가 심어질 상황이 되었을 때, 나는 왜 감싸며 변호했을까. 무해한 인격으로 바뀐 그녀를 보며, 왜 원래대로 되돌리려 했을까. 간자에 미아하를 울리면서까지 왜 군이 임플랜트 사용을 강요했을까. 왜?

그것은 내가 그 미아하가 아니라, 이 미아하를 사랑하기 때문이다.

세계를 바꾸려 했던 야망일까. 끝 모를 지성과 열망일까. 운명에 맞서려는 차갑고 강한 눈동자일까. 자기 뇌까지 도구로 삼아버리는 굳은 각오일까. 그게 아니면 그 모든 것일까. 알 수 없다. 그러나 그녀를 눈앞에 둔 지금 이 순간, 가슴은 사정없이 뛰고, 뺨은 뜨거워지고, 목소리는 들떴다.

"내가 쓴 이야기는 인간의 정체성에 관한 사변 같은 게 아니었어. 단지 누군가의 호의를 받으면서도 마음은 다른 이에게 빼앗긴, 그저 그런 사랑 이야기일 뿐이야."

임플랜트로 만들어진 애정에는 응할 수 없다. 내가 줄곧 입에 담고, 문자로 써온 말은 스스로에 대한 기만이었다. 입으로는 간자에 미아하와 호조 미아하의 차이는 '기분' 정도일 뿐이라고 하면서도, 간자에 미아하를 하나의 '인격'으로 여기며 호조 미아하로 되돌리려 했던 궤변의 근원은 바로 거기에 있었다. 호조 미아하를 좋아했기 때문에 간자에 미아하 따윈 사라져버렸으면 하는, 그렇게 이기적이고 오만한 자기 자신을 모른 체하고 싶었던 것이다. 내가 쓴 문장을 다시 읽으며 나는 나의 논리가 모순되었다는 사실을 깨달았다. 나는 모순을 무릅쓰면서까지 호조 미아하를 되찾으려 하고 있었다. 그렇다면 나는 왜, 간자에 미아하를 호조 미아하로 되돌리는 선택을 했을까.

지금 눈앞에 있는, 두툼한 인경에 흰 가운을 입은 그녀에게 속수무책으로 마음을 뺏겨버렸기 때문이다.

"나는 너를, 호조 미아하를 이성으로 사랑해. 너의 대답을 듣고 싶어."

"넌 이미 그 대답을 알고 있어. 나의 뇌 데이터를 정밀 조사했기 때문이지. 데이터를 바탕으로 뇌 상태를 재생해, 지금의 나를 재현시켰기 때문이야. 사람을 식별할 때 생기는 내 뉴런의 패턴에서, 어떤 감정 영역이 활성화되는지 샅샅이 다 봤기 때문이야."

미아하는 어이가 없다는 듯이 머리를 흔들었다.

그렇다, 나는 그녀의 의료기록을 봤다. 그래서 그녀의 뇌에 있는 대답을 이미 알고 있었다. 하지만.

"나는 너의 입으로 그 대답을 들어야만 했어. 그렇지 않으면 영원히 묶인 족쇄에서 헤어날 수 없을 테니까."

이번 침묵은 몇십 초로는 끝나지 않았다. 침대 위의 미아하는 미동도 하지 않았고, 제한시간은 시시각각 다가왔다. 그런데도 나는 대답을 재촉하지 않았다. 창밖은 마침내 어둠 속에 가라앉아 온통 검은색을 머금고 있었다. 초하룻날이라 달빛도 없고, 가로등 불빛도 보이지 않으니, 시간을 조용히 포위해가는 칠흑은 머지않아 온 세상을 뒤덮을 것이다.

바람이 밤을 두드렸다.

"나는 널 사랑하지 않아. 네가 아버지의 발뒤꿈치에도 못 미치는 데드카피라는 걸 내 눈으로 보니 새삼 이해했어. 그래, 네 얼굴은 물론 죽이고 싶을 정도로 아버지를 닮았지만, 알맹이는 천지차이야. 나는 지금도 변함없이 간자에 시온을 사랑해. 내 대답은 거절이야."

온몸에서 힘이 빠져나가는 걸 느낄 수 있었다. 실망일까, 아니면 해방감일까. 대답은 듣기 전부터 알고 있었다. 그런데도 내 몸이 이토록 정직하게 반응을 보이는 게 의외였다. 부끄럽기도 했다.

"어쩌면 세계를 망가뜨렸을지도 모를 인간은 먼저 떠나버렸어. 너에게는 세계를 망가뜨릴 힘도 의지도 없지. 그래서 난 너에게 끌리지 않고, 나는 너를 사랑하지 않아. 그건 흔들림 없는 진실이야."

이것이 내 첫사랑의 끝이었다. 뜨겁게 소용돌이치는 가슴을 부둥켜안은 나의 모습과 멀찍이서 몹시도 냉정한 시선으로 그 모습을 바라보는 나의 모습이 겹쳐졌다. 눈앞에 있는 이가 나를 사랑하지 않는다는 사실은 뇌과학이 증명했고, 상대가 증명했다. 가벼운 현기증 속에 실낱같은 가능성이라도 품어볼까 하면서도, 나는 역시 시온처럼 자신의 평온을 위해 세계를 무너뜨리는 인간은 결코 될 수 없다는 것, 그런 충동을 품는 것은 영원히 불가능하다는 것을 알고 있었다.

"난 네가 나에게 반했다는 사실이 전혀 이해가 안 돼."

그녀가 어깨를 으쓱하고 말을 이었다.

"하지만 그애는, 가자에 미아하는 신기하게도 네가 자기가 아니라 나를 사랑한다는 것을 알아챘지. 아무 근거도 없이 직감적으로."

내가 무심코 신음을 흘리자, 그 반응이 만족스러운 듯이 미아하가 나지막이 웃었다.

"미묘하고 은밀한 인간의 마음에 관해서는 그애가 나보다 총명하겠지. 그걸 알아채고도 너에게는 계속 감췄지만 말이야. 그애는 내가 지금 입고 있는 이 흰 가운도 몰래 버리려고 했어. '그 사람 냄새가 남아 있으니 어쩌니' 바보 같은 생각을 하면서. 생물학적으로는 자신과 동일한 나를 상대로 그런 질투를 하다니, 이성적인 건지 감정적인 건지 내 뇌인데도 정말 불가사의해."

여유가 느껴지는 어투와는 반대로 그녀는 졸린 듯이 눈을 비볐다. 어느새 호흡도 점점 느려졌다. 대량의 임플랜트가 효소에 분해되어가는 과정이 진행되고 있기에, 뇌에 과부하가 걸린 것이다. 이제 곧 그녀는 의식을 잃을 테고, 다시 눈을 떴을 때는 '간자에 미아하'의 인격을 되찾을 것이다. 그리고 '호조 미아하'는 이 세상에서 영원히 소멸된다.

"결국 뭐야, 넌 나를 불러내 나한테 거절당했을 뿐이야. 마이너스가 제로가 됐을 뿐이지. 네가 간자에 미아하를 좋아할 수 있게 된 것도 아니고. 어쩌면 그애 말고 좋아하는 사람이 생길지도 모르지. 그애가 네게 숨겼던 비밀이 드러나버렸으니까."

미아하는 그윽한 미소를 지으며, 도발하듯 입술을 핥았다.

나는 결심했다. 다시 눈을 뜨게 될 '간자에 미아하'에게 여러 가지를 물어보겠다고. 정말로 좋아하는 책. 나를 손에 넣기 위해 사용했던 온갖 수단. 호조 미아하를, 나를, 사실은 어떻게 생각하는지. 대답해줄지, 지금까지와 똑같은 태도로 일관되게 연기하며 숨길지 모르지만, 그래도 나는 물을 것이다. 그녀에 관해 아는 것이 없었으니까. 나는 그녀와 다시 한번 만나야 한다. 그래서 이 말이 입에서 저절로 흘러나왔다.

"내일의 나는 오늘의 나와는 다른 사람이야. 나는 그녀를 사랑할 수도 있고, 사랑하지 않을 수도 있어. 누군가가 그러더군, 내 뇌는 언제까지나 자유라고."

겸연쩍은 말을 한 나는 과장되게 어깨를 움츠렸다.

"자유, 자유라."

그 말을 몇 번이나 혀로 굴리던 미아하가 갑자기 입매를 부드럽게 풀며 말했다.

"그렇게는 안 될걸?"

찌릿 하는 소리라도 날 것처럼 매섭게 이쪽을 노려본 미아하가 담요 밑으로 재빠르게 오른손을 넣더니, 담요를 떨쳐내며 내 이마에 총을 들이댔다. 그것은 웨딩나이프 같은 임플랜트 발사용 총이 아니었다.

"뭘 그렇게 놀라. 간자에 미쓰구."

민첩한 동작의 끝에 가쁜 숨을 몰아쉬면서도 미아하가 내 이마에 겨눈 총구는 미동도 하지 않았다. 찌를 듯한 눈빛도 흔들리지 않았다. 나는 꼼짝할 수 없었다. 눈도 깜박일 수 없었다. 모든 게 너무나 예상 밖의 일이라 지금의 사태를 이해할 수 없었다.

"왜…… 이런 짓을."

떨리는 입술에서 고작 이 짧은 말이 흘러나왔다.

"그야 뻔하지. 내 뇌를 훔쳐봤다면서? 내 마음은 여전히 너에 대한 증오로 가득해. 간자에 미아하의 마음이 너에 대한 애정으로 가득하듯이 말이야. 나와 그애의 마음을 모두 후련하게 해주는 방법이지. 이걸로 너의 두뇌를 날려, 나라는 존재 자체를 영원히 소멸시킨다, 너는 여기서 죽는다. 너는 내세에는 드디어 그애를 사랑하게 되겠지. 좋은 생각이잖아? 이 총이 〈동아 뇌외과〉의 마지막 발명이야."

"이건…… 임플랜트 발사용 총은 아니겠지."

"동아의 내가 들고 나온 총이야. 〈동아 뇌외과〉의 비장의 카드임에 틀림없지."

땀이 번지기 시작한 이마에 닿은 총구에서 미친 듯이 날뛰는 그녀의 심장 소리까지 전해지는 기분이 들었지만, 물론 착각일 뿐이다. 그녀의 당돌한 행동이 혹시 섬망에서 비롯된 것은 아닐까 마음 한구석으로 생각했지만, 이쪽을 똑바로 보는 흔들림 없는 눈동자는 그 추측이 잘못되었음을 알려주었다.

아아. 미아하는 분명, 처음부터 이럴 작정이었구나. 내 뇌를 이 총으로 파괴시키려 했었구나.

"너는 나를 영원히 잊는다. 간자에 미아하를 영원히 사랑한다.

그러기 위해 작별 선물로 주는 총알이다. 안심하고 망가져."

—그녀가 나에게 겨눈 것은 장난감 같은 총이 아니었다. 그것은 말 그대로 장난감이었다. 집게손가락을 뻗고, 엄지손가락을 세우고, 나머지 세 손가락을 접은 그녀의 오른손. 아이들이나 할 법한, 자기 손으로 총 모양을 흉내 낸 총, 단순한 손장난. 그녀는 더할 나위 없이 진지하게 엄지손가락을 들고 집게손가락을 내 이마에 들이댔을 뿐이다. 총알이든 임플랜트든, 형상 있는 것을 발사하는 총구조차 없었다. 영혼을 흔들어 깨울 공이치기도 존재하지 않았고, 세계를 망가뜨릴 방아쇠도 존재하지 않았다.

그런데도 총성은 울려 퍼졌다. 임플랜트 정지로 인해 흐릿해져 가는 의식 속에서, 세계를 바꾸려고 했던 한 여자가, 자그마한 마법을 남기기 위한 최후의 한 숨으로, 입술을, 한숨을 내쉴 때보다 더 미약하게 움직였기 때문이다.

"탕" 하고.

입가에 미소의 흔적을 머금고, 그녀의 머리가 갸우뚱 기울었다. 나는 쓰러지는 그녀를 단단히 끌어안았다.

이제 더 이상 그 입술은 움직이지 않았고, 그 눈꺼풀은 굳게 닫혔다.

지금, 그녀를 그녀답게 만들었던 임플랜트는 잇달아 정지되고 있겠지. 거기에 있는 의식이 도미노가 쓰러지듯 다른 모양을 그리기 시작한다. 새로운 모양은 예전에 있었던 것의 변형이면서도 결코 동일한 것은 아니다. 오늘의 나와 내일의 나가 타인인 것 이상으로, 그녀와 또 다른 그녀는 서로 먼 거리로 가로막혀 있어, 만날 수도 이해할 수도 없는 타인이었다.

미아하. 내가 권총을 건넸던 사람. 나에게 권총을 건넸던 사람. 내가 사랑하고, 나를 사랑하지 않았던 사람. 나를 사랑하고, 내가 사랑할 수 없었던 사람. 결코 양립할 수 없는 두 사람. 지금 내 품속에서 조용히 잠든 숨결을 흘리고 있지만, 이 사람이 미아하인지, 아니면 미아하인지, 나는 알 수가 없다. 그걸 알 수 있을 정도로, 나는 뇌에도 연애에도 밝지 못하다. 다만, 어쩌면…… 어쩌면, 그녀가 지금 흘리고 있는 눈물은 미아하가 미아하를 위해 흘린 눈물인지도 모른다.

* * *

너는 이번에야말로 설명서를 다 읽었다. 텍스트는 닫혔다.

설명서에 중요한 결말은 쓰여 있지 않았다.

간자에 미쓰구가 자기 뇌로, 불가침의 자유로 간자에 미아하를 사랑하게 되었는지, 아니면 자유롭기에 간자에 미아하를 끝까지 사랑하지 않았는지는 쓰여 있지 않았다.

그러나 너에게 결말은 필요하지 않았다. 너는 이미 이 이야기의 결말을 알고 있으니까.

갑자기 복도에서 소리가 들렸다. 조금 전까지 설명서에 몰두하고 있던 너는 가까워지는 그 소리를 알아채지 못했지만, 이제는 서재 문 너머로 또렷하게 들을 수 있다. 휠체어에 바닥이 삐걱거리는 소리와 그 뒤에서 따라오는 발소리를.

잠시 후 문이 열리고, 너는 침입자들 곁으로 달려간다. 비밀을 알아버린 것을 어떻게 사과하고 어떻게 용서받을지 정신없이 머리를 굴리면서.

너는 이 이야기의 결말을 안다.

네가 바로 이 이야기의 결말이니까.

홀리 아이언 메이든

마리나 언니에게

　금추지절* 어떻게 지내고 계신지요. 요코하마는 밤이 되면 살을 에는 듯 추워서 우치카케** 없이는 버티기 힘든 나날이지만, 더위를 많이 타는 언니는 분명 공습이 있었던 그날처럼 한기는 아랑곳없이 얇은 옷만으로 지내고 계실 테니, 나는 그 모습을 상상하기만 해도 재채기가 나올 것 같습니다.
　언니에게 이렇듯 긴 편지를 띄우는 게 어느덧 일 년 만이네요.

---

* 단풍이 비단처럼 물든 아름다운 가을.
** 여성의 전통의상 중 하나. 띠를 두른 옷 위에 걸쳐 입는 긴 덧옷.

외투를 보냈을 때도 전화로 끝내버렸으니 평소에 언니에게 보내는 글을 어떻게 썼는지도 잊어버려서, 긴장과 당혹감이 뒤섞인 묘한 기분인 된 채, 언니에게 받은 은테 안경을 쓰고 만년필을 들고 있습니다.

생각해보니, 언니가 함부르크에 막 도착했을 무렵에는 나도 하루가 멀다 하고 펜을 들고 편지를 썼었죠. 결국 한곳에만 머무르지 않고 유럽 전역을 돌아다니는 언니를 편지로는 따라잡을 수 없게 됐지만 말이에요. 전화비를 군대에서 부담해주지 않았다면, 우리는 이미 오래전에 파산했겠죠.

물론 얼굴을 맞대고선 좀체 본심을 전하지 못하는 나와는 달리 얘기하길 좋아하는 언니에게는 전화가 편지보다 훨씬 자연스럽고 편할 거라 생각해요. 게다가 언니는 편지 쓰는 걸 지독히 싫어하니까.

하지만 말은 이렇게 해도, 베를린과 요코하마 간에, 브뤼셀과 요코하마 간에 몇 시간씩 통화를 하면 전화비가 얼마나 나올까 하는 건 실은 그다지 하고 싶은 생각은 아니에요. 언니의 눈부신 활약에 비하면, 기껏해야 집안일이나 좀 거드는 밥도둑인 나로서는 아무래도 자꾸 무나카타 씨에게 주눅이 들곤 합니다. 그런 자잘한 걱정은 인 해도 되는데, 라며 언니는 입을 삐죽 내밀겠지만요.

그러고 보면 언니는 어린 시절부터 뻗친 머리도 손질하지 않을 만큼 몸단장에는 무관심했고, 덜렁대는 언니와 야무진 동생이라는 실례되는 말을 들어도 태연하기 짝이 없이 대범하고 다정했어요. 그런 언니였기에 정세를 뒤엎는 중책인데도 선뜻 맡을 수 있었는지 모르죠.

지금도 엊그제 일처럼 눈앞에 선하게 떠오릅니다. 아이와 노인 십여 명뿐이었던 방공호에서 슬금슬금 밀려드는 추위와 멀리서 들려오는 폭격 소리에 가슴 졸이며 떨었던 그날이. 바람은 매섭게 휘몰아치고, 우리가 열두 살이었으니까 그때 다카하타 댁의 미쓰로는 예닐곱 살 무렵이었을까, 끝내 울음을 터뜨리고 말았죠. 그 발작 같은 울음이 불길처럼 옮겨붙더니, 더 어린 아이들이며 우리와 나이 차가 얼마 안 나는 아이들까지 목이 터져라 울어대기 시작해서 눈물이 눈물을 불러온 폭풍처럼 들끓었던 데다 어르신들은 필사적으로 어르고 달래고, 여하튼 마치 울음바다 지옥에 떨어진 것 같은 소동이 벌어졌잖아요.

그때 난 오노다 댁 할머니에게서 공장 쪽에도 소이탄이 떨어진 것 같다는 말을 들은 후로는 머릿속에 오로지 엄마가 무사할까 하는 걱정만 가득해서 아무런 도움도 못 되었어요. 그런 주제에 평소에는 야무진 아이라는 소리를 들으며 우쭐거린 꼴이라니. 그런데 내 옆에서 소동 따윈 마이동풍으로 흘려보내고 꾸벅꾸벅 졸고 있던 언니가 갑자기 눈을 뜨더니 벌떡 일어나서, 나는 엉겁결에 언니의 옷자락을 잡아당기며 말릴 뻔했지 뭐예요.

워낙에 대범했던 언니다 보니, 남의 집 귀한 자식에게 주먹이라도 날려서 조용히 시키려는 건 아닐까, 언제인가 새끼고양이를 안고 놀다 힘 조절을 못하는 바람에 실수로 죽였을 정도니까, 하며 불안해서 말리려고 했죠.

그래서 다카하타 댁 할머니를 애먹이고 있던 미쓰로를 언니가 꼭 껴안았을 때, 나는 화들짝 놀라 숨을 삼키는 동시에 언니를 얕보았던 나 자신이 부끄러웠습니다. 아니나 다를까, 조금 전까지 벌에 쏘인 듯이 자지러지게 울어대던 미쓰로가 태엽이 뚝 끊긴 것처럼 입을 다물었고, 눈가에 흘러넘치던 눈물도 멈추는 게 아니겠어요. 꿈에서 깬 듯한 해맑은 눈동자로 언니를 올려다보는 미쓰로의 모습에 어르신들이 너무 놀라 적잖이 당황했던 기억이 납니다.

그런데 언니의 행동은 거기서 멈추지 않았죠. 잇달아 아이들을 끌어안자 조금 전까지 심하게 울어대던 떼쟁이들이 마치 열 살은 더 먹은 듯이 얌전해지며 울음을 뚝 그쳤으니, 정말이지 무슨 마술이라도 보는 것 같아서, 나는 어릴 적에 아버지가 데려갔던 연예장의 공연을 떠올렸습니다.

방공호에서 울보들이 사라졌을 때, 이번에는 노인들이 나서서 놀라움의 탄성을 쏟아내며, 어이쿠, 마리나는 나중에 커서 나라에서 제일가는 유모가 되겠구나, 이러쿵저러쿵 농담을 던졌죠. 그런데 정작 당사지인 언니는 잠에서 깼을 때와 마찬가지로 아무런 예고도 없이 또다시 꾸벅꾸벅 졸기 시작해서, 나는 자랑스러움과 부끄러움 때문에 아주 잠깐 동안 엄마와 공장마저 잊고 말았습니다.

이런, 서두가 너무 길어졌네요. 편지로는 언니의 수다에 못지않을 만큼 자꾸만 말이 많아지는 게 나의 나쁜 버릇입니다. 옛날얘기만 해도 언니에게 벌써 몇 번을 했는지 모릅니다. 그렇지만 그때의 일만은 아무리 얘기해도 부족할 정도로 내 마음속 깊이 아로새겨진 기억으로 남아 있습니다.

돌이켜보면 나는 늘 언니에게 놀라기만 했어요.

심리연구소를 방문했던 날, 연구실에서 막 나가려는 찰나, 언니가 미리 숨어 있다가 의자 뒤쪽에서 불쑥 튀어나왔을 때는 기겁해서 실험용 마네킹을 쓰러뜨렸고, 불과 며칠 전에도 언니가 파리의 사형수 수용소를 위문 방문했다는 기사를 읽고 신문을 떨어뜨리고 말았습니다. 언니의 행동은 평범하기 그지없는 나 같은 인간은 도저히 예측조차 할 수 없습니다. 자유분방하고, 쾌활하고, 밝고, 수다스럽고, 떠들썩하고, 언제나 웃는 얼굴, 누구에게나 사랑받죠. 그런 언니가 나와 피를 나눈 자매라는 것도 생각해보면 참 신기한 일이긴 해요.

안 돼, 성격 급한 언니는 보나 마나 조바심이 나기 시작했을 테니, 이젠 슬슬 이 편지의 본론으로 들어갈게요.

본론이라니, 너무 거창한 표현이다 싶기도 하지만, 언니가 이 편지를 읽고 있다는 건 나는 이미 이 세상에는 없다는 뜻입니다. 이 편지가 언니에게 도착하는 날짜는 내가 죽은 지 딱 이틀째가 될 테니까요.

어때요, 놀랐나요?

언니의 눈앞에서 숨을 거둔 나에게서 죽은 직후에 편지가 온다. 그것도 죽는 시기와 상황을 미리 알고 있었던 것 같은 내용의 편지가. 혹시 언니의 눈이 휘둥그레졌다면, 이런 못된 장난을 준비한 보람은 있었던 거겠죠. 그 얼굴을 내 눈으로 볼 수 없다는 것만은 아쉽게 미련으로 남습니다. 만약 가능하다면, 항상 귀엽고 천진한 미소를 머금은 그 입매가 소스라치게 놀라 일그러지는 모습을 직접 보고 싶었는데.

아무튼 가끔은 놀라는 측에 서보는 경험도 언니의 미래에 조금은 도움이 될 거라는 생각을 감히 해봅니다. 그래서 앞으로도 언니에게 편지 몇 통이 더 도착하도록 준비해두었습니다.

이렇게 속마음을 털어놓았으니, 이제는 언니도 갑작스러운 나의 죽음이 예기치 못했던 사태가 아니라 계획하에 벌어진 일이었음을 아셨겠죠. 그러니 부디 다음 편지를 받을 때까지, 왜 내가 언니의 눈앞에서 숨을 거두는 지경에 이르렀는지, 누가 그 주모자이고 누가 그 하수인이었는지, 곰곰이 한번 생각해보세요.

그래봐야, 수수께끼가 특기인 언니에게조차도 아무런 실마리가 없으니 뜬구름 잡는 얘기일지도 모르겠네요. 그러니 수수께끼의 실마리만 드릴게요. 언니는 분명 처음 알게 되는 사실일 거예요.

나는, 언니와 두 번 다시 얼굴을 마주하지 않아도 된다, 라는 그 사실만으로도 더할 나위 없이 마음이 편안해집니다.

그럼 부디 두 번째 편지를 읽게 될 때까지 건강 해치지 않게 몸 조심하세요. 언니를 훨씬 더 놀래주고 싶으니까.

추신. 지난번에 드린 외투는 최대한 빨리 난롯불에 넣든지 해서 버려주세요. 안경 선물을 받았으니 그에 보답해 가까스로 고르긴 했는데, 그런 세련된 어른 취향의 옷이 언니에게 어울릴 리는 없을 테니까.

혼조 고토에

마리나 언니에게

그 후, 별일 없이 잘 지내셨는지요.

내가 숨을 거둔 지 딱 일주일이 지날 무렵이네요. 물론 언니가 나의 죽음을 일찌감치 이겨내고 다시 여기저기로 위문을 다닌다면, 이 편지를 받아서 읽는 건 훨씬 훗날이 되겠지만.

첫 번째 편지에 믿기 힘든 당치 않은 말을 써서 언니의 마음에 무기운 짐을 지우고 기다리게까지 만들어비린 건 심술이 조금 지나쳤는지도 모르겠어요. 혹시 만에 하나라도 언니가 변죽만 울리는 것 같은 내 말 때문에 식사도 목으로 넘어가지 않게 되어버리면 큰일이니, 혹시 나를 화나게 한 무슨 일을 저질렀나, 나의 목숨을 구할 방법은 없었을까 애석해하거나 괴로워하지 않도록 미리 말씀을 드리자면, 내가 죽지 않고 끝날 방법은 단 하나도 남아 있지 않았습니다. 어쩌면 언니와 내가 자매로 태어난 그날부터 이렇게 될 숙명이지 않았을까요.

아아, 마음만 앞서서 펜이 또 샛길로 빠지고 말았네요. 그래요, 그 방공호에 있었던 아이들 중에 무나카타 소좌의 조카따님이 없었다면 우리의 결별은 조금 늦춰졌을지도 모르지만, 이제 와서 그런 말을 해본들 무슨 소용이 있겠어요.

이 말은 언니에게도 했는지 안 했는지, 아무튼 엄마 병실 앞에서 무나카타 씨를 처음 마주쳤을 때 나는 너무나 무서웠습니다. 분명 집단 소개疏開를 앞둔 준비로 국민학교가 쉬었던 날, 나는 두려움에 벌벌 떨며 병원 복도를 걸어가고 있었습니다. 엄마 병실에서 두 번째 옆 병실에, 어찌 된 영문인지 장소와 어울리지 않는 질 나쁜 젊은이들이 모여 있었고, 늘 큰 소리로 고함을 치거나 주위에 폐를 끼쳤기 때문입니다. 그 병실 주변에 있던, 눈빛이 안 좋은 두세 사람의 그림자를 간신히 지나쳐서 가까스로 도착한 엄마의 병실 앞에 무나카타 씨가 보초처럼 서 계셨습니다.

그런데 굉장히 우락부락한 얼굴에 난폭해 보이는, 그야말로 군인 분위기가 물씬 풍기는 분이셨다면 나도 눈치껏 몸을 낮추고 아첨할 수도 있었겠죠. 하지만 언니도 잘 알다시피 그분은 방심할 수 없는 웃는 얼굴로, 친척 아이를 대하는 듯한 다정함으로 이쪽에 인사를 건넸기 때문에 나는 더더욱 표현할 길 없는 불길한 예감에 사로잡혔습니다.

나는 무나카타 세이이치, 라는 육군 대위인데 꼬마 아가씨가 혼조 마리나 학생인가?

시원스러운 목소리로 그렇게 물었을 때는 이분이 언니에게 무슨 용건이 있을까 하는 불안감에 휩싸여 거의 말문이 막히고 말았습니다. 병실에 먼저 와 있던 언니가, 나예요, 그쪽은 여동생 고토에, 라고 말을 건네주지 않았다면, 나는 바보처럼 우두커니 선 채 안절부절 어쩔 줄 몰랐을지도 모릅니다. 우리가 병실로 들어갔고, 잠든 엄마 침대 옆에서 언니와 무나카타 씨가 대화를 주고받기 시작했는데도, 나는 좀체 입을 뗄 수가 없었습니다.

둘 다 열두 살치고는 아주 영리해 보이는구나. 내가 그 나이 때는 철없는 코흘리개 꼬맹이였으니 비교도 안 되겠군. 무나카타 씨가 그렇게 말씀하시며 호탕하게 웃어 보여서, 무서운 상대라고 넘겨짚은 건 오해가 아니었을까 하고 잠시 생각했지만, 우리 나이까지 조사한 사실이 오히려 더 의심을 부채질해서 둥근 의자에 앉은 그 모습에서 한시도 눈을 뗄 수가 없었습니다. 무나카타 씨는 얘기를 꺼내는 방식 또한, 마치 담소를 건네듯 이루 말할 수 없이 자연스러웠습니다.

음, 용건은, 조카애가 너희보다 여섯 살 아래인데 말이야, 배가

고프니 어쩌니 사소한 걸로 짜증을 부리며 울고불고 난리를 쳐서 부모도 무척 애를 먹었는데, 공습이 있었던 날 이후로 완전히 다른 아이가 된 것처럼 어른스럽고 온순해졌거든. 혹시 무슨 일이 있었던 건 아닌가 하고 부모가 오히려 불안해할 정도였지. 게다가 소문을 듣자 하니, 그 마을의 다른 아이들 몇 명도 똑같이 딴사람이 된 것처럼 어른스러워졌고, 밤에 우는 갓난아기조차 없어졌다는 거야.

아무래도 예삿일은 아니다 싶어 할아버지 할머니께 얘기를 들어봤더니, 혼조 씨 댁의 따님이 아이를 봐줘서 그런 거겠지, 그런 묘한 얘기를 하는 거야. 반신반의하며 아이를 봐줬다는 그애를 데려왔을 뿐이었다는데, 옆 마을의 고아원도 어른 손이 모자라 장난꾸러기들에게 애를 먹다가 그애들이 완전히 틀로 찍어놓은 듯이 모범적이고 규율을 잘 지키는 상태가 되었다고 하고. 대관절 어떤 마술사인지 최면술사인지 한번 만나보고 싶더구나.

뭐 하긴, 무나카타 씨의 그 이야기에는 놀라운 점이 몇 개나 있었습니다. 일단 언니의 품에 안겼던 아이들이 울음을 그친 건 그렇다 치고, 타고난 기질까지 변했다는 얘기는 금시초문이었고, 공습일이 지나 언니가 목사님의 부탁을 받고 고아원을 찾아갔던 건 알고 있었지만 언니한테는 아주 귀엽고 착한 아이들이었다는 얘기밖에 못 들었기 때문에, 무슨 문제가 있었던 곳을 언니가 흠 없이 만들어놓았다는 얘기도 난데없기가 이를 데 없어 그저 놀라 자빠질 지경이었습니다.

그러나 아무리 그렇다고 해도, 군인이 왜 그런 말도 안 되는 허풍 같은 얘기에 관심을 가졌을까 하는 의혹도 생겼습니다. 그다음 얘기를 듣고, 나의 의혹은 더욱 깊어졌습니다.

두 번째 옆 병실에 입원한 젊은이가 말이야, 다리가 부러졌다면서 보름 전부터 여기 있는데 사실은 남들한테 미움을 아주 많이 산 사람이야. 잘은 모르겠지만, 아무래도 이 주변의 선상 도박장을 도맡아 관리하는지, 측근 추종자들이 쉴 새 없이 드나들면서 문병객들과 사소한 일로 칼부림까지 벌이는 지경이지만, 쫓아내고 싶어도 후환이 두려워서 그럴 수가 없다더구나. 유일한 장점은 돈을 잘 써서 병원비 지불을 미루지 않는 건데, 당연히 그 돈의 출처도 수상쩍고 말이야.

뜬금없이 우리와는 별 상관도 없는 환자 이야기를 시작한 무나카타 씨에게는 지금 생각해보면 이쪽을 떠보려는, 시험해보고자 하는 마음도 있었는지 모릅니다.

하지만 늘 드는 생각인데, 이 세상에 태어날 때부터 악인은 없는 것 같아. 부모를 일찍 여읜 그는 이날 이때까지 사기에 공갈협박에 다른 사람들을 등쳐먹고 살았어. 부모의 사랑을 모르고 커온 삶이 그를 악으로 이끈 셈이니, 혹시 애정을 쏟아주면 그로 인해 정신이 변화하여 개심의 길로 접어들 수도 있지 않을까, 그런 생각이 드는 거야. 그러니 혹시 마리나 학생이 그 일을 맡아준다면,

그에게도 그 성사聖事를 베풀어줄 수 있을 것 같은데, 어때?

청산유수 같다는 말은 그런 걸 두고 하는 표현이겠죠. 나는 그의 말에 푹 빠져 듣고 있었고, 문득 정신을 차려보니, 이 사람은 있는지 없는지도 모르는 언니의 힘을 이용하려는 것 같다, 한 사람의 군인이 기껏해야 불한당 환자 하나를 개심시키려고 출장을 나왔다, 그런 의미였습니다. 나는 뭔가 음모 같은 기미를 느끼고 눈짓을 했지만, 언니에겐 과연 전해졌을까요, 전해지지 않았을까요. 언니는 두말없이 바로, 좋아요, 라고 대답했고, 무나카타 씨는 그 말에 감사 인사를 건넨 후, 내가 더 만만치 않다고 꿰뚫어봤는지 부드럽게 말을 건넸습니다.

왜 그러니? 위험해지면 말리러 들어갈 거니까 걱정할 거 전혀 없어. 불안하면 고토에 학생도 옆에서 같이 지켜보면 되겠네. 무나카타 씨가 그런 말을 건넸을 때는 속마음을 다 들켜버린 것 같아서 유유낙낙 따르는 수밖에 없었습니다.

두 번째 옆 병실은 밖에서도 알 수 있을 정도로 담배연기가 지독했고, 무나카타 씨가 다른 사람들을 물리고 그리로 들어가는 모습을 둘이 복도 밀차 뒤에서 지켜볼 때는 숨이 멎는 줄 알았습니다. 무나카타 씨가 예의 그 청년의 침대로 다가가 뭐라고 말을 건네고 이윽고 언니까지 병실로 들어가는 모습은 너무나 조마조마한 구경거리였습니다. 그 젊은이라는 사람은 멀리서 보기에도 험상궂은 인상에 눈매가 매서운 이였으니까요. 그런데 침대에 책상

다리를 하고 앉아 있던 청년에게 더없이 자연스럽게 발이 엉켜 넘어진 척하며 슬쩍 안겼을 때의 언니의 연기는 정말이지 무대 배우를 뺨칠 정도로 배짱이 두둑한 연기였습니다.

거의 허를 찔린 듯이, 어이, 하고 당혹감인지 화가 난 소리인지를 내뱉으며 언니를 떼어내려 했을까요. 그런데 그 청년이 뻗은 손이 축 늘어지며 힘이 빠지는 모습은 옆에서도 확연하게 알아볼 수 있었습니다. 언니에게 끌어안긴 채, 마치 귀신에 씌었다가 벗어난 것처럼 험악한 눈빛이 사라진 그의, 그 얼굴의 묘한 표정은 흡사 까맣게 잊어버렸던 과거라도 되찾은 것 같았습니다.

언니가 손을 홱 떼고 뒤로 물러나서, 미안해요, 발을 헛딛는 바람에 그만, 이라며 머리를 긁적이는 모습을 보며, 청년이 차분하고 부드러운 목소리로, 아니, 마음 쓸 거 없어요, 라고 말하는 모습을 보니 그야말로 가극이라도 보는 것처럼 근사하고 감동적인 결말 같았습니다.

성공적으로 일이 풀려서 만족스러웠는지, 무나카타 씨는 그 후 우리가 벌써 몇 년째 입에도 못 대본 별사탕을 주셨고, 그뿐 아니라 엄마에게 주는 위문금까지 종이에 싸주셨죠. 다만, 그 눈빛은 전보다 더 날카로워진 것 같은 기분도 들었습니다.

무나카타 씨가 돌아간 후 혼자 가슴을 쓸어내리고 있는데, 고토에는 저런 사람이 좋니, 라고 언니가 물었고, 나는 너무나 뜻밖이라 몹시 당황하고 말았습니다. 여전히 무나카타 씨를 믿을 수 없었던 나는 처음부터 끝까지 눈을 떼지 못했을 뿐만 아니라, 별사탕이 든 봉지를 꼼꼼히 뜯어보며 이상한 데는 없는지 확인할 정도였는데 말이죠.

다음다음 날이었나, 그 병실의 청년이 경찰에 출두했다는 것, 그것도 보름 전부터 세상을 떠들썩하게 만들었던 보석상 살인죄였다는 걸 알고 간담이 서늘했는데, 침대의 엄마한테 그 말을 들었을 때도 언니는 "아, 그래" 하며 딱히 놀라지도 않았고, 위험하게 창틀에 걸터앉아 다리를 앞뒤로 흔들었던가요.

이제 와 생각하면, 무나카타 씨는 처음에는 여전히 언니의 힘에 의심을 품었겠죠. 대충 짐작해보건대 그 청년이 강도 살인을 저지른 흉악범이라고 점찍어놓고, 계략대로 일이 풀리면 다행이고 혹시 예상한 결과를 얻지 못하면 열두 살짜리 소녀쯤이야 버리면 그만이라는 속셈, 심산으로 오셨을 거예요. 그런데 언니의 힘을 두 눈으로 직접 확인하자 바로 우리를 끌어들일 준비를 갖추었으니, 역시나 마음먹은 바는 곧바로 실행에 옮기는, 결코 만만한 분은 아니라는, 아니었다는 생각이 듭니다. 언니만 만나지 않았다면, 그분도 유능한 제국 군인으로 생애를 마칠 수 있었을까요. 무나카타 씨가 짧은 기간에 대위에서 소좌까지 입신출세한 이유도 절대 언니만의 힘은 아니었을 거예요.

아 이런, 변함없이 또 장황한 글이 되어버렸네요. 이어지는 내용은 다음 편지에 쓰기로 하겠습니다. 하긴, 내가 바로 이어서 쓴다

해도 언니는 다시 한참을 기다려야 하겠지만. 부디 그때까지 언니의 건강과 무탈을 기원합니다.

혼조 고토에

마리나 언니에게

이윽고 내가 목숨을 잃은 지 한 달이 지나갈 무렵이네요. 말이 그렇지, 편지 투함 날짜를 잘 일러서 지인에게 맡기는 술수를 부렸어도 언니가 이 문장을 읽는 시기를 추호도 틀림없이 원했던 대로 맞출 순 없겠지만요. 이쪽 상황을 말씀드리자면, 두 번째 편지를 다 쓰고 아직 채 한 시간도 지나지 않았습니다. 방치된 연구실의 휑한 쓸쓸함에 살짝 소름이 돋긴 하지만, 옛일을 떠올리며 편지를 써 내려가다 보면, 예전에 이곳에 수많은 학생과 의사와 기술자가 드나들었다는 게 이제는 믿기지 않을 정도입니다.

다만, 무나카타 씨의 주선으로 안내받은 이 심리연구소 또는 세뇌연구소는 세뇌나 최면 같은 군사기밀과 연관된 연구를 하는 곳이었음에도 불구하고, 아무리 특별대우였다곤 해도 우리 같은 어린애가 출입할 수 있을 정도의 경비 체제였으니 절대 각광받는 곳은 아니었고, 오히려 수상쩍다고 사람들이 기피하던 부국部局이었겠죠.

어스름한 연구실에 체중계나 뇌파계 같은 측정기구가 질서정연하게 늘어선 광경은 마치 국민학교의 신체검사실 같았어요. 그 무렵 우리를 놀라게 했던 어마어마한 장치들 중에서 변함없이 남아 있는 것은 방문자들을 앉게 했던, 등받이가 높은 의자 하나뿐입니다. 머리에 뒤집어쓰는 전극이 달린 갓은 꼭 파마를 세팅하는 것 같다는 생각이 들었고, 이용사의 작업장처럼 보이기도 했습니다. 그러나 각종 검사를 끝낸 방문자들이 그 의자에 앉혀질 때마다 언니가 보여준 능숙한 솜씨는 그 어떤 이용사도 흉내 낼 수 없는 신의 조화였습니다.

다양한 측정기를 연결한 인체모형이며 전선들이 연결된 마네킹을 상대할 때, 언니는 마치 아이들 소꿉놀이를 하는 것 같았고, 목줄에 매인 대형견이나 원숭이 같은 짐승을 품에 안을 때의 언니는 맹수 조련사 같았지만, 내 눈에 가장 강렬하게 새겨진 광경은 역시 살아 있는 인간을 상대하는 언니의 모습이었습니다. 때로는 성녀聖女처럼도 보이는 언니와 축성을 받는 그 누군가를 멀리서 바라보면서 나는 어떤, 뭐라 이름 붙일 수 없는 감정이 마음속에 움트는 느낌을 억누를 수 없었습니다.

언니가 맞아들이는 사람은, 딱 보기에도 관료티가 나는, 비굴과 오만이 뒤섞인 눈동자를 안경 깊숙이 감춘 작은 체구의 사내이기도 했고, 어떤 때는 그 분위기에서 고귀함이 느껴지는 금발 머리와 파란 눈의 이방인이기도 했고, 어떤 때는 눈가리개에다 수건으로 재갈까지 물렸는데도 여전히 저항을 계속하는 듯한, 상처투성이의 억센 몸에 사나운 분노를 사육하고 있는 청년이기도 했고, 어떤 때는 사이비신앙 같은 염불을 끊임없이 읊조리는, 신경질적으로 보이는 늙은 여자이기도 했지만, 그럼에도 모두 하나같이 그 후에는 영혼의 세탁이라도 끝낸 것처럼 상쾌함이 가득한 표정으로 언니의 품에서 벗어났습니다. 그것은 거의 백일몽과 같았고, 아니, 이제 와 숨겨봐야 소용없겠죠, 나는 무슨 악몽을 꾸는 듯한 심정이었습니다.

내 마음에 싹터가던 무언가를 들켜버렸던 걸까요. 연구실로 불려온 인간들을 잇달아 농락해가는 언니를 못이 박힌 듯 바라보고 있던 나를 손짓해 부른 무나카타 씨가, 잠깐만 도와줄래, 라며 마대를 내 품에 안겼습니다. 그리고 마대 운반을 핑계로 나를 언니에게서 떼어내고, 걸어가며 들려준 이야기는 무척이나 흥미로웠습니다.

이 얘기는 속지 않으려고 조심하면서 들어도 상관없어. 마리나 학생이 가지고 있는 힘은 월등히 특출하긴 해도 전례가 없는 종류는 아닌 것 같아. 비슷한 사례들을 나열하고 그것들과 수치 비교를 하는 게, 능력의 분석과 해명에는 가장 도움이 되는 모양이야. 우리는 정신을 물질과 다를 바 없이, 충격을 주어 변형시키고 변질시킬 수 있는 대상으로 해석하고, 정신에 충격을 가져오는 의사擬似

에너지의 강도를 이탈리아의 전설적 성인의 이름을 딴 '베르나르도네*'라는 단위로 정의하고 있단다.

무나카타 씨가 앞서 말한 대로 미심쩍다면 미심쩍은 얘기겠지만, 여하튼 그 성인이라는 사람이 기독교의 진리를 탐구하고 다닐 때, 어느 빈민에게 포옹을 받은 순간 지고의 사랑을 느꼈고, 하늘의 계시를 얻어 진정한 가르침에 눈을 떴다는 거였어요. 그 얘기를 들었을 때, 어쩌면 그 빈민이라는 사람은 언니랑 똑같은 힘을 갖고 있지 않았을까 하는 생각이 들었습니다.

실험 틈틈이 똑같은 얘기를 들었을 언니는 보나 마나 진지하게 듣진 않았을 테지만, 나는 지금도 그때 무나카타 씨가 말씀하셨던 수치를 외울 수 있어요. 상용되는 각성제가 30베르나르도네, 전기적 충격에 의한 임사체험이 50베르나르도네, 빛과 소리가 없는 밀실에서의 한 달 격리생활이 100베르나르도네, 그리고 언니의 포옹이 대략 200에서 300베르나르도네. 이 의사에너지의 양이 고스란히 정신의 변질 정도와 비례하는 건 아니고, 에너지를 받은 인간의 체중에 따라 달라진다는 사실도 밝혀졌다고 했습니다. 다시 말해 비슷한 정도의 충격을 준 경우, 어른은 견딜 수가 있어도, 어린아이이거나 체중이 결정적으로 적게 나가면, 정신은 보다 극심

---

* 아시시의 성 프란치스코를 가리킨다. 그의 속명이 '조반니 디 피에트로 디 베르나르도네'였다.

한 영향을 받아 생명까지 위험할 수 있다는 뜻입니다.

그래서 마리나 학생은 상대의 체중을 본능적으로 파악해, 힘을 발휘하는 방법을 자기도 모르는 새 바꾸고 있는지도 모른다고 감탄한 듯이 말씀하신 무나카타 씨는 내가 품에 안고 있던, 어찌나 무거운지 간신히 부둥켜안다시피 해서 나른 마대를 연구실 끝 원탁 위에 내려놓으라고 지시했습니다.

그리고 무나카타 씨가 시키는 대로 내가 묶인 자루의 주둥이를 풀자, 마대 속에서 야옹 하는 소리가 퍼져 나왔습니다. 그 속에서 머리와 한쪽 발을 내민 것은 놀랍게도 살아 있는 고양이가 아니겠어요. 깜짝 놀란 내가 비명을 지르자 그만 날카로운 발톱으로 손을 할퀴려 들어서, 나는 화들짝 뒤로 물러났습니다.

유연하게 바닥으로 뛰어내린 고양이가 자기와 같이 떨어진 마대를 떨쳐내고 경계심을 훤히 드러낸 표정으로 이쪽을 노려보자, 무나카타 씨가 '흐음' 하고 손을 턱에 얹었습니다.

그러곤 역시 자매라 해도 똑같은 힘을 가진 건 아니네, 마리나 학생이 안았던 고양이들은 모두 얌전해졌는데 말이야, 라고 말씀하셔서 그제야 내가 시험당한 걸 알았습니다.

그것은 너무나 잘못된 예상이었습니다. 나는 언니랑 달라서 다른 사람의 마음을 변화시키는 특별한 힘은 가지고 있지 않으니까요.

당혹스러워하는 나를 보고, 낙담했다고 여겼는지 무나카타 씨가 말을 이었습니다.

그건 그렇고, 오랫동안 마리나 학생과 같이 살았는데, 보아하니 너는 언니 힘의 세례를 받은 것 같진 않군. 너에게는 어떤 면역 같은 것, 마리나 학생의 힘이 통하지 않는 방어벽이 있는 게 아닐까.

그렇게 말씀하셔서 나는 사실대로 고백하지 않을 수 없었습니다.

실은 옛날부터 남에게 안기는 게 거북해서, 그게 설령 엄마나 아버지의 손이라도 뿌리치는 성격이라, 분명 몇 번쯤은 있었을 언니의 포옹도 그 힘이 미치기 전에 밀쳐냈을 거라고.

흐음, 그랬다면 이해는 가지만, 어쩌면 너는 그애의 여동생이라 선천적으로 그 힘을 피하는 경향을 타고났을지도 모르지. 그렇다면 뭐, 어처구니없는 일은 일어나지 않겠지만, 나도 조심할 테니 너도 조심해라, 라고 말을 이어갔을 때, 나는 어리둥절해서 멍한 표정을 지었던 기억이 납니다. 그런 나를 보고, 아아, 너한테는 아직 좀 이른가, 잊어버려라, 하면서 머리를 쓰다듬어주던 무나카타 씨는 왜 그런지 평소보다 조금 쓸쓸해 보였습니다. 그날 집으로 돌아올 때, 무나카타 씨가 주셨던 아름답고 투명한 라무네* 병의 무게가 아직도 기억에 생생합니다. 세상 형편에 안 맞는 사치품을 손에 넣었다는 양심의 가책 때문에 옷 속에 숨기듯이 들고 갔던 병에서 느껴지던, 그 선뜩하게 싸늘했던 감촉도.

---

* 탄산음료.

계기는 돌아오는 그 길에 들었던 두부장수의 나팔 소리였습니다. 어린 시절, 그 기묘한 소리를 내는 악기를 사달라고 졸라대는 언니에게 아버지가 고물상에서 적당히 골라온 나팔을 선물해준 적이 있는데, 그래서 나는 나팔 소리를 들을 때마다 아버지의 온화한 미소를 떠올리곤 합니다. 그때도 바로 옆 골목을 지나가는 듯한, 음정이 어긋난 그 고음에 다정했던 아버지의 모습이 떠올랐는데, 그 순간 마음을 할퀴는 뭔가가 느껴졌습니다. 생각해보면 언니는 아주 어렸을 때부터 어머니 아버지한테 안아달라고 졸라대서 늘 그 품에 안기곤 했으니, 어쩌면 다정했던 어머니나 아버지에게도 그 힘이 어느 정도는 미쳤을지도 모르죠. 어머니 아버지는 아무리 바빠서도 불평 한마디 안 하시고, 우리가 잘못해도 야단을 치지 않고 차분하게 타이르는 분들이셨으니까. 무나카타 씨가 소개해준 가정부도 언니랑 거리를 두었던 게 떠올랐습니다.

거기까지 생각하다, 또다시 안 좋은 생각이 떠오르고 말았습니다. 만약 언니에게 포용을 받고 올바른 심성을 가진 인간이 된다 하더라도 그 올바름이 과연 나 자신의 것일까. 그렇구나, 무나카타 씨가 넌지시 전하려고 했던 말은 그 힘이 내게로 향하지는 않을까, 그것은 어떤 의미일까, 하는 두려움과 곤혹감이었다는 데 생각이 미쳤습니다.

하필이면 언니랑 함께 있는 해 저무는 귀갓길에 그것을 깨달은 것입니다. 이미 다 마셔버린 라무네 빈병을 휘두르면서 전신주 주변을 떼 지어 날아다니는 붉은 잠자리와 장난을 치는 언니의 하얀 목덜미를 바라본 채, 나는 얼어붙은 듯이 꼼짝도 할 수가 없었죠. 이쪽을 홱 돌아보며 왜 그래? 하고 묻는 언니의 태평한 미소에, 아니, 아무것도 아니야, 라고 대답했을 때, 나는 제발 속마음을 들키지 않게 해달라고 기도하고 있었습니다.

"그냥, 아버지가 언니에게 나팔을 사다주셨던 기억이 나서."

내가 그렇게 대충 얼버무리자, 언니는 눈을 가늘게 뜨며, 옛날 생각난다, 아버지가 고토에한테도 뭘 사다주려고 하니까, 다 같이 사이좋게 행복하게 사는 것만으로도 충분해요, 그것 말고는 필요한 물건이 없어요, 하고 대답했었지, 라고 보조개를 드러내며 말했지만, 내 귀에는 그저 건성으로 들릴 뿐이었습니다.

이제는 거짓 없이 말씀드릴게요. 그날을 시작으로, 나는 언니를 두려워하게 됐습니다. 예를 들면 밤에 옆 이부자리에 누운 언니에게서 잠든 숨결이 들려올 때까지 나는 잠을 이룰 수가 없었고, 예를 들면 저녁때 언니가 무나카타 씨의 친척분에게서 받은 후가시*를 안고 뺨이 발그레해져 달려올 때면 머릿속으로는 그 자리에서 홱 피하는 내 모습을 상상했습니다. 그런데도 두려움은 털끝만큼도 내색하지 않고 언니를 계속 대해야 하는 쓰라린 고통은 흡사 무술 수련이라도 하는 듯 맹렬하게 마음을 뒤흔들었습니다. 도나

---

* 밀기울을 주재료로 만든 일본 과자.

리구미*분들에게 미안해질 정도로 살림살이는 나아졌지만, 친구들은 모두 신슈** 지역으로 강제 소개疎開되고 없어서 언니 옆에 있는 시간이 평소보다 길어진 생활에 숨이 막힐 지경이었습니다.

결국 나는 내가 언니를 두려워한다는 부담감을 견디지 못해, 최소한 전쟁이라도 빨리 끝났으면, 그러면 모든 게 원래대로 돌아갈 텐데, 하며 그때까지보다 훨씬 더 간절하게 기도하게 됐지만, 기도가 실현됐어도 아무런 해결이 안 됐다는 건 익히 아실 테고, 나는 역시 언니에 비하면 생각이 얕은, 어리석은 어린애에 불과했던 것입니다.

또 마음만 너무 앞서버렸네요. 초미지급焦眉之急의 상황이기는 하나 이 편지 때문에 너무 밤늦도록 깨어 있으면 내 생각에도 몸에 해로울 것 같고, 조급해지는 마음을 가라앉히기 위해서라도 일단은 편지를 맺도록 하겠습니다. 언니도 감기 걸리지 않게 부디 몸조심하세요.

혼조 고토에

---

* 제2차 세계대전 당시, 국민을 통제하기 위해서 만든 최말단의 지역 조직.
** 현재의 나가노현.

마리나 언니에게

언니가 이 편지를 간절히 기다리지 않고, 편지는 물론이고 여동생까지 머릿속에서 완전히 잊었다면, 참으로 다행한 일입니다.

아무리 유일한 혈육이었다고 해도 세상을 떠난 지 반년이나 지난 이를 떠올리며 괴로워한다면, 그것은 나의 본의와는 어긋납니다. 온종일 피를 나눈 자매를 생각하며 괴로워해야 하는 고통은 나 역시 뼈에 사무치도록 잘 알고 있습니다.

앞서 보낸 편지에서 언니를 두려워했다고 말씀드렸죠. 언니의 힘에 관해 알고 있는 사람은 훨씬 많겠지만, 아마 세상에서 그 두려움을 진실로 함께했던 사람은 나와 무나카타 씨 정도였을 거라고 생각합니다. 왜냐하면 연구소에서 스쳐 지나가는 분들은 모두 깨달음을 얻은 듯한 표정이었고, 언니의 힘이 정전기로 증폭되는 것 같다느니, 언니가 잠들었을 때도 힘은 발휘되는 것 같다느니 하며 이런저런 것들을 가르쳐주셨던 기사技師분들도 흡사 해탈한 고승처럼 편안한 얼굴이었던 걸로 기억하니까요. 아마 무나카타 씨는 계획과 연관된 사람들을 위에서부터 아래까지 모두, 언니와 얼굴을, 아니지, 정확히 말해서는 팔을 거쳐 가게 만들었겠죠.

생각해보면, 세간의 형세 또한 이상한 양상이었습니다. 불과 두세 달 전만 해도 비장하리만큼 용감하게 일억옥쇄*를 고무하던 신문과 라디오가 돌연 전쟁 반대, 평화 염원으로 기울기 시작하고,

결국에는 대책 없는 군부를 당당하게 비난하게 되었는데도 아무런 문책이 없었던 것은, 과연 시대의 흐름이 원래 그런 방향이었던 건지, 아니면 언니가 손을 쓴 상대가 그 정도로 주요한 인물들이었기 때문인지, 나로서는 알 길이 없지만 말이에요.

어쨌든 기자와 신문사 사장과 국회의원과 군인, 다양한 직종과 신분의 사람들을 그 세뇌연구소에서 또는 기지나 요정, 의회 등 도처에서 언니와 대면시킨 무나카타 씨의 수완도 칭송받아 마땅하겠지요.

무나카타 씨에게 그런 말씀을 드렸더니, 그분은 아냐, 아냐, 라며 고개를 흔드셨습니다.

모두 다 마리나 학생의 공로야. 어쨌든 한 사람을 개심시키면, 그 개심한 상대가 자기가 알고 지내는 고위직을 열 명쯤은 설복해서 마리나 학생에게 데려왔고, 그들을 개심시키면, 또다시 새로운 손님을 데려왔으니까. 짚대부자** 이야기와 기하급수적인 계산법을 뒤섞어놓은 방식으로 눈 깜짝할 새에 이 나라의 목을 움켜쥐게된 거지. 무나카타 씨는, 원래는 외교적인 의사소통을 좀 원활하게해볼 요량이었는데 도가 지나칠 정도로 일이 순조롭게 풀려서 왠

---

* 一億玉碎, 태평양전쟁 당시 일본군 슬로건 중 하나. 모든 국민이 옥처럼 아름답게 부서져 죽는다는 가오로 결전에 임하자는 의미.

** 어느 가난한 사람이 맨 처음 갖게 된 짚으로 물물교환을 하다 마지막에는 큰 부자가 된다는 옛날이야기.

지 좀 두려워질 지경이야, 라며 머리에 쓰고 있던 군모의 차양을 손으로 잡고 나에게 이렇게 물으셨습니다.

"넌 아직, 옳지 않은 일을 할 수가 있니? 무슨 말인가 하면, 미운 사람이나 원망하는 사람이 있으면 그 사람을 해칠 수가 있겠니?"

그렇게 물으시는 무나카타 소좌는 운전석에 앉아 계셨고 대각선으로 뒷자리에 앉아 있던 내가 엿본 눈빛은 평소와 다름없이 침착함으로 가득했지만 말투는 더없이 진지했기 때문에, 나는 질문의 의미를 몇 번이나 깊이 음미한 후에야 네, 라고 대답했습니다.

무나카타 씨는 어떠세요, 라고 묻자 그분은 소리 내어 웃으며 말씀하셨습니다.

너도 보면 알 텐데, 내가 하고 있는 일은 나라를 위한 것이긴 하지만 세상을 위하고 사람들을 위하는 일은 아니야. 하늘을 향해 당당히 고개를 들 수 있는 일이라면, 몰래 숨어서 활동하진 않겠지. 뭐 그러니, 내 행동이 사람의 도리에 어긋나는지 아닌지 고민하기 시작하면 그건 이미 내가 아닌 거니까, 그렇게 되거든 후일을 부탁 좀 하마, 라고.

그런 무나카타 씨에게 나는 가마를 나눠 멘 교자꾼 같은 존재였을 거라 생각합니다. 양녀결연을 맺은 후부터 언니는 우리 사이를 이상하게 억측했지만, 무나카타 씨는 마지막까지 나에게 남녀 사이가 되려는 기색은 추호도 내비친 적이 없었습니다.

그리고 그제야 외출 준비를 마친 언니가 현관에서 뛰어나와 미끄러지듯 가볍게 차에 올라탔기 때문에 결국은 무나카타 씨의 진의를 묻지 못한 채로 우리의 대화는 끝나버렸습니다.

드디어 차가 움직이기 시작했을 때, 나는 옆에 앉은 언니를 바라보며, 아이 참, 언니는 정말 못 말려, 단춧구멍 또 잘못 끼웠잖아, 하고 무심코 언니의 옷으로 손을 뻗었는데, 그 순간 내 몸을 휩쓸고 간 전율을 혹시 눈치챘나요?

내가 언니 옷의 단추를 하나하나 풀어 다시 채워가는 동안, 언니가 순간적인 사소한 변덕으로 나를 끌어안아 후환을 없애려고 하지는 않을까, 그런 끔찍한 상상을 하고 말았습니다.

그렇다고 이제 와서 손을 거두기도 망설여졌습니다. 어린 시절부터 언니가 잘못 끼운 단추를 내가 다시 고쳐 끼워주는 건 너무나 일상적인 일이었기 때문에 그걸 번복했다가는 언니를 두려워하는 속내를 들켜버릴 것 같아 꺼려졌으니까요.

제발 거울 좀 잘 보고 다녀, 하고 말하는 나와, 미안, 다음부터는 조심할게, 하고 대답하는 언니. 분명 몇 번이나 경험했을 그 대화가 내 귀에는 평소와는 다르게 속이 빤히 들여다보이는 공허한 울림처럼 들렸습니다. 잘못 끼워진 단추를 풀어 다른 구멍에 끼우는 단순한 손동작일 뿐인데도 손끝이 부자연스럽게 떨리는 것을 언니가 차의 진동 때문이라고 착각해주길 나는 간절히 기도할 뿐이었습니다.

요코스카에서 배웅할 때, 내가 언니에게 뭐라고 했더라.

아 맞다, 언니가 통역이라니 왠지 좀 웃긴다, 라고 했던가요.

중책을 맡고 출항하는 분을 배웅하는 인사로는 실례되는 말이었을지도 모르겠네요. 언니는 웃어줬지만요.

무운武運을 빕니다, 라는 내 말에, 건강해, 고토에가 가장 원하는 걸 보낼 테니까 선물도 기대해, 하고 해준 말이 생각해보면 우리가 얼굴을 맞대고 마지막으로 나눈 대화였네요.

무나카타 씨의 부하분이 운전하는 차를 타고 집으로 돌아오는 길에, 열린 차창으로 불어오는, 갈 때는 알아채지 못했던 바닷바람 냄새를 맡고서야 내가 줄곧 심하게 긴장하고 있었다는 걸 깨달았습니다.

평화교섭이 성립됐다는 취지를 전하는 소식이 일주일 후 낮에 라디오 방송에서 제일 먼저 흘러나왔습니다. 때마침 정령마*를 한창 만들던 중이라 오이에 나무젓가락을 꽂던 손길을 멈추고, 그 보도에 귀를 기울였습니다.

일본제국이 영토와 영해를 잃지 않고, 더군다나 배상금도 지불하지 않고 정전停戰을 이뤄냈다는 소식은 역시 언니가 타국의 누군가를 끌어안은 덕분일까요.

나는 안도했습니다. 드디어 언니가 할 일을 마치고 모든 게 원

---

* 일본 추석에 선조의 영혼이 올 때는 오이로 만든 말을 타고 빨리 오시라고, 갈 때는 가지로 만든 소를 타고 천천히 가시라고 만드는 장식.

래대로 돌아오겠구나, 우리는 평범한 자매로 다시 돌아가겠구나. 일말의 불안이야 있었지만, 안절부절못할 정도로 들뜬 나는 가정부에게 말하고 곧장 집 밖으로 나갔습니다.

그리고 평화 통보에 술렁이는 거리를 방황하던 중, 전자제품 상점 옆 네거리에 서서 연설하는 사람을 발견하였지요. 세뇌연구소에서 의자에 앉혀진 모습을 봤던 중년의 남성이었습니다. 그분이 새로운 세계를 운운하며 열띤 연설을 하셨고, 그 주위에는 역시나 눈에 익은 얼굴이 몇 명이나 서 있어서 얼마나 놀랐던지. 어린애인데도 전단지를 열심히 나눠주고 있던 이는 다카하타 댁의 미쓰로, 절집 아이 슌노스케, 뒷집의 미요. 낯선 얼굴도 더러 보였지만, 그들 역시 언니의 신적인 조화造化에 감화된 사람들이었겠지요.

건네주는 전단지를 힘껏 움켜쥐고, 갱지에 구멍이 날 정도로 뚫어져라 바라봤습니다. 남성은 본토 결전파*에서 전향한 귀족원** 의원인 아무개 씨로, 그가 말씀하시길, 분쟁과 부조리가 없는 세계, 모든 사람이 안온과 행복 속에서 살아갈 수 있는 세계를 만들자, 자신은 그런 사상을 널리 퍼뜨리기 위해 자선활동을 하고 있는 일원이라고 쓰여 있었습니다.

---

* 제2차 세계대전 당시 대규모 연합군 병력이 일본 열도에 상륙했을 때 전 일본인이 맞서 싸워야 한다고 주장했다.
** 메이지헌법하의 근대 제국의회 상원.

연설과 전단지 배포에 발길을 멈춘 사람들은 얼마 전이었다면 헌병이 달려왔을 소행임에도 불구하고, 야유를 날리지도 냉소하지도 않고 조용히 귀를 기울였습니다. 물론 신문과 라디오가 비폭력 사상, 언론의 자유를 장려하는 풍조를 조성하기 시작했기 때문이겠죠.

그런데 나는 그런 속에서 전단지를 움켜쥔 채, 다른 이유로 우두커니 서 있었습니다.

나는 언니가 무나카타 씨의 지시에 따라 황국을 구하려는 목적에서만 분골쇄신하고 있다고 믿어왔기 때문에, 그 전단지를 보고 언니가 바꾸고자 하는 것이 이 나라 하나로는 끝나지 않을지도 모른다는 근심이 끝없이 흘러넘쳤습니다. 얼굴을 숙이고 도망치듯 돌아온 그날, 집에 돌아와 완성시키려고 했던 정령마는 아무리 애를 써도 픽픽 쓰러져버려서 끝내 제 역할을 하지 못했습니다.

언니가 그대로 무나카타 씨와 함께 서둘러 미국으로 건너갔다가 얼마 지나지 않아 유럽으로 옮겨간 것은 청천벽력이라고 해야 할까요, 예상했던 재앙이라고 해야 할까요. 물론 황국에는 이미 언니가 힘을 발휘할 상대가 진즉에 사라졌을 테고, 국익을 고려하면 각국의 수뇌나 외교관을 혼란시키는 것도 분명 이치에는 맞겠지만, 내 안에서는 무나카타 씨가 남기고 간 말이 계속해서 메아리쳤습니다.

또다시 숨김없이 털어놓아야 할 이야기가 있습니다. 나는 평화가 이루어진 그날 밤, 채 썬 오이만 얹은 소면을 가까스로 입에 밀어 넣은 후로 식욕이 현저히 떨어져서 음식은 거의 목으로 넘어가지 않았고, 날이 갈수록 식사 횟수도 줄어들었습니다. 가정부가 걱정하는데도 절식節食을 계속했고, 최근 얼마 동안은 백탕*과 채소 절임만 먹었습니다. 지금 연구소 거울에 비친 내 모습은 유령으로 오인할 지경입니다. 사실 편지가 짤막짤막 끊기는 것은 긴 문장을 써 내려갈 수 없을 정도로 몸이 허약해진 까닭도 있습니다.

부디 걱정은 마시길. 다음에 보내는 편지가 언니에게 보내는 나의 마지막 소식이 될 테니까요. 언니에게 도착하는 날이 일주일 후일지 한 달 후일지, 몇 년이나 몇십 년이나 훗날일지, 느긋하게 기다려주신다면 더할 나위 없이 감사하겠습니다.

혼조 고토에

마리나 언니에게

금추지절, 어떻게 지내고 계신지요. 드디어 이번이 마지막 편지가 되겠네요. 만약 내가 죽고 이 년 안에 우편배달 방식이 바뀌었

---

* 아무것도 넣지 않고 맹탕으로 끓인 물.

다 해도 실수 없이 언니에게 도착했을 거라 생각합니다.

왜냐하면 이 편지는 신뢰할 수 있는 도쿠시 댁 분에게 보내달라고 부탁드렸기 때문입니다. 예전에 저지른 죄를 뉘우치고, 특별사면 후 사재를 쏟아부어 전쟁 피해 고아들을 위한 식당을 운영하고 계신 분입니다. 성함을 밝혀도 언니는 분명 기억하지 못할 테지만, 예전에 엄마 병실의 두 칸 옆에 입원하신 적도 있었답니다.

그래요, 언니 힘의 세례를 받은 분이라면 세월이 흘러도 약속을 저버리거나 잊어버리는, 의리에 어긋난 행동을 하지는 않을 테니까요.

처음부터 그냥 한 통으로 끝내지 않고, 번거롭게 몇 통씩이나 편지를 보낸 이유는 내가 오뇌懊惱한 날들과 비슷한 긴 시간을 언니에게도 맛보게 하고 싶은, 말하자면 앙갚음 같은 발상에서였는데, 그 염원은 과연 이뤄졌을까요. 언니가 늘 나를 놀라게 했던 만큼, 나도 언니를 놀라게 했을까요.

무나카타 씨의 전화를 받았을 때도, 결국 올 것이 오고야 말았구나 싶어 나는 몹시 당황했습니다. 깊이를 알 수 없는 교지狡智를 뿜어내던 그 목소리, 본심을 엿볼 수 없었던 그 시원스러운 목소리에서는 독기가 완전히 사라져 있었고, 용건은, 집에 남아 있는 연구 성과를 모조리 폐기해달라는 내용이었으니까요.

거기에 덧붙여 언니가 보내온 그 전보였죠. 미안, 무나카타 씨의 일은 어쩔 수 없었어. 고작 16음절뿐이라, 깊이 잠든 때를 노린 것인지 허를 찌른 것이었는지 알 수는 없지만, 무슨 일이 일어났는지는 충분히 상상이 갔습니다. 그게 아니면, 빈틈이 없었던 무나카타 씨를 언니가 회유한 사람들로 에워싸고 굴복시킨 것일까. 당황스럽긴 했지만, 나라를 위해 언니를 계속 이용하려 했던 그분이 언젠가는 언니 손에 걸려들지도 모른다는 각오는 어렴풋이 하고 있었기 때문에 곧이어 공포보다는 올 것이 와버렸다는 체념 쪽이 더욱 강했습니다.

무나카타 소좌는 결국 언니의 힘에 관해 모든 걸 알고 계셨기 때문에 언니를 누구보다 두려워했고, 그래서 나를 늘 곁에 두었을 겁니다. 자기 못지않게 언니의 힘에 관해 속속들이 알면서도 그 힘에 삼켜지지 않은 인간을 마치 부적처럼 더없이 소중히 여겼던 거겠죠. 그것이 그분과 나를 단단히 이어줬던 겁니다. 그러니 둘이 떨어진 후, 그분과 내가 각각 파멸로 치달은 것 또한 필연적인 운명이지 않았을까요.

지난번 편지에서 말씀드린 대로 나는 언제부터인가 언니를 두려워했습니다. 그런데 불과 며칠 전 일이지만, 불현듯 깨달은 것이 있습니다. 실은 언니도 두렵기는 마찬가지가 아니었을까.

자기가 가진 힘으로 다른 이의 마음을 올바른 방향으로 이끌 수 있다면, 결국 제동이 걸리지 않을지도 모른다. 세계의 대부분을 나에게 찬동하는, 올바른 마음을 가진 사람들로 만들 수 있다면, 과연 내가 그 유혹을 이겨낼 수 있을까, 그런 생각이 들었겠죠.

한 지붕 아래 살았던 자매잖아요. 내가 아무리 남에게 안기는 걸 싫어했다고 해도 내가 방심한 틈을 타서 언제든 끌어안을 수 있었을 텐데, 언니가 자신의 힘을 내게 쓰지 않았던 건 마지막 선 긋기였음을 나는 깨달았습니다. 힘으로 남의 마음을 녹이는 행위에 대한 꺼림칙함 때문에 언니는 그 신적인 조화로 신세계를 구축하는 데 있어 구세계의 수준기水準器 같은 존재로 나를 방치하기로 마음먹었겠죠.

전 세계 사람들의 마음을 왜곡하는 행위에 아무리 손을 대도 유일하게 손대지 않은 사람, 신적인 조화의 영향을 받지 않은 여동생이 존재하는 한, 전 세계를 덧칠하는 죄는 면할 수 있다고.

스스로 위험을 알아챘는데도, 구르기 시작한 눈덩이가 결코 멈추지 않듯이 언니는 이미 멈출 수가 없는 거겠죠. 언니가 언제 어떤 마음으로 새로운 세계를 구축하기로 결심했는지는 확실치 않지만, 지금 언니가 유럽에서 눈에 접하는 상황은 심대한 전화戰火의 손톱자국이고 증오를 불태우는 사람들이라, 언니가 계속 자신의 손을 뻗을 수밖에 없는 것은 지극히 필연적인, 피할 수 없는 길이겠지요.

그래서 나 역시 이제는 말로 언니를 말릴 방법이 없습니다. 사람 한 명 죽이지 않고 세계를 바로잡으려고 하는 분에게 건네야 할, 훨씬 더 옳은 말 같은 게 있을 리 없으니까요.

그렇지만 나는 여동생으로서, 언니가 세상을 구원하고, 언니가 사람들에게 추종과 존경을 받고, 언니의 모든 것이 허용되는 세계에서, 언니의 기적을 받지 못한 유일한 한 사람이라는 배제된 존재로 살기를 거부합니다.

언젠가 냈던 수수께끼의 답은 이미 아셨으리라 생각합니다. 내가 세운 계획하에, 언니의 손에 의해, 나는 죽는 것입니다.

언니는 다정합니다. 내가 그쪽으로 찾아가겠다고 미리 전보로 알리면, 내가 보내준 외투를 입고 마중을 나와주시겠죠. 언니는 분명 그 옷을 조금 과하게 따뜻하다, 너무 따끔거린다고 느끼면서도 역 입구에서 미끄러져 들어올 열차를 기다릴 게 틀림없습니다.

나는 열차가 멈추자마자 문에서 튀어나가 경적이 울려 퍼지는 플랫폼을 뛰어서 인사도 없이 언니에게 달려들 것입니다. 핏대를 올리며, 어떻게 무나카타 씨한테 그럴 수 있어, 소리를 지르며 단도를 휘두르면 언니는 감쪽같이 속아주겠죠. 언니가 마지막까지 내가 무나카타 소좌에게 반했다고 오해했던 건 뜻밖의 행운이었습니다.

부디 걱정 마시길, 얄궂게도 단도는 가짜라 만에 하나라도 언니에게 상처를 입힐 위험은 없습니다. 무대 위의 마술사가 쓰는 모조품 단도를 이때를 위해 미리 구해두었습니다. 나는 최대한 과장된 몸짓으로, 서툰 손놀림으로 그것을 휘두를 것입니다. 언니가 내 빈틈을 노리다, 나의 마지막 매듭을 지을 수 있도록, 죽음에 이를 만큼 강한 애정으로 나를 꽉 끌어안아서 개심시킬 수 있도록. 지금까지 나를 상대로는 쓰지 않았던 힘을 쓸 수밖에 없도록.

그리고 그것이야말로 내가 기대하는 바입니다. 언니가 애정을 줄 때 상대의 무게에 맞춰 에너지의 정도를 가감한다면, 그것을 잘못 읽게 만들어 내가 바라는 결과를 얻을 수 있다, 나는 그렇게 예상했습니다. 잠이 덜 깬 언니에게 안겼다 죽고 말았던 옛날의 그 고양이처럼.

지난번 편지에서도 말씀드렸듯이, 나는 지금은 비쩍 말라서 메마른 나뭇가지처럼 미덥지 못한 몸, 태풍이 불면 날아갈 것 같은 상태입니다. 하지만 언니를 만날 때는 푹 꺼진 뺨 안쪽에는 탈지면을 채우고, 혈색이 나쁜 얼굴에는 분을 듬뿍 바르고, 껴입은 옷 속에도 또다시 물건을 채워 넣고, 있는 대로 한껏 멋을 내서 언니가 나의 변모를 알아채지 못하도록 만반의 준비를 하고 갈 것입니다. 밤 시간으로 선택하고, 재빨리 일을 진행시키면, 눈치 빠른 언니도 속일 수 있겠지요.

언니의 신적인 조화가 초래하는 힘은 언니가 나의 체중을 잘못 가늠한 결과, 내 몸으로는 감당할 수 없는 강도가 될 테고, 게다가 외투 속의 정전기로 인해 부풀어 오르기까지 하겠죠. 언니가 양팔로 나를 꽉 끌어안은 순간, 내 안으로 쏟아져 들어올 성스러운 충격은 목숨을 앗아가기에 충분할 것입니다. 내 피가 얼어붙고 심장의 고동이 멈출 때, 나는 언니의 따뜻한 목덜미와, 젖은 까마귀 깃털처럼 검고 흠치르르한 머리칼에 파묻혀 있겠지요.

세계의 모든 나라, 모든 사람이 언니의 포옹을 받아 사랑으로 충만한 그날에도 나는 언니의 포옹으로 죽임을 당한 단 한 명의 인간이 되어 피안에서 그쪽을 지켜보겠지요. 두 번 다시 얼굴을 마주하지 않고, 거짓된 안식을 연기하지 않을 수 있게 되어서야 비로소, 나는 당신과 본래의 자매로 돌아갈 수 있다고 생각합니다.

다만, 나에게도 어렴풋한 희망 같은 게 있습니다. 어쩌면 내가 죽은 후, 언니가 지금까지처럼 다른 사람을 계속 끌어안지 못하게 될지도 모른다는 것입니다. 친동생을 죽게 만든 수단으로 세계를 계속 선도해나간다는 가책 때문에 그것이 불가능해지지는 않을까요. 나의 죽음이 마치 어떤 주문처럼 언니를 옭아매어 만약 언니가 이제는 그 힘을 쓰지 않고 있다면, 내가 목숨을 던진 보람은 있었다고 할 수 있겠지요. 하지만 그것이 너무 염치없는 이야기라는 것 또한 충분히 알고 있습니다.

유럽의 하늘일지, 황국의 하늘일지, 언니는 지금 어느 하늘 아래에서 이 편지를 읽고 있을까요.

먼저 떠나는 불효를 용서해주세요.

그리고 나의 죽을 곳을 당신의 품 안으로 택한 무례를 부디 용서하시기 바랍니다.

경애의 마음을 올립니다.

혼조 고토에

싱귤래리티 소비에트

뜨거운 열기가 영혼마저 녹여버릴 듯 기승을 부리는 밤, 6억이라고도 하고 7억이라고도 하는 사람들의 눈동자가 숨을 죽인 채, 죽은 자가 던져 올린 동전이 탁자에 떨어져 회전을 멈추는 순간 앞면과 뒷면 중 과연 어느 면을 드러낼지 지켜보고 있었다. 동전은 팔 년에 걸쳐 공중에 떠 있었고, 그것을 던져 올린 갬블러—두 개 사업에서 동쪽 진영과 경쟁 중이던 서방국가의 자본을 한쪽에만, 인류를 달에 보내는 프로젝트에만 집중시키기로 선택한 대통령—는 이미 이 세상 사람이 아니었으며, 합중국의 지도자는 민주당원에서 공화당원으로 교체되어 있었다.

그렇다, 무려 팔 년에 걸쳐서! 너무나도 긴 세월이었다. 1961년에 위대한 케네디가 십 년 안에 인류를 달 표면에 세우겠다고 연설한 그날부터 합중국의 국민은, 우주를 향한 열광에 취해 있다가도 이따금 생각난 듯 어른거리는 어떤 불안에 시달렸다. 육해공의 군사력이 동서로 나뉘어 맞버티는 지금, 우주공간을 제패하는 진영이 패권을 쥐리라는 것은 의심할 여지가 없었고 차세대 영토분쟁은 궤도상이나 달을 무대로 펼쳐지게 될 것이었다. 따라서 아폴로 계획에 국력을 쏟는다는 결단은 동서냉전을 제압하기 위한 올바른 선택이자 논리적 귀결이었다. 서쪽 진영의 사람들은 그 논리를 믿거나 믿을 수 있기를 바랐다. 하지만 케네디가 돌연 암살당하고 존슨이 물러나고 닉슨이 계획을 이어가는 동안 장막 너머의 진영이 기분 나쁜 침묵으로 일관하는 모습을 지켜보면서, 사람들은 차츰 자신들이 정말로 옳은 길을 선택한 것인지 혼란에 휩싸였다. 국민도 군인도 정치인들조차도 누구 하나 확신을 갖지 못한 채 두 갈래 길 중 하나의 길을 하염없이 걸어갔다. 방황하는 양들에게 팔 년은 너무나 긴 여정이었다.

그러나 지금, 그들의 불안이 깨끗하게 씻겨 사라지려 한다. 지금, 바로 지금이다!

오래도록 이어진 초조했던 시간이 끝을 향해 가고 있었다. 전 세계의 사람들이, 자유주의가 도박에서 이기는 순간을 텔레비전 화면으로 지켜보고 있었다. 라디오로 듣기 위해 기다리고 있었다.

무더운 밤이었다.

모르긴 해도, 서방의 모든 나라 술집에서 그랬듯이, 텍사스 벽촌의 바에서도 텔레비전 화면에서 흘러나오는 해설자의 목소리가 가게 안에서 솟구치는 함성, 웃음소리, 갈채, 잔을 부딪는 소리와 열기 속에 뒤섞이며 축복의 밤을 물들이고 있었을 것이다. 손님은 채 스무 명이 안 되었고, 그래도 그 가게로서는 문을 연 지 삼십 년 만에 가장 북적였으며 그 기록은 미래에도 깨지지 않을 것이었다. 자리가 부족해서 술통에 걸터앉은 사람, 벽에 기대 선 사람, 심지어 카운터 위에 앉은 사람까지 있었지만 모두 한껏 들뜬 기분으로 거나하게 취해 있었고, 술 냄새가 자욱한 것이 마치 손님들의 열기가 술병 안에 담긴 술을 기화시킨 듯했다. 단 한 명 맨정신이었던 것은 단골손님의 아들, 역사적인 텔레비전 중계 실황을 보고 싶다고 아버지를 졸라 가게에 따라온 소년이었는데, 그 아이 또한 열광의 소용돌이에 휩쓸린 것은 마찬가지였다. 가게를 가득 메운 술 취한 사람들과 마찬가지로, 소년의 시선 역시 카운터로 옮겨진 볼록한 브라운관 화면을 뜨겁게 주시하고 있었다.

착륙선에 설치된 카메라와 암스트롱 선장이 휴대한 카메라가 화면에 비춰주는 위대한 영상 하나하나에 환호성이 터졌다. 그들은 모든 역사를 목격했다. 암스트롱 선장이 사다리를 내려가는 장면을 보았다. 올드린 비행사가 두 다리로 뛰어오르는 점프를 보았다. 두 사람이 달의 대지에 또렷한 발자국을 새기는 광경을 보았다.

그리고 두 사람이 성조기를 달 표면에 세웠을 때, 자유주의 사회의 승리를 뜻하는 상징을 희박한 대기 중에 영원히 펄럭이게 하려고 했을 때, 7억에 달하는 사람들은 뚫어져라 응시하던 화면 속에서 '그것'을 보았다.

달 표면에 우뚝 선 깃대에 걸린 국기, 그들에게 익숙한 성조기가 마치 마술이나 매스게임처럼 눈 깜짝할 새에 바뀌었다. 별과 스트라이프 문양이 낫과 망치와 톱니바퀴로. 흑백 영상이라 색은 확인할 수 없었지만, 그것이 불길한 붉은색 국기인 것은 적진의 위협을 잊어본 적이 없는 사람들에게는 너무나 자명했다.

악몽은 하나로 끝나지 않았다. 우주착륙선 '이글호' 옆에 아무런 전조도 없이 홀연히 모습을 드러낸 것은 마치 수십 년 전부터 그 자리에 있었던 듯 위엄 있게 서 있는 동상, 착륙선과 거의 같은 높이로 한 손을 치켜든 스탈린의 동상이었다.

대체 무슨 일이 일어난 것인지 처음에는 아무도 이해하지 못했다. 그래서 서방의 모든 술집에서 그랬듯이, 텍사스 벽촌의 그 바에도 뼛속까지 시리게 하는 침묵이 내려앉았다.

닐 암스트롱, 불과 몇 초 전까지만 해도 인류의 영웅이었던 남자는 그로부터 남은 인생의 대부분을 세간의 웃음거리가 되어, 사라지지 않는 실의와 절망 속에 살아가게 되지만, 그가 달 표면에 무릎을 꿇는 모습이 사람들의 눈에 비치지 않고 끝난 것만은 유일한 위안이었을 것이다. 두 우주비행사가 놀라 몸이 굳어버린 와중에 텔레비전 화면이 바뀌었던 것이다. 오스트레일리아의 천문대가 중계해 방송되고 있던, 달에서 보낸 영상이 몹시 살풍경한 집무실처럼 보이는 장소의 영상으로 바뀌었다. 백발을 모두 뒤로 빗어 넘긴 깐깐해 보이는 남자가 집무실 책상 의자에 앉아 말을 하고 있었다. 찌를 듯이 날카로운 발음으로 무슨 말인가를 하고 있었다. 책상 위에는 정체를 파악할 수 없는, 알루미늄처럼 매끈한 금속제의 두부頭部가 놓여 있었다. 계란 모양에, 눈코의 굴곡이 분명치 않은 인형부품 같은 물체였다.

난데없이 끼어든 영상은 영어가 아닌 러시아어로 방송됐기 때문에 영어권 사람들은 다음 날 신문기사를 읽기 전까진 그 내용을 알 수 없었고, 평소 시행되던 정보통제의 영향도 있어서 연설자가 소비에트연방 서기장인 브레즈네프라는 사실을 아는 사람은 그다지 많지 않았다.

그렇긴 했지만, 말은 알아듣지 못해도 연설의 취지는 이해할 수 있었다. 달 표면에서 벌어진 인지 능력 밖의 사건을 보며 그것이 인류가 이해할 수 없는 기술로 행해졌음을 확신했고, 줄곧 품어왔던 두려움이 환상이 아니었다는 것, 또 다른 한쪽 길을 선택하는 것이 정답이었음을 뼈저리게 깨달았기 때문이다. 바에 있던 사람들은 가까스로 말을 되찾았지만, 그들의 입에서 흘러나온 것은 저주와 증오와 당혹과 상실의 신음뿐이었다. 소년은 텔레비전 화면에서 눈을 떼지 못한 채, 그러면서도 몸을 잔뜩 움츠리고 자기도 모르는 사이에 혼자 떨고 있었다. 어른들의 갑작스러운 변화와 내일부터 맞이하게 될 세상의 모습을 두려워하며.

브레즈네프 서기장의 연설, 혹은 승리 선언의 하이라이트는 이러했다.

"우리 소비에트의 인공지능인 '보댜노이*'는 기술적 특이점을 돌파했다."

세계 표준시 1969년 7월 21일 미명未明, 자유주의 국가들은 동전 던지기에서 패배하여, '연방의 싱귤래리티**' 시대의 서광을 망연히 맞이했다.

* * *

오래전 모스크바의 밤은 얼어붙을 정도로 차가웠고 영적일 정도로 고요했다. 싱귤래리티 이전까지는. 그 정적의 기억은 비카에게는 이미 흐릿한 기억이 되어, 인민은행人民銀行에 접속하지 않는 한 떠올릴 수 없게 되었다. 어쩔 수 없는 일이다. 바로 지금, 1976년 9월 5일 21시의 모스크바는 끊임없는 웅성임과 살색의 홍수로 가득하다.

비카의 눈앞, 지하철역과 박물관을 연결하는 인공지능 거리는

---

* 슬라브족 신화에 나오는 물의 정령.

** singularity. 특이점. 양적으로 팽창하다 질적인 도약을 하는 시점. 인공지능이 인류의 지능을 뛰어넘어 스스로 진화해가는 기점.

눈에 보이는 곳 어디에나 노면을 기어가는 대량의 갓난아기들로 가득 차 있다. 아기들은 모조리 알몸이고, 흡사 군대의 행진처럼 정연하게 네발로 기어 전진한다. 감기 걸릴 염려는 없겠지. 노동자 현실을 온도 표시로 전환해보니, 지열 패널이며 공중에 떠다니는 무당벌레 형태의 기상 부채 덕에 아기들 주위만 30도가 넘었다.

걱정해야 할 것은 갓난아기들이 아니라 그녀 자신이다. 사람들 왕래가 끊긴 걸 보니 경보가 울린 모양이군. 그 소리를 듣지 못하고 놓친 데다, 혹시 실수로 밟아서 '파손'이라도 할 경우에는 식료품 표의 시한 절하𝑚𝐹 속도가 빨라지고 만다. 그뿐이면 다행이겠지만, 당국에 구속이라도 되면 큰일이다. 제냐의 일곱 살 생일이 코앞이기 때문이다. 중요한 날 아침, 돌아오지 않는 보호자를 생일 케이크 앞에서 홀로 기다리게 된다면 제냐가 어떻게 생각할까. 대수롭지 않게 여길지도 모르지만 마음이 편치가 않다. 사다둔 초는 남아 있을까 생각하다가 문득, 예전에 언니가 들려준 이야기가 떠올랐다.

대조국전쟁* 무렵에 네메츠(독일인) 아이의 생일잔치를 본 적이 있어. 망명 온 은행가의 여섯 살짜리 아드님이었지. 식량부족이

심각해지기 전이라 겨우겨우 밀가루를 긁어모으니 작은 케이크를 만들 정도는 되었어. 케이크에 나이만큼 초를 꽂고 노래를 부르며 축하하는 풍습은 여기나 적국이나 별로 다르지 않다는 것에 절로 웃음이 나더라고. 물론 세세하게는 다른 점도 있는 것 같은데—

　새언니가 왜 그런 이야기를 꺼냈는지는 기억나지 않는다. 비카에게는, 레닌그라드에서 살았던 열 살이나 많은 오빠부터가 벌써 먼 존재였다. 그러니 그 오빠가 반려자로 선택한, 오빠보다도 열 살 넘게 많은 여자는 거의 딴 세상 사람이었다. 그런 어색해하는 낌새를 어쩌면 언니도 눈치챘을지 모르고, 언니 역시 한참이나 어린 아이와 대화하는 게 익숙하지 않았는지도 모른다.

　어쨌든 심하게 흔들리는 열차 안에서 언니가 열심히 얘기를 이어가던 장면은 아직도 뇌리에 선명하다. 그때 언니가 어찌나 젊어 보이고 태도가 상냥했던지, 비카는 왠지 친언니가 생긴 기분이 들었다. 그런 마음을 전하자 언니가 흠칫 놀란 표정을 짓더니 뒤이어 어색하게 살짝 웃어 보인 것을, 비카는 기억하고 있다.

　생각해보면 그것은, 겨우 이 주 동안 함께 지낸 언니가 보여준 몇 번 안 되는 미소가 아니었던가.

　또 한 번 웃었던 때는 열차 여행에 앞서 맞았던 비카의 생일. 언니가 구워준 메도비크(벌꿀케이크)는 비록 모양은 허물어져 있었지만, 달콤하고 부드러웠던 그 풍미를 지금도 잊을 수 없다. 요리가 서툰 걸 부끄러워하던 언니가 어린 비카가 기뻐하는 모습을 보고 지었던 웃음. 기대 이상의 반응에 당황한 듯 보였던 그 얼굴.

비카가 그렇게 추억에 잠겨 있는 사이, 갓난아기들의 행렬이 더욱 가까워졌다. 비카는 옆길로 피해, 거리에 서 있는 동상 뒤로 몸을 숨겼다. 급히 숨고 나서야 누구에게 몸을 맡긴 것인지 고개를 들어 확인했는데, 하필이면 테레민 박사의 수염 난 얼굴이었다. 비카는 품에 안은 식료품 봉지를 더 힘껏 끌어안았다.

"비카 동지."

소리를 듣고 발밑을 내려다보니, 길 위의 갓난아기 하나가 이쪽을 보지도 않고 기어가면서 유창하게 말을 뱉어냈다.

"현시점부터 당원현실 사용을 허가한다."

"지정된 시각은 내일 새벽 다섯 시까지."

"상황에 따라 연장 혹은 단축될 수 있다."

차례차례 밀려왔다 멀어지는 갓난아기들이 이쪽은 한 번도 쳐다보지 않고 한마디씩 전하고 갔다. 너무 비효율적이지만, 조금이라도 더 많은 성대를 시험운전 해보려는 의도인 걸까.

"알겠습니다, 보댜노이 동지."

뇌 안에서 노동자현실이 당원현실로 바뀌는 몇 초 동안, 현기증을 느끼면서도 반사적으로 대답했다. 대기 중에 떠다니던 기상 부채들이 날개를 움직여 이쪽으로 열을 보내자, 그 즉시 실내에 있는 것 같은 온기가 몸을 감쌌다. 뇌의 시각보정으로 밤이 더욱 환해지고 시력이 좋아졌다. 망막에 걸어가야 할 루트가 순차적으로 떠올랐다. 비카는 녹색 발자국을 차례차례 밟으며, 불규칙하게 움직이는 아기들의 비좁은 틈새를, 누비듯 걸어갔다.

"당원현실 사용허가의 이유를 듣고 싶습니다."

그 말이 채 끝나기도 전에 눈앞에 대답이 흘러들어 왔다. 말로 전하는 편이 빠른 지시가 당원현실에 키릴문자로 떴다는 뜻이 아니다. '그것'은 살색의 바다를 떠다니듯이, 갓난아기들의 융단을 타고 운반되어 왔다. 키가 큰 남자였다. 정신을 잃었는지 난동을 부리거나 흐름을 거스르려는 기색은 보이지 않았다.

"링컨의 첨병이다. 그의 구속 및 심문을 지시한다."

걱정이 머릿속을 훑고 지났다. 제냐의 생일까지 앞으로 세 시간. 구속 및 심문, 그 후 처리를 하려면 시간이 얼마나 걸릴까?

"알겠습니다."

몇 시간이 걸리든 며칠이 걸리든, 보댜노이의 지시는 모든 것에 우선한다.

의식을 잃은 남자를 의자에 앉히고, 난동을 부리지 못하게 묶는 데 쓸 만한 것을 찾고 있을 때, 비닐봉지를 이용한 결박 방법이 그림으로 당원현실에 떠올랐다.

창으로 달빛이 들이비치는 인공지능 박물관의 작은 회의실이다. 그를 연행할 때, 시야에 들어온 주변의 모든 주택에 사용 가능을 암시하는 녹색 불이 켜졌으니, 당원현실을 부여받은 이상 그중 어디든 빌려 즉석 취조실로 이용해도 됐겠지만, 거기 사는 일반 노동자의 일상을 위협하고 싶지가 않았다. 그렇다고 제냐가 있는 집으로 서방의 수상한 인물을 데려갈 수도 없는 노릇이었다. 그래서 훤히 잘 아는 직장으로 데리고 왔다. 어차피 관광시설이기 때문에 기밀 사항 같은 것은 존재하지 않는 곳이었다.

철제 의자에 앉히고, 비닐봉지로 마련한 끈을 이용해 지시에 따라 가까스로 상대의 손발을 묶었다. 손이 등 뒤로 묶여 있어, 남자는 몸을 움직일 수 없을 것이다. 그리고 장갑 낀 손가락 끝으로―첩보원용이라는 장갑은 방금 전 '바가몰(사마귀)'이 배달해주었다―상대의 눈꺼풀을 열었다. 의식을 완전히 잃은 상태, 그 무의식 상태가 시작된 시각과 이후 한동안 깨지 않을 것이라는 예측을 당원현실에서 확인한 후, 일단 잠시 휴식을 취하기로 했다. 남자를 옮기는 일은, 갓난아기와 경비원의 도움을 받았다고는 해도 긴장이 될 수밖에 없는 일이었다.

"제냐, 생일인데 곁에 있어주지 못해서 미안해. 급한 일이 생겨버렸어. 가만히 기다리고 있으면, 끝나는 대로 금방 갈게."

비카는 개인 회선에 음성을 등록했다. 집에 있는 제냐가 일어났을 때 이 음성이 그애의 귀에 자동 재생되면, 최악 중의 최악인 사태는 피할 수 있을 것이다. 위안에 지나지 않는다고는 생각하고 싶지 않았다.

손가락 끝으로 남자의 귓불을 잡았다. 뇌로 보낸 전기신호를 받아 몸을 한 번 움찔하더니, 남자가 천천히 눈을 뜨며 얼굴을 들었다. 우선은 자신의 주변을 확인하고 묶여 있는 몸을 움직이려 하더니, 마침내 존재를 알아챈 듯이 비카에게 시선을 고정했다.

"정신이 드나요?"

비카가 영어로 물었다. 상대의 대답은 뇌를 강제로 각성시킨 부작용인지, 묘하게 들떠 있었다.

"합중국에서는 경험해본 적 없는, 맹렬하게 상쾌한 기상이군요. 이것이 바로 세간에 명성이 자자한 소비에트식 자동기상 장치인가요?"

러시아어는 아니었지만, 당원현실의 번역 기능이 자동으로 그 의미를 전해주었다.

일반인이라면 당황해서 허둥댈 것이고, 흔하디흔한 스파이라면 당황해서 허둥대는 일반인을 가장할 것이다. 그러나 상대는 그 어느 쪽도 아니었다.

"상황에 따라서는 소비에트식 자동취침 장치도 체험해보실 수 있어요, 나그네 손님. 두 번 다시 깨어날 수 없다는 보증을 받은 고성능 제품이죠."

만만치 않은 적이다, 농담도 신중하게, 하고 마음에 새기며 비카가 말했다.

"환영, 감사합니다. 다만, 아가씨처럼 젊고 아름다운 분이 방사

성물질을 이용하여 요주의 인물을 말살하는 첩보원이라면, 소비에트의 인재 배치는 악마적이라고 말할 수밖에 없겠군요."

"안타깝지만 내가 '아가씨'였던 건 특이점 이전 시기예요. 항노화 조치는 자본주의 국가에도 있겠죠. 또한―"

소비에트의 인재 공급 시스템 정보가 서방에 어느 정도까지 공개됐는지 인민은행에서 확인했다. 괜찮다.

"나는 케이지비가 아니에요. 이곳 인공지능 박물관의 학예사입니다. 집으로 돌아가던 길이었는데, 당신이 그 길가에 쓰러져 있어서 내가 파견된 것뿐이에요."

적어도 몇십 분 전까지는 전부 진실이었다. 비카는 케이지비도 뭣도 아니고, 인공지능 박물관의 피고용자에 지나지 않았다. 남자가 보댜노이에게 수상하게 보여 전기인지 마취인지로 의식을 빼앗긴 곳이 농촌이었다면, 그 마을의 농부가 케이지비에 들어가는 영예를 누렸을 것이다.

"별안간 눈앞에 갓난아기들이 융단폭격으로 나타나서, 부끄럽지만 피하지도 못하고 넘어져버렸죠. 옮겨진 곳이 병원도 경찰서도 아닌 건 뜻밖입니다만."

의자에 묶여 있지 않았다면 요란한 동작을 섞어가며 말했겠지, 그런 생각이 들 정도로 그의 말투는 가벼웠고, 그랬기 때문에 더더욱 경계를 늦출 수 없었다.

"노동자현실이 도입되지 않은 분은 병원 접근을 금하고 있어요.

외교단용 병원도 문을 닫았고요. 서방 여행객이 다치거나 건강이 나빠지면, 신속히 출국을 하든가 근처에 있는 사람에게 응급처치를 받든가 선택하는 게 규정입니다."

"무면허 의사에게 치료를 받아요? 이 나라에는 아직도 주술의呪術醫의 영향력이 남아 있는 겁니까?"

"아시는지 모르겠군요. 삼십 년간 집도를 계속한 의사보다, 보다 노이가 보조하는 열두 살짜리 아이가 더 능숙하게 종양을 제거할 수 있어요. 병원놀이를 하는 것처럼 말이죠."

그뿐인가, 제냐 세대에는 분명 첫 집도로 뇌 이식 수술까지 쉽게 해낼 수 있을 것이다. 비카는 그렇게 생각했지만, 입 밖으로 내지는 않았다.

"그건 그렇고, 여쭙겠습니다. 당신의 소속과 체재 목적은 무엇입니까?"

"저는 〈휴스턴 크로니클〉 신문사의 특파원입니다. 이름은 마이클 브루스. 인공지능 기술과 관련해 취재차 왔어요. 여권도 문제없고, 바이오마커biomarker도 무사히 통과했습니다."

사실은 그가 이름을 밝힐 필요는 없었다. 당원현실 덕분에 그의 이름이나, 조금 전 앞주머니를 뒤져 찾아낸 신분증에 적힌 신분과는 다른, 진짜 개인정보가 이미 눈앞에 표시되었기 때문이다. 특파원이라고는 했지만, 두세 번 그 신문에 기사가 실렸을 뿐, 실제로는 작가 흉내나 내는 사람인 듯했다. 합중국이 스파이로 마련하기에는 더할 나위 없이 적당한 인재였다.

이 남자의 진짜 신분에 더 위험한 점이 있었다면, 예를 들어 테러나 스파이 활동에 사용되는 무기나 폭약이나 병원체나 정보병기를 가지고 있었다면, 철의 경계를 넘는 순간 대신경對神經 지뢰가 발동해 그를 안에서부터 파괴시켰을 게 분명하다.

그런 일이 발생하지 않았다는 것은, 그가 역시 스파이 흉내를 내는 삼류 기자에 지나지 않거나, 링컨이 그에게 보댜노이를 돌파할 수 있는 정보적 위장도색을 했거나, 링컨이 시행한 정보적 위장도색을 보댜노이가 간파하고 일부러 통과시켰다는 뜻이다.

그렇게 일단은 경계선을 빠져나가게 했으면서도 신병을 확보한 이유는 입국 후의 행동분석에서 테러나 첩보 가능성이 높아졌기 때문일까? 자유롭게 풀어놓았다가 공조자를 확인하고 일망타진할 의도일까? 이 남자와는 무관하게 오히려 소비에트에 대한 비카의 충성도를 가늠해보려는 것일까?

판단할 길이 없다. 인공지능이 다스리는 시대가 온 이래, 이 세상에서 일어나는 일들의 대부분은 인간의 인지 능력으로는 알 수 없게 되어버렸으니까. 아기들의 행진만 해도, 클론 생체의 성장을 가속화시키기 위해서라는 일련의 설명조차 의심스럽다. 역할을 다한 순간 갈라져 사라지는, 다리가 여섯 개 달린 '사마귀'의 재료조차 기술자마저도 완전히는 알지 못한다.

지금 유일하게 믿어도 되는 것은 눈앞에 있는 남자의 정체 중

그가 밝힌 내용과 당원현실이 알려준 내용이 일치하는 부분, 휴스턴*에서 왔다는 얘기 정도다.

"휴스턴?"

"네에."

자칭 마이클은 입술을 일그러뜨리며 빙긋이 웃어 보였다. 그 모습은 자조처럼 느껴지기도 했다.

"텍사스주의 '투표'는 이틀 후예요. 반년 만에 여섯 번째죠."

비카는 말문이 막혀 한순간 머뭇거린 후, 눈앞의 지시에 따라 말했다.

"현재 지지율은?"

"찬성 4, 반대 5, 보류가 1. 이번에는 잠에 빠지지 않고 끝나겠지만, 일 년 후에는 어찌 될지 알 수 없죠."

"안됐군요. 그래서 만일을 대비해 취재를 구실 삼아 동쪽으로 도망쳐 온 건가요?"

"미안하지만 망명은 원치 않습니다. 보댜노이의 연산자원이 될 바엔 민주주의 국가에서 지렁이 밥이 되겠어요. 위대한 선주민의 후예로서, 같은 자원이라 해도 흙으로 돌아가는 게 훨씬 나으니까. 나는 우리 동포를 잠의 심연에서 구할 기사를 쓰기 위해 왔습니다."

---

* 텍사스주 휴스턴은 아폴로 11호의 관제센터가 있었던 곳. 암스트롱이 달에 착륙해서 한 첫 말인 "휴스틴, 여기는 고요의 기지. 이글이 착륙했다"로 유명하다.

힘이 실린 말, 당원현실이 알려주는 맥박과 호흡수의 미세한 변화. 이 발언에는 어느 정도의 진실이 담겨 있었다.

보댜노이에 뒤이어 설계된 서방국가들의 수호신, 로스앨러모스* 의 거상巨像 '링컨'은 인민의 행복에 봉사하는 인공지능이었다. 그러나 그것이 행복을 안겨줘야 할 사람들은 자본주의 문명의 쇠락과 동쪽 진영에 뒤처졌다는 사실에 깊은 절망감을 느끼고 있었다.

링컨은 그 딜레마를 해소하고 그들에게 최대의 행복을 안겨주기 위해 최적의 이상향을 제공했다. '사이버공간'이라는 천년왕국을. '자본주의가 공산주의에 완승한 가상세계'를 사이버공간에 구축하고, 방황하는 사람들의 의식을 이주시켰던 것이다. 그쪽으로 옮겨간 사람들은 소비에트/동쪽 진영이 붕괴해 멸망한 세계에서 서방국가의 시민으로 행복하게 살아가는 꿈을 계속해서 꾸게 된다. 육체가 사멸할 때까지, 혹은 현실세계에서도 소비에트가 소멸하는 날까지. 열 개가 넘는 합중국의 주州가 투표를 거쳐 이주를 선택했다. 평온한 사이버 세계 속의 시간에서는 소비에트가 붕괴한 지 이미 이십오 년 이상이 지났다고 한다. 이주를 결정한 주에 남아 있던 사람들이 링컨이 만든 기계 비둘기 부대에게 끌려가 강제로 잠들게 되자, 잇달아 다른 주로 넘어가 난민이 된 국민도 많

---

* 뉴멕시코주에 있는 이곳은 1942년 미국 정부에서 원자폭탄 연구소를 설치하여 최초로 원자폭탄을 개발한 곳이다.

은 듯했다.

"그런 거라면 꼭 협조하고 싶어요. 언젠가 당신의 나라에 관광을 갔을 때, 맞아주는 것이 온통 기계뿐이면 쓸쓸할 테니까…… 그 위대한 우주선이 발사된 케네디 우주센터에 꼭 한번 가보고 싶었거든요."

태연하던 남자의 눈동자에 어두운 분노의 빛이 언뜻 비쳤다. 비카는 만족감을 느끼며 말을 이었다.

"다만, 이미 아시겠지만 당신은 현재 스파이 의혹을 받고 있기 때문에 쉽게 취재 허가가 나진 않을 거예요. 보댜노이에게 확인을 받기 전까지는. 판단이 내려올 때까지 기다려줄 수 있을까요?"

"그러죠. 이교異敎의 신의 심판을 기다려봅시다. 그런데 그 전에 당신 이름 정도는 알려줘야 하는 거 아닙니까? 나는 모든 걸 털어놨는데 당신에 대해서는 아무것도 알지 못하면 불공평하니까."

잠시 기다렸지만 당원현실은 거절 지시를 내리지 않았다. 비카는 어쩔 수 없이 한숨을 내쉬며 대답했다.

"비카 벨렌코예요. 이곳의 학예사가 된 지 칠 년째고."

"고마워요, 미스 벨렌코. 나는 인공지능 박물관을 첫 번째 취재 장소로 생각하고 있었어요. 우여곡절이 있었지만 결국 도착했고, 게다가 이곳을 상세히 알고 있는 당신을 만나게 돼서 기쁘군요."

"고마운 말씀이네요."

입으로는 쌀쌀맞게 대답했지만, 마이클이 던진 말에는 견제의 의미가 실려 있어서 비카는 한순간 마음이 혼란스러웠다. 이 남자의 말이 사실이라면, 그는 몇 개의 '우연'을 거쳐 유유히 첫 번째 목적지에 도달한 셈이다. 상황을 이렇게 유도한 것은 보댜노이일까? 링컨일까? 그중 한쪽이 지금까지의 행동 패턴을 통해 계산을 이미 끝낸 것이다. 비카가 자유의지로, 민가나 자기 집이 아닌 인공지능 박물관을 그의 이송 장소로 선택하리란 것을.

두통이 느껴졌다. 날짜가 바뀌는 시간을 전후해서는 소비에트 인민의 뇌에 보댜노이의 연산부하가 강하게 걸렸지만, 지금 이 두통은 말하자면, 보댜노이의 미래예측에 빌려준 뇌의 절반보다도 비카 자신의 자유에 따르는 나머지 절반, 성가신 문제를 끌어안아 버린 쪽의 에너지 부족이 원인인 것 같았다.

주머니에 넣어뒀던 영양 곤충날개를 씹자, 딸기 향에 뒤이어 민트의 청량감이 돌았다. '사마귀'에게 배달받은 것이 아니라, 두통약 대용으로 직접 준비해둔 것이었다. 매일 아침, 인공지능이 내리는 신탁에 따라 원료 배합을 바꿔가며 3차원 조리기에 넣는다. 그 조리법에 기온이며 습도, 비카의 몸 상태 외에 얼마나 더 많은 변수가 개입되는지는 모르겠지만, 맛은 날마다 다르면서도 언제나 평온함을 안겨주었다. 오늘, 신의 양식에 새겨져 있던 문구는 이것이다. 〈내적 판단의 언어화가 사고와 행동을 촉빌한다. 성대를 가진 인류가 문명을 구축할 수 있었던 이유 중 하나.〉

마이클은 대화 상대의 존재를 무시하는 듯 영양을 보급하기 시작한 비카를 보고도 기가 눌리지 않고 물고 늘어졌다.

"모처럼 만난 인연이니, 취재 허가가 나면 당신에게도 인터뷰를 요청하고 싶은데 괜찮을까요?"

"아, 네, 기꺼이. 우리의 신이 허락하는 한에서."

영양 날개 조각을 삼킨 비카가 고개를 끄덕였다.

"그리고 지금 당장 이걸 풀어달라고 하진 않겠습니다만, 나도 영양을 좀 섭취할 수 있게 해주시겠습니까? 아무래도 연료가 떨어져서."

"마침 그 제안을 하려던 참이었어요. 목을 축이는 정도야 허락되겠죠."

비카는 당원현실의 지시를 마치 자기가 떠올린 생각인 것처럼 말하고, 조금 전까지 들고 다니던 식료품 봉지 맨 위에서 오렌지 하나를 꺼냈다.

"훌륭해요. 제일 좋아하는 게 오렌지거든요."

"어머, 정말 멋진 우연이네요."

그의 말을 듣고 확신이 들었다. 우연이 아닐 것이다. 케이크 칼로 자르면서 당원현실로 오렌지를 스캔해보니 예상대로 생산지를 알아낼 수 없었다. 오늘 과일 가게에서 주인이 반강제로 안긴 이 오렌지는 처음부디 인공지능이 계획헌 일인 모양이다. 굳이 스파이가 좋아하는 음식을 준비한 것은 물론 견제를 위한 포석이겠지.

입에 가까이 대주는 오렌지 조각을 바라보며 마이클이 한쪽 눈썹을 치켜올렸다.

"한 가지 아쉬운 점은 당신의 친절이 담긴 이 대접이 방사성물질을 넣은 암살 키트거나 자백제가 든 심문 키트가 아니라는 보장이 없다는 것인데…… 아아, 실례, 재미없는 농담이었군요. 감시용 나노머신 종류가 최적이겠네요."

마음에 없는 환영에는 마음에 없는 말을, 그런 예의범절이 명확한 남자였다.

"어머, 그거라면 이미 입국 전에 삼켰을 거예요."

상대의 방식에 맞춰 천연덕스럽게 받아치고 기분이 상한 것처럼 미간을 찡그려 보였지만, 물론 나노마시나(나노머신)는 들어 있을 것이다. 링컨과 보댜노이의 첩보 방어벽 돌파 경쟁은 언제 어떤 상황에서도 이어지고 있기 때문에, 그가 지금 삼키는 것은 몇십 시간 전 입국할 때 검문 과정에서 삼킨 것과는 몇 세대나 버전이 다른 기계다.

입으로 받아 오렌지를 씹는 마이클은 나노머신을 무슨 기생충처럼 씹어 죽일 수 있다고 믿는 것 같았다. 아니면 링컨이, 체내에 침입하는 이물질 파괴 장치를 스파이의 구강 내에 타액으로 준비해둔 것인지도 모른다.

기묘한 대치였다. 이쪽은 상대가 난순한 기자가 아니라 적어도 링컨의 지령을 받는 비밀 스파이라고 확신하며 행동하고 있었고, 상대는 아마도 이쪽을 보댜노이의 지시에 따르는 첩보원일 거라고 추측하고 있을 것이다. 차라리 이쪽에서 입장을 명확히 하여 고문을 하는 편이 빠른 길일 테지만, 그런 지시는 내려오지 않았다.

그러기는커녕, 구속과 심문의 지시, '사마귀'의 배달 이후 당원 현실에서 내려오는 지시는 일방적이면서도 산발적이라, 무엇 하나 이쪽 뜻대로 풀리는 게 없었다. 그것은 상대도 마찬가지겠지. 링컨의 지시에 따르는 이상, 아무리 연기를 한대도 스파이라고 고백할 수는 없는 것이다.

교착 상태. 이 남자를 나 몰라라 하고 가버릴 수는 없다. 가버린다고 해도 다른 누군가가 보댜노이의 단말을 통해 이 일을 인수받을 뿐이겠지만, 내 사회 공헌치가 낮아진다. 그것만은 피해야 한다. 제냐와 헤어지게 될지도 모르니까.

좀 전의 검사로, 자칭 마이클이 '대처해야 할 만큼 충분히 유해한' 테러리스트 내지는 첩보원이라는 판단이 내려지길 기도했다. 그러면 그의 체내로 침입한 나노머신이 곧바로 혼수상태로 만들든 절명을 시키든 할 테니, 뒤처리만 하면 끝이었다. 그러나 과연 일이 그렇게 쉽게 풀릴까.

제냐의 생일까지 남은 시간은 앞으로 두 시간.

* * *

불길이 흔들리고 있었다.

네모난 나무틀 위에서 작은 불길이 춤을 추며 일렁이고 있었다.

숨쉬기를 잊게 만들 듯한 열기와 가스 냄새를 어지러이 내뿜으며.

꺼야 하는 거 아니에요? 비카의 질문에 새언니는 괜찮다고 대답했다.

레닌그라드의 마르스 광장에 있는 '베치니 아곤(꺼지지 않는 불)'을 본 적이 있니? 삼 년 전, 10월혁명 40주년이 된 해에 점화된 후로 계속해서 타오르고 있는 기도와 추모의 불길. 혁명과 전쟁으로 세상을 뜬 이름 모를 수많은 사람들의 희생을 기리기 위해 그 불은 절대 꺼지지 않아.

이 불은 일 년 전 그 '꺼지지 않는 불'에서 붙여 와 여기서 타오르고 있는 거야.

그럼 여기에서도 수많은 사람들이 죽었겠네, 비카가 놀라며 소리를 높였다. 전쟁? 아니면 혁명?

해맑은 질문에 언니는 한동안 침묵한 뒤, 입을 열고―

모처럼 당원현실을 얻었으니 소문으로만 듣던 인민은행의 상시접근권한을 다시 행사해봤지만, 익숙하지 않은 짓은 하는 게 아니었다. 언니로부터 연상되는 기억 중에서 가슴 아팠던 부분이 눈사태처럼 밀어닥쳤기 때문이다. 디행히 의식을 놓친 건 잠깐뿐이라 마이클에게는 들키지 않은 것 같았다.

때마침 지시가 내려왔다. 내 입에 직접. 눈앞에 문자로 흘려주기만 해도 될 것을.

"비카 벨렌코 동지. 그의 구속을 풀고, 감시하에 박물관을 안내하라."

마이클은 눈앞에 있는 인간의 성대가 한순간에 인공지능에게 점령당한 상황에 조금 겁을 먹었는지 한쪽 눈썹을 치켜올렸다.

그러나 비카에게는 소비에트 인민의 흔한 일상일 뿐이었다. 비카는 딱히 개의치 않고 이번에는 자기 말로 말했다.

"우리의 변덕스러운 신께서 당신에게 은총을 베풀기로 결정한 모양이군요."

그리고 눈앞에 문자로도 뜬, 빠르게 흘러가는 지시에 따라 그를 풀어주기 시작했다.

"지금 바로 준비하세요. 안내해드릴게요."

"날이 밝은 후에 해도 괜찮습니다만."

"가능하면 빨리 취재를 끝내셨으면 해서요. 음, 두 시간도 안 걸려요."

다행히 이 박물관에는 미공개 정보가 없다. 그런데도 빨리 끝내고 싶은 것은 단지 제냐 때문만은 아니고, 비카 마음의 문제도 있었다.

처음에 마이클을 이곳으로 데려온 이유는 숨겨진 기밀 같은 것은 전혀 없는 장소이기 때문이다. 분명 지금 이곳에 존재하는 전시물의 대부분은 진실을 전한다. 소비에트 인공지능의 역사에는 계획이 실패하여 비참한 결말을 맞은 사례도 있겠지만, 그런 영역이라면 나는 알 권한도 없고, 이런 공개 박물관에는 단서가 될 만한 내용도 없을 것이다. 그러나 전시물 중 적어도 하나, 결정적인 기만을 감춘 것이 있었다. 그리고 그 진실의 은폐에는 나 역시 연관되어 있었다. 나는 과연 그것을 들키지 않을 만큼 정신이 굳건한 인간일까?

비카가 당원현실에 검색해보니, 냉정 유지 호르몬을 체내에서 조합해주는 서비스가 있어서 서둘러 그것을 실행했다. 신체 변화가 바로 극적으로 나타나는 것은 아니었지만, 스멀스멀 피어오르던 불안에서 조금은 벗어난 느낌이 들었다. 물론 그런 선택과 처방의 과정도 마이클을 풀어주며 눈치채지 못하게 진행했다.

마침내 마이클의 손발을 다 풀어주고 일으켜 세웠다. 하품을 하며 가볍게 기지개를 켜는 그를 전시실 쪽으로 재촉하는 사이, 비카는 제냐의 생일이 코앞으로 다가왔다는 사실을 자각하면서도 초조함이 사라지는 자신을, 또 하나의 자신이 멀찍이서 기묘하게 관찰하는, 유체이탈 비슷한 감각을 느끼기 시작했다.

회의실 문을 열자, 바로 옆에 남색 제복을 입은 경비용 레닌이 부동자세로 서 있었다.

"협조 감사합니다. 이제부터는 내가 대응할 테니 쉬어요."

경비용 레닌은 과묵한 상대였지만, 그가 경례를 하고 대기실로 돌아가기 전, 그 입을 빌려 보.댜노이의 말이 튀어나왔다.

"동지가 올바른 선택을 할 것을 기대한다."

경고와도 같은 그 말이 자신을 향한 것인지 서방의 스파이를 향한 것인지는 분간하기 어려웠다. 적어도 마이클의 귀에는 그다지 닿지 않았는지, 그가 태평하게 비카의 등에 대고 말했다.

"불 좀 켜주겠어요? 이대로는 전시품은커녕 발밑도 안 보입니다."

"이런, 미안해요. 보댜노이 동지, 불 좀."

실내등이 켜지고, 비카의 눈에도 광량이 조금 증가했다. 시각정보를 뇌에서 보정해, 밤에도 조명 없이 주위를 볼 수 있는 것은 계급현실 기술의 혜택 중 하나다. 그것이 항상 발동되는 당원현실을 손에 넣은 지금, 그것을 누릴 수 없는 서방국가의 사람이 함께 있지 않다면 조명이라는 개념 자체가 의식에서 사라져버린다.

"만약 당신이 소비에트의 기술에 감복해 망명을 원한다면, 당장이라도 밤눈이 좋아지게 해줄 수 있어요."

"뇌를 갈라 공산共算 모듈을 심고, 노동자현실을 도입해서 말인가요?"

그가 과장되게 어깨를 으쓱하며 말했다.

"뇌의 절반을 연산자원으로 내줄 바에는, 어금니에 심어둔 독으로 자해하는 게 나아요. 내가 스파이일 경우 그렇단 말이지만."

"국민의 행복을 추구한 결과, 사이버공간으로 이주를 강제하는 인공지능과 비교해 어느 쪽이 더 건전한가에 대한 판단이야 사람마다 다르겠죠."

전시 공간 입구에는 연미복에 나비넥타이를 맨 안내용 레닌 네 명이 방문객을 기다리며 인형처럼 조용히 앉아 있었다. 비카가 맨 앞의 한 명이 눈을 뜨고 일어서려는 것을 손으로 제지하자, 레닌들은 또다시 무기물의 침묵으로 돌아갔다.

마이클의 눈길을 가장 먼저 끈 것은 흔하디흔한 목재 체스 세트였다. 그것 자체는 특수기술의 산물이 전혀 아니었다. 다만, 그 소유주가 특별했다.

〈앨런 튜링의 체스 세트. 1956년 체르노빌 인공지능 연구소에서 앨런 튜링이 설계한 컴퓨터 체스 프로그램이 튜링 본인을 이겼을 때 사용된 체스보드와 말.〉

그다음에 이어지는 전시품 몇 개는 튜링의 유산이었다. 당연하다면 당연하겠지. 튜링이야말로 동서의 인공지능 개발 경쟁에서 동쪽 진영에 승리를 안겨준 주역이며, '기술적 특이점'이라는 용어를 만든 장본인이기도 했다.

체스보드 옆의 화면에 영상으로 재현된 '역사적 한 판'의 기보棋譜를 바라보던 마이클이 결국 탄식을 흘렸다.

"저 위대한 지성이 납치되지만 않았어도 싱귤래리티에는 우리가 먼저 도달했겠죠."

"납치되었다는 말은 링컨이 흘린 프로파간다일 뿐이에요. 그는, 아니, 그녀는 스스로 원해서 이쪽으로 망명했으니까."

마이클은 무슨 말인가 하려다 그만두었다. 어느 쪽이 진실인지

언쟁하는 건 무익하다고 판단했겠지. 자본주의자의 진실과 공산주의자의 진실은 별개이다.

적어도 튜링이 이쪽 세계에서 그 지성에 마땅한 대접을 받은 것은 틀림없다. 인공지능 거리에 가장 처음 세워진 동상이 튜링의 동상이었다. 본인은 수술 후의 모습을 남기고 싶어했던 모양이지만.

다음 전시물은 베르나르도 카진스키의 개량형 뇌 라디오. 그 시제품이었던 전화박스 크기의 케이스, 거기에서 늘어뜨린 케이블과 연결된 헬멧 두 점이었다.

〈1953년, 전파를 사용해 인간의 뇌파와 뇌파를 중계시킨 최초의 시도. 1924년에 개를 이용해 실시한 뇌 라디오 실험이 대조국 전쟁 후에 재발견, 개량된 것.〉

"이미 침이 제거된 상태라 지금 그것을 써도 당시의 기능은 체험할 수 없어요."

비카가 헬멧을 머리에 써보는 마이클에게 말했다.

"최신 방식으로는 언제든지 체험할 수 있어요, 원하신다면. 뇌의 절반을 보댜노이에게 내주고 공동연산주의의 일원이 된다면 말이에요. 뇌의 병도 쉽게 찾을 수 있고요."

"사양하죠. 나는 다른 사람들보다 두뇌 회전이 느려서 절반씩이나 줘버리면 더더욱 쓸모없는 인간이 되어버려요. 다만, 여쭤보고 싶은데, 뇌의 절반을 늘 인공지능에게 빌려주고 있는 건 어떤 기분인가요? 인격에 적지 않은 영향을 줄 것 같은데."

"옛날보다 에너지를 더 많이 섭취하게 됐어요. 단지 그것뿐이에요. 딱히 평상시에 조정당하면서 사는 것도 아니고. 집에 수다스럽고 조금 위압적인 동거인이 함께 산다고 해서 자기 성격까지 변하는 건 아닌 것과 마찬가지죠."

"길 위를 행진하는 갓난아기도? 그 세대는 인간에게 교육받기 전부터 보댜노이와 통신하는 거잖아요."

"뭐 그야, 인간보다 유능한 교사가 딱 붙어 가르치는 수준이겠죠. 게다가 그들은 다른 인류라고 생각하니까…… 음, 연산자원에 관해 말씀드리면, 인간에게만 부담시키는 건 아니에요. 옆의 전시를 보시겠어요?"

비카는 이르쿠츠크 연산호演算湖의 설명 패널 쪽을 가리켰다.

〈모든 생물을 연산 매체로 이용하기 위해 실시된 연구 가운데 대규모 사례의 하나. 처음에는 바이칼 호수에 서식하는 바다표범의 뇌를 인간의 것과 마찬가지로 연산 매체로 이용했지만, 호수 속 플랑크톤의 호흡을 통해 입출력을 정의, 연산을 시행하는 방식으로 호수 자체가 연산자원이 되었다. 발트해에서 역시 연산초演算礁의 구축을 시도하고 있다.〉

설명 패널 옆에 놓인 수조 안에서는 그 호수에 서식하는 수초들이 하늘하늘 흔들리고 있었다. 마이클은 그 수초로 모여든 연산용 플랑크톤을 옆에 비치된 현미경으로 한동안 들여다보다가, 이윽고 고개를 들고 물었다.

"인간 이상으로 효율이 좋은 연산 매체가 발견되는 날에는 당신들은 쓸모없어지는 거 아닙니까?"

"처음에는 특이점에 최대한 빨리 도달하기 위해, 연산의 양을 쉽게 늘리기 위해서만 인간의 뇌를 이용했던 공동연산주의와 통신망이었으니까 오히려 그런 날이 빨리 왔으면 좋겠네요. 사실 인류가 보댜노이에게 쓸모없는 존재가 될 거라는 미래 예측이 나오긴 했죠. 그래도 한동안은 더, 인간이 혹사당하는 시대가 이어질 것 같아요."

문을 연 다음 방에서 가장 먼저 두 사람을 맞이한 전시물은 관이었다. 유리 덮개 관 속에 든 것은 여섯 살에 죽은, 복제된 레닌의 사체였다. 초기의 클론 고속성장 실험의 실패 사례인 그 사체는 방부처리를 하여 이제 막 죽은 듯한 모습으로 잠들어 있었다. 그리고 벽에 붙은 사진에는 십 대 중반으로 보이는, 얼굴이 똑같은 젊은이가 철로를 깔거나 밭에 씨를 뿌리는 광경이 찍혀 있었다.

〈레닌 집단에 의한 살레하르트-이가르카 횡단철도 건설. 레프 테레민 박사의 레닌 부활 계획은 처음에는 사체를 이용한 소생을 목표로 삼았으나, 어려움에 봉착하자 클로닝 기술을 우선적으로 응용하기로 했다. 양산된 레닌 클론은 당시 건설 중이던 살레하르트-이가르카 철도 건설과 주변의 농촌 경영에 투입되었다.〉

보댜노이가 다양한 용도에 레닌 집단을 사용한 것은 분명 균실 집단에 의한 노동의 표본 데이터를 얻기 위해서였을 것이다. 오직

합리성으로만 뭉쳐져 있다는 것은 인간성으로부터 자유롭다는 뜻이기도 하다.

설명을 덧붙이려고, 검색을 위해 입속으로 '이가르카' 하고 읊조렸는데, 그 순간 인공위성 스푸트니크로부터 뉴스가 흘러들어 왔다. 이가르카 철도역 부근 농장에서 화재 발생. 현재 진화 중.

"무슨 일 있어요?"

"아뇨."

비카는 상대가 눈치채지 못하도록 말을 멈추지 않았다.

"똑같은 얼굴이 늘어선 모습을 보면 다른 나라에서 온 사람은 당황하는 경우가 많은데, 당신은 전혀 놀라지 않아서 감탄했어요."

"놀라지 않았다고요? 농담 마세요!"

마이클은 얼굴을 찡그리며 몸서리를 쳐 보였다.

"입구에 있는 안내 레닌을 봤을 때부터 얼마나 무서웠다고요. 머지않아 표트르 대제나 이반 4세의 대군이 부활해서 철의 경계선을 넘어 진군해 올 미래를 떠올리면 말이죠. 스탈린의 클론이 서방으로 건너와 지하활동을 펼치고 있다는 소문도 〈휴스턴 크로니클〉에 실린 적이 있단 말입니다."

"걱정하실 필요 없어요. 일단은 유전정보가 남아 있는 사람이 아니면 소생이 불가능하기 때문에, 안타깝지만 19세기 이전에 돌아가신 분들을 깨울 수 있는 방법은 '아직' 없으니까. 스탈린에 관한 건 잘 모르겠지만, 음악가, 화가, 건축가, 과학자, 재능 있는 많은 인간들은 유전정보가 보관되어 있어, 필요할 때 언제든 소비에 트를 위해 지상으로 다시 불러내기도 하죠."

"그 '아기'들도 혹시 역사상의 위인이나 예술가의 유전정보를 강제로 일깨워 데려온 존재들인가요?"

"몇 퍼센트는 그럴 테고, 몇 퍼센트는 그 유전정보를 조금 손본 존재들일 테고, 몇 퍼센트는 그렇지 않은 일반인의 유전정보로 만든 존재들이겠죠. 내 권한으로는 도시에 있는 모든 갓난아기들의 정체를 알 수는 없어요. 알게 된들, 그 제조 의도는 우리 인류의 능력으로는 밝혀낼 수 없어요. 단순히 연산자원을 늘릴 수 있으면 그걸로 충분한 건지도 모르죠."

옆의 모니터에는 병실이라고 부르기에는 살풍경한, 벌집 형태로 나뉜 무수한 방들이 위에서 내려다본 시점으로 비춰지고 있었다. 각각의 '둥지' 속에는 아직 머리카락도 다 나지 않은 갓난아기들이 하얀 바닥 위에서 몸을 동그랗게 말고 있었다. 울음을 터트리는 것처럼 보이는데 규칙적으로 모음을 쏟아내는 걸 보면, 보다 노이가 제어하고 있는 거겠지.

카메라가 그중 한 아기를 클로즈업했다.

"갓난아기를 가장 많이 만들어내고 있는, 블라디보스토크 산업 태아배양소의 현재 시각 영상이에요."

"지금 여기에 보이는 갓난아기도 정체를 알 수 없는 거죠?"

마이클은 충분히 이해한 듯이 고개를 끄덕였지만, 당원현실의 설명을 본 비카는 "그렇군"이라고 혼잣말을 흘린 후 마이클 쪽으로 돌아섰다.

"당신이에요."

"네?"

"입국할 때 당신의 유전정보를 채취했을 텐데, 그때 보댜노이가 당신을 복제하겠다는 판단을 내린 모양이에요. 이유는 짐작조차할 수 없지만. 기쁘게 생각하세요. 보댜노이는 인공지능 박물관을 방문하는 여행자들에게 가끔 이런 대접을 하거든요."

지금까지 내내 침착했던 마이클이었지만, 이쯤 되니 마이클도 할 말을 잃었다.

"본국으로 데려가길 원하시면, 또 하나 만들면 되니까 규정 금액만 지불하시면 돼요. 여동생도 가능하고, 당신과 당신이 좋아하는 예술가 사이에서 생겨난 아기도 만들어드릴 수 있고요."

"됐어요. 당신들의 신앙을 받아들이려면 아무래도 탁월하게 둔감할 필요가 있어 보이는군요."

마이클은 그때부터 말수가 줄어들었다. 레베데프의 침투압식 생체 컴퓨터, 인간의 힘을 빌리지 않고 최초로 북극점에 도달한 다각포대*의 내한耐寒 패널, 시한 절하 방식 도입 초기의 식료품

---

* 多脚砲台, 다리가 많이 달린 거대한 전투 로봇. 〈공각기동대〉의 원작자이기도 한 시로 마사무네의 만화 〈애플시드〉에 등장한다.

표 등의 전시물에 의심스러운 시선을 던질 때도, 벽에 걸린 낫과 망치와 톱니바퀴의 국기를 왠지 수상쩍은 듯이 어루만지는 동안에도, 거의 말을 하지 않았다.

그건 또 그것대로 편해서 심리적 동요 없이 담담하게 관람 경로를 지나고 있던 비카가 불현듯 이변을 알아챘다.

언제부터인가 마이클이 흰색 킹, 체스의 말을 만지작거리고 있었다. 유리케이스 안에 담겨 있던 튜링의 전시 유품과 똑같은 것이었다.

"이 말이 나무로 빚어졌을 시절에는 분명 우리 인류가 플레이어였습니다. 우주 진출이나 원자력 같은 말을 써서 적의 세력을 꺾으려 했지요. 그런데 지금은 두 개의 인공지능이 플레이어이고, 우리는 말로 전락해버렸군요."

그가 만지작거리는 것은 현실에 존재하는 말은 아니다. 계급현실에 떠오른 데이터상의 말이었다.

그가―정확하게는 그에게 힘을 빌려준 링컨이―이쪽의 당원현실을 간섭하고 있었다. 조금 전까지만 해도 조명 없이는 밤의 복도도 걷지 못했던 남자가 지금은 이쪽의 계급현실 기술을 능숙하게 사용하고 있었다. 오늘 처음 당원현실을 접해본 비카는 그것이 이변임을 알아차리면서도 허용 가능한 범위인지 아닌지 판단하기 어려웠다.

"고루한 스페이스 오페라처럼 진부한 비유로군요. 몹시 낙관적이고."

"흠, 실제로는 체스보다 훨씬 난해하게 돌아가고 있으니, 말이 된 몸으로는 이해할 수 없는 게임일 테죠."

마이클이 코웃음을 쳤다.

"당신들은 우리를 이기기 위해 보댜노이를 만들었고, 우리는 당신들을 따라잡고 앞지르기 위해 링컨을 만들었습니다. 그런데 어느새 경쟁하는 주체는 우리와 당신들이 아니고, 링컨과 보댜노이가 되고 말았어요. 보댜노이는 승리하기 위해 당신들과 그 밖의 생명을 연산자원으로 삼으려 하고, 링컨은 승리하기 위해 우리를 잠재우려 하지요. 게임을 하다 보니, 체스를 두는 사람과 체스의 말이 뒤바뀐 것과 같아요. 지금 이 순간에도 보댜노이와 링컨은 각각의 국민을 말로 세우고 체크메이트를 외치기 위해 전략을 맞부딪치고 있지만, 체스판 위의 말에 불과한 우리는 전략이며 판국은커녕 어디로 움직이고 있는지, 내가 이미 판에서 내려와 있는 건 아닌지조차 모릅니다…… 내가 어떻게 '이것'을 보여주고 있는지 묻고 싶겠지요?"

마이클은 그렇게 말하며 손바닥 안의 말을 내밀어 보였다.

"미안하지만, 난 마술의 트릭을 꿰뚫어보고 즐거워하는 멋없는 인간은 아니에요. 게다가 내 눈에 비늘이 씌어서 세상사를 다 안다는 착각에 사로잡혔대도, 두 신 중 어느 쪽의 뜻인지, 땅을 기는 인간의 몸으로는 그 내막을 알 길이 없을 테니까."

"쳇."

한번 흔들어봤는데 별다른 반응이 없어서 짜증이 난다는 듯이 혀를 찬 마이클이 그의 눈앞에서 말을 지워버렸다. 그러나 실제로 비카 쪽은 평정 유지 호르몬의 도움에도 불구하고, 아니, 호르몬 때문에 더더욱 이루 말할 수 없는 가슴의 통증을 느끼기 시작했다. 머리는 초조한 걸 아는데 마음이 그 초조함을 따라가지 않아 느껴지는 기묘한 통증이다. 계속 열어뒀던 스푸트니크 뉴스가 이번에는 체르노빌 인공지능 연구소의 화재를 알려온 것 역시 통증을 더욱 악화시켰다.

스파이로 보이는 남자의 등장과 때를 같이하여 멀리 떨어진 땅에서 발생한 두 건의 화재. 그리고 당원현실을 침식당하고 있다는 사실. 이제부터 당원현실로 들어오는 지시는 상대에게도 고스란히 누설되어버릴 우려가 있다. 보댜노이가 장악할 수 없는, 제어 불가능한 사태에 빠졌을 가능성도 제로는 아니었다.

보댜노이가 링컨에게 뒤지고 있는 것은 아닐까?

그런 의문을 품으며 걸어가는 인공지능 박물관의 복도는 평소보다 훨씬 더 길게 느껴졌다. 실제로, 일직선으로만 곧게 뻗은 그 복도는 소비에트가 이뤄온 인공지능의 역사를 과시하기 위해 설계자가 일부러 그렇게 만들었다는 소문이 있을 정도였다.

다음 문을 지나자, 드디어 2층으로 이어지는 굽이진 계단과 그 계단에서 다각도로 내려다볼 수 있도록 층계 아래에 설치된 거대한 전시품이 보였다.

그것은 전투기였다.

온통, 눈을 찌를 듯한 은색의 기체. 양 날개와 수직의 꼬리날개에 장식된 문양은 조국의 붉은 별.

마이클은 아이처럼 눈을 반짝이며 잰걸음으로 계단을 올라가, 층계참 난간 가까이에 걸린 설명 패널을 열심히 읽었다. 거기에는 이런 문장이 쓰여 있었다.

〈인간을 이긴 인공지능 탑재 전투기…… 미하일 얀겔에 의해 설계되어, 세계 최초로 인간을 상대로 한 공중전에서 승리한 인공지능 '네델린'이 탑재되었던 MiG-21X-13, 통칭 발랄라이카. 1960년 10월 23일 레닌스크 공군기지에서, 인공지능을 탑재하지 않은 동일기종에 탑승한 공군 중령 예브게니야 구룰리예바와 교전하여 이를 격퇴.〉

"흐음. 생김새는 영화에서 본 전투기 그대로군."

마이클은 계단을 오르락내리락하며 전투기를 다양한 시점에서 확인하고, 전시된 기지 사진과 중령의 사진을 뚫어져라 응시한 후 이쪽을 돌아봤다.

"인공지능용 전투기라면, 인간이 탑승하는 조종석은 필요 없을 텐데요?"

"물론 현재라면 무인전투기 쪽이 당연히 이치에 맞고, 인간이 타지 않는다는 전제로 설계된 전투기를 늘어세우면 그 자체로 전

위예술전이 되겠지만, 이건 과도기적 존재니까요. 무인화보다는 인간에게 적절한 지시를 내려 전투를 보좌한다는 사상으로 설계를 했어요. 인공지능을 탑재하지 않은 전투기에는 대조국전쟁 이래 역전의 용사였던 구룰리예바 중령을 태우고, 인공지능을 탑재한 전투기에는 최소한의 조종법밖에 모르는 신병을 태워 대결하게 했는데, 그런데도 후자가 이겼다는 거예요."

위로 젖혀진 윈드실드 사이로 엿보이는 조종석 안을 가리켰다.

"본래 저 발랄라이카에는 연료계를 비롯해 탑승자가 읽어야 하는 계기, 조준을 맞춰야 하는 레이더가 스무 개 가까이 즐비해 있어서 시계방의 벽처럼 복잡했어요. 그런데 보시는 대로 계기 종류는 모두 가려져 있고, 탑승자가 조종하는 것은 특별 제작한 이착륙 스위치와 사격용 레버뿐이에요. 조작 시점에 점등이 되니까, 어린애 장난감 정도로 쉽게 다룰 수 있고요. 조준도 감속 가속도 다 기계에 맡겨요. 피아노를 처음 만져본다고 해도, 노동자현실의 지시에 따르면 스트라빈스키를 연주할 수 있는 거나 마찬가지로요."

또다시 계단을 올라가 조종석을 내려다보던 마이클은 설명을 들으며 몇 번이나 고개를 끄덕였다.

"과연. 이해가 됐습니다."

비카는 만족한 듯한 그를 올려다보며 위층으로 올라가라고 손으로 가리켰다.

"최근 몇 년의 시대 구분 전시물은 2층에 있어요."

"아아, 이제 됐습니다. 안내는 여기까지로 충분해요. 덕분에 봐야 할 것, 확인해야 할 것을 다 봤어요."

눈을 깜박이는 비카에게 그가 만족스러운 눈동자를 돌렸다.

"걱정 마시길. 당신의 언행이며 신체정보가 부자연스러웠다는 뜻은 아니니까. 당신이 첩보원으로 부적절했다는 뜻도 아니고요. 그 침착함이 뭔가의 힘을 빌린 결과였다고 해도 말입니다. 조심성이 부족했던 건 이 전시품 설명 쪽이에요."

자본주의 국가의 수하는 마술사가 지팡이로 모자를 두드리는 듯한 리듬으로 패널을 손으로 두드려 보았다.

"이상하게도 '이것'에 누가 탔었는지에 관한 기록이 없군요. 공중전 목적으로 조정된 인공지능과 협력하여 영웅을 격퇴시킨, 역사에 새겨졌어야 마땅할 인간의 이름이 없어요."

"그게 부자연스러운 일인가요?"

비카는 눈썹 하나 까딱하지 않았다. 상대가 핵심을 파고들기 시작했기 때문에 냉정해져야만 했다. 어디까지 정보를 파악하고 있는지 판단할 순 없지만, 그 이상을 내줄 필요는 없었다. 그래서 무표정으로 말을 이어갔다.

"예를 들어 오래전 체커 대결에서 인공지능이 인간 챔피언에게 승리를 거뒀지만, 패배한 인간 챔피언의 이름은 남아 있어도 그때 인공지능의 지시에 따라 말을 움직인 인간의 이름은 남아 있질 않잖아요? 역사에 남겨야 할 중요한 이름은 맨주먹으로 도전한 인간과 그 인간을 격파시킨 기계, 그리고 기껏해야 설계자 정도예요. 기계를 위해 도구로 사용된 인간의 이름, 무명의 신병 이름 같은 게 잊힌들 무슨 문제겠어요."

"아니, 큰 문제죠. 발랄라이카에 탑승하여 인공지능의 지시에 따라 구룰리예바 중령을 죽인 인간이 기계의 지시가 없는 공중전은 어림도 없는 인간이었다는 사실이 증명되지 않는다면, 그게 '기계가 공중전에서 인간을 이긴 최초의 사례'가 될 순 없는 겁니다. 기계의 힘을 빌려 중령을 격추시킨 인간이 예컨대 에리히 하르트만이라면, 그건 기계가 인간에게 이긴 게 아니라, 단순히 한쪽 인간의 조종술이 다른 한쪽의 기술보다 나았던 것일 뿐이니까요."

"나치독일의 영웅이 소련의 실험을 위해 조종사를 자처할 이유부터 설명해주시면 고맙겠군요. 그의 신념을 바꿀 만한 세뇌기술이 있다면, 그걸 전시하는 편이 국가의 위상을 높이는 데 훨씬 효과적일 거예요."

"하르트만은 어디까지나 일례일 뿐이에요. 제2차 세계대전 당시 소련의 영웅이라도 상관없습니다. 자세히는 모르지만, 분명 '스탈린그라드의 백장미'라고 불린 사람이 있었다던데."

"대조국전쟁에서 행방불명됐어요. 꼭 그분에 국한된 얘기가 아니고, 1960년 시점에서, 항노화 조치를 받았던 구룰리예바 중령에 필적하는 공중전 기술의 소유자는 이 나라에 아무도 존재하지—"

"또 하나,"

비카가 말을 다 끝내지 못하게, 마이클이 손으로 제지했다. 그 손을 허공에서 움직이며―그뿐만 아니라 입속으로는 링컨과 대화하는 걸 알 수 있었다―불러낸 것은 인형만 한 크기로 축소된, 군복 차림의 구룰리예바 중령의 이미지였다.

"발랄라이카의 탑승자가 중령의 전의를 앗아가는 상대였을 가능성이 있습니다. 다시 말해 인질 작전인 거죠. 만약의 예를 들자면, 탑승자의 이름이 아무개 구룰리예바로 사실은 예브게니야의 아들이었다면, 격추된 이유는 인공지능의 고도의 전투 기능과는 전혀 별개의 문제가 되겠죠."

그가 중령의 이미지 옆에 또 하나의 이미지를 띄웠다. 소년병의 모습에 중령의 얼굴을 붙인 조잡한 콜라주였다.

"꼭 아들이 아니더라도 친척이거나 소중한 사람이라면, 누가 됐든 중령이 그 사람을 죽일 수 없었을 테니, 언뜻 보기에는 인공지능의 전투 기술에 패배한 것처럼 보이는 결과만 남는다, 이러면 앞뒤가 맞지 않습니까?"

그가 중령의 이미지를 사이에 두고 손뼉을 치자, 펑 하고 풍선이 터지는 듯한 소리가 났다.

"아무리 망상을 부풀려봐야 공론에 공론만 거듭할 뿐, 도무지 결론이 안 나는 얘기군요. 당신에게 증거가 있지 않은 한."

그렇게 말한 비카는 상대 나라의 매너를 흉내 내어, 양손을 크게 펼치고 고개를 가로저었다.

그러나 뒤이어 닥쳐올 추궁은 이미 예상하고 있었다.

"증거 같은 건 없습니다. 다만 증언자가 있을 뿐이지."

"증언자?"

"중령과 가까웠던 사람이 '인질로' 전투기에 태워졌고, 군의 명령을 받아 인공지능의 지시대로 중령을 격추시켰다면, 그 사람은 인공지능과 소비에트라는 국가를 증오하고 있을 게 틀림없어요. 미친 인공지능에게 억압당하고 있는 나라다, 그렇게 쉽사리 털어놓을 순 없겠지만, 본인은 그 비밀을 폭로하고 싶어서 견딜 수가 없을 테니 언젠가 찾아올 좋은 기회를 애타게 엿보고 있을 겁니다, 분명."

"설령 그런 인간이 있었다고 해도, 비밀이 누설되지 않게 중령과의 공중전 직후에 바로 처리했겠죠."

"아뇨, 분명히 살아 있을 겁니다. 저 패널이 무엇보다 확실한 증거예요. 당사자를 제거했다면, 적당한 이름과 경력을 날조했을 겁니다. 중령을 격추한 인간은 살아 있고, 언젠가 어떤 기회에 수면으로 끌어올릴 수 있도록 현시점에서는 이름을 공표하지 않는다, 그게 실제 내막이겠죠."

그러더니 마이클은 의기양양해져서는 사회주의 국가 태생의 여자에게 말했다.

"서론이 길어졌습니다만 이제 약속을 지키셔야겠습니다, 미스 벨렌코. 내가 당신에게 요청하는 인터뷰는 이것뿐입니다. 당신이

연모했던 새언니, 예브게니야 구룰리예바 중령을 격추했을 때의
느낌은 어떠했습니까?"

* * *

비카, 겁먹지 마, 아무 걱정 하지 않아도 괜찮아. 어려울 건 전혀
없어. 넌 그냥 스위치 두 개를 누르고, 레버 하나를 당기기만 하면
돼.

맨 처음에 누르는 건 이쪽 스위치, 파란 불이 들어오면 이걸 눌
러. 그럼 기체가 바로 하늘로 떠올라서 너는 중력과 진동에 몸이
짓눌리겠지만, 손만, 손가락 끝만 움직이면 돼. 혹시 몸이 움직이
지 않더라도 그때는 침착하게 심호흡을 하고, 의식을 손목 아래로
만 집중시켜.

창밖의 하늘은 보지 않아도 돼. 안 보는 게 차라리 나아. 정신이
흐트러지지 않게 조종석 안에만 집중해. 이 레버에 빨간 불이 들
어오면 바로 잡아당겨. 불빛이 사라질 때까지 계속 그 자세로. 큰
소리가 나도 겁먹지 말고, 불빛이 사라지지 않는 한, 레버에서 절
대 손을 떼면 안 돼.

마지막에 누르는 건 오른쪽, 여기에 빨간 불이 들어오면 눌러.
그럼 지상으로 돌아올 수 있어.

괜찮아, 아무 걱정 하지 마, 비카. 기계의 신께서 널 지켜주실 거야.

그 약속은 지켜졌다. 어린 날의 비카는 개발 중인 무인 전투기라고 들은 그것을 무사히 격추시켰다. 언니가 탄 기체, 매직미러 방식의 윈드실드 때문에 밖에서는 안의 모습을 볼 수 없는 전투기를 무인 전투기라고 믿고.

비카는 자기가 격추시킨 전투기의 잔해조차 보지 못했고, 레닌스크에서 곧바로 고향으로 돌려보내졌다. 갈 때는 언니와 함께 타고 갔던 기차였는데 이번에는 젊은 남자 군인들과 함께였다. 무슨 일이 벌어졌는지 알고 지옥 같은 후회에 사로잡힌 것은 마침내 도착한 모스크바 역에서 그들에게 모든 얘기를 듣고 난 후였다.

그리고 수수께끼만이 남았다.

만약 마이클이 추측하는 것처럼 구룰리예바 중령이 차마 어린 시누이가 탄 기체를 조준할 수 없어서 격추된 거라면, 이보다 어처구니없는 사실이, 단순명쾌한 인간적 진실이 또 있을까.

그러나 비카는 기억하고 있다. 적어도 표면적으로는, 언니가 직무에 충실한 소련 군인이었다는 것을. 그리고 비카는 알고 있다.

비카와 공중전을 치르기 전, 언니는 이미 똑같은 인공지능 공중전에서 열 명 가까운 신병을 전멸시켰다는 것을.

공군기지가 있는 레닌스크는 공산주의 혁명과 대조국전쟁의 피가 흐른 곳이 아니라, 그 '실험'에서 패배한 탑승자들의 피가 흐른 곳이었다는 것을. 꺼지지 않는 불은 그 희생자들을 위해 타오르기 시작했다는 것을.

중령을 이길 수 있다고 널리 선전했던 전투기용 인공지능은 네델린 이전에도 무수히 설계되어 전투기에 탑재되었고, 탑승자와 함께 중령에게 패해 매장되어왔다. 희생자 중에는 종군한 지 얼마 안 된 사람, 이라기보다 그 실험을 위해 징집된 십 대 중반의 아이도 포함되어 있었다고, 한참이 지나 언니의 옛 동료가 알려주었다.

그런데도 언니는 계속 싸웠다. 자신을 죽일 수 있는 인공지능을 만들어내기 위해. 마침내 도래할, 패사敗死의 그날을 위해.

소비에트의 미래를 위해.

그랬기에 비카는 더더욱 믿고 싶었다. 설령 연속되는 실패에 속이 타던 연구자들이 '그런 망설임'을 바라며 탑승자를 택했다 해도, 중령은 결코 가족인 소녀를 상대로 주저하지는 않았을 거라고. 아직 아무것도 모르는 자기를 레닌스크로 데려왔을 때 이미 죽일 각오를 다졌을 거라고. 전과 다름없이 사력을 다해 냉혹하고 냉철하게 적기를 공격하려 했으나, 인간을 뛰어넘을 정도로 진화한 인공지능에게 결국 패한 거라고.

언니는 인간이기 이전에 직무에 충실한 소련 군인이었다. 그래야만 했다. 죄 없는 청년들을 수없이 죽여놓고 가족을 상대로는 인정에 얽매였다는 평가를 언니는 결코 원치 않았다, 그랬을 게 분명하다. 언니는 한 점 의혹 없이 패하기 위해 사력을 다해 싸웠다. 그녀를 상대로 승리한 것은 소련의 미래를 맡길 만한 인공지능이었다. 분명 그랬을 것이다.

"미안하지만, 그 질문에는 답변할 수 없어요."

비카 스스로도 의외일 만큼 냉담한 대답을 전하기까지는 그다지 오랜 시간이 걸리지 않았다. 상대가 사건을 속속들이 꿰뚫고 있다고 해도, 자신이 품고 있는 수수께끼를 구둣발로 짓밟고 들어온 타국의 남자에게 그 대답을 넘겨주고 싶지는 않다고 이미 결심했기 때문이다.

그렇기에 더더욱 비카는 오로지 소비에트를 위한 대답을 이어갔다.

"내가 중령의 남편 되시는 분의 여동생인 건 맞아요. 꽤 조사를 하셨군요. 하지만 그 외에는 모두 다 공론이고 사실이 아니에요."

제냐의 생일 파티가 기다리고 있는 조국을 위한 모범답안을.

"그리고 설령 당신의 망상 같은 추론이 진실이라고 해도, 중령이 인공지능에 패한 게 아니라 일신상의 이유로 실력을 발휘할 수 없었다고 해도, 그런 보도가 의미 있는 시대는 이미 지나갔어요. 인공지능 제어 전투기는 이미, 인류가 상대해 승리할 수 없는 영역에 도달했어요. 군사 기술 이외의 분야에서도 마찬가지고요. 시곗바늘을 빨리 돌게 만든 계기가 날조된 승리였다고 해도, 이미 움직인 바늘을 되돌린 순 없어요. 레닌스그에서 있었던 일에 대한 조사는 지금의 세계에서는 아무런 의미가 없어요."

비카가 단숨에 얘기를 마칠 때까지 계단 난간에 몸을 기댄 채 눈을 감고 있던 마이클이 비로소 눈을 떴다.

"흐음, 그렇군요."

그리고 몇 번이나 고개를 작게 끄덕였지만, 이윽고 비카를 향한 그의 눈동자에는 실망감이 역력했다.

"당신은 과거를 탐구하는 것이 무의미하다고 말하는군요. 인간의 역사를 밝혀내는 게 무익하다고 생각하고 있어요. 어쩌면 그게 진실일지도 몰라요. 인간에게 기계와 다르지 않은 사고회로밖에 없다면 말입니다. 혹은 당신네 국가처럼 이미 인간의 의지로는 움직일 수 없게 된 사회를 감수하고 받아들이는 곳에서도 그럴 거고요."

또다시 화재가 발생했다. 이번에는 블라디보스토크와 이르쿠츠크. 이가르카와 체르노빌의 불길도 아직 잡히지 않았는데.

"하지만 인간이 총괄하는 국가에서는, 우리 합중국에서는 그렇지가 않아요. 소비에트 인공지능 역사의 찬란한 정점에서 있었던 사건 하나가 실은 허상, 속임수, 사기에 불과했다면, 당연히 총명한 국민들은 다른 상황에도 의혹의 눈길을 보내겠죠. 그 굴욕적인 달 착륙 강탈조차 시시한 협잡의 산물이지 않았을까 의심할지도 몰라요. 제대로 된 특이점, 인공지능이 인간을 넘어서는 지성을 창조할 정도의 혁신에는 도달하지 못했고, 겉만 번드르르한 사기였다, 그런 생각에 이르는 것이 충분히 가능합니다."

열띤 그의 언동에 비카는 조금 위축되어 끼어들 수가 없었다.

그는 분명 어린 시절에 그날의 달 착륙 중계 실황을 목격했을 것이다. 그 순간 그 자리에 있었던 경험이 그를 밀어붙이고 있다. 굳이 묻진 않았지만, 비카는 그것을 알아버렸다.

그는 그런 비카는 개의치 않고, 계속해서 열변을 쏟아냈다. 난간을 주먹으로 내리치고 과장된 손짓발짓을 해가며. 보이지 않는 수많은 관객을 향해, 마치 소비에트를 세운 선동 정치가처럼.

"맞아요, 그런 세세한 것이 자유주의 진영의 사기를 부활시킬지도 모릅니다. 합중국이 소련에게 결정적으로 패했다는 건 근본적으로 잘못됐는지도 몰라요. 그런 생각은 처음에는 잔물결 정도일지 모르지만 머지않아 큰 파도가 될 거예요. 과거는 바꿀 수 없다, 그러나 미래는 바꿀 수 있다. 바꿀 수 있는 미래의 첫걸음이 눈앞에 다가와 있다."

"텍사스주의 투표 말인가요?"

비카가 간신히 끼어들자, 마이클은 그제야 비카에게 눈을 돌리고 미소를 지으며 네, 하고 고개를 끄덕였다. 그리고 온화한 미소를 머금은 채 계단을 내려오며, 비카 쪽으로 한 발 또 한 발 다가왔다.

"자 그런데, 공산주의 국가의 아가씨. 당신에게 전해줄 좋은 소식과 나쁜 소식이 있어요. 어느 쪽부터 늘으시겠습니까?"

"글쎄요. 나쁜 건 빨리 끝내고 싶군요."

마이클은 비카보다 세 계단 위에 멈춰 서서, 비밀 얘기라도 하듯 얼굴만 가까이 기울였다.

"조금 전까지의 대화는 모두 기록됐고, 링컨의 비호 아래 인공위성을 경유하여 이미 본국에 도착했어요."

그러곤 그렇게 말하며 위로 치켜들었던 손가락을, 전파가 지상으로 향하듯이 아래로 내리꽂았다.

"오 분 이내에 텍사스 전역, 아니, 합중국 전체에 방송되어 전 세계 사람들이 당신과 나의 대결에 나름대로 승패의 판단을 내릴 겁니다. 지난날 레닌스크의 진실을 둘러싼 논쟁과 오늘날 보댜노이와 링컨의 대치, 그 승패의 판단을 말이죠. 그것이 '싱귤래리티 소비에트'의 시대가 막을 내리는 첫걸음이 될 겁니다."

마음속에서 강렬한 감정의 소용돌이가 솟구쳐 올랐지만, 비카는 아무런 대꾸도 할 수가 없었다. 눈앞의 당원현실에 반론은 무용하다는 메시지와 인공위성의 정보가 흘러들었기 때문이다.

그래서 중얼거리듯 이렇게 묻는 게 다였다.

"좋은 뉴스는?"

자본주의의 첨병은 손님이라도 맞이하는 듯 양손을 활짝 펼쳤다.

"이렇게 된 이상, 원한다면 우리는 당신의 망명을 환영합니다, 미스 벨렌코. 소비에트의 어둠을 폭로하는 증언자로서 말이죠. 동료와 함께 무사히 조국으로 귀환할 방책을 마련해두었어요. 당신이 우리와 동행해도 상관없다는 뜻이에요. 당신의 체내에 소비에트를 벗어나려고 하면 혈액으로 퍼질 치사량의 독이 심어져 있을

가능성도 부정할 순 없겠지만, 그런 경우라도 당신의 인격 데이터
는 사수하겠습니다. 사이버공간에서 보내는 여생도 익숙해지면
우아할지 몰라요."

동료라는 말을 듣고 나서야, 지금 이 순간에도 동시다발적으로
발생하고 있는 화재의 이유를 깨달았다.

조용히 이해하며 사태를 받아들이고 있던 비카를 향해 그가 손
을 내밀었다.

"이다음의 아침 해는 오랜만에 우리를 위해 떠오르겠군요. 환영
합니다, 아가씨, '싱귤래리티 아메리카'의 시대로."

그 손을 말없이 물끄러미 바라보던 비카가 드디어 대답을 하려
고 입을 뗀 순간이었다.

천둥 혹은 땅울림 같은 무겁고 낮은 소리가 울려 퍼지고, 비카
의 시야가 살짝 어두워졌다. 정전이 된 것이다. 비카는 재빨리 상
대의 다리를 걸었다.

그 역시 시각보정 덕에 암흑에 시야를 빼앗기진 않았을 테지만,
반사적으로 시선을 들어버린 마이클은 발밑 반응이 늦어져 모양
사납게 엉덩방아를 찧고 말았다. 허둥지둥 일어서려 했지만 늦었
다. 비카가 이미 그의 목덜미로 손을 들이밀고 있었다. 첩보원용
장갑을 낀 그 손으로 시선을 던진 마이클이 일어서다 만 자세 그
대로, 평정을 가장하며 말했다.

"그 장갑으로 신경독神経毒 같은 걸 흘려보내 날 해치우려는 계

획인가? 좀 전에 이쪽에서 악수를 제안한 것으로도 이해가 안 되나? 링컨이 내 신체에 심어둔 나노머신이 과연 외부의 공격을 허락할까?"

"당신에게 나쁜 소식과, 나쁜 소식과, 나쁜 소식이 있어요."

비카는 그가 끝까지 말하게 놔두지 않았다. 바늘로 찌르는 듯한 시선을 상대에게 고정시키고, 예의 바르고 정중하게 반론을 허락하지 않는 어조로 빠르게 이야기했다.

"어느 것부터 들으시겠어요?"

"이제 와 기자 한 명 잡아 위협해봐야 아무것도 멈출 수 없고, 시곗바늘은 절대 되돌릴 수 없어. 당신의 발악 또한 계속해서 세계의 방송국으로 흘러갈 뿐이니까 더 이상의 저항은—"

"알겠어요. 당신의 의지를 존중하여 우선 나쁜 소식부터. 당신이 기록을 송신했다는 인공위성 말인데, 세 시간 전쯤 보냐노이가 장악하여 모든 통신의 송수신을 봉쇄시켰습니다. 당신에게 전달되고 있는 통신은 모두 가짜. 그러니 조금 전부터 나누고 있는 우리의 대화는 세계 어디로도 전혀 새나가지 않았단 뜻이죠."

순간 상대의 숨이 멎은 듯했지만, 아직 많이 초조하진 않을 거라고 비카는 짐작했다. 시각 및 청각 정보 기록을 그가 확보하고 있는 이상, 도망만 칠 수 있다면 그것을 어딘가에 넘길 수 있기 때문이다. 그래서 가차 없이 다음 말을 이었다.

"다음은 나쁜 소식. 당신은 합중국으로 귀국하지 못합니다. 여러

곳에서 화재를 일으킨 당신의 동료는 순차적으로 구속되고 있어요. 도주용 위조 신분증도 회수했다는군요. 아무도 당신을 도우러 오지 않을 테고, 당신 또한 시베리아행이 결정됐어요."

눈앞에 흐르는 정보를 읽으며, 동시에 같은 시야로 흐트러지는 상대의 고동 소리를 확인하자, 비카는 링컨이 당원현실을 간섭하는 것도 일부일 뿐, 모든 걸 훤히 읽히는 건 아니라는 걸 확신할 수 있었다. 버티려고 이를 악무는 상대를 바라보는 사이, 조금 기분이 들뜨는 것을 느낄 수 있었다.

게다가 결정타는 지금부터다.

"마지막 나쁜 소식이군요. 사실 당신은 입국 당시 이미 감식이 시작되었기 때문에, 의식을 잃었을 때 체내 나노머신의 생체시계가 모조리 교란되었어요. 시각과 청각에 간섭해 시간에 관한 정보도 모두 차단했고요. 그리고 당신이 잠들어 있었던 건 몇 시간이 아니라 사흘."

그 말을 듣자, 마이클이 쇠망치로 얻어맞은 듯한 표정을 지으며 신음을 흘렸다.

"아 이런, 셈이 틀렸네요. 나쁜 소식이 하나 더 있어요. 그동안 텍사스주 투표도 끝났거든요. 출신지를 알 수 없는 젊은 선동가가 나타나서 여론을 크게 흔들었다던가. 투표율은 77퍼센트고, 찬성 52퍼센트, 반대 48퍼센트. 경사스럽게도 당신의 고향 텍사스주는 현실 세계를 이탈해 사이버 세계로 들어갔으니, 지금쯤 동포들은

'자본주의 세력이 승리한 세계'의 꿈을 만끽하고 계시겠네요. 꿈의 세계에서는 이제 곧 다음 세기가 5분의 1쯤 지나가는 모양이에요."

무릎부터 서서히 무너져 내리는 마이클의 모습을 보고, 비카는 안도와 연민이 뒤섞인 한숨을 내쉬었다. 비카는 허리를 숙이고 타이르듯이 말했다.

"당신을 구속합니다. 당신 자신이 이렇다 할 죄를 저지른 건 아니기 때문에 개인적으로는 마음이 아프지만."

보댜노이의 지시에 따라 마이클의 손을 뒤로 돌려 왼손목과 오른손목을 붙이자, 그대로 달라붙어 떨어지지 않았다. 아무래도 마이클의 체내에 몰래 심어둔 나노머신이 강한 자력을 발생시킨 모양이다. 이런 방법이 있었으면 처음부터 그렇게 해주면 좋지 않느냐고, 비닐봉지로 임시변통한 어설픈 즉석 밧줄을 떠올리며 비카는 불평을 쏟아놓고 싶어졌다.

하지만 어쨌든 임무는 그럭저럭 성공이다. 비카의 개인 일정, 제냐의 생일파티가 날아간 희생이 있었지만.

계단을 내려가 여러 전시실을 통과해 전시품이 늘어선 복도로 돌아가는 동안에도 포로는 고개를 숙인 채 아무 말이 없었다.

비카는 무슨 말을 건네야 할지 알 수가 없었다. 그는 오늘, 소년 시절부터 품어왔을 동쪽 진영에 대한 복수라는 꿈을 잃어버린 것이다. 그의 등이 아까보다 작아 보인다. 그런 생각을 하다 불현듯 깨달았다. 비카가 데려가고 있긴 하지만, 그는 조명이 꺼진 복도를 망설임 없이 걸어가고 있었다. 어둠 속에서 좌우 어느 쪽으로도 치우치지 않고.

다시 말해 그에게는 아직 당원현실이 보이는 것이다.

링컨의 당원현실 간섭이 아직 끝나지 않은 것이다.

어떻게 된 영문일까, 보댜노이가 링컨에게 뒤져 보였던 것은 분명 보댜노이의 계략이었는데.

"당신에게는 가족이 있죠?"

남자가 갑자기 얼굴을 들고, 이쪽을 바라보았다.

지금까지는 경박하긴 해도 붙임성 있는 미소를 짓곤 했는데, 갑자기 돌변하여 광기 어린 미소가 떠올라 있었다. 평정 유지 호르몬 효과가 체내에 아직 남아 있을 테지만, 비카는 오늘 밤 처음으로 확실히 동요했다. 과거사를 맞혔을 때도 생기지 않았던 조바심이 느껴지기 시작했다.

"아까 한 말은 철회하지. 당신은 첩보원으로서는 실격이야. 눈앞에 적국의 인간이 있는데, 설령 의식을 잃었어도 가족한테 연락하는 건 실수지. '가만히 기다리고 있으면 금방 갈게'라고 했던가?"

불꽃이 번쩍였다.

마이클이 신발로 바닥을 문지르자, 비카의 바로 옆 벽에 걸려 있던 소비에트 국기가, 십오 년 전 톱니바퀴가 추가된 그 천이 순식간에 불타오른 것이다. 그를 안내하는 동안 준비한 모양이었다.

"보댜노이 동지, 소화를!"

허둥지둥 뒤로 물러나며 일부러 소리까지 내서 말한 이유는 자동으로 작동되어야 할 스프링클러가 움직이지 않았기 때문이다. 그런데도 여전히 소화용 물은 쏟아지지 않았다. 링컨이 방해했을 가능성이 뇌리를 스쳤지만, 서둘러 의식을 바꾸고 경계 자세를 취했다.

마이클은 자세를 낮추고 매섭게 비카를 노려보았다.

"거래 내용을 바꾸지. 당신이 지금 이쪽으로 돌아서서 역사의 증언대에 선다면 당신은 망명의 영웅이 될 거야. 만약 거절한다면, 다음 기회에는 합중국이 총력을 기울여 당신 아이를 노리고 인질로 삼아 우리에게 유리하게 풀어가겠지. 그걸 피하고 싶으면 당장 항복해."

난처해진 나머지 책략도 뭣도 아닌 발악을 마구잡이로 쏟아내고 있었지만 마이클의 말투는 거칠었다. 말의 힘만으로도 사람을 죽일 수 있다고 믿는 것처럼.

그러나 비카는 중간부터 그 말을 거의 듣고 있지 않았다. 그의 음성은 그저 잡음 정도로 스쳐갈 뿐이었다.

더 조용한 소리에 귀를 빼앗겼기 때문이다.

벌레의 날갯짓 같은, 기계가 떨리는 술렁임. 그 그리운 선율.

희미한 소리는 곧이어 요란한 소리로 바뀌었고 그제야 마이클도 그쪽으로 고개를 돌렸다. 소리는 이윽고 굉음으로 변했다.

발랄라이카.

무인 전투기에서 엔진 구동음이 울려 퍼졌다. 무인 전투기가 박물관 견학로를 활주로 삼아 거슬러오고 있었다.

움직이고 있었다. 인공지능이 탑재되었다고는 하지만, 예전에는 탑승자 없이는 움직이지 못했던 은빛의 괴수가 스스로 포효하고 있었다.

곧이어 그것이 파쇄 음과 함께 문을 부수며 두 사람 앞에 모습을 드러냈다. 두두두득 소리를 내며 양 날개가 벽을 찢고, 전시실을 파괴하고, 기둥을 쓰러뜨리고, 전시품 패널을 떨어뜨렸다. 2층 전시품도 모조리 휩쓸린 것 같았다. 금이 간 천장에서, 드웰 사社에서 제조한 사람의 목 하나가 떨어져 내려 바닥에 뒹굴었다. 기체가 두 사람의 눈앞에, 마치 벽이라도 있는 것처럼 급정지했다.

"뭐야? 무슨 일이 벌어진 거지?"

마이클은 도망치는 것도 잊은 채, 멍하니 서 있었다. 조종석에 아무도 없는, 유령이 타지 않았다면 움직일 리 없는 기체를 올려다보면서.

"혹시 아실까? 우리나라의 생일 축하 방식을?"

마이클에게 말을 던졌지만, 사실 그는 이미 비카의 의식 밖으로 밀려나 있었고, 비카는 발랄라이카와는 반대 방향인 입구에 나타난 사람 쪽으로 고개를 돌리고 있었다.

"듣자 하니 축하받을 사람을 위해 주위 사람들이 파티를 준비하는 나라도 많다더군요. 그런데 여기선 생일을 맞은 본인이 파티를 준비해서 손님을 초대해요. 그래서 파티에 와야 할 보호자가 아무리 기다려도 나타나지 않으면, 본인이 직접 부르러 오도록 되어 있어요."

발랄라이카에 줄곧 정신이 팔려 있던 마이클이 그제야 간신히 나지막한 발소리를 알아채고 돌아보았다.

일곱 살짜리 소녀가, 잠옷 차림의 제냐가 거기에 서 있었다.

"미안해, 생일에 늦어서."

비카가 등을 구부리고 소녀의 은빛 머리칼에 다정하게 손을 얹자, 제냐는 말없이 고개를 작게 끄덕였다.

엉뚱한 짓은 말라는 충고를 하려고 마이클 쪽을 돌아봤는데, 그는 공포에 사로잡혀 파랗게 질려 있어서, 아무래도 음모를 꾸밀 여유는 없어 보였다.

"왜…… 왜 저 아이가 중령과, 죽은 사람과 똑같은 얼굴을 하고 있지?"

대답해줄 이유는 없었다. 그래서 비카는 대답을 마음속에 묻어두었다.

레닌이나 스탈린을 클론 재생하는 식의 상궤를 벗어난 윤리관을 가진 인공지능이 대조국전쟁 이후의 전투기 조종사를 죽은 채 놔둘 거라 생각했나? 남겨진 자가 죽은 자의 안녕을 바란다고 해서 그것을 순순히 받아줄 거라고 생각했어?

비카의 대답 없이도 마이클은 자기 나름의 통찰에 이른 듯했다.

"그렇군, 이제 알았어. 당신이 침묵을 지켜온 이유를. 당신은 한 낱 도착자일 뿐이야. 자기가 경애하던 언니를 죽이고, 이제 그 클론을 딸 삼아 키우다니, 제정신이 아니야."

부정할 필요는 없었다. 반론할 새도 없이, 돌연 발작이라도 일으킨 것처럼 그가 가슴을 부여잡고 그대로 쓰러졌기 때문이다. 옆에서 제냐가 그를 향해 손가락을 휘두르고 있었다. 가슴이 위아래로 들썩이는 걸 보면 죽지는 않은 것 같았다. 국경에서 보댜노이가 심어놓은 나노머신이 작동한 것일까. 하지만 사람 없이 움직일 리 없는 구형 전투기를 조종한 걸 보면, 눈에 보이지 않는 기상 부채로 공기 중의 분자와 대기의 흐름을 조작하는 능력을 제냐가 남몰래 갖추고 있어서, 그의 몸에 직접 간섭한 결과라고 봐도 놀랍지는 않은 상황이었다.

그렇다 해도 손가락을 휘두르는 행위 자체가 제냐에게 필요한 동작이었을 리는 없을 테고, 다만 그렇게 해야 비카가 무슨 일이 일어났는지 알기 쉽다고 판단했을 것이다.

또다시 발소리가 가까이 다가왔다. 안내용 레닌과 경비용 레닌이었다. 그들은 둘이서 마이클을 그대로 들어 올려 발랄라이카의 뒷좌석에 앉혔다. 힘이 빠져 등받이에 체중을 맡긴 마이클의 모습을 보자, 비카도 그제야 길었던 긴장이 풀리며 조금 불쌍한 마음이 들었다. 자국의 정의를 위해 목숨을 바치려다 그 꿈을 이루지 못한 인간에 대한 동정의 마음이었다.

레닌들이 마이클을 처리하는 동안, 비카는 제냐의 뺨을 다정하게 어루만지며 마이클이 남긴 의문을 반추하고 있었다.

비카는 왜 제냐를 키우고 있는가. 그것은 비카 자신이 더 알고 싶은 수수께끼였다. 분명, 그날 현관 앞으로 기어온 갓난아기를, 그 성대를 통해 보냐노이에게 받은 명령대로 순순히 받아들여 키우고 있는 것은 단지 국가에 대한 순종일 뿐이라고 주장할 수 있을 것이다. 그러나 내적인 동기는 무엇일까? 속죄? 비뚤어진 욕구? 겹겹이 쌓인, 감상적 소망?

제냐를 키우다 보면, 언니의 본심을 알 수 있을지도 모른다는 아련한 기대인가?

그렇지만 유전정보가 같다고 해서 기억까지 이어받은 건 아니다.

유전정보가 같은지조차 의심스럽다. 비카 자신보다 높은 권한을 부여받은 제냐는 분명 어떤 실험체임이 틀림없다. 말을 하지 않고 의사소통을 시도하는 제냐가 인류와 똑같은 구성체일 것이라고 성급하게 결론 내린다면, 그것은 역시 희망적인 관측이다. 보냐노이에게 내주고 있는 연산량이 많은지 적은지는 알 수 없지만, 어쨌든 그들과는 전혀 다를 것이다.

눈앞으로 지시가 흘러들었다. 마이클을 굳이 뒷좌석에 앉힌 이유를 어슴푸레 예상은 했다. 앞자리에는 역시 비카가 타야 하는 모양이다. 마이클을 시베리아로 이송하는 것 역시 비카의 임무인 듯하다. 무인기로도 끝낼 수 있는 일을 도와야 하는 상황에 처했으니, 또다시 성가신 일이 기다리고 있겠지. 어쩌면 마이클과 링컨까지 연루된. 비카는 길어질 앞일을 생각하며, 하늘을 한 번 올려다보았다.

비카가 쓰러진 기둥을 발판 삼아 조종석으로 올라가는 동안, 두레닌이 제냐를 전투기 앞으로 들어 올렸다.

"그런 곳에 올라와도 괜찮겠니?"

저온, 진동, 풍압, 중력가속도, 박물관 천장, 모든 문제점이 비카의 머릿속에 떠올랐지만, 제냐는 그저 고개를 끄덕했을 뿐이다. 아마도 모든 것이 인류의, 신이 아닌 인간의 기우겠지. 박물관 안에서 전투기를 재발진시키는 것이 가져올 피해와 위험성까지도.

윈드실드가 자동으로 닫혔다. 기체의 앞머리에 앉은 제냐가 비카 쪽을 바라보며 눈짓을 했다.

파랗게 점등을 시작한 스위치를 누른다. 연료가 없을 가능성에 대해 생각한다면, 이 역시 단순한 의식에 불과할지 모른다.

환희의 포효를 내지르며 발랄라이카가 다시 달리기 시작한다. 박물관의 내부 장식을 부수며, 과거를 걷어차듯이.

뒤쪽에서 불기둥 하나가 솟아올랐다. 마이클이 붙인 불은 벽으로 조금 번졌을 뿐 잦아들고 있었는데, 바람을 맞은 불길이 기세를 되찾은 듯했다.

상승을 시작한 기체에 세 차례의 충격이 가해졌다. 박물관 1층 천장, 2층 천장, 그리고 지붕. 기계 괴수가 자신을 가두었던 감옥을 주저 없이 돌파할 때마다. 되풀이되는 진동에 무심코 눈을 감고 있는 사이, 마침내 흔들림이 가라앉았다.

비카의 눈 아래로 모스크바가 어둠 속에 숨을 죽이고 있었다.

시각보정이 어설프게 작동해 외려 알아보기 힘들었지만, 가로등과 주택과 공공시설의 모든 조명이 꺼져 있었다. 조금 전 정전은 모스크바 전체에 영향을 미쳤던 것이다. 레닌그라드에 거점을 둔 스푸트니크에서 정보가 들어오지 않는 걸 보면, 정전의 범위가 더 넓을 가능성이 있다.

그 도시 속에 무수한 그림자가 보였다.

남녀노소 할 것 없이 수많은 사람들이 축제라도 열린 듯이 거리로 몰려나와 우두커니 서 있었다. 전투기 굉음에 놀라 나왔을 리는 없다. 숫자가 너무 많았다. 어쩌면 도시에 사는 사람 전부일 것이다. 보댜노이에게 뇌를 조종당해 거기 있는 게 틀림없다.

그 무수한 시선이 상공을, 이쪽을 향하고 있었다.

영문을 모른 채 정면으로, 어느새 기체의 앞머리에 맨발로 우뚝서서 이쪽을 바라보는 제냐 쪽으로 시선을 돌리자, 일곱 살 소녀는 손가락을 작게 튕겼다.

순간, 지각이 폭발했다. 비카의 뇌가 폭렬爆裂을 일으키듯 순식간에 확산되며, 단숨에 감각이 동쪽 진영 전체로 퍼져갔다. 기체 앞머리에 제냐가 서 있고, 뒷좌석에 마이클이 의식을 잃고 앉아 있는 전투기 좌석에 몸을 구겨 넣은 채, 모스크바로, 레닌그라드로, 키예프로, 민스크로, 알마아타로, 레닌스크로, 바쿠로, 이르쿠츠크로, 블라디보스토크로, 캄차카로, 우랄산맥으로, 영구동토인 대지로, 동시베리아의 얼어붙은 바다로, 당원 한 사람 한 사람의 뇌수로, 노동자 한 사람 한 사람의 호흡으로, 갓난아기 하나하나의 뉴런 발화로, 동물 한 마리 한 마리의 단백질 합성으로,

소비에트로 퍼져나갔다.

완벽히 그와 동시에, 비카는 자기가 서기장현실이라 불리는 시점의 한가운데 있음을 이해했고, 아주 오래전부터 그 전지한 힘이 자기 안에 있었던 듯한 착각이 일었다. 보댜노이는 인류와 국가는 물론이고, 링컨조차 대결 상대로 보지 않았다. 인류나 링컨은 말조차 되지 못하는, 말을 깎기 위한 도구를 만드는, 말을 깎는 도구를 위한 재료일 뿐이었다. 보댜노이가 자신의 무수한 분신과 함께 경쟁하듯 미래를 연산하며 대결하려고 하는, 인간의 이해 범위를 넘어선 것, 아득한 저 멀리서 기다리고 있는 존재, 그들의 심오한 행동원리. 그 모든 것이 너무나 자명했다.

비카는 그보다 훨씬 세세한 것에 대한 이해에도 다다랐다. 훨씬 더 흔하고 티끌 같은 것. 눈앞에 존재하지 않아도 눈에 떠오르는 이미지가 있었다.

체르노빌 인공지능 연구소―이르쿠츠크 연산호―이가르카 철

도역—블라디보스토크 산업태아배양소—레닌그라드의 꺼지지 않는 불—레닌스크 공군기지의 불—모스크바 인공지능 박물관.

이렇게 일곱 곳.

지금 이 순간, 모든 곳이 정전되어 어둠으로 뒤덮인 소비에트에 일곱 개의 불이 밝혀져 있다. 캄캄한 대지에서, 단 일곱 개의 불길만이 흔들리고 있다. 그렇다, 일곱 개다.

그런 지각에 다다른 순간, 풍선이 파열하듯 급격하게 파악세계把握世界가 오므라들며 무시무시한 허탈감에 사로잡혔다. 찰나의 순간, 자신을 가득 채웠던 모든 지식과 확신이 손에서, 마음에서 빠져나가는 것을 느꼈다. 상실감을 느낀 것은 단번에 서기장현실과 당원현실을 잃고 노동자현실로 되돌려졌기 때문만은 아닐 것이다. 죽음 직전에 언니가 남긴 생각, 제냐가 보댜노이에게 받은 사명. 줄곧 찾아왔던 수수께끼의 해답이 신기루처럼 눈앞을 지나쳐 갔다.

물론 보댜노이가 무엇을 목표하고 있는지에 대한 이해도 저 멀리 사라져버렸다. 다만, 긴 꿈을 꾸고 나면 깨기 직전의 한 장면만 기억에 남듯이 단 하나의 진실이 남았다.

오늘 일어난 일은, 오늘이라는 날을 연출한 마이클과 그 동료와 로스앨러모스의 인공지능의 판단은…… 그들이 모르는 사이에, 모두, 이어질 몇 초간을 위해 유도된 것이었다.

발작처럼, 금방이라도 웃음이 터져 나올 것만 같았다.

어둠 속에서, 옆을 바라본 제냐가 강풍으로 얼굴에 흘러내린 은빛 머리칼을 쓸어 올렸다. 그러곤 몸을 살짝 숙이더니, 눈에 보이지 않는 민들레 홀씨라도 불어 날리듯, 후우 하고 숨을 세게 내뿜는 몸짓을 했다.

다시 비카에게 떠오른 이미지는 더 이상 선명하지 않았다. 서기장 현실이 아니라, 자기의 상상력으로 만들어낸 것이었으니까. 그럼에도 격렬했다.

소비에트라는 생일케이크 위에 꽂힌 일곱 개의 초를, 일곱 살 생일을 맞은 소녀가 단숨에 불어 끄자, 어둠이 내려앉았다.

더욱 거센 폭풍에 머리칼을 흩날리면서도 문득 이쪽을 본 제냐가 미소를 건넸다. 거기에 답해 고개를 끄덕였을 때 비카 역시 미소를 지은 것은 그것 말고는 달리 할 수 있는 게 없었기 때문이다. 아이가 어른의 표정을 흉내 내는 것처럼 자동적인 행동이었다.

일곱 살 소녀의 생일을 위해 무수한 희생을 마다하지 않고, 동쪽의 모든 땅을 정전시키고, 부족한 불길은 테러리스트의 손으로 붙이게 하여 그 초를 단숨에 불어 꺼버리는 존재가 있다면, 폭죽을 대신해 다음엔 무슨 일이 벌어질까? 여덟 살 생일에는 지구 전체를 케이크로 삼을까? 이 광경을 드러낸 진짜 이유는 무엇일까? 인류는 언제까지 그 테이블에 초대받을 수 있을까? 압도적인 의문을 왜소한 표현으로 바꿔 자위하려 해도, 감출 수 없는 전율이 몸을 기어올랐다. 그 전율이 절규로 바뀌려는 순간—

괜찮아, 아무 걱정 하지 마, 비카. 기계의 신께서 널 지켜주실 거야.

너무 놀라 눈을 번쩍 떴다. 오래전 언니에게 들었던 말이 머릿속에 울려 퍼진 듯한 기분은 착각이었을까, 아니면.

기체의 앞머리에서 옆을 바라보며 모스크바의 밤하늘과 마주 선 소녀가, 작게 입술을 움직인 것처럼 보였다.

누구에게든 말을 건네고 싶어진 비카는 깨어났을 리 없는 뒷좌석의 인간에게 나지막이 말을 건넸다.

"푹 자요, 꿈꾸는 나라에서 온 사람. 이제 곧 깨어나야 할 시간이 올 테니까. 이 나라도 당신 나라도 그렇게 편안히 잠들 수만은 없는 시대가 말이에요."

언니는 분명 그런 세계가 도래하리라고는 짐작조차 못 했겠지. 그러나 그것은 일찍이 언니가 원하여, 자신의 주검 위에 세울 것을 선택한 미래였다.

그렇다면 끝까지 지켜보자.

비카는 속삭이듯 흥얼거리기 시작했다. 생일 축하 노래를.

빛보다 빠르게, 느리게

"인간은 탈출해야 해." 리나는 말한다.
"인간은 싸워야 하고, 자기가 처한 조건을 지배하려고 노력해야 해.
설령 그로 인해 더 나쁜 소멸의 길을
거쳐왔다 해도 그것 또한 인간의 운명이야."

"나는 죽은 사람 따윈 신경 쓰지 않아." 리나는 말한다.
"내가 신경 쓰는 건 살아 있는 사람뿐이야."

「로마라는 이름의 섬우주」, 배리 N. 맬즈버그

나는 반 친구들의 장래 희망을, 신문을 보고 알았다.

물론 같은 문예부였던 데라우라 겐타로가 게임 작가가 되고 싶어했다거나 옆자리에 앉았던 호소하라 가이토가 NBA를 목표로 했다거나 유치원 때부터 친구였던 긴조 아마노가 만화가가 되겠다며 투고를 멈추지 않았던 것이 매정한 나의 기억에도 남아 있긴 했다.

그렇지만 29명 되는 반 친구들 대부분과는 그저 매일 같은 교실에서 수업을 듣고, 행사를 치르고, 쉬는 시간이나 방과 후에 잠깐씩 어울리는 관계였을 뿐, 마음속에 서로 감춰둔 미래까지는 굳이 알려고 들지 않았다. 장래 희망이나 인생 목표에 관한 대화를 나눌 기회 같은 건 없었다, 단 한 번도. 더 이상 같은 교실에서 수업을 들을 수 없게 되고 나서야, 신문을 보고 어떤 아이들이었는지 그 깊이를 알게 되다니, 아마노에게 얘기하면 놀려대겠지.

그래서 나는 모른다.

지금 막 학부모석 어딘가에서 들려온 흐느낌이 어느 가족의 소리인지. 이윽고 둘, 셋으로 겹쳐지며 코러스로 변해가는 각각의 통곡이 누굴 위한 흐느낌의 기도인지.

확인을 위해 그쪽으로 눈길을 돌릴 수조차 없다. 졸업생의 한 사람인 내가 쓸데없는 행동을 했다가는 체육관 곳곳에 진을 치고 있는 매스컴 카메라의 먹잇감이 된다. 그래서 나는 가만히 앞을 볼 뿐이다. 눈길이 향하고 있는 곳은 단상 위에서 졸업생에게 전하는 메시지를 읽어 내리는 도지사가 아니다. 그보다 더 안쪽이다.

무대 안쪽의 막에는 국기와 교기 사이에 낀 듯이 네 장의 사진이 걸려 있다. 수학여행 중 도쿄 오다이바에 있는 자유의 여신상 앞에서 찍은, A반부터 D반까지의 단체사진을 크게 확대한 것이다. 실력 좋은 카메라맨이었나 보다. 학생 전원이 만면에 미소를 띤 것은 아니었지만 60퍼센트 정도의 아이들은 웃고 있었고, 웃지는 않더라도 약간의 흥분과 설렘으로 표정이 부드럽게 풀어져 있었다. 극소수를 제외하고는 학년의 거의 대부분이 찍혀 있었다.

나는 모른다. 그 아이들이 도쿄 관광지에서 어떤 대화를 나누고, 어떤 자유 시간을 보냈는지.

머릿속으로 그린 생각을 하고 있는데 갑자기 바로 옆에서 찰칵,

소리가 들리는 바람에 깜짝 놀랐다. 시선만 살짝 돌려 보니, 접이식 철제의자에 앉은 나기하라 사리가 바짝 짧은 치마 밑으로 드러난 그을린 무릎 위에 졸업장이 담긴 원통형 상자와 스마트폰을 올려놓고 캡처를 하고 있었다.

스마트폰 화면에 보이는 것은 신칸센 창 너머로 보이는 반 아이들의 모습이었다.

"하지 마, 나기하라."

"뭐!"

시비조로 들리는 말투였지만 적의가 있는 건 아니었다. 그애의 천성이란 걸 경험으로 터득했다. 상대가 주눅이 들어 말을 삼켜버리면, 그때야말로 진짜 화를 낸다는 걸 지금은 안다.

"졸업식 같은 건 없었을지도 모르는데, 우리를 위해서 해주는 거잖아."

"해달라고 한 사람 없거든? 너나 나나."

"90년대 불량청소년 같은 소리 좀 그만해."

"거짓말 아니잖아. 자기만족이라고, 저 사람들."

"쉿, 큰 소리 내면 곤란해. 모두 이쪽을 보고 있다고."

나는 최대한 목소리를 낮췄지만 나기하라는 성량을 줄이지 않았다.

"자의식과잉 아니냐?"

"그런 거 아니야. 생각을 좀 해봐."

다음 얘기를 꺼내기가 조금 망설여져서, 나는 오른쪽 어깨에 먼지가 묻지는 않았는지 확인하는 듯한 모양새로 고개만 아주 살짝 옆으로 돌렸다.

접이의자들의 행렬. 체육관 맨 뒤부터 재학생 대표인 2학년생 119명이 앉은 몇 줄, 그 앞으로 200명이 넘는 학부모와 관계자 들 몇 줄, 그리고 맨 앞줄인 우리 바로 뒤로 100개 이상 늘어선 텅 빈 접이의자들의 바다.

나는 다시 고개를 앞으로 돌렸고, 나기하라 쪽을 쳐다보지 않은 채 말했다.

"졸업생은 우리 둘뿐이야."

기노카미 사립 고등학교 제47기 학생들은 3년 전 4학급 117명으로 입학식을 치렀고, 오늘 1학급 2명으로 졸업식을 맞았다.

"47기 졸업생 여러분을 엄습한 것은 역사상 초유의 재해였습니다. 거기에 휘말리지 않은 두 학생도, 학부모 여러분도 아직 받아들이기 힘드시리라 생각합니다. 하루하루 세월은 흐르고 있지만 여러분의 마음은 여전히 그날에 갇힌 채 시간이 멈춰버렸는지도 모르겠습니다. 그러나 부디 우리 어른들이 결코 잊지 않았다는 것을 알아―"

단상에 신 도지사의 인사말은 두 명뿐인 졸업생이 귀를 기울이지 않는데도 끝날 기미가 보이지 않는다. 체육관 벽에 붙은 식순을 보니 이것은 '도지사의 말'인 듯했고, 그다음 이어지는 순서는

'전보'였다. 축사와 축전에서 '축' 자를 없앤 결과 생겨난 생뚱맞은 식순은, 모습을 드러낼 리 없는 참석자들의 접이의자까지 죄다 늘어놓는 식의 광기로밖에 보이지 않는 배려와 마찬가지로, 우리는 알 수도 관여할 수도 없는 곳에서 어른들의 세계가 움직이고 있다는 것을 증명하고 있었다. 오늘 하루 그 차량을 향해 고정카메라를 설치해 관계자들이 볼 수 있게 해놓은 조치 역시 보나 마나 인생에서 단 한 번도 불행을 만나본 적이 없는, 마음 따뜻하신 인간의 발상이겠지.

졸업생석에 앉을 예정이었던 친구들, 기노카미 사립 고등학교 2학년 D반 아이들 생각이 났다. 그래서 무심코, 나기하라의 무릎쪽으로 시선을 돌렸다.

그때 화면에 뜬 것은 긴조 아마노, 내 소꿉친구의 모습이었다.

스마트폰으로 보이는 리얼타임 영상.

사진이 아니었다, 그것은 동영상이었다.

우리와 함께 졸업할 예정이던 115명은 졸업식에 참석하지 못했다.

모든 학생들은 현재, 인솔 교사와 함께 수학여행을 갔던 도쿄에서 돌아오는 길이다.

최근 600여 일 동안.

* * *

흰 비늘의 용이 죽음을 맞으려 한다.

겨울의 끝자락, 신철초神鉄草가 적동색 꽃잎을 흩날릴 무렵, 일족 사이에서 그런 소문이 돌기 시작했을 때 소년은 그 소문을 믿으려 하지 않았고 믿고 싶지도 않았다. 어른들이 '벽' 뒤에 숨어 동점사瞳占師와 소곤거리는 모습이 분명 평소와는 다르다고 느꼈지만, 얘기를 훔쳐들은 친구가 숨을 헐떡거리며 죽음의 소식을 전하러 왔을 때도 받아들일 수가 없었다.

그러나 그 얘기를 듣고 가슴에 둔중한 통증을 느낀 것은 분명했다.

흰 비늘의 용은 소년에게 둘도 없이 소중한 친구였기 때문이다.

물론 용은 말을 할 리 없으니, 소년을 어떻게 생각하는지는 알수가 없다.

그렇지만 소년에게 용은 등에 올라 햇볕을 쬐어도 꾸짖지 않고, 배 아래로 숨어들어 더위를 식혀도 움직거리지 않은 채 그저 그 자리에 있어주는 확실한 안식처였기에, 어린 시절 역병으로 세상을 떠난 아버지보다도 흔들림 없는 존재로 마음속 깊이 뿌리내리고 있었다.

함께 용의 등에 올라 달리기 시합을 했던 남동생도 감기가 악화되어 목숨을 잃었다. 용은 소년이 활시위를 당겨 아직 벽사壁蛇도 잡지 못하던 어린 시절부터, 몸이 붇지도 마르지도 않고 그저 그

거대한 몸을 초원에 눕히고 있었고, 세월과 함께 아주 조금씩 그 몸으로 서쪽을 향해 기어가고 있었다.

용의 흰색과 비교한다면, 용의 등에서 내려다본 천막의 갈색은 바람에 펄럭이고 있었고 태풍이라도 덮치면 당장이라도 공중으로 솟구쳐버릴 듯이 위태로워 보였다. 수십 개의 천막 가운데서 소년의 혈족이 살고 있는 한 채를 눈에 담으니 불안한 기운이 한층 더했다. 그 속에서 자기가 잠들고 깨며 살아가고 있다는 게 어쩐지 신기했다.

하지 축제를 맞을 때마다 족장이 용의 등에 앉아 들려주는 이야기는 젊은이들에게는 이미 물리게 들은 내용이었어도, 소년은 언제나 처음 듣는 이야기처럼 초롱초롱한 눈빛으로 귀를 기울였다.

아주 먼 옛날 사람들, 우리의 머나먼 선조들은 길 떠남에 사로잡혀 살았단다. 연못가에서 태어난 이도, 강변에서 태어난 이도, 깊은 산속에서 태어난 이도 모두 길을 떠났지. 나그네들이 모여 돌을 쌓아 큰 마을을 이루어도 그들은 또다시 저 먼 땅을 애타게 그리워했고, 최대한 빨리, 가능한 한 멀리 떠나려 하는 영혼에게 등을 떠밀리곤 했어.

그런데 그 소망을 채우려니 사람의 몸으로는 한계가 있었던 거야.

그래서 옛날 사람들은 빨리 달릴 수 있는 동물들을 많이 기르고 길들였단다. 빛보다 빨리 달리는 용의 힘을 빌려 멀고 먼 천지를 눈 깜박할 사이에 오갔지. 그들은 용뿐만 아니라 공중을 나는 거대한 독수리, 물을 헤엄치는 거북이, 하늘을 나는 기린까지 부리며 머나먼 곳을 갈망했어.

하지만 천명으로 주어진 곳을 버리고 이방으로 떠나는 인간들은 이윽고 신의 노여움을 샀지. 인간에게 길들여진 동물들은 저주에 걸리고 말았단다. 순식간에 나이가 들어서, 용도 거대한 독수리도 거북이도 기린도 인간보다 걸음이 느린 생물로 변해버린 거지.

또다시 신의 노여움을 살까 봐 두려워진 사람들은, 태어난 땅에서 살고 태어난 땅에서 죽는 삶을 선택하게 됐단다. 돌기둥은 무너지고 거대한 마을은 흙으로 돌아갔어.

그런 와중에도 우리 선조의 선조의 또 그 선조, 900대를 거슬러 올라간 우리의 조상은 머물지 않는 삶을 선택했단다. 언젠가는 신이 인간을 용서하고 용의 저주를 풀어줄 날을 고대하며 느릿느릿, 느릿느릿 기어가는 용의 곁에서 함께 살아가기로 했지. 용이 가는 길이 우리가 가는 길이 된 거야.

우리는 용의 수호자가 된 거란다.

언젠가 신이 우리의 죄를 사하시고 용이 다시금 빛보다 빠른 다리를 되찾는 날, 그때는 우리도 용과 함께 축복받은 땅에 이르게 되 셨지.

소년은 그런 이야기의 어디까지가 옛날이야기이고, 어디까지가 진실인지 알지 못한다.

그렇지만 그들의 선조의 선조가 지금과는 전혀 다른 삶을 살았으리라는 것은 의심치 않았다.

증거는 있다.

용의 옆구리에는 규칙적으로 일정한 간격을 띄고 네모난 그림이 몇 개나 그려져 있었다. 거기에 그려진 고대인들의 모습이 옛날 옛적의 신비로운 문물을 후세에 전해주고 있었다.

기묘한 모양의 팔찌에 눈길을 던지는 사람. 제의 도구처럼 보이는 작은 판을 손가락으로 어루만지는 사람.

그들이 입은 옷은 소년의 일족이 입는 옷보다 색이 훨씬 또렷했다. 그야말로 용의 비늘처럼 눈을 찌르는, 순백이며 쪽빛이었다. 촌락에 사는, 풀꽃의 즙으로 그림 그리기를 좋아하는 별스러운 사람들도 어떤 꽃을 짓이기면 저리 아름다운 색을 얻을 수 있겠냐며 이야기꽃을 피우곤 했다.

노인들의 말에 따르면 그 그림들은 고대인들이 마술의 힘을 얻어서 그린 것인데, 세월과 함께 조금씩 모습이 변한다고 했다. 그 말이 확실한 것이, 분명 눈을 감고 있던 그림 속의 남자가 오랜 세월이 지나 어느새 눈을 뜬 모습을 소년은 보았다.

그런 아름다운 그림들 중 하나에 소년은 특별한 애착을 느끼고 있었다.

깊숙한 안쪽에도 고대인들이 여럿 그려져 있었지만, 앞쪽에 크게 그려진 사람은 걸터앉은 받침대에서 막 일어서려는 소녀였다. 소녀 역시 흰색과 쪽빛의 옷을 입고 있었다.

뭔가를 간절히 기다리는 듯한, 그런 기대의 눈빛을 머금은 다갈색의 눈동자.

그 그림 앞에 설 때마다 소년은 어찌할 바를 몰라 결국 시선을 피해버리곤 했다.

그림 속의 소녀가 예쁘기 때문만은 아니었다.

소년이 어린 시절 만났다 헤어진 한 소녀와, 그 소녀가 너무나 닮았기 때문이었다.

* * *

맨 처음 그 신칸센을 보러 간 것은 수학여행 사흘 후였다. 학교에서 통지한 자택대기명령을 기회 삼아, 삼촌이 운전하는 차를 타고 흔들흔들, 붐비는 고속도로와 일반도로를 바꿔 타며 여덟 시간이나 들여 그곳으로 향했다.

"하야키도 힘들겠네. 너무 상심하진 마."

그 짧은 여정 동안 몇 번이나 되풀이됐던 삼촌의 말에서는 진심이라곤 느껴지지 않았다. 뒷좌석의 나와 운전석의 삼촌 사이에 가로놓인 거리는 눈에 보이는 것보다 훨씬 멀었다. 친척 모임에서 두세 번 본 것이 다인 삼촌이 난데없이 아빠에게 전화를 걸었을 때부터 왠지 모를 거부감이 희미하게 들었다.

삼촌은 연예인의 은밀한 사생활이나 운동선수의 폭행 사건, 종교단체의 후계분쟁이나 야쿠자의 세력다툼처럼 속이 메슥거릴 것 같은 내용이나 잔뜩 실어 요란한 색 표지로 장식하는 잡지의 편집자였다. 때문에 나는, 고등학생다운 결벽증에서 그런 삼촌을 내심 깔보며 멀리했다. 물론 속마음을 입 밖에 내 물의를 일으키지 않을 정도의 분별력은 갖춘 고등학생이었지만.

"뭐랄까, 상심이니 뭐니 하기 전에, 아직 무슨 일이 일어났는지도 잘 모르겠고."

그것이 일어났을 때 나는 내 방 침대에 누워 있었다. 내가 함께 가지 못한 수학여행 상황이 생중계되고 있는 단톡방에서 잠시 벗어나, 트위터 타임라인을 한창 보는 중이었다.

트렌드에 '신칸센' '노조미*' '사고' '신호 두절' 같은 글자들이 줄줄이 나열되기 시작하자 심장이 철렁했다. "신칸센이 멈춰 선 채 한 시간가량 움직이지 않는다"는 인근 주민의 트위터가 눈에 들어오자, 나는 부랴부랴 단톡방을 확인했다. 대화 수가 눈사태처럼 불어나 다 읽기조차 힘들었던 그곳이 약 한 시간 전부터 침묵 상태였다. 일단 텔레비전부터 켰다. 그러나 그 후로는 아무런 상황 파악도 할 수가 없었다. 신칸센이 멈췄고, 그 속에 사람들이 갇혀

---

* '소망'이라는 뜻의 신칸센 열차.

있다. 그리고…… 뉴스에서 전하는 이해 불가능한 말들은 얼마 후 신칸센에 다다르는 그 순간까지도 온전히 이해할 수 없었다.

그런 사정을 새삼 다시 설명하자, 삼촌은 어른 행세를 하며 설교 조로 말했다.

"곧 알게 될 거야. 그때 기겁하지 않게 최악의 경우를 예상해두는 게 좋아."

최악의 경우라는 게 무슨 의미인지 와닿지는 않았지만, 나는 일단 고개를 끄덕였다.

뒤이어 삼촌이 한 말은 단순한 농담이었을지도 모른다. 그러나 몸의 부드러운 부분을 스치고 가는, 그런 바람으로 착각할 만큼 허를 찌르는 질문이었다.

"반에 좋아하는 애가 있었던 거 아냐?"

"음, 뭐. 있었죠."

"그랬구나. 힘내라."

뒷자리에선 삼촌의 표정을 볼 수 없었지만, 그 말은 삼촌이 처음으로 보여준, 진심에서 우러나온 배려처럼 느껴졌다.

삼촌 옆 좌석에는 내가 앉기를 거부하며 먼저 온 손님인 책들이 수북이 쌓여 있었다. 스무 권쯤 되려나. 나는 말없이 책등을 바라보다가, 묘하게 인상에 남는 그 제목들을 속으로 중얼거렸다.

『공포의 저택』『지구는 플레인 요구르트』『야마노테선의 실뜨기 아가씨』『고향에서 1만 광년』『망각의 행성』『바다를 보는 사람』『어느 날, 폭탄이 떨어져서』『사무라이 포테이토』『확장 환상』……

그때, 삼촌이 브레이크를 밟았다.

다가온 경찰관을 향해 창밖으로 몸을 내민 삼촌이 자신의 면허증과 내 학생증을 보여주며 말했다.

"기노카미 고등학교 2학년 D반의 후시구레 하야키 학생과 그 보호자입니다. 시즈오카 현경縣警의 무로타 씨에게 허가를 받고 왔습니다."

삼촌이 나를 대동한 이유는 이 순간을 위해서였던 모양이다.

문제의 신칸센 열차에서 관제소 및 다른 열차로 보내는 신호가 끊기자 경찰차와 소방차와 구급차가 출동했고, 이후 대응에 고심하던 그들은 일단 열차 주변으로 몰려드는 구경꾼들의 출입을 금지하고, 상공에서 헬리콥터로 접근한 몇몇 매스컴을 제외하고는 보도진까지 차단했다.

'시즈오카 현경'이라는 글자가 적힌, 체육대회에서나 사용될 법한 네모난 지붕의 천막이 곳곳에 설치되어 있었고, 그곳에서는 끈질기게 물고 늘어지는 매스컴과 승객들의 가족으로 보이는 사람들이 경찰과 승강이를 벌이고 있었다. 열차 탑승객이 800명에 가깝다는 보도가 있었으니 관계자는 수천 명 단위일까. 만약 이곳이 신요코하마와 좀 더 가까운 지점이었다면, 현장은 몰려드는 관계자들로 벌써 마비가 됐을 것이다. 다행인지 불행인지 교통편이 불편한 곳이었고, 도카이도 신칸센 자체는 어마어마하게 큰 이 장애물 때문에 모든 열차가 운행 정지된 상태였다.

삼촌은 경찰 지시에 따라, 임시로 자리를 구분해 만들어둔 공간에 차를 댔다.

차에서 내린 우리는 경찰관을 따라 출입금지 울타리를 지났고, 계단을 올라가 철교 위로 향했다. 노조미 열차는 규제선에 둘러싸여 있었다. 드라마에서 자주 보는 노란색과 검은색의 폴리스라인만으로는 부족했는지 밧줄을 쳐놓은 곳도 보였다.

"네, 두 명 들어갑니다. 해당 고등학교 생존…… 동급생! 그리고 학교 관계자!"

무전기에 대고 알린 사람은 우리를 규제선 너머로 통과시켜준 경찰관이었다. 그가 말하려다 만 '생존자'라는 말이 내 귀에 불길하게 울려 퍼졌다.

총 15량의 열차, 삼촌과 나는 그 마지막 차량의 맨 마지막 창으로 다가갔다.

먼저 창을 들여다본 삼촌의 표정에는 '심각'이라는 단어만으로는 다 설명할 수 없는, 정체를 알 수 없는 기묘한 빛이 서려 있었다. 그것은 미지의 존재를 접했을 때의 호기심이었다. 아름다운 나비의 날갯짓에서 눈을 떼지 못하는 어린아이 같은.

"저기 봐."

흥분한 기색의 재촉에 못 이겨 나도 머뭇머뭇 창 가까이로 얼굴을 가져갔다.

그리고 뒤이어 눈에 들어온, 현실로 받아들일 수 없는 광경.

유리창 한 장으로 가로막힌 저 너머에서는 양복 차림의 직장인이 도시락을 향해 나무젓가락을 뻗고 있었다.

그리고 뻗은 채로 멈춰 있었다.

시선은 오직 그가 먹을 음식에 향해 있을 뿐, 자기에게 일어난 사태를 털끝만큼도, 그렇다, 지진의 초기 미동만큼도 감지하지 못한 게 분명했다.

"밀랍인형처럼, 이라고 쓸까 했는데 밀랍인형 느낌은 전혀 아니네. 너무 리얼해, 아니, 그렇다기보다…… 야, 괜찮아?"

삼촌이 말을 걸긴 전까진 내가 휘청거리는 걸 알아채지 못했다. 차량에 손을 짚고, 무너지던 균형을 가까스로 바로잡았다. 삼촌이 창을 향해 셔터를 누르는 소리가 멀게 느껴졌다.

나는 천천히 걸어가며 차창을 두 개, 세 개 들여다보았다.

현실감이 짙어지기는커녕 점점 더 옅어져서 꿈속을 헤매는 것 같았다.

턱을 괸 채 늘어져라 하품을 하고 있는, 나이 지긋한 남자가 보였다. 눈에 흐릿하게 눈물이 어려 있었지만 그것이 뺨으로 흘러내릴 기미는 보이지 않았다. 엄마로 보이는 여자의 무릎 위에서 양손을 뻗은 유치원생 아이가 보였다. 뭔가를 호소하는 표정으로 입을 벌리고 있었지만 말이 나오지는 않았다. 부채질을 하는 기모노

차림의 소녀가 있었다. 바람결에 휘날린 머리카락은 그 가벼움을 느끼게 하는 채로 조각처럼 공중에 멈춰 있었다.

열차 밖에는 관계자로 보이는, 우리처럼 평범하게 움직이는 사람이 몇 명쯤 있었다. 주먹으로 차창을 두드리며 누군가의 이름을 애타게 부르는 남자가 있었다. 창 앞에 우두커니 서서 어쩔 줄 몰라 하는 어머니와 아들도 보였다. 몇 개의 창을 지나고 차량을 넘어가는 동안, 왠지 허공에 붕 뜬 것처럼 마음이 안정되지 않았다. 그러나 그런 붕 뜬 느낌으로 도피할 수 있었던 것도 중간까지였다.

눈에 익은 색깔이 시야로 날아들었기 때문이다. 11호차의 마지막 열, 거기에서 착각조차 할 수 없는 쪽빛, 내가 다니는 고등학교의 교복 색깔을 발견했기 때문이다.

나는 반사적으로 삼촌을 앞질러, 말없이 창에 얼굴을 붙였다.

반 친구들이었다. 하리모토 사쿠라. 친분은 크게 없지만 우리 반 반장이고, 참견꾼 취급을 받았어도 미움은 사지 않았던 여학생. 수학여행 조 편성 문제로 단상에 섰던 것도 그애였고, 출발 나흘 전 조별 행동 일정에 관해 설명한 것도 그애였다.

그애는 한 손에 펼쳐 든 수학여행 안내서 페이지를 안경 너머 신경질적인 눈으로 응시하고 있었다. 이제 돌아갈 일만 남았는데도 혹시 일정이 늦어질까 걱정됐던 것일까.

쓸데없는 걱정이라고 웃어넘길 수는 없었다. 아이들은 아직 집으로 돌아오지 못했으니까.

"하야키, 여기가 너희 반이니?"

뒤에서 삼촌이 던지는 말에 나는 돌아보지도 않고 고개만 살짝 끄덕였다.

"먼저 이 창으로 보이는 아이들. 맨 앞에서부터 통로까지, 이름 알아?"

나는 창에 얼굴을 더 바짝 붙이고, 거의 기계적으로 중얼거렸다.

"음, 창가 자리에 있는 애가 하리모토 사쿠라, 반장이에요. 가운데가 히가키 리코. 육상부였어요. 통로 쪽은 A반 여학생인데, 분명 스즈모토…… 아, 이름이 기억나지 않네요. 그리고 어쩌면 A반이 아니라 C반일 수도 있어요."

삼촌이 메모장에 펜으로 줄줄 써 내려가며 말했다.

"알았어. 자신 없는 부분은 그대로 괜찮아. 그럼, 사진 찍고 다음 열로 가자."

빠뜨리는 곳이 없도록 한 줄씩 전진했고, 나는 창을 들여다보며 각각의 이름을 삼촌에게 알려주었다. 보나 마나 잡지 기사에 실을 심산이겠지. 어느 자리에 누가 앉았는지 확인해주는 것이 삼촌이 내게 원하는 임무였다는 걸 눈치챘는데도 반발심조차 들지 않았다. 오히려 할 일이 주어진 것에 감사하고 있었다. 며칠 전까지 같은 교실에서 생활했던 반 친구들이 정지해 침묵하고 있는 눈앞의 상황에, 마음이 요동쳐 그 무엇도 종잡을 수 없는 기분이 되었기 때문이다. 예외는 없었다. 모두 다 멈춰 있었다. 데라우라도 호소하라도……

문득, 정신이 들었다.

아마노는 뭘 하고 있을까.

이 차량 어딘가에 긴조 아마노가 있다. 고속도로를 달리는 내내 머릿속에 가득했던 생각인데, 이 '사건'을 눈앞에 접한 충격으로 인해 의식 밖으로 밀려나 있었다.

어쩌면 마음에 뚜껑을 덮어버린 것인지도 모른다. 그도 그럴 것이, 생각만 해도 숨쉬기가 힘들 정도로 가슴이 아리며 아파왔고, 심장의 고동 소리가 귓가에 들릴 만큼 커졌다.

이미 반 아이들의 얼굴을 절반 가까이 봤다.

그래, 다음 창가에 앉아 있을지도 몰라.

"기노카미 고등학교의 교직원이신가요? 시즈오카 현경에서 나왔습니다만."

경찰관 하나가 삼촌에게 말을 걸어오는 바람에 나의 생각이 끊겨버렸다.

교직원으로 오해한 것은 경찰관끼리의 정보 전달 실수겠지. 나중에 알았지만, 학교 관계자와 일부 희망하는 학부모를 태운 소형 버스가 이곳에 도착한 것은 그로부터 이십사 시간이 지나서였다.

"수고 많으십니다. 오사카 마사루라고 합니다. 이쪽은 D반 학생 후시구레 하야키입니다."

삼촌은 경찰관 앞에서 거짓말을 하지는 않았지만, 오해는 그대로 덮어둔 채 정보를 끌어내려는 것 같았다. 나는 그런 삼촌 옆에서 입을 다물고 있을 수밖에 없었다.

경찰관은 교복 차림인 내 쪽도 힐끗 쳐다본 후 말했다.

"저쪽에도 학생이 한 명 있던데, 교직원분께서 설득 좀 해주실 수 있을까요?"

나는 학생이 한 명 더 와 있다는 말에 조금 놀랐고, 기대 비슷한 마음도 솟구쳤다. 학교생활에서 가장 추억에 남을 행사에 참여하지 못한 불운한 인간, 아니, 이 비정상적인 사태에 엮이지 않은 행운아가 나 말고도 또 있다니. 아직 보지도 못한 그 대상에게 일방적인 동료의식이 생겨났다.

그 누군가를 말리기 위해 삼촌이 경찰관의 요청대로 따라나서자, 나 역시 결국 차체를 빙 돌아 반대편 창 쪽으로 갈 수밖에 없었다.

창 너머에서 봤을 때는 분명 차량 반대편에서 실랑이가 벌어진 것 같긴 했지만, 눈으로 확실하게 확인할 수는 없었다. 나는 머릿속으로 그 친구가 어떤 이유로 수학여행을 못 갔을지 상상해보았다. 원래 돈이 좀 든다 하는 사립이니, 금전적인 사정일 리는 없다. 역시 갑자기 병이라도 난 걸까.

반대편에서도 정확하게 열한 번째 차량. 우리 반 아이들이 타고 있는 차량 앞에서, 그 학생은 경찰관 셋에게 심면을 가로막힌 형태로 에워싸여 있었다.

타이르듯이 말하는 경찰관을 향해 고함을 지르며 반박하고 있었다.

그렇게 가까이까지 갔는데도 누구인지 알 수가 없었다. 우리 학교의 세일러 교복을 입고 있어서 같은 학교 학생이라는 것은 간신히 알 수 있었지만, 얼굴을 다 덮는 헬멧을 쓰고 있었기 때문이다.

'헬멧'은 성인 남자들에게 에워싸여도 뒤지지 않을 만큼 키가 컸다. 그리고 오른손에 든 것은 둔탁하게 빛나는 은색 무기, 쇠방망이였다.

삼촌과 내가 그쪽으로 달려가자, 오히려 경찰관들의 주의가 더 분산되어버렸는지 일제히 이쪽으로 시선이 쏠렸다. '헬멧'은 그 순간을 놓치지 않았다.

바로 앞에 서 있던 경찰관을 손으로 밀쳐내고 "이얍" 하고 소리쳤다.

쇠방망이를 두 손으로 휘두르며 무시무시한 힘을 담은 스윙으로 내리쳤다.

뒤로 떠밀린 경찰관 너머에 있는 것, 신칸센 열차의 유리창을 향해.

나는 엉겁결에 눈을 질끈 감아버렸다.

그러나 눈을 떴을 때도 예측했던 사태는 발생하지 않았다.

이리저리 뒨 파편이 날아오지도 않았고, 유리 깨지는 소리에 귀청이 떨어지지도 않았다. 소리와 충격이 어딘가로 모조리 사라져버린 것처럼, 흠집 하나 없는 유리가 고스란히 그 자리에 남아 있었다.

방망이를 있는 힘껏 내려치고 거친 숨을 몰아쉬는 아이에게 경찰관들이 말했다.

"아 글쎄, 말했잖아. 드릴로 구멍을 뚫어보려 해도 흠집 하나 안 난다니까!"

"시끄러! 모든 창을 시험해본 것도 아니잖아!"

내뱉듯이 받아치고 옆의 창으로 향하는 그애의 팔을 급기야 인내심이 바닥난 듯, 경찰관이 움켜잡았다. 그 손을 뿌리치려 하는 그애를 보고만 있을 수 없었는지 삼촌이 내게 말했다.

"야, 가만 놔뒀다간 공무집행방해죄로 잡혀가."

삼촌이 그 말을 채 끝내기도 전에 나는 이미 잰걸음으로 그쪽을 향해 가고 있었다.

"저, 저기…… 선생님 지시를 기다리는 게."

"어?"

내 말에 설득되었다기보다 같은 고등학교 교복에 시선을 빼앗겨 동작을 멈춘 순간, 경찰관들이 재빨리 그애를 바닥에 눕혀 제압했다.

"놔! 이거 놓으라고!"

경찰관이 헬멧을 벗기자, 황금빛으로 물들인 긴 머리카락이 쏟아져 나왔다.

바닥에 짓눌린 채 분노로 이글거리는 눈동자를 들어 이쪽을 쳐다보는 그애를 보자, 그제야 이해가 갔다.

아, 맞다, 수학여행에 따라가지 못하는 이유는 감기나 금전적인 사정 말고도 하나가 더 있다. 보호지도.

나 말고 수학여행에 빠진 또 한 명은 '2학년 최고 문제아'라는 딱지가 붙은 비행청소년, 나기하라 사리였다.

* * *

바보네, 하야키

감기는 다른 날 걸리면 좋잖아

독감 걸리는 날을

마음대로 선택할 순 없으니까

그건 정신력이야

정신력이 부족해

선물, 뭐 사다 줄까?

잠깐만, 생각해볼게

그럼 아이스크림으로

차라리 묻질 말지

게다가 녹아

넌 주문이 너무 많아

네가 대신 사러 오든가

발상이 가혹함

여행담만으로도 충분하겠지

환자에겐 위로가 필요해

힘내

빨리 나아

그 일 열심히 하고 갈 테니

응원 부탁해

아마노의 행운을 빕니다. 힘내

"야, 그거, 아마노냐?"

나기하라의 말에 나는 허둥지둥 스마트폰을 책상에 엎었다.

프린트물을 빨리 끝냈다고, 방심해서 라인 화면을 들여다보고 있었던 게 문제다. 옆자리에서 내 행동을 보고 꼬투리를 잡은 나기하라의 표정이, 석양을 등지고 있었기 때문인지 당장이라도 덤벼들 듯한 사나운 야생동물처럼 보였다.

"내 말 안 들려? 아마노냐고, 그거!"

"마, 맞아요."

엉겁결에 존댓말이 나왔다. 누구라도 그랬을 것이다.

나기하라 사리는 화장실에서 담배를 피웠다느니, 성희롱 교사를 병원으로 실어 보냈다느니, 마음에 안 드는 선배 남학생을 박살냈다느니, 밤마다 오토바이로 고갯길을 폭주한다느니, 어디까지가 진실이고 어디까지가 농담인지 모를 소문들이 다른 반인 내 귀에까지 들어오는 유명인사였다. 나는 그런 소문을 들을 때마다 제발 나와는 영원히 엮이지 않게 해달라고 기도하곤 했다.

기도는 먹히지 않았다. 살아 숨 쉬는 생물처럼 땅거미가 잠입해오는 교실에는 나기하라와 나, 둘뿐이었다. 사고 후 한 달이 지나서야 겨우 등교한 우리는 D반 교실에 나란히 앉아 있었다. 프린트물을 나눠준 선생님이 돌아오려면 아직 이십 분은 더 기다려야 한다. 도움의 손길은 분명 기대할 수 없을 것이다.

과소지역에 있는 초등학교도 아니고, 학생이 두 명뿐인데 수업을 하거나 시험을 보게 하는 건 수고나 비용 면에서 미친 짓이나 다름없다. 교직원 일곱 명이 '사고'에 연루되었기 때문에 더더욱 그렇다. 실제로 나기하라와 나는 다른 학교 특례 전학 얘기가 나오고 있었는데, 학부모회의 유력자 몇이 반대하며 찬물을 끼얹었다.

C반 학생인 엔도 아키라의 부모가 주축이 된 일단이 주장하는 바는 이렇다. 신칸센에 갇힌 학생들과 교직원들은 어디까지나 일시적인 사고에 휘말렸을 뿐, 당장 내일이라도 사고가 종식되어 학교로 돌아올 수 있다. 학년을 해체해버리면, 그들이 돌아올 곳을 빼앗는 것이나 마찬가지다.

신문에서도 다룬 그 성명은 텔레비전 해설자들에게는 그런대로 지지를 받았다. 네티즌들에게는 '이 사람들 바보 아냐'라는 조소와

현실적인 비난을 면치 못했지만, 어쨌든 졸업생 출신의 신임 교장이 부임을 했고, 학생이 두 명뿐인 새로운 D반으로 다른 학교 교사들이 잇달아 출장 수업을 왔다. 학부모들은 마음에 깊은 상처를 입었고, 그 일만 아니었다면 아이들에게 쏟아부었을 돈과 에너지도 갈 곳을 잃어버렸다. 우리 학교 학생 이외의 피해자 가족까지 포함해 '노조미 123호 가족협회'가 결성되었고, 국가와 JR(일본철도)을 상대로 조기 해결과 배상을 요구하는 움직임이 일기 시작했다. 영문을 알 수 없는 이런 사태에도 과연 배상 책임이 있는 것인지, 나로서는 알 길이 없었지만.

어쨌든 나는 미친개와 단둘이 29분의 2가 되어, 교탁 정면 자리에 앉아 남은 고등학교 시절을 보내야 하는 운명에 처한 듯했다. 내 스마트폰을 향해 나기하라가 달려든 이날은 그 운명의 날들 중에서도 가장 첫날, 6교시 때였다.

"잠깐이면 돼. 줘봐."

"아니, 그건 좀."

당황해서 스마트폰을 향해 뻗은 내 손에 나기하라의 손이 겹쳐졌지만, 그 정도 일로 부끄러워져 우물쭈물 대고 있을 여유가 내겐 없었다. 나기하라가 내 손목을 비틀며 스마트폰을 뺏으려 들었기 때문이다. 망했다, 그런 생각이 들었다. 난생처음 불량배에게 걸려들었다. 불량배는 실제 있구나. 아니, 그런 건 아무래도 상관없다. 뭐가 뭔지 모르겠지만, 아무튼 아마노와 주고받은 대화를 보여줄 수는 없었다.

선생님이 교실로 돌아왔을 때 나는 몸을 잔뜩 웅크린 채, 공격하는 나기하라에게 스마트폰을 뺏기지 않으려고 죽어라 저항하는 중이었다.

오늘 처음 본 선생님에게 둘 다 싸늘한 주의를 들었고, 프린트물은 회수되었고, 우리의 복귀 첫날 '수업'은 끝났다.

집에 가려고 자리에서 일어섰지만, 그대로 돌아가면 뒤에서 습격을 당할 것 같았고, 뒤에서 습격할 것만 같은 상대와 내일부터 내내 수업을 듣고 싶지는 않았다. 나는 스마트폰을 가방 깊숙이 찔러 넣고, 온 힘을 다해 경계 태세를 유지한 채, 신중하게, 여차하면 몸을 뒤로 뺄 태세로 물었다.

"대체 왜, 폰을 뺏으려는 거죠?"

"신경 쓰이잖아. 아마노랑 네가 그 사고 전까지 무슨 얘기를 나눴는지."

나는 나기하라와 아마노의 관계에 대해 재빨리 머리를 굴려보았다. 그러나 도무지 감이 오지 않았다. 나는 고등학교에 들어오고 아마노와 줄곧 같은 반이었지만 나기하라와는 한 번도 같은 반이었던 적이 없다. 아마노가 활동하는 만화연구회나 도서위원회에 나기하라가 속해 있을 것 같지도 않았다. 내가 의아해하자, 나기하라가 툭 던지듯 대답해주었다.

"아마노는 내 동생이야."

"뭐?"

"말했잖아, 긴조 아마노는 내 동생이라고."

"아니, 그건 말이 안 되지. 성도 다르고, 아마노한테 언니가 있단 말은 들어본 적이 없어. 학년도 같고, 전혀 닮지도……"

"아빠가 같아. 본부인의 자식과 애인의 자식."

나기하라가 너무 아무렇지 않게 말하는 바람에 오히려 내 말문이 막혀버렸다.

"부끄러운 얘기라, 우리 둘 다 다른 사람한테는 되도록 말 안 하기로 했어."

마음속에서 호기심이 솟구쳤지만, 너무 깊이 파고들면 안 될 것 같았다. 그래서 그 사정은 건드리지 않았다. 다만,

"아니, 자매라고 해도 그래. 그게 우리 대화를 엿볼 구실은 안 되잖아."

나는 어느새 말을 놓고 있었다. 그 정도로 충격이 컸던 것이다.

"동생한테 나쁜 벌레가 꾀지 않게 하는 건 언니의 의무야."

등골이 서늘해지는 눈빛이다. 게다가 아까부터 내 가방을 향해 언제든 달려들 수 있게 다리를 벌리고 선 듯한 기분까지 들었다. 신변의 위험을 느낀 나는 필사적으로 반론을 짜냈다.

"하지만 그래도 그렇지, 동생 메신저 대화 내용을 멋대로 훔쳐보는 언니는 미움받을 텐데."

그그그큭, 달려들기 직전인 사자의 그르렁거림 같은 소리가 나

기하라의 목 깊은 곳에서 새어 나왔다. 나는 선택지를 잘못 골랐다, 이젠 죽었구나 생각했다.

"네 말이 맞긴 해."

쓸데없는 걱정이었다. 미친개는 주인의 허락이 떨어지기만을 기다리며 눈앞의 먹이를 바라보는 개처럼 고개를 툭 떨어뜨렸다.

내 사정 때문에 대화 내용을 보여주고 싶지 않았을 뿐이던 나는 죄책감에 휩싸여 허둥지둥 말을 덧붙였다.

"어, 음, 우리 반 단톡방은 보여줘도 되겠다. 단톡방이야 원래 여럿이 보는 거고, 아마노도 사진을 꽤 올렸으니까."

"진짜?"

나기하라가 이번에는 내 쪽으로 훅 다가오는 바람에, 이마에 진땀이 번지는 느낌이었다. 더 이상 애를 태웠다간 당장에 숨통이 끊어질지도 모른다. 나는 단념하고 가방에서 폰을 꺼내 우리 반 단톡방 화면을 띄워 건네주었다.

나기하라는 화면을 바꾸는 일 없이, 진지하고 꼼꼼하게 대화를 읽어 내렸다. 이따금 캡처를 하는 건 자기 폰으로 보내려는 걸까.

전부 다 읽긴 힘들 것이다. 수학여행 중에 올린 글들의 속도는 어마어마하게 빨랐다. 한밤중의 선생님 순찰, 놀이기구 대기시간 정보, 인스타그램에서 반응이 좋을 만한 디저트 가게, 인기 만화와 컬래버한 선물 정보 등등 흡사 여행정보지 구성 같았다.

나기하라가 화면에서 시선을 떼지 않은 채로 말했다.

"네 이름도 제법 나오네. 인기 있구나."

"같이 가지 못한 사람도 수학여행 기분을 느낄 수 있게 아마노가 사진을 많이 올리자고 제안한 모양이야."

"어라, 꽤 다정하게 대접받았네."

"그런데 우리끼리 대화에선 '사실은, 그러면 만화 그림 자료를 많이 모을 수 있거든' 했어."

"아마노답다."

그렇게 말하고 피식 웃은 나기하라의 표정이 오늘 처음으로 조금 부드러워진 것처럼 보였다. 그 바람에 마가 끼고 말았다. 마음을 열어줬다고 믿고, 무방비 상태로 케르베로스의 우리로 뛰어든 사육사 같은 실수를 저질러버린 것이다.

"동생에게 나쁜 벌레가 꾀지 않게 한다는 말도 그렇고, 미움받고 싶지 않아 하는 것도 그렇고……"

"뭐?"

이쪽을 힐끗 노려보는 그애의 위협적인 목소리에 주눅이 들어서 다음 말을 이어갈 수 없었다.

"아니, 아무것도 아니야."

"아무것도 아닐 리가 없잖아. 야! 하고 싶은 말 있으면 확실하게 해!"

거리가 조금 좁혀졌나 했는데 순식간에 다시 북극만큼이나 멀어지며 공기가 어는점 이하로 떨어졌기 때문에 나는 오히려 말을 이어갈 수밖에 없었다.

"음, 나기하라 너는 아마노나 다른 애들이 무사히 돌아올 거라고 생각하는 거지?"

"당연하지."

즉답이었다. 즉답이다 못해 조금 말을 끊는 느낌마저 들었다.

"아마노는 할 일이 있는 아이야. 멈출 수 없는 아이야. 폭주 특급이라고. 그러니까 그런 건 바로 끝나. 해결이 안 되면 내가 어떻게든 할 거야."

근거 없이 센 말을 내뱉은 나기하라가 다시 전화기로 시선을 떨어뜨렸다. 그 옆얼굴에서 풍기는 고집불통 기질은 분명 아마노의 강한 심지를 떠올리게 하는 면도 없지 않았고, 속눈썹은 가슴이 철렁할 정도로 길었으며, 눈동자는 아마노와 비슷한 정도로 투명한 다갈색이었다. 이쪽이 그런 생각으로 방심하고 있는 사이, 아마노의 사진을 찾아볼 속셈인지 나기하라가 내 전화기의 사진 폴더를 확인하기 시작했다.

"자, 잠깐만, 그건 좀."

"뭐!"

또다시 위협당한 건가 불안했는데, 이번에는 고개를 갸웃거리며 주머니에서 자기 폰을 꺼냈다. 은박지에 싸인 초콜릿을 모티브로 한 귀여운 커버라니 참 안 어울린다 생각했지만, 나는 그런 말을 섣불리 입 밖에 닐 믿큼 죽음을 두려워하지 않는 유형은 아니었다. 뭔가 궁금한 게 있는지 자기 폰으로 검색하는 모습을 보며, 나기하라의 '뭐'라는 한 음절에는 위협 이외의 뉘앙스도 있다는 걸 알게 되었다.

"이거랑 이거 좀 다르지 않냐?"

나기하라가 처음 가리킨 이미지는 내 스마트폰에 있는, 삼촌과 같이 차량을 둘러볼 때 찍은 사진 중의 한 장이었다.

D반 24번 후미야마 다이스케는 11호차 3열 E석에 앉아 폰으로 음악게임을 하고 있었고, 그 게임 화면이 창밖에서 찍은 사진에도 선명하게 잡혀 있었다.

곧이어 나기하라가 자기 스마트폰에 있는 이미지를 가리켰다.

"이건 어제 텔레비전 생방송 캡처한 거."

거의 같은 구도의 이미지를 크게 확대해서 비교했다.

"후미야마의 스마트폰 화면, 미묘하게 다르지 않아?"

보통 시력인 나는 그 다른 그림 찾기의 정답을 바로 알아낼 수는 없었지만, 찬찬히 살펴보니 처음 음악게임 화면에 표시되어 있던 글자 〈Excellent!〉가 한 달 후의 화면에서는 하트 아이콘과 겹쳐져 있었다. 마치 게임이 진행되고 있는 것처럼.

순간, 머릿속에 엉뚱한 생각이 떠올랐다.

"혹시…… 기차 안은 멈춘 게 아니지 않을까?"

"멈추지 않았다고?"

"만약 사고 발생 사흘째에 찍은 사진과 어제의 영상에서, 안에

탄 사람에게 변화가 있었던 거라면? 다들 차량 안의 사람들이 멈췄다고 생각하고 있지만…… 사실은 엄청나게 느려진 것뿐일지도 모르지. 혹시 육안으로는 알아챌 수 없을 만큼의 속도로 계속 움직이고 있는 거라면……"

그날이 지나기 전에, 우리는 그 두 개의 이미지를 우리가 세운 가설과 함께 경찰과 신문사와 삼촌네 잡지사로 보냈다.

그 이미지 비교는 인터넷에 업로드되며 수많은 억측을 불러일으켰고, 검증을 이끌어냈다.

후미야마가 하고 있던 게임에는 원래 문자가 표시된 후 아이콘이 겹쳐질 때까지 육안으로는 알아챌 수 없는 짧은 래그가 있다고 한다. 그러니 후미야마의 음악게임 화면을 보자면 사고 발생 사흘째부터 한 달에 걸쳐, 아주 느리기는 하지만 게임이 진행된 셈이었다.

그제야 경찰 측에서도 신칸센 열차가 조금씩 이동하고 있다는 사실을 발표했다. 규제선도 있었으니 '사고' 발생 후 며칠이 안 되어 파악했을 것이다. 무사안일주의 식의 은폐가 아니냐, 언론에선 그렇게 규탄했지만 경찰 측은 일절 인정하지 않았다.

여하튼 초침이 달린 아날로그 손목시계를 찬 승객을 수색했고, 방송국에서 사용하는 고성능 슬로모션 촬영 카메라가 그 창에 설치되었다.

결과적으로 말하면, 초침 눈금이 한 칸 움직이는 데 약 300일이 걸렸다.

다시 말해 열차 안의 시간이 1초 경과하는 데, 밖의 시간으로 약 2600만 초가 필요하다는 뜻이다. 그 안의 시간은 밖의 시간의 약 2600만 분의 1로, 열차 안의 인간은 그 속도로 생각하고, 숨 쉬고, 땀 흘리며 평상시처럼 살아간다는 뜻이다.

열차의 현재 위치를 기준으로 계산하면 결론은 명료해진다.

하카타행 노조미 열차 123호는 다음 정차역인 나고야 역에 반드시 도착한다.

서기 4700년 무렵에.

***

밤의 밑바닥으로 가라앉은 신칸센은 달의 기지처럼 휘황하게 빛나고 있었다. 고요의 바다에 선 우주 비행사가 저 멀리 바라보는 그들의 거점은 이렇게 오아시스처럼 보이겠지. 실제로 그 속에서 즐거운 수학여행의 추억에 잠기는 시간을 연장해 살아가는 친구들은 어쩌면 낙원의 주민일지 모른다. 한없이 연옥을 닮은 낙원.

"고요하다."

나는 입속으로만 혼잣말을 중얼거릴 생각이었다. 그런데,

"밤에는 사람이 적으니까. 좀 전까지만 해도 포클레인 소리가 요란했는데 말이야."

뒤에서 다케시 씨가 말을 건넸다. A반의 사사키 쇼마와 나는 애당초 접점이라곤 전혀 없었다. 사고 후, 가족협회의 구성원 중 한 명으로 열심히 활동하는 사람이 그애의 아버지이자 여러 개의 벤처기업을 운영하는 다케시 씨였다.

돌아보니 그 뒤편 육교 밑으로 십여 채의 집…… 이라고 하긴 조금 작은 건물들이 나란히 늘어서서 심해어와 같은 희미한 빛을 내고 있었다. 동일본대지진 뉴스 화면에서나 봤던 가설주택이다. 일부 가족들은 원래 밭이었던 땅을 사들여 이곳에 거처를 마련했다. 가족에 따라서는, 온 가족이 이곳으로 이사 온 사람들도 있었고, 여름과 겨울 장기 휴가 기간에만 오는 사람들도 있었다. 졸업식을 끝내고 막 봄방학에 들어간 나는 오늘 밤, 가족협회가 확보하고 있는 한 채에서 묵기로 되어 있었다.

다케시 씨도 가설주택 쪽으로 시선을 던지고 나지막이 중얼거렸다.

"사실은 제대로 된 집을 짓고 싶었는데, 몇 년 지나면 몇 킬로미터는 움직일 테니까."

자칫 흘려들을 뻔했지만 그 말에 담긴 그의 의지를 뒤늦게 이해했다. 나는 조심스럽게 물었다.

"그러니까…… 몇십 년이 걸린다고 해도, 열차가 이동하면, 이동한 그곳으로 집을 옮길 생각이라는 뜻인가요?"

"그건 그때가 돼봐야 알지. 하지만 철길에 못된 장난을 하는 녀석이 생기면 큰일이니까."

선뜻 던지는 그의 말에 나는 아무런 대답도 할 수 없었다.

2700년 후에 정차하는 신칸센의 선로를 지키겠다는 의지 하나만으로 거처를 선택하는, 그곳에 안주조차 할 수 없는 사람들이 떠올랐기 때문이다.

열차의 뒤쪽으로 시선을 돌리자, '3/1' '3/8' '3/15' '3/22' 식으로 일주일마다 마지막 지점에 세워둔 표지가 보였다. 그 표지는 신칸센이 아주 조금씩 계속 전진하고 있음을 증명해주고 있었다. 단순한 기록 이상의 의미는 갖지 못할 그 표시는 밤눈에도 날짜가 빛나 보여서, 종말로 이어지는 길을 만드는 신들의 건설 현장처럼 보였다.

당연하겠지만, 사고로부터 1년 이상이 지난 지금은 경찰관도 소방관도 없고, 규제선도 보이지 않았다. 그 대신, 대응 역할이라는 운 나쁜 제비를 뽑은 국토교통성 공무원이 차량 이동 관련 기록이라는 무익한 작업을 하는 짬짬이, 국내외 연구기관을 맞아들였다가 아무런 성과도 없이 배웅하는 과정을 되풀이하고 있었다. 그것이 다케시 씨가 알려준 현재 상황이었다.

"나사NASA가 왔을 때는 다들 조금은 기대감으로 고조됐었는데 말이야."

뭐라고 답해야 좋을지 알 수가 없어 "그렇죠"라고만 대꾸했다.

"같은 상황을 재현하면 같은 현상이 일어날 가능성이 있다는 거야. 그래서 옆 선로에 무승객 신칸센 열차를 달리게 해봤는데, 아무 일도 일어나지 않았고 실마리조차 잡질 못했어……"

다케시 씨는 아련한 눈빛으로 옆쪽 선로를 바라보았다. 실패로 끝난 계획에 대해 침묵을 지키기도 말을 건네기도 어색해서 쩔쩔 매던 나는 어둠 속에서 다가오는 돌 밟히는 소리가 고마웠다.

"다케시 씨, 이거 돌려드릴게요."

어둠 속에서 모습을 드러내며 그에게 손을 내민 것은 운동복 차림의 나기하라였다. 어른에게는 존댓말을 쓸 줄도 아는구나 싶어서 놀라웠지만, 놀릴 기분은 아니었다. 어두워도 알아볼 수 있을 정도로 이마에 땀이 번들거렸고, 운동복은 진흙투성이에다 얼굴에는 초조한 빛이 짙게 드리워져 있었다.

나기하라가 건넨 것은 포클레인 열쇠였다. 다케시 씨가 노고를 위로하는 말을 건넸다.

"수고했다. 힘들었지? 내일도 쓸 거면 그냥 갖고 있어도 돼."

나기하라는 평소와는 다르게 얌전히 "고맙습니다" 대답하고, 열쇠를 다시 주머니에 넣었다.

다케시 씨가 주택 쪽으로 사라진 후, 내가 나기하라에게 말을 건넸다.

"수고했어."

"어."

"이거 먹을래?"

"어어."

말수가 적은 나기하라에게 초콜릿 맛 칼로리메이트와 아야타카* 페트병을 건네자, 그애는 거의 기계적으로 그것들을 먹고 마시기 시작했다. 1년 남짓 같은 교실에서 둘이서만 지냈는데, 이렇게 고분고분한 모습은 처음이었다.

졸업식 다음 날, 내가 갓 면허를 딴 위험한 오토바이 운전으로 이틀이나 걸려서 노조미 열차에 도착했을 때, 나기하라는 어느새 먼저 와 있었다. 졸업식이 끝나자마자 사라졌다 했더니 집에도 들르지 않은 모양이었다. 자기와 아마노의 졸업증서가 든 초록색 통이 차량 옆에 놓여 있었다.

나기하라는 꾸준히 자주 이곳을 오토바이로 오갔다. 졸업하기 전부터, 교칙이 유명무실화된 것을 구실 삼아 학생은 출전할 수 없는 오토바이 경주까지 나간 아이였다. '노조미 123호 저속화 재해 관계자를 위한 의연장학금.' 나기하라는 혀가 꼬일 것 같은 명칭의 그 돈에는 손을 대지 않았고, 아르바이트를 해서 번 돈과 경주에 나가 탄 상금으로 이곳을 오가고 아마노의 어머니를 도왔다.

노조미 123호 '사고'는 승객과 그 가족의 문제로만 끝나지 않았다. 그 사고는 일본 전체를 뒤흔들어놓았다.

승객의 '가족'을 '유족'이라고 표현해버린 뉴스 앵커는 가족협회

---

* 녹차 음료.

의 맹렬한 항의 끝에 프로그램에서 하차했고, 열차를 서둘러 처리해야 한다고 발언한 여당 정치인은 문책결의안이 가결되었을 뿐 아니라 당적까지 박탈당했다.

한편, 노조미 열차는 처리는커녕 철거조차 할 수 없었다. 물리적인 관점에서 보자면 크레인으로 들어 올리려고 해도 어찌 된 영문인지 꿈쩍도 하지 않았고, 살아 있는 사람들이 엄연히 안에 있는데 경솔하게 손을 대선 안 된다는, 교과서 같은 관점에서도 그랬다. 하행은 막혔어도 상행 선로를 사용하면, 운행 수가 줄긴 하겠지만 노선 자체는 유지할 수 있었을 텐데도, 멈춰 있는 신칸센 바로 옆 선로를 운행하자고 주장할 수 있는 정치가는 없었다.

도카이도 신칸센, 도쿄 - 오사카 구간이라는 금고를 잃은 JR도카이는 건전경영에서 순식간에 적자로 전락했다. 정확하게는 나고야 서쪽과 신요코하마 동쪽은 원래대로 신칸센을 운행하고 문제가 된 구간은 예전 철도가 대체하는 방식이 채택되었지만, 동서를 잇는 요충지의 저속화는 철도 이용자 수가 급감하는 결과를 초래했다. '노조미' 열차 전체가 '희망'을 뜻하는 또 다른 명칭인 '기보'로 바뀐 것은 아마노가 들으면 '주술이네'라고 웃어댈 발상이었고, 원인 모를 기묘한 '사고'의 재발이 두려웠는지 홋카이도나 규슈처럼 별 관계가 없는 노선까지도 승객이 급감했다. 내가 오토바이 면허를 따기 전에 이곳에 다니느라 이용했던 기존 철도노선역시 휴일인데도 텅텅 비어 있었다.

우회로, 다시 말해 노조미 열차가 정차해 있는 지역에서 전후 수십 킬로미터를 피해 신칸센을 통과시키는 새로운 선로건설 계획이 제기되었지만, 용지 매수 전망도 당장은 불투명했고, 완성한다고 해도 노조미가 만에 하나 다시 움직일 때를 고려한다면 저속화도 감축 운행도 피할 수 없을 거라는 얘기가 나왔다. 이런 상황의 영향으로 언론에서는 자기부상열차 개통이 당초 예정보다 몇 개월 앞당겨진다느니, JR 전체의 자금난으로 인해 몇 년 뒤로 미뤄진다느니 하는 정반대의 억측들이 흘러나왔다.

삼촌은 장거리 이동은 반드시 비행기를 선택하게 됐는데, 생각이 비슷한 사람들이 많았는지 비행기 수요가 폭발적으로 증가해 가격이 급등하고 웃돈이 붙기도 했다.

고속도로 역시 굉장히 혼잡해져서 고속버스나 장거리 트럭 관련 참혹한 사고가 몇 건이나 발생했다. 아마존 상품 배송이 예정일보다 훨씬 늦어지는 일은 일상다반사가 되었다.

내가 가방에 넣어 온 식량은 며칠씩 보존 가능한 영양 보조 식품뿐이었다. 신선식품이나 디저트 종류처럼 유효기간이 짧은 제품은 일부 편의점에서 모습을 감춰버렸다.

"차갑네."

그런 중얼거림이 나기하라에게서 나지막이 흘러나왔다.

뒤에서 걸어가던 내게는 그애의 등밖에 보이지 않아 표정이 어떤지는 알 수가 없었다. 페트병에 든 녹차가 차가웠는지, 아니면

3월의 밤공기가 쌀쌀했는지 물어볼 수는 없었다. 어쩌면 이 열차에 대한 세상 사람들의 마음을 표현한 말이었는지도 모른다.

나기하라의 스마트폰 불빛으로 길을 비추며, 우리는 한 발 한 발 밤길을 걸어갔다.

신칸센 밖의 사람들은 이미 잠자리에 들었을 것이다. 그러나 수학여행을 간 학생들은 자고 있는 아이들이 거의 없었다. 얼마 남지 않은 수학여행, 그 마지막 추억을 만들려는 것처럼 각자의 시간을 보내고 있었다.

우리 반 1번 이노모토 나쓰미는 5열 A석에 앉아 있다. 손에는 스마트폰을 쥐고 있으면서 머리는 유리창에 기대고, 멍하니 창밖을 바라보고 있다. 그렇게 가까이에서 창 너머로 그 여자애를 바라보아도 나쓰미는 이쪽을 알아채지 못한다. 그애의 눈동자에는 이쪽이 담겨 있지 않다. 그애의 눈에 보이는 것은 이미 사라지고 없는 날들의 빛이다.

13번 다가이 나오키는 살색이 많이 보이는 캐릭터가 등장하는 스마트폰 화면을 옆에 있는 18번 도요니시 와타루에게 자랑하듯 들이밀고 있다. 아무래도 소셜게임 친구인 모양인데, 레어 아이템을 얻을 수 있는 가챠를 뽑아서 신이 난 모양이다. 그러나 그 화면이야 앞으로 몇 년, 어쩌면 몇십 년 뒤에도 사람들 눈에 보일지 모르지만, 그 게임은 실제로는 '사고' 발생 후 1년이 지나지 않아 서비스를 종료했다. 미래 사람들은 그의 스마트폰 화면에 뜬 캐릭터를 성모라고도 해석하게 될까.

11번 시바타니 마호는 12번 세키구치 시오리가 내미는 막대과자 끝을 웃는 얼굴로 베어 물고 있다. 시바타니의 순진무구하게 웃는 얼굴과 세키구치의 어른스러운 미소에서 우정 이상의 감정을 감지했는지, 이 두 사람을 주인공으로 한 쇼트코믹이 수만 회나 리트윗되었다. 그러나 사고 희생자를 멋대로 모델로 삼은 이상 당연히 여론이 들끓었고, 쇼트코믹을 그린 아마추어 만화가는 주소와 이름이 밝혀지자, 트위터를 비공개 계정으로 전환했다.

9번 구모카와 히나타가 뻗은 손끝에는 스타벅스 컵이 공중에 떠 있다. 어쩌다가 테이블에서 미끄러지는 바람에 떨어질 지경이 된 게 틀림없다. 그 여자애의 손가락에서 벗어나고 있는 그 컵은 그대로 낙하해서 바닥을 더럽히겠지. 분명 2년쯤 후에는. 사고 후 몇 개월이 지나자 일본 스타벅스의 컵 디자인이 바뀌었는데, 가족의 심정을 배려해서라느니 평판이 신경 쓰여서라느니 하는 도시 전설이 회자되었다.

3번 다이나카 아카네는 창가에 앉은 7번 기타쓰지 메이의 손에서 트럼프 카드를 뽑으려던 참이었는지, 얼굴을 창 쪽으로 돌리고 있었다. 잡지 모델도 했던 다이나카는 단지 이쪽을 향하고 있는 모습만으로도 멋진 그림이 되었다. 그러나 그것이 미디어에 몇 번이나 다뤄지고 결국에는 흥미 위주의 성지 순례자까지 나타나게 되자, 다이나카의 부모님은 기타쓰지의 가족과 C열에 앉아 있던

2번 우키후네 도모야 가족의 허락을 받아, 포스터용 스탠드를 지면에 세우고 암막을 드리워 차단해버렸다.

29번 와카마 슌은 반년 후 일본을 찾을 예정이던 미국 록밴드 콘서트 티켓을 스마트폰으로 예약하는 중이다. 밴드의 보컬이 그 콘서트에서 와카마 슌을 위해 영구 플래티넘 티켓을 준비하고, 사고가 종식될 때까지는 밴드를 해체하지 않겠다고 선언한 이야기가 사람들 입에 미담으로 오르내렸다. 슌의 부모님은 그 밴드와 함께 매해 열리는 텔레비전 자선 프로그램에 출연했다.

10번 사기모리 쇼타는 수학여행에 녹초가 됐는지 좌석에 기대어 잠들어 있다. 그러나 창밖에서는 접이의자에 앉은 그의 어머니가 매일같이 말을 건넸다. 화제는 친척이나 지인의 근황, 연예계나 사회 뉴스 같은 하찮은 얘기뿐인 것 같다는 말을, 어머니에게 담요를 덮어주러 온 중학생 남동생에게 들었다. 그 동생이 말을 걸어도 어머니는 창 너머 큰아들에게만 말을 건넬 뿐이라, 나는 살며시 소매를 끄는 나기하라에게 이끌려 그 자리를 떠났다.

15번 다케쓰나 가즈마는 스마트폰을 주머니에 넣으려는 참인데, 그가 찍은 창밖 사진은 우리 반 단톡방뿐 아니라 이미 인스타그램에도 올라가 있었다. 좋아요 수가 계속 올라가는 한편, 익명게시판에서는 그 평온한 풍경사진이 '의미를 알면 무서운 사진'으로 몇 년이나 떠돌았다. 인스타그램 계정에 트위터와 독서미터* 계정이 연동되어 있었는데, 거기에 인기 애니메이션이나 만화에 대한 비판적인 감상이 많았기 때문에 인터넷에서 심한 놀림감이 되었다.

5번 가사와키 아유무와 6번 가쓰모토 쓰바사가 담소를 나누는 열의 창은 안내문으로 가려져 있었다. 〈현재, 이 신칸센에는 이상 사태가 발생하고 있습니다. 신속히 비상문의 잠금장치를 해제하고 피하십시오. 다른 승객들에게도 전해주십시오〉 하는 내용이 적힌 안내문이다. 처음에는 신칸센의 맨 앞쪽, 기관사의 눈앞 넓은 창에 긴급정차를 명령하는 안내문을 붙였지만, 몇 개월이 지나도 내부 승객들에게 그 정보가 전달되지 않는 것 같아서, 이번에는 기적을 믿는 일부 가족이 희망하는 열의 창에만 탈출을 촉구하는 안내문을 붙였다. 다만, 설령 메시지가 전해진다 해도, 긴급 탈출한 승객이 정상적인 시간으로 되돌아온다는 보장은 어디에도 없었다.

20번 하야시 다쿠미는 마술이 취미였다. 그는 25번 호소하라 가이토에게 파란 실크 손수건이 스마트폰을 관통하는 매직을 한창 선보이는 중이었고, 호소하라는 놀란 눈을 휘둥그레 뜨고 입을 벌리고 있었다. 그런데 신칸센의 창밖에서는 스마트폰 뒤쪽에 또 한 장의 손수건을 감춰둔 속임수가 훤히 보여서, 밖에 있는 사람들에게는 그 마술의 비밀이 누구나 아는 사실이 되고 말았다.

4번 오쿠오 미와와 27번 야구라 야마토는 자리에 앉아 있지 않

* 일본 최대의 독서 커뮤니티 사이트.

았다. 신칸센 승강구의 발판에서 오쿠오가 야구라의 몸에 기대고 서 있는 모습이 당장 키스라도 할 것 같은 분위기였다. 그 모습이 보이는 창의 바로 앞에는 오늘 나기하라가 사용했던 포클레인이 마주하고 있었다. 측면에서도 천장에서도 꿈쩍하지 않는 신칸센을 바닥 쪽에서 들어보려고 시도한 것이다. 그러나 신칸센의 바닥 역시 인간의 이해 범위를 넘어선 방벽에 가로막혀 있어서 쓸데없이 시간만 잡아먹었을 뿐이다.

하리모토 사쿠라가 수학여행 안내서를 읽고 히가키 리코가 하리모토에게 어이없어하는 눈짓을 보내는 그 앞 열에서는, 14번 다카하시 나나미와 28번 요시오카 린이 웃는 얼굴로 몸을 찰싹 붙이고 스마트폰을 향해 브이 포즈를 취하고 있었다. 그런데 다카하시의 손목에 자해 흔적을 연상시키는 굵은 손목보호대가 감겨 있었기 때문에, 그 여자애가 반에서 끔찍한 괴롭힘을 당하고 있었고 그 부정적인 에너지가 저속화 현상의 원인이 되었다는 내용의 소설이 소설 투고 사이트에 익명으로 업로드되어 화제를 불러일으킨 끝에 규정위반으로 삭제되었다. 나 또한 그애의 손목보호대가 자해의 흔적을 감추기 위한 것인지 아닌지 알지 못한다.

음악게임을 하고 있기 때문에 우리에게 신칸센 열차 안에서 시간이 흐르고 있다는 것을 알게 해준 24번 후미야마 다이스케 옆에는 16번 데라우라 겐타로와 26번 호리 아야카가 다정하게 얘기를 나누고 있다. 창밖에서는 열차 안의 아이들을 대하는 방식에 의견이 갈라진 결과, 데라우라 가족은 이 창 앞에 올 때마다 꽃을 바쳤고, 호리 가족은 그것을 볼 때마다 치우는 과정이 되풀이되었다. 오늘은 꽃이 있는 날인데, 작은 꽃병에 꽂힌 하얀 꽃이 밤이슬에 젖어 있었다.

13열 A석에 앉은 17번 도노이 지히로는 한창 수학여행 중인데도 보란 듯이 단어장을 넘기고 있었다. irrevocable / 돌이킬 수 없는. 수학여행 전에 본 모의고사 결과가 사고 후에 나왔는데, 결과는 E로 저조했다는 그럴듯한 소문이 인터넷에 나돌았다. 그애의 부모님은 JR을 상대로 소송을 건 그룹 안에서도 말이 많은 사람들이었는데, 그래서 반감을 샀는지도 모른다.

19번 네고로 아오이는 스마트폰 카메라를 보며 옷매무새를 가다듬는 것 같았다. 그애가 스마트폰을 든 왼손 약지에선 반지가 반짝이고 있었다. 가족협회 구성원의 일부만이, 매주 한 번씩 그곳을 찾아오는 대학생 같아 보이는 청년의 손가락에서 똑같은 반지가 반짝인다는 걸 알고 있었다. 반년 전쯤 그가 이곳에 찾아왔을 때 그 모습을 카메라에 담으려던 한 주간지 기자를, 우연히 그 자리에 있던 나기하라가 발견하고 방망이를 휘둘러 쫓아버린 일도 있었다.

얼어붙은 밤, 나는 모두와 함께 있었다. 죄책감을 안고.

창밖의 인간들은 창 안쪽의 인간들을, 자기들이 원하는 이야기의 소재로 탐욕스럽게 먹어치웠다.

불과 1년 전까지만 해도 아이들과 나는 같은 교실에서 평범하게 수업을 듣는 보통 학생이었다. 모의고사 결과나 체육 수업 내용이나 숙제 분량에 일희일비하고, 동영상을 돌려보고, 소셜게임 화제로 즐거워하고, 누가 고백을 했느니 헤어졌느니 하는 유치한 소문에 열을 올리는 친구 사이였다.

그런데 이제 우리 사이엔 2700년이라는 시간이 가로놓여 있었다.

이윽고 우리는 어느 차창 앞에 멈췄다. 나기하라와 나는 이곳에 올 때마다 그 창을 몇 번이나 순례했다.

그런데 오늘은 아직 안에 있는 사람을 볼 마음이 생기지 않았다.

"중3 여름방학 무렵에 아빠가 부부싸움을 하다 엄마를 때리고 도망쳤어."

신칸센을 등진 나기하라가 불쑥 얘기를 풀어놓기 시작한 것은 밤의 어둠에 압도되어서였을까.

"아빠는 결혼 전에 사귀던 여자가 있었는데도 상사의 딸과 결혼 얘기가 오가자 출세를 선택하고 그쪽으로 기울었지. 결국 버림받은 쪽은 아마노 엄마였는데, 이미 아마노를 임신한 상황이었대. 아빠는 위자료까지 준 모양이지만, 미련은 철철 넘쳤겠지. 그쪽 집에도 자주 드나들었던 모양이야."

"이거, 내가 들어도 되는 얘긴가?"

나기하라는 내 말 따윈 들리지도 않는다는 듯이 무시하고 말을 이었다.

"그래서 나도 아빠는 그냥 쓰레기라고 생각했지. 그런데 어느 날 집에 왔는데 엄마가 맞아서 울고 있잖아. 그래서 내가 결판을 내주기로 했어. 아빠 몰래 스마트폰에 깔아둔 위치추적 앱으로 추적했더니 그쪽 집에 있었어. 자전거를 타고 정신없이 달려갔는데 거기가 그 녀석의, 아마노의 집이었어."

나는 아마노와 소꿉친구라 유치원 시절부터 매일같이 얼굴을 봐왔다. 그런데도 아빠는 죽고 없다는 아마노의 말을 철석같이 믿고 있었다. 나기하라를 만나기 전까지는.

"난 아마노의 집으로 들이닥쳐 초인종을 눌렀어. 아무것도 모르고 기어 나온 그 빌어먹을 아빠라는 인간을 현관에서 두들겨 팼지."

"쇠, 쇠방망이로?"

"쇠방망이로 사람 팼다간 죽어."

"역시 그 정도 상식은……"

나기하라는 조심성 없는 내 발언을 흘려버리고 말을 이었다.

"아빠가 웅크리고 쓰러진 현관으로, 때마침 처음 대면하는 아마노가 내려왔더라고. '경찰이랑 구급차 불러. 여자 강도가 집으로 쳐들어와서 우리 아빠를 폭행하고 버티고 있다고 해'라고 말했지. 그랬더니 뭐랬는지 아냐?"

나는 고개를 옆으로 저었다.

"'그 전에 나도 이 남자 때려도 돼?' 이러는 거야."

"분노를 참을 수가 없었구나."

"내가 대답도 안 했는데 기절한 아빠의 뺨에 따귀를 날렸어. 그러곤 '신고해줄 테니 잠깐 도와줘' 이러는 거야. 하는 수 없이 2층까지 올라갔지. 그런데…… 뭘 도와달랬는지 너라면 알 텐데?"

"……원고?"

설마 하면서도 묻자, 나기하라가 고개를 끄덕였다.

"구급차가 왔고 아빠는 일단 데려갔는데, 처리가 끝난 다음에 곧바로 다시 2층으로 끌려갔어. 여행 갔던 아마노 엄마가 돌아올 때까지 밤새도록 베다랑 톤이랑 화이트 작업을 도와야 했지. 그런 건 난생처음이라 베다가 삐져나왔을 때는 엄청 혼났고."

"아마노…… 그 시기에는 아날로그에 도전했었어. 시험 삼아 해본 건데, 역시 디지털보다 나은 부분이 없는 것 같다는 결론이 나서 바로 그만뒀지. 나한테도 톤을 붙이라고 시킨 적이 있어."

"그것도 어렵던데."

나기하라와 나는 마주 보았고, 아날로그 챌린지 피해자끼리 친목을 다졌다.

"그런데 난 원고 때문에 지쳐서 아마노 집에서 그대로 잠들어버렸어. 그리고 어찌 된 영문인지 아무 일도 없이 집에 돌아올 수 있었지. 아마노랑 둘이 아빠를 폭행한 게 돼서 경찰관한테 엄청 깨졌지만, 보호지도는 가까스로 면했어. 그때부터 가끔씩 아마노랑 놀러 다니게 됐고."

"설마 나쁜 일에 끌어들인 건 아니겠지?"

"그럴 리가 있냐. 평범하게 쇼핑 같은 거 했다고. 그런 기특한 생명체의 인생을 망쳐놓을 순 없잖아. 나도 아마노가 시키는 대로 학교도 꽤 나갔고, 제법 성실한 인간이 됐지. 화장실에서 담배 피우다 걸려서 수학여행 못 가게 됐을 때는 아마노한테 엄청 혼났지만 말이야."

"그러면서 어떻게 성실한 인간이라고 하지?"

"아 글쎄, 그 후로는 계속 금연했다니까!"

"미성년자가 금연이 자랑인가?"

"이 정도면 훌륭하지. 이젠 어른들 눈총도 안 받아."

"말도 안 돼. 선생님이 몇 번이나 말해도 머리 염색을 끝까지 고집한 주제에."

"아마노가 예쁘다고 했단 말이야. 되돌릴 이유가 없잖아."

그렇게 말하고 고개를 숙인 나기하라의 표정에는 왠지 두려워하는 듯한 그늘이 드리워져 있었다.

"계속 못 물어봤는데, 너 말이야, 나를 전혀 몰랐다는 건 아마노가 내 얘기를 안 했다는 뜻이지?"

"응."

나는 고개를 살며시 끄덕였다.

"근데 고등학교에 입학했을 무렵부터 가족이랑 놀러 갔다는 얘길 자주 했어. 나는 엄마랑 같이 갔거나 사실은 남자친구가 생겼거나, 둘 중 하나라고 생각했지."

"가족이라."

나기하라가 그 말을 곱씹듯이 중얼거린 후, 나지막이 한숨을 내쉬었다. 손끝을 입가에 대는 몸짓은 담배가 간절했기 때문인지도 모른다.

나기하라가 신칸센 차체에 몸을 맡기고 밤하늘을 올려다보았다.

우리는 시속 290킬로미터의 2600만 분의 1의 속도로 느리게 질주하는 신칸센에 등을 대고서, 아마노가 있는 창을 사이에 두고 얘기를 나누고 있었다.

"아마노가 뭐라고 했는지는 모르겠지만…… 난 아마노랑 어떻게 만났는지 기억이 안 나. 줄곧 소꿉친구라서……"

"매정한 놈. 아마노는 기억하던데."

"정말?"

"유치원 때였잖아. 선생님이 읽어주던 그림책의 다음 얘기를 네가 멋대로 지어내서 애들한테 들려주고 다녔다던데? 가구야 공주가 달에서 돌아오는 얘기 같은 거. 그 얘길 제일 잘 들어준 상대가 아마노였어."

"그 말을 들으니까 생각난다. 으윽, 창피해."

지금 이 순간까지도 까맣게 잊었던 걸 보면, 기억력이 어지간히 좋지 않거나 너무 창피해서 기억의 문을 닫아버렸거나 둘 중 하나

일 것이다.

"그럼, 내 얘길 못 들은 것도 아니었으면서 처음에 왜 그랬어? '나쁜 벌레'니 뭐니 하면서."

"처음 봤을 땐, 그 정도로 네 거동이 수상했으니까. 왠지 엄청난 거짓말쟁이처럼 보였고."

그 말을 듣자, 배 속 깊은 곳에서 무언가가 북받쳐 올랐다. 털어놓고 싶은 얘기가 있었기 때문이다.

"저기, 내가 신칸센을—"

그러나 목소리가 너무 작아서 나기하라의 귀에는 들리지 않았던 모양이다.

"그래, 그때는 내가 널 믿어주지 못해서 미안했다."

그런 사과까지 받아버리자, 나는 할 말을 잃고 말았다.

"어? 왜 그래?"

"아니, 그게, 나 실은, 신칸센을…… 아마노랑 같이 탄 적이 있어. 중학생 때."

"아마노한테 들었어. 만화 들고 도쿄 갔었다며?"

나는 고개를 꾸벅 끄덕였다.

"난 엄마가 없고 아마노는 아빠가 없고 게다가 방임하는 가정이라 아이들 둘이서만 떠난 여행이었어. 아마노도 나도 신칸센은 난생처음 타보는 거여서 텐션이 장난 아니었지. 역에서는 도시락을 샀고, 열차 안에서는 이동판매 수레가 와서 둘 다 아이스크림을 시켰어. 그런데 판매원이 스푼을 깜박했나 봐. 아이스박스에서 아이스크림을 꺼내 테이블에 놓더니 '스푼 가지고 올 테니, 잠깐만 기다려주세요' 하고는 수레를 밀고 왔던 길로 되돌아가는 거야. 나는 그냥 기다렸는데, 아이스크림은 점점 녹아서 판매원이 돌아왔을 때는 흐물흐물 먹을 수가 없었지. 하는 수 없이 신칸센 화장실에 버렸어."

"아마노는?"

"스푼을 안 기다리고 도시락 나무젓가락으로 찍어 먹었어. 기다리면 녹아버린다면서."

"내가 해준 얘기에 비하면 너무 시시하잖아. 내가 손해야."

"아니, 그러니까 내가 하고 싶은 말이 뭐냐면."

농담으로 대화의 맥을 끊으려 하는 나기하라에게 내가 진지하게 말을 이었다.

"아마노는 기다리는 쪽의 인간은 아니었어. 가만있지 않는 인간이었지. 안 그래?"

8번 긴조 아마노는 화이트초콜릿 커버를 씌운 스마트폰을 손에 들고 있었고, 누군가에게 막 사진을 보내려는 참이었다. 그것은 당시에는 아직 세상에 나오지 않은, 편집자에게 건네받은 잡지의 한 페이지를 찍은 사진이었는데, 아마노가 투고한 작품이 수상 후보에 올랐음을 알리는 내용이었다. 스마트폰 화면은 받을 사람을 선택하려는 순간이었고, 그 손끝은 '나기하라 사리'와 '후시구레 하야키' 사이에 떠 있었다. 어느 쪽에 먼저 소식을 전하려 했는지 알 수 있을 무렵, 우리는 분명 어른이 되어 있겠지.

***

소년이 아직 어렸던 무렵에 만난, 그 그림을 쏙 빼닮은 소녀는 '떠도는 이'였다.

용의 코앞에서 얼마 안 되는 거리에 있는 초원에는 '영원한 벽'이 우뚝 솟아 있다. 아름다운 무늬가 새겨진, 눈처럼 하얗고, 그러면서도 투명한 신비로운 돌. 높이는 어른 다섯 명의 키를 합한 만큼 되어 보이고, 폭도 그에 가까웠다. 일찍이 신께서 용과 거대한 독수리와 거북과 기린을 늦게 만들었을 때, 인간들에게 보내는 계율로 그 아름다운 벽을 내렸다고 한다. 그래서 그 벽에 혼자 다가가려 하는 사람은 없었다.

소년이 그 소녀를 발견한 것은 아침이슬이 풀잎에 방울져 내리던 새벽녘, 신철神鐵을 주우러 나갔기 때문이다.

'영원한 벽'에 굵직한 나뭇가지 몇 개를 사다리 삼아 걸쳐놓고 위쪽까지 올라간 소녀는 벽에 새겨진 무늬를 손가락으로 어루만지고 있었다. 소녀가 입은 옷은 쪽빛으로 물들어 있어서 소년은 문득 자기가 입고 있는, 초목을 엮은 칙칙한 연두색 옷이 추레하고 부끄럽게 느껴졌다.

뭐 하느냐, 누구냐는 질문에, 사다리를 조금 내려온 소녀가 소년을 내려다보고 선 채 대답했다.

옛사람들의 문자를 조사하고 다녀. 너희는 이 벽에 새겨진 걸 무늬라고 생각할지 모르지만, 사실은 역사를 써놓은 기록이야.

그 말에 흥분한 소년이 물었다.

그게 사실이면 알려줘. '벽'에 무슨 내용이 쓰여 있지?

소년은 용에 그려진 그림 속의 소녀와 연관된 것이면 뭐든 다 알고 싶었다. 옛사람들에 관해 알 수만 있다면 뭐든 좋았다. 그런 마음을 소녀에게 말했다.

소년은 하지 축제 때 몇 번이나 들었던 이야기를 암송할 수 있었다. 그 이야기를 한 차례 듣고 난 소녀의 얼굴에 미소가 떠올랐고 소년은 그 미소를 보며 신비로운 기시감을 느꼈다.

소녀는 입가에 수수께끼 같은 미소를 머금은 채 말했다.

저 벽에 쓰인 내용을 알려줄게.

저기에 새겨진 말이 알려주는 건, 너희 사이에 전해져오는 용의 전설이라는 게 다 거짓이라는 거야.

저건 살아 있는 용이 아니야. 옛적 우리 선조가 만든 도구지. 옛사람들은 대지를 달리고, 공중을 떠다니고, 바다를 가로지르고, 하늘을 날아다니는 도구까지 만들어냈어. 동물이 아니니 늙을 리가 없고, 신의 벌을 받았다는 것도 틀린 말이야. 어느 날 갑자기 도구의 상태가 나빠져서 빨리 달릴 수 없게 됐을 뿐이지.

소년은 소녀를 올려다보며 당혹스러운 듯이 말했다. 혹시 그 얘기가 진짜라고 해도 전설과 크게 다르진 않잖아. 용을 신이 만들었느냐, 인간이 만들었느냐 하는 차이 정도지.

그 말이 맞을지도 모르지. 소녀는 고개를 끄덕였다.

그렇지만 한 가지, 너희가 크게 착각한 게 있어.

네가 말한 고대인이 그렸다는 그림 말인데, 그건 그림이 아니야. 마치 투명한 물 너머에 사람이 있는 것처럼, 저 투명한 벽 너머에 정말로 인간이 있거든. 안에서는 옛 인간들이 자기들이 만든 도구가 목적지까지 데려다주길 줄곧 기다리고 있지. 너희 천막에 사는 이들은 저 안에 있는 사람들을 기다리기로 결정한 사람들의 후손이야.

소녀의 말을 듣고, 소년은 마침내 깨달았다.

소녀가 고대의 문자를 조사하러 다닌다는 것은 되는대로 꾸며낸 말이었다는 것을. 제아무리 고대인이라고 해도 용 속에서 그렇게 오래 살고, 계속해서 나이를 먹지 않을 리가 없다.

소녀는 한낱 허풍쟁이였을 뿐이다.

당황해서 말문이 막혀버린 소년은 아랑곳없이 소녀가 말을 이었다.

그리고 잊어선 안 되는 게 하나 더 있어. 언젠가는 너희가 말하는 '용'이 목적지에 다다르고, 그 속에서 옛사람들이 빠져나오는 날이 반드시 찾아올 거야. 그때 세상의 모습은 완전히 변해 있겠지. 나는 그때 그 자리에 함께할 수 없겠지만, 누군가는 반드시 밖에서 그 순간을 기다리다 맞아줘야 해. 우리는 당신들을 잊지 않았다, 이렇게 모든 걸 지켜왔다, 그렇게 전해주지 않는다면, 안에 있던 사람들의 슬픔이 헤아릴 수 없이 커져서 엄청난 재앙을 불러올 테니까. 하지만 만약 잊지 않고 기다려준다면, 재앙 대신 기적을 가져다줄지도 몰라.

얘기를 끝낸 소녀는 사다리에서 내려왔고, 그 사다리를 쓰러뜨린 후, 익숙한 손놀림으로 짐을 정리해 떠나버렸다. 그 행동이 너무나 자연스러워서 소년은 이제 어디로 갈 거냐고 묻지 못했다. 다만, 서쪽 방향으로 간 것만은 확실했다.

소년은 소녀가 사라진 후에야 그 얼굴 생김새가 그림 속의 소녀와 닮았다는 사실을 깨달았다.

그 후 오늘에 이르기까지 소녀와는 두 번 다시 만난 적이 없다. 소년 이외에는 그 소녀를 본 이가 없었고, 어른들에게 '벽'을 탐색하는 소녀를 만났다는 얘기를 해봐도 아무도 믿으려 들지 않았다. 몇 년이나 흐르다 보니, 소년 스스로도 꿈을 꾼 게 아닐까 하는 생각이 들 정도였다.

그러나 용의 죽음을 수군거리게 된 후로 소년이 몇 번이나 기억 속에 떠올린 것은 소녀가 했던 말이었다. 그 용은 살아 있는 존재가 아니라는 말.

어른들은 용이 죽어가고 있기 때문에 용의 걸음이 늦어졌고, 제

로에 가까워지는 거라고 말했다. 그러나 소녀의 말대로라면, '용'
이 거의 움직이지 않게 된 이유는 죽음의 징조가 아니라, 오랜 세
월이 지나 마침내 목적지에 다다르는 중이라는 뜻이었다. 그리고
움직임을 멈춘 용 속에서 고대의 사람들이 나타나, 재앙을 퍼뜨리
거나 기적을 불러오거나 둘 중 하나를 행하게 될 것이었다.

*　*　*

그것은 고층빌딩으로 둘러싸인 역 로터리 한복판에 난데없이
출현한 거대한 돌기둥처럼 보였다. 높이는 2층 맨션 정도 될까.

대폭적인 노선 재검토 공사를 막 끝낸 참이라 JR나고야 역의 사
쿠라도리 출구 주변은 택시며 버스 대기실의 표지며 간판도 모두
부드럽고 따뜻한 새 색깔로 가득했다. 그런 와중에 거대한 구조물
에는 투박한 파란 천이 덮여 있어서 아직은 그 색을 확인할 수 없
었다.

오늘 아침에서야 사쿠라도리 출구 폐쇄가 풀린 터라 아직은 택
시도 버스도 승용차도 보이지 않았다. 그런데도 수많은 사람들이
로터리에 모여 있었다. 그 거대한 구조물이 베일을 벗는 순간을
기다리며.

스위치를 누르는 사람은 단상 위에 선 가족협회 구성원 중 한
명이었다.

윈치의 기계음과 함께 파란 천이 조금씩 벗겨지자, 그 투명한 위용이 서서히 모습을 드러냈다.

사각형 스케이트 링크를 세로로 세운 듯한 흰색이었다. 석영유리 속에 레이저로 문자를 새겨서, 아득한 미래까지 파손되거나 깎이지 않고 읽을 수 있었다.

〈노조미 123호 승객 여러분, 어서 오세요〉라는 문장이 맨 위에 거대하게 쓰여 있었고, 그 밑으로 그들의 사정을 설명해주는 문장이 이어졌다. 요컨대 그들이 탔던 신칸센 열차가 수수께끼 같은 저속화 현상에 휘말렸고, 그들이 나고야에 도착한 때는 2700년 이상이 지나 있다는 내용. 승객들의 관련자들이 국가의 협조까지 받아가며 그들을 원래 시간으로 되돌리기 위해 갖은 노력을 다했지만 성공하지 못했다는 내용. 몇몇 물품은 그들을 위해 지하에 묻어 남긴다는 내용.

그리고 나머지 공간에는 오로지 이름만 적혀 있었다. 이 비碑를 남기는 것에 찬성한 관련자들의 이름이었다. 열차 탑승객의 이름을 넣으면 적은 인원수로 끝났을 테지만, 메시지를 보낸 쪽의 이름을 남긴 이유는 단순했다.

열차 승객들의 이름만을 새기면, 그들의 위령비로 보이고 말 테니까.

물론 아무리 발버둥을 쳐도 그 비는 묘비로 보일 뿐이었다. 만들기 전부터 일고는 있었다. 그러나 이왕 그렇다면, 최소한 2700

년 후에 열차에서 내리게 될 승객들에게는 바깥 사람들의 묘처럼 보일 수 있도록 한 것이다.

비 바로 아래에는 대량의 물자가 묻혔다. 다만, 묘비와는 달리 각각의 가족에게 받은 물품들은 2700년이라는 시간을 견뎌내지 못할 재질의 것들도 있었고, 기노카미 고등학교 2학년생 전원의 졸업증서를 담은 통을 넣은 것은 아무리 봐도 이쪽에 남은 인간들의 자기만족이었다.

단상에 오른 사람들이 잇달아 바뀌었다. 열차 승객들 가운데는 우리 고등학교 학생 이외에도 수많은 남녀노소가 있었기 때문이다. 단상에 오른 사람들이 풀어놓는 추억은 다양했다. 노조미 열차에 삼켜진 사람들 중에는 금혼식 기념 여행을 떠났던 노부부, 취업 준비를 하던 대학생, 동인 이벤트를 마치고 집으로 돌아가던 만화가 등 무수한 부류의 사람들이 있었다는 사실을 그들은 전해주었다.

나는 내 졸업식 기억을 함께 떠올리며, 모인 사람들의 행렬을 바라보고 있었다.

그런데 졸업식과는 결정적으로 다른 점이 있었다.

다른 무엇보다 눈물을 흘리는 사람의 비율이 낮았다. 장소가 멀었던 만큼, 관계자만 모였던 졸업식과 달리 구경꾼이 많은 탓도 있을 것이다. 그러나 가장 큰 이유는 그게 아니었다.

상황이 변하기 시작한 것은 사고로부터 5년 후, 내가 긴긴 망설임 끝에 대학 졸업 후의 진로를 간신히 결정한 해였다.

계기가 된 것은 인터넷으로 배포된 드라마였다.

그것은 수학여행 중 탑승했던 크루즈를 타고 돌연 멀고 먼 미래로 가게 된 고등학생들의 생존기를 최신 CG 기술을 가미해 그려낸 드라마였다. 연출가와 작가는 인터뷰에서 예전 만화나 해외 SF 드라마에서 영향을 받았다고 말했지만, 그것이 기노카미 고등학교의 '사고'를 모티브로 삼았다는 것은 초등학생도 알 수 있었다. 그런데도 그때까지의 다른 편승작과 다르게 반응이 대체로 호의적이었다. 작품의 완성도가 비판을 잠재웠다는 평가도 나돌았다.

그러나 사실을 말하자면.

다분히 5년이라는 세월이 세간의 여러 감정을 마모시키고 풍화시킨 결과였다.

악플이 반복해서 쇄도해도, "바닷가의 모래가 없어질지언정 세상에서 도둑이 사라지는 일은 없으리"라던 옛날 시처럼, 소설 사이트에 계속해서 올라오는 '저속화 재난물'은 급기야 팬데믹 현상처럼 커져만 갔다.

2700년 후의 세계로 날아간 소년소녀들은 무수한 미래를 직면했다.

핵전쟁으로 붕괴한 세계의 문명을 다시 일으켜 세웠다. 기계의 지배를 받는 디스토피아에서 저항을 도모했다. 수생생물이 먹이사슬의 정점이 된 세계에서 학살을 피해 필사적으로 살아남았다.

투쟁심을 잃은 미래의 인류를 통솔하여 국가를 만들고 전쟁을 일으켰다. 성적 금기가 파괴된 세계에서 온갖 인체훼손과 부도덕한 성행위를 체험했다. 성인聖人적인 윤리관이 당연시되는 세계에서 기이한 시선 속에 박해를 받았다.

기노카미 고등학교가 아니라, 노골적으로 글쓴이의 학교와 반 아이들을 등장인물로 삼는 작품도 양산되었다. 사춘기 청소년에게는 자기 주변을 끌어들이는 망상의 소재로 이보다 좋은 건 없었을 것이다.

2700년 전의 시대에 두고 온 연인과의 이별이 그려졌다. 2700년 후로 오갈 수 있는 신비로운 터널로 구원을 받았다. 어찌 된 영문인지 2700년 전의 인터넷 게시판에만 연결되는 스마트폰을 활용했다. 2700년 후의 세계에서 다시 한번 신칸센을 타고 더 새로운 미래를 향해 갔다.

노조미 123호의 바깥에 있는 사람들은 무시무시한 속도로, 안에 있는 인간들을 소비하고 소화해갔다.

종이 잡지를 폐간하고 가로쓰기 제목이 붙은 세련된 웹 매거진으로 변신했지만 알맹이는 무엇 하나 바뀐 게 없는 매체의 기자로 활동했던 삼촌은 자못 떨떠름한 표정으로 이렇게 말했다.

"이렇게 될 줄 알았어. 가상전쟁물이니 배틀 로열이니 이세계異世界니 하는 전례가 있었으니 반드시 이렇게 될 줄은 알았지. 하지만 선구자가 아니면 아무것도 얻을 수 없어. 뒷북은 소용없지. 한 발 늦었어."

내가 그런 말을 투덜거리는 삼촌을 조금 증오했던 건 사실이다. 스무 살 때 아버지가 돌아가시고 내게 유일한 혈육으로 남은 삼촌은 전보다 내게 더 신경을 썼지만, 나는 오히려 인연을 끊고 싶은 마음이 솟구쳤다.

그러나 나에게 그럴 자격이 없다는 것은 다른 누구보다 내가 잘 알고 있었다.

졸업식과 다른 점이 두 가지 더 있었다.

우선, 나기하라가 여기에 없다는 것. 그녀는 이 행사의 참가 여부를 FEEL 한 통으로 거절했다. '엠패스Empath'를 누르지 않아도, 거기에 담긴 감정은 문구만으로 충분히 전해졌다.

"누가 뭐라고 해도 그건 무덤이야. 살아 있는 인간의 무덤을 만드는 악취미에는 동조할 수 없어."

나기하라 역시 일단은 할당받은 타임캡슐에 물품을 넣었겠지만, 프로 레이서가 된 그녀는 현재 해외에 있을 것이다.

내가 단상에 올라 얘기를 해야 하는 것도 졸업식과는 달랐다.

나는 마이크 앞에 서서 입을 열었다.

"기노카미 사립 고등학교 2학년 D반이었던 후시구레 하야키입니다. 기노카미 고등학교 관계자를 대표해서 인사드리겠습니다."

남녀노소의 수많은 시선이 나에게로 모였다.

그중에 눈에 익은 얼굴이 보였다. 군중 속에서 2학년 D반 친구의 얼굴을 발견하고 한순간 흠칫했지만, 콘택트렌즈형 단말기인 아이콘Icon으로 확대해보니 가족이라 닮았을 뿐이란 걸 깨닫고 조금 낙담했다. 사고 당시에는 아직 어렸던 친구의 동생이 친구를 쏙 빼닮게 성장한 모습에 어쩔 수 없이 세월의 흐름을 실감했다.

마음은 그렇게 다른 데 가 있었어도 미리 준비한 문장을 아이콘이 눈앞에 표시해주었기 때문에 실수 없이 말을 이어갈 수 있었다.

"그 사고가 발생했을 때, 저는 제 방 침대에 누워 있었습니다. 독감에 걸려 수학여행에 가지 못하게 된 바람에 첫날은 불만스러운 마음도 있었습니다. 그러나 단톡방에 잇달아 올라오는 사진과 정보를 보다 보니, 어느새 저 또한 수학여행을 같이 간 듯한 착각에 빠졌습니다. 반장이었던 하리모토 사쿠라 학생이 결석한 저를 위해 가능하면 여행의 추억들을 많이 올려달라고 말해준 덕분이었습니다. 그들이 더없이 소중한 친구들이었음을 실감한 바로 그 순간, 제가 반 친구들과의 이별을 경험하게 될 줄은 꿈에도 몰랐습니다.

그것은 반 친구들도 마찬가지였을 겁니다. 각자 모두가 내일이나 미래에 관해 아주 자연스럽게 얘기했습니다. 와카마 슌 학생은 반년 후에 일본을 방문하는 해외 밴드의 곡을 친구들에 세 권하며 돌아다녔습니다. 콘서트 표 발매일을 애타게 기다렸습니다.

반 친구들은 훨씬 더 훗날의 미래도 꿈꾸었습니다. 도노이 지히로 학생은 초등학생 때 동일본대지진으로 재해를 입은 경험이 있었습니다. 그때 의사가 되어 많은 사람들의 생명을 구하겠다고 결심했고, 그러기 위해 열심히 공부하고 있다고 영어 스피치 시간에 확신에 찬 눈동자로 말했습니다.

긴조 아마노 학생과는 유치원 때부터 알고 지냈습니다. 아마노 학생은 어린 시절부터 만화가를 꿈꾸었습니다. 도쿄에 원고를 들고 찾아간 적도 있었습니다. 담당 편집자까지 생긴 참이라 꿈을 이루기 일보직전이었습니다. 저는 아마노가 꿈을 이루는 모습을 가까이에서 지켜보고 싶었습니다."

거기까지 말하자, 역시나 눈물을 글썽이는 사람, 손수건을 꺼내 드는 사람이 언뜻언뜻 눈에 들어왔다.

이런 거짓투성이 연설에도.

분노가 치밀어 올랐다. 다른 누구도 아닌 나 자신에게.

회장의 모든 사람들은 속일 수 있어도 나 자신은 속일 수 없다.

나는 알고 있다. 나를 위해 단톡방에 글을 올려달라고 호소한 것은 하리모토가 아니라 아마노였다. 하리모토의 이름을 꺼낸 이유는 가족협회에서 하리모토 집안이 재정적으로 큰 역할을 맡고 있었기 때문에 그 자리에서 인상적인 일화를 얘기해줄 필요가 있어서였다. 암표 거래로 용돈을 번다고 자랑했던 와카마 슌은 라이브 공연에 자기가 갈 생각은 애당초 없었을 것이다. 그 얘기를 한 것은, 올해 자선 프로그램에서 예의 그 밴드에게 다시 한번 스포트라이트가 쏟아지도록 홍보를 해야 했기 때문이다. 도노이 지히로가 의사를 목표로 삼았다는 것 역시, 사고 발생 1주년 특집으로 신문에 실린 어머니의 증언을 읽기 전까지는 알지 못했다. 도노이를 언급한 것은 단어장을 펼친 채로 정지한 그애가 아직도 인터넷에서 야유당하는 걸 가슴 아파하는 가족협회의 의지 때문이었다.

모든 게 거짓투성이다. 아마노의 얘기도 내 얘기조차도.

나는 기노카미 고등학교의 관계자 대표로서 남겨야만 할, 어른들에게 요구당한 거짓투성이의 연설을 술술 풀어놓으며 나 역시 이미 어른이라 불리는 나이가 되었다는 것을 실감했다. 가슴속에서 뭔가가 부글부글 끓어올랐다.

폭발물 같은 충동.

이것은 폭탄이다, 모든 진실을 털어놓고 편해지고 싶다, 억누를 수 없는 그런 마음.

전부 얘기해버려.

"저는一"

강렬한 유혹에 무릎을 꿇지 않고 끝낼 수 있었던 것은 이상한 분위기를 감지했기 때문이다.

몇몇 사람들이 한 점을 응시하며 아이콘에 집중하고 있었다. 몇몇은 손가락을 얼굴에 가까이 대고, 반지형 단말기인 링유RingYou에다 속삭이는 목소리로 검색을 하고 있었다. 소곤소곤 대화를 나누는 모습도 보였다. 평범한 손님들뿐만이 아니고, 가족협회의 낯

익은 얼굴과 그 자리에 참석한 정치인들까지 뒤숭숭하게 들썩였다. 하늘을 올려다보는 사람까지 있었다.

그 자리에 모인 누구도 내 얘기를 듣고 있지 않았다.

술렁임은 서서히 번져갔고, 그러다 급기야 누군가가 소리쳤다.

"미국에서 일본으로 오던 비행기가 추락했대! '저속화' 때문에!"

그 후 몇 시간 동안의 기억은 내게서 깨끗이 사라지고 말았다. 또 한 사람을 잃은 충격 때문이었다.

***

링유 화면에 뜬 기자회견에는 일본인과 더불어 외국인 기자도 많이 모여 있었다.

기자회견은 머리가 벗어진 국토교통성 대신大臣의 말할 수 없이 난해한 설명으로 시작되었다.

"항공관제 기록에 따르면, 8월 14일 오후 4시 15분경, JNA 256편의 통신이 먼저 두절되었다고 합니다. 같은 날 오후 4시 28분경, 인근을 비행하던 JAR 312편이 관제로 긴급 연락을 보내왔습니다. 〈목시目視 범위 12시 방향에 레이더에 잡히지 않는 기체가 있다.〉 4시 32분에 추가 보고가 들어왔습니다. 〈움직임으로 보건대 기체는 공중에 정지되어 있을 가능성이 높다.〉 공중에 정지해 있던 이 기체는 256편이었던 것으로 보입니다. 4시 35분 이후,

관제에서 수차례 교신을 시도했으나 역시 답변이 없었습니다.

4시 38분, 312편과의 연락이 두절됐습니다. 곧이어 4시 42분에 레이더 반응이 있었습니다만, 이것은 먼저 연락이 끊겼었던 256편의 것으로 보입니다. 256편과의 연락이 재개됨과 동시에 312편과의 연락이 두절된 것입니다. 4시 44분, 256편에서 관제로 보고가 들어왔는데, 6시 방향에서 돌연 다른 기체가 나타나 접촉을 피하려 했으나 실패, 유압 시스템이 정상 작동하지 않아 제어 불능 상황에 빠졌다는 내용이었습니다. 256편은 결국 조정이 불가능한 상태에 빠졌고, 자세제어를 시도했으나 태평양 상공에서 추락했습니다. 추정 시각은 4시 50분입니다. 312편에 관해 말씀 드리면, 다른 기체에서 보내온 관측 정보에 따라 판단하건대 아직 공중에 정지해 있는 것으로 보입니다."

256과 312라는 편명만 오락가락해서 도무지 무슨 일이 일어난 건지 핵심을 파악할 수 없었다. 기자들도 그런 표정을 짓고 있었는지, 대신은 땀을 훔치며 얘기를 덧붙였다.

"음, 허리케인 같은 것에 비유해야 이해가 빠를까요? 먼저 256편이 돌연 발생한 허리케인 속에서 연락이 끊겼고, 가까스로 탈출했나 했는데 그 출구에서 312편과 직면해 피하지 못하고 추락했다. 한편 312편은 아직도 허리케인 속에서 발버둥치고 있고, 전혀 전진하지 못하고 있다. 다만 문제는 이것이 허리케인 같은 기존의 현상과는 다르다는 점입니다만."

이해가 빠를 거라는 전제가 무색하게, 진실의 언저리를 우회할 뿐 이해가 쉽지 않았던 그 말을, 손을 들고 지명을 받은 기자가 대변하듯 말했다.

"다시 말해 256편이 한 차례 '저속화'되었다. 그래서 공중에 정지한 것처럼 보였다. 어떤 이유로 '저속화'에서 빠져나오긴 했는데 그사이 312편이 접근했고, 충돌을 피하려 했으나 실패, 결국 256편은 추락했다. 현재는 312편이 공중에 정지되어 있는 상태, 다시 말해 '저속화'되어 있다, 그런 뜻입니까?"

"'저속화'라는 명칭의 의미를 정확히 파악하지 못해 답변을 드리기 어렵습니다."

화면이 바뀌고 나타난 장면은 공중에 뚝 멈춰 있는 듯한 여객기의 모습이었다.

그쯤에서 링유를 터치해 동영상을 종료하고 얼굴을 들었다.

고속버스가 멈췄기 때문이다. 목적지에 도착한 게 아니다. 벌써 네 번째 휴게소 정차다. 도쿄에 있는 삼촌의 아파트로 가기 위해 오른 버스는 교통정체로 마비될 지경인 고속도로를 달리는 중이었다. 그동안 운전기사가 몇 번이나 바뀌었고, 도중에 몇 번이나 휴식을 취해야 했다.

거의 50년 만의 대규모 항공기 사고로 말미암아, 사고 발생 후 석 달이 지났는데도 온 나라가 여전히 공황상태에 빠져 있었다. 어쨌든 신칸센에 이어서 비행기까지, 언제 정체를 알 수 없는 재해에 휘말릴지 모르는 '문제 있는 인프라'라는 낙인이 찍혀버린 셈이다. 국내선뿐 아니라 일본을 오가는 국제선 승객도 격감했다. 일본 각지에서 페리 항로 몇 개가 부활했다. 국가에서 특별보상금을 받은 JR도카이가 신속하게 자기부상열차 건설을 진행하고 있었지만, 그마저도 곧바로 그 현상에 타격을 입는 게 아니냐는 풍문이 운행 개시 전부터 나돌았다.

버스가 들른 휴게소는 사람들로 넘쳐났지만, 장기 보존 가능한 상품들만 놓여 있는 진열대는 궁상스럽기 그지없었다.

페트병 음료는, 국제조약에 따라 고액의 환경세를 내게 된 데다 수송비 폭등의 직격탄을 맞아 절멸하다시피 했다. 오래가지 않는 종이팩도 사라졌다. 수십 년 전으로 되돌아간 것처럼, 음료 진열대에는 캔 제품만 늘어서 있었다. 그러나 자판기의 상품 공급마저 위태로워진 상황이라 그냥 가는 것도 위험했다. 하는 수 없이 방재용품처럼 캔에 든 물을 품에 안고 계산대 줄에 섰다. 뱀처럼 긴 줄이었지만, 어차피 교통규제 탓에 삼십 분이나 쉬어야 하니 체념에 가까운 경지였다.

"저어, 혹시 후시구레 하야키 씨 아닌가요?"

뒤에서 누군가 말을 건넸는데, 왠지 낯이 익었다.

"사기모리?"

한순간 유령이라도 만난 건가 했지만, 찬찬히 보니 D반 사기모리 쇼타의 남동생 렌지였다. 중학생인데도 노조미 열차 옆에서 어머니를 보살폈던 그애가 이제 그때의 형보다 더 나이를 먹었고, 키도 더 컸다.

"버스에서 두 칸 뒤에 앉아 있었어요. 혹시나 했는데, 정말 오랜만이네요."

그렇게 말하며 고개를 숙이는 그에게 나도 "오랜만입니다"라고 인사를 건넸다. 그가 손에 든 것 역시, 같은 캔에 든, 같은 회사의 물이었다. 그가 머뭇거리는 기색으로 대화를 이어갔다.

"실례지만, 혹시 아는 분이 비행기 사고로 돌아가셨나요?"

몇 개월도 더 지난 뉴스 영상을 다시 보는 모습을 뒤에서 본 모양이다.

"삼촌요. 노조미가 멈췄을 때, 현장까지 차로 데려다줬었는데."

나의 삼촌인 오사카 마사루의 이름은 태평양 상공에서 추락한 여객기, 승무원을 비롯해 전원이 사망한 256편의 승객 명부에 올라 있었다. 미국에서 취재를 마치고 돌아오는 길이었다. 가족이 없었던 삼촌의 재산은 내가 상속받았다. 삼촌의 죽음으로 내겐 남은 혈육이 없었다.

신칸센 사고를 맨 처음 취재한 삼촌이 다음 사고의 희생자가 되다니, 우연이라 해도 너무 가혹할 정도였다.

"고인의 명복을 빕니다. 다정하게 대해주셨나 보군요."

"아 네, 뭐 굳이 따진다면, 삼촌은 내게 다정하고 싶었다기보다 노조미 열차 쪽에 관심이 더 많았죠."

너무 심각해지지 않게 살짝 가벼운 말투로 흘린 그 말은 내 귀에도 비굴하게 들렸다.

"우리 어머니도 비슷해요."

되돌아온 상대의 말이 더 묵직하게 울려 퍼졌다.

"형이 평범하게 살아 있었을 때는 어머니가 우리를 차별하거나 누구한테 더 신경을 쓰거나 하진 않았어요. 그런데 형이 열차에 갇혀버린 후로 어머니는 오로지 형한테만 매달리고 저는 거들떠보지도 않았죠. 두 사람 몫의 진학 비용을 그곳에서 살아가는 데 모조리 써버렸어요. 물론 지금도 그렇고."

열차를 방문할 때마다 눈에 들어왔던 광경이 저절로 떠오르고 말았다. 유리를 사이에 둔 양쪽에 판박이 같은 형제가 있었다. 그런데 의자에 앉아 있는 그들의 어머니는 유리창 너머, 느린 시간 속에 머물러 있는 한 아들에게만 시선을 고정하고, 다정하게 위로하는 듯한 목소리로 말을 건넸다.

"심정이 이해가 갑니다."

"죄송합니다. 후시구레 씨도 힘든 시기일 텐데, 얼떨결에 제 사정을 말씀드리고 말았네요."

그는 미안한 듯이 머리를 긁적이며 부드럽게 표정을 풀었다.

"이렇게 직접 얘기를 나누게 돼서 다행이에요. 마침 가족협회 건으로 의논할 게 있어서 연락드리려던 참이었거든요."

그 말에 나는 득달같이 앞질러서 대답해버렸다.

"미안합니다. 행사나 자선 프로그램 같은 데는 더 이상 나갈 기력이 없어요. 직업상 밤에도 바쁘고."

내가 원해서 구한 지금의 직업이 격무인 건 사실이었지만, 하필이면 내가 연설할 때 그런 사고가 발생했다. 너무 불길했다.

"아뇨, 그런 부탁은 아닙니다."

주위의 시선이 꺼려지는지, 그가 캔을 쥔 손으로 입가를 가리며 말했다.

"갇혀 있는 승객을 구출해내는 방법에 관한 얘기예요."

좀 전까지 의식하지 못했던, 계산대에서 바코드를 찍는 전자음과 '다음 분요' 하는 점원의 목소리, 손님들의 말다툼 소리가 별안간 귓속으로 날아들었다. 그것은 의식이 순간적으로 멀어질 만큼 충격적인 한마디였다.

"구출? 승객을요?"

나는 바보처럼 입을 떡 벌린 채 멍한 표정을 지었을 것이다.

"아이디어를 낸 사람은 제가 아니에요. 노조미 123호 가족협회의 구성원이죠. 전에도 인터넷 같은 데서 그 가능성에 관해 거론한 사람은 있었지만, 어쨌든 사례가 하나뿐이었기 때문에 탁상공론에 그치고 말았죠. 그런데 방증이 나왔으니 확률이 높아졌다는 겁니다."

"방증이라니…… 그게 뭔데요?"

"그 비행기 사고요."

입을 다물어버린 내게는 아랑곳하지 않고, 그가 흥분한 기색으로 말을 이어갔다.

"보도에 따르면, 처음에 저속화된 256편에 비해 312편의 비행속도가 조금 빠르게 설정되어 있었다나 봐요. 다시 말해, 그때 256편은 보다 빠르게 이동하는 표적이 근거리에 나타났기 때문에 조준이 해제되었다는 거죠. 해제되었을 때 312편과의 접촉으로 불행하게 추락하고 말았지만, 그건 아무 상관도 없는 단순한 우연일 뿐이에요. 어쨌든 속도가 더 빠른 유인체가 옆에서 달리면, 저속화 현상이 그쪽으로 옮겨갈 가능성이 있다는 얘깁니다."

기염을 토하듯 쏟아내는 기세에 처음에는 뇌가 얼어붙어버렸지만, 서서히 그 말이 마음속으로 스며들었다. 굼뜬 내 반응에 조바심이 났는지, 그가 내 손에 있던 캔을 앗아 들었다.

"이해가 안 가요? 123호 바로 옆 선로에, 123호가 당시 냈던 시속 290킬로미터보다 빠른 속도로 신칸센을 한 대 더 달리게 하는 거예요."

그는 손에 든 두 개의 캔을 차량에 빗대어서 엇갈리게 했다.

"나사에서도 분명 똑같은 실험을 한 것 같은데……"

"그건 기관사뿐, 승객은 없는 실험용 차량이었어요."

"무슨 차이죠?"

목이 탔다. 지금 당장 캔을 낚아채 뚜껑을 따서 벌컥벌컥 마시고 싶었다.

"그냥 단순히 고속으로 이동하는 물체를 '그것'이 파악했다면, 전 세계의 스텔스 전투기는 모두 저속화됐겠죠. 그런데 신칸센이나 비행기처럼 많은 사람이 탑승한 교통기관이 목표가 된 걸 보면, 생명감지 시스템이 작동되기 때문 아닐까요? 그러니 유인체로 이용할 신칸센에도 승객을 가득 태워야 합니다."

"사례가 단 두 개뿐인데, 너무 무리한 추론 아닌가요?"

"세 번째를 기다릴 시간은 이제 남아 있지 않으니까요."

나는 그제야, 자조하듯 말하는 그의 눈 밑에 다크서클이 짙게 드리워진 것을 알아차렸다.

승객을 가득 태운 또 하나의 열차를 저속된 노조미 열차 옆으로 달리게 한다.

나는 그 가능성을 머릿속으로 살피고 고개를 가로저었다.

"언급한 실험으로 생겨날 수 있는 결과는 세 가지예요. 첫째, 계획이 뜻대로 풀리지 않아서 새로운 신칸센이 시간의 그물에 걸리지 않고 그대로 통과한다. 다시 말해 실패죠. 시간과 돈을 시궁창에 빠뜨리는 것뿐이니, 그걸로 좋다고 칩시다."

손해가 나서 좋을 리야 없지만, 다른 가능성에 비하면 그나마 낫다.

"다음은 두 번째. 123호는 시간의 그물에 걸린 그대로고, 다른 신칸센, 예컨대 456호라고 칩시다, 그 열차 역시 시간의 그물에 걸려 똑같이 지속화되어버린다. 이렇게 되면 사태가 해결되기는

커녕 희생자를 두 배로 늘리는 최악의 실패가 됩니다. 그리고 세 번째, 456호가 시간의 그물을 벗겨내어 123호가 통상적인 시간의 흐름으로 복귀한다. 최고의 성공이죠. 그런데 여기에도 문제는 남아요. 그것도 치명적인 문제가."

어느새 굳게 움켜쥔 내 주먹에 강한 힘이 들어가 있었다.

"성공한 경우에도 새로운 승객들이 시간에 사로잡힌 포로가 되잖습니까? 누구를 태웁니까? 사형수라도 구슬리자는 말씀—"

"우리 중에서 456호의 탑승자를 모집합니다."

예리한 그 말이 나의 말을 가로막았다. 형형하게 빛나는 그의 눈동자에 나는 멈칫하고 말았다.

"후시구레 씨가 말한 첫 번째 경우, 아무 일도 일어나지 않으면 이 계획은 실패입니다. 두 번째 경우이면 출발 시각과 속도 때문에 다소 차이는 나겠지만, 우리도 그들과 거의 같은 미래에 다다를 수 있어요. 미래에는 저속화 현상의 원인도 규명되어 있을지 모르죠. 세 번째 경우이면, 우리는 분명 시간에 사로잡히겠지만, 456호를 구하는 789호를 먼 훗날 누군가가 달리게 해줄지도 모릅니다. 설령 그런 일이 생기지 않는다 해도, 지금 그 신칸센에 갇힌 소중한 사람들을 구해낼 수 있어요. 우리 형 같은, 오늘을 살아가야 할 사람들을."

소란스러운 소리가 멀어졌다. 그런 착각이 들었다. 눈앞에 있는 상대가 돌연 제정신을 잃은 사람처럼 보였기 때문이다. 그는 자기

형에게, 어쩌면 형에게 사로잡힌 어머니에게 사로잡혀 있었다. 그는 자랑스러운 듯이 얘기를 매듭지었다.

"814명을 희생양으로 내놓고, 814명을 데려온다. 등가교환 할 수 있다면 싸게 먹히는 거 아닙니까? 그게 우리의 계획이에요."

그들은 저울에 달아서는 안 되는 것을 저울에 달려 하고 있다.

"후시구레 씨도 꼭 그 신칸센에 타줬으면 합니다. 당신 같은 처지의 사람이 탑승자로 지원해주면, 훨씬 많은 사람들을 모을 수 있을 거예요."

그 순간 불현듯 머릿속에 떠오른 것은 예전의 '반 친구'였다. 이 계획이 귀에 들어간다면, 시스터 콤플렉스인 그녀는 기꺼이 자기 몸을 내놓을지 모른다. 나는 눈앞의 상대를 어떻게든 말려야 한다는 걸 깨달았다.

"안에 갇힌 사람들에게 각자의 인생이 있었듯이, 밖에 남겨진 사람들에게도 각자의 인생이 있습니다. 그걸 희생하라는 말에는 찬성할 수 없어요."

그는 실험용 쥐에 주삿바늘을 꽂는 듯한 눈빛으로 이쪽을 응시했다.

"그 말은 후시구레 씨에게는 자기 인생을 던져서라도 되찾고 싶은 상대가 그 열차에 없다는 뜻인가요?"

"그런 건 아니에요. 하지만 일말의 희망에라도 매달려보려는 사람들에게 그런 제안을 하는 건 난치병 환자에게 중대한 부작용이 있는, 승인되지 않은 치료제를 권하는 거나 다름없어요.”

말을 하면서도 상대의 마음을 전혀 움직이지 못했다는 걸 느낄 수 있었다. 그의 표정이 싸늘하게 식어갔다.

“참여의사가 없다면 억지로 청하지는 않겠습니다. 대신할 사람이 없는 것도 아니고. 그 사람도 후시구레 씨를 끌어들일 필요는 없다고 했으니까.”

도발하는 듯한 표현에 기분이 크게 상한 내가 조금 거칠게 물었다.

“그 사람?”

네에, 그가 빙긋이 웃으며 말했다.

“이 계획을 구상한 사람. 친구분이신 나기하라 사리 씨 말입니다.”

* * *

용이 죽음을 맞을 때 재앙이 일어난다. 신이 봉인해둔 그 옛날의 온갖 죄와 과오가 다시금 부활하고, 초목은 어지러이 사방으로 흩날리고, 대지는 움푹 파이고, 어둠의 장막은 모든 생명을 집어삼킬 것이다.

섬뜩하게 변한 용의 눈동자를 통해 그런 신탁을 받았노라고 동점사가 말한 밤, 족장의 천막에서는 오래도록 긴긴 토론이 오고

갔다. 새벽이 올 무렵에야 족장은 결단을 내렸다.

수호자의 역할은 이제 끝났다. 우리는 용에게 이별을 고하고, 앞으로 가야 할 길을 우리 스스로 개척해야 한다.

신철 소리가 울려 퍼지고, 그들은 아침 해를 받으며 떠날 채비에 나섰다.

천막을 접고, 가죽 식기를 정리하고, 식량을 자루에 담고, 어린 것들을 재촉하며.

한시라도 빨리 이동하기 위해. 아니, 도망치기 위해.

용의 가호로 오늘까지 보호받았다고 믿는 그들은 머지않아 숨이 끊어질 용의 죽음을 가까이에서 지켜보는 것을 옳지 않다고 여겼다.

가야 할 방향은 결정되어 있었다. 지금까지 용과 함께 지나온 길로 되돌아가는 것이다.

동으로. 동쪽으로.

용이 숨을 거둘 땅에서 조금이라도 멀어지기 위해.

일족 중에는 동점사의 신탁이나 족장의 결단을 의심하는 사람도 있었다. 그러나 얼마 지나지 않아 불신의 목소리는 사그라졌다. 재앙의 도래를 뒷받침하는 듯 별안간 하늘이 어두워지며 벼락이 쳤기 때문이다.

비바람이 몰아치는 험한 날씨에 동쪽으로 향하는 행위가 얼마나 어리석은 짓인지, 지금껏 서쪽으로만 전진해온 그들은 알지 못

했다. 머지않아 억수같이 퍼붓기 시작한 빗줄기에 몸은 점차 차가
워졌다. 추위로 인한 마비와 몸서리에 지지 않으려고 그들은 주문
처럼 끊임없이 읊조렸다.

용이 죽음을 맞을 때 재앙이 일어난다.

도망쳐야 한다, 동쪽으로.

폭풍우 속의 행군이었다.

일행 가운데 한 사람이 행렬에서 몰래 벗어난 사실을 아직은 누
구도 알아채지 못했다.

사라진 이는 그 소년. 그림 속의 소녀를 동경하고, 고대의 말을
아는 소녀에게 금기의 지혜를 얻은 소년이었다.

도망치기 시작한 사람들의 마음속에 자리 잡은 것과는 전혀 다
른 진실이 그의 가슴속에 새겨져 있었다.

고대인이 만든 도구가 까마득한 세월을 거쳐 목적지에 다다른
다. 그 안에 타고 있던 사람들이 이제 곧 기나긴 여행을 마치고, 마
침내 목적지에 다다르려 한다.

누군가는 그것을 지켜봐줘야 한다.

소년은 마치 옛이야기의 영웅이라도 된 심정으로, 비바람 속에
서도 그 발걸음이 더없이 가벼웠다.

그런데 얼마 후 주변이 짙은 안개에 휩싸였다. 문득 정신을 차
려보니 사방이 우유와도 같은 희뿌연 안개 벽으로 가로막혀서, 멀
리서도 그렇게 크고 또렷했던 용의 모습을 놓치고 말았다.

짙은 안개 속에서 소년은 하염없이 걸었다.

* * *

"아아, 가족협회 회원이시군요. 대기실은 안쪽 계단 2층으로 올라가시면 오른쪽에 있습니다."

"고맙습니다. 수고 많으십니다."

나는 몇 번째인가의 경비원 검문을 아이콘의 눈짓 한 번으로 주고받고, 미궁 같은 텔레비전 방송국 안을 걸어갔다. 가족협회의 다케시 씨를 통해 발급받은 출입용 패스는 나의 신분을 출연자 가족으로 표시해줄 터였다. 신분을 위장하고, 관계자 외 출입금지 지역으로 숨어드는 내가 누군가를 닮은 것 같은 생각이 들어서 서둘러 고개를 저었다.

분주하게 오가는 사람들과 시선이 마주치지 않게, 그렇다고 남의 눈길을 너무 끌지도 않게 조심하며 잰걸음으로 새하얀 복도를 걸어갔다. 벽에 붙은 프로그램 홍보 포스터 중에는 '저속화 재난' 장르 소설의 드라마판도 섞여 있었다.

가족협회는 유인체 계획과 관련된 홍보를 텔레비전과 인터넷을 통해 하기 시작했다. 다케시 씨로부터 다음 녹화가 오늘 이 방송국에서 있고, 나기하라 또한 출연한다는 얘기를 들은 티라 무작정 이곳을 찾아온 것이었다.

비행기 사고 직후부터 나기하라와는 연락이 끊겼다. 예의 그 계획을 듣고 황급히 연락을 시도했지만, FEEL에 답변이 없는 건 물론이거니와 놀랍게도 모든 SNS를 차단해놓았다.

지나치게 서두르다 보니 올라가야 할 계단을 한 번 틀리긴 했지만, 아이콘의 지시에 따라 간신히 바른 길로 들어서서 드디어 목적지에 도착했다.

〈대기실-노조미 123호 가족협회 나기하라 사리 님〉

문 앞에서 심호흡을 했다. 이미 각오를 단단히 다졌을 상대, 게다가 맹렬하게 돌진하는 기질을 가진 그녀의 마음을 되돌릴 자신은 없었다. 그렇지만 아마노에 이어서 그녀까지 저속화 세계의 주민이 되어버릴지 모르는 사태를 그냥 보고만 있을 수는 없었다.

가까스로 마음을 다잡고 문을 두드렸다. 대답이 없어서 큰맘을 먹고 손잡이를 돌린 순간, 바로 코앞에서 그녀를 맞닥뜨렸다.

맹수의 갈기처럼 밝은 빛깔의 금발. 눈앞에, 문을 열려던 나기하라가 서 있었다.

"뭐하러 왔어."

날카로운 시선과 함께 내뱉은 말은 단순한 거절이 아니었다. 도화선에 불이 붙은 폭탄을 가까스로 억누르고 있는 듯한, 무시무시하게 무거운 한마디였다. 나도 모르게 뒷걸음질을 하다 가까스로 멈추긴 했지만, 준비한 첫마디가 떠오르지 않았다.

"그, 그런 파멸적인 계획을 실행하는 건 위험하니까 설득하려고."

허, 내뱉는 듯한 그 소리에 그녀가 억누르고 있는 감정이 분노인 것을 확실히 느낄 수 있었다. 그런데 그 이유를 알 수가 없었다. 이마에 식은땀이 번졌다.

"어떻게 그런 하찮은 이유로 내 앞에 그 멍청한 낯짝을 내밀지?"

나기하라와 알고 지낸 지 8년이 지났지만, 이렇게까지 격앙된 모습은 처음이었다. 그간 쌓아온 관계가 물거품으로 돌아가는 건 물론이고, 순식간에 마이너스로 뒤집힐 듯이 서슬이 퍼렜다. 그래서 어리석게도 이렇게 물을 수밖에 없었다.

"왜, 왜 화를 내?"

"돌아가신 너희 삼촌한테 많은 얘기를 들었지."

그 한마디에 온몸의 털이 곤두서며 핏기가 싹 가시는 느낌이 들었다.

"줄곧 생각했어. 넌 아마노를 좋아했고, 지금도 좋아한다고. 넌 그 신칸센을 어찌할 방법이 없다고 생각하지만, 그래도 거기서 아마노를 구해내길 바라니까, 난 널 동지라고 믿었지."

아아, 안 돼. 다리가 움츠러들며 발바닥이 그 자리에 들러붙은 것 같아서 꼼짝도 할 수가 없었다.

"하하, 과대평가가 도를 넘었지. 한 가지를 엄청나게 착각한 거야."

그녀가 내 목을 힘껏 움켜쥐었다. 분노의 말을 쏟아내는 나기하라의 얼굴에 떠오른 것은 그녀에겐 전혀 어울리지 않는 옅은 미소였다.

"너, 아마노가 돌아오는 걸 원치 않지? 2700년 후, 네가 뒈지고 난 훨씬 뒤에 아마노가 돌아오길 원해서, 그 녀석이 그대로 신칸센에 있길 원해서, 그 차량의 시곗바늘을 돌리고 싶지 않은 거지?"

그녀가 내 얼굴을 후려쳤다.

아니, 실제로는 맞지 않았다. 그런 착각이 들 만큼 무시무시한 말이었다.

"그, 그건 너무 심한 트집이야."

나는 금방이라도 끊어질 것처럼 가쁜 숨을 몰아쉬며, 필사적으로 말을 이어갔다.

그 말은 아마 전혀 가닿지 않았을 것이다. 그녀는 나를 오른손으로 들어 올린 채, 왼손으로 주머니에 든 스마트폰을 꺼내 능숙한 손놀림으로 조작하더니 코앞에 들이밀었다.

"그럼, 이건 뭐야?"

스마트폰 화면에 표시된 문장의 첫머리가 눈으로 날아들었다.

흰 비늘의 용이 죽음을 맞으려 한다.

겨울의 끝자락, 신철초神鉄草가 적동색 꽃잎을 흩날릴 무렵, 일족 사이에서 그런 소문이 돌기 시작했을 때 소년은 그 소문을 믿으려 하지 않았고 믿고 싶지도 않았다.

나는…… 삼촌이 그녀에게 모두 말해버렸다는 걸 깨달았다.

그것은 소설이었다.

내가, 후시구레 하야키가 쓴 이야기. 머나먼 미래에서 용이라 불리게 된 그 신칸센의 이야기. 안개 속에서 주인공이 헤매고 있는 채로 멈춰버린, 쓰다 만 이야기.

"관계없는 사람이 쓰는 건 어쩔 수 없어. 우리 심정이 어떤지 모를 테니까. 그런데 이건 네가 썼다며? 출판하시겠다고. 사고를 피한 생존자가 이런 이야기를 쓰면 화제가 돼서 잘 팔릴 거라는 삼촌의 감언이설에 넘어가서. 몇 년 전부터 익명으로 앞부분을 소설 투고 사이트에 올렸지? 나랑 같이 신칸센을 보러 갔을 때도, 졸업식 후의 그날 밤에도 넌 머릿속으로 계속 2700년 후의 세계에 남겨진 아마노를 소재로 망상을 떠올리고, 눈물샘이나 자극하는 얘기를 만들어 한밑천 잡으려고 했던 거잖아? 아니면 아니라고 말해봐!"

스마트폰이 큰 소리와 함께 바닥으로 내동댕이쳐졌다.

나기하라의 얼굴은 분노로 물들었고, 나를 비난하는 낮은 목소리에는 살기가 서린 듯했다. 그런데도 그녀의 눈가에서 눈물이 반짝였다.

몸이 흔들려서 내가 허공에 떠 있는 걸 알았다. 나는 거칠어진 호흡으로 간신히 입을 열었다.

"호, 혹시 내가 미래의 아마노를 상상하고 쓴 이야기가 만에 하나 2700년 후까지 남아준다면, 서로에게 조금은 도움이 될 것 같아서."

목을 움켜쥔 손이 살짝 풀렸다. 그래서 말을 이어갈 수 있었다.

"누가 '분별력이 없다'고 나무라면, 그렇게 대답하라고 삼촌이 말했어. 나도 같은 구실로 스스로를 납득시켰지. 하지만 나의 진심은 그게 아니야."

나기하라의 손에 힘이 들어가 다시 숨이 막혔다. 그러나 얘기를 계속해야만 했다.

언젠가 누군가 알게 됐을 때를 대비한 핑계, 변명은 얼마든지 준비해두었다. 그렇지만 상대가 나기하라였기에 나는 있는 그대로 솔직하게 털어놓을 수밖에 없었다. 아마노의 언니였기에, 그 세월을 함께 보낸 친구였기에.

"아마노를 어떤 얼굴로 만나야 할지 알 수가 없었어."

이 말은 지금껏 누구에게도 할 수 없었다.

삼촌에게도, 가족협회 사람들에게도, 나기하라에게도, 아마노에게도.

나는 눈물이 뒤섞인 말을 떨리는 목소리로 천천히 이어나갔다.

"중학교까지는 단순했어. 초등학교 때 만화가가 되겠다는 말을 처음 꺼낸 사람은 아마노가 아니라 나였지. 내가 이야기를 만들고, 아마노가 그림을 그리고, 그걸로 상을 타고 둘이 만화가가 되자고. 그랬던 나는 아마노를 짝사랑하는 마음도 있어서 언젠가 고백할 수 있으면 좋겠다고 생각했지. 그런데 둘이 도쿄에 다녀온 후로 모든 게 변해버렸어."

둘 다 가슴 설레는 기대를 안고, 난생처음 신칸센을 탔던 그날.

"어느 출판사를 가나 그림은 재능이 있고 잘 그리는데, 스토리 쪽은 서툴다는 평가를 들었어. 노골적으로 표현하지 않는 곳도 있긴 했지만, 편집자가 나를 바라보는 눈빛에서 내가 아마노의 발목을 붙잡고 있는 훼방꾼인 걸 알 수 있었어. 아마노는 딱히 신경 쓰는 것 같지 않았지만, 난 내게 재능이 없다는 걸 깨달았지. 그 후에도 아마노는 만화를 척척 그려서 몇몇 출판사에서는 담당자까지 생겼고, 전화 회의 같은 것도 했지. 난 스스로 역할을 줄여갔어. 마지막에는 두세 마디 아이디어를 냈을 뿐이고. 그러다 보니 내가 오랜 친구를 상대로 짝사랑을 하는 건지, 질투를 하는 건지 도통 알 수가 없는 거야."

삼촌과 신칸센을 보러 가는 차 안에서 반에 좋아하는 아이가 있었느냐고 묻는 말에 나는 "있다"고 대답했다. 그것은 적어도 과거에 한해서는 100퍼센트 진실이었으니까.

"원래 아마노를 좋아했던 이유도 내 꿈에 아마노의 재능을 이용하려고 그랬던 건 아닐까, 나는 형편없는 쓰레기가 아닐까, 별별생각이 다 들었지. 아마노랑 얼굴을 마주하는 것도, 메시지에 답을 하는 것도 무서워졌어. 예전처럼 매일 만나고 예전처럼 똑같은 거리에서 얘기를 나누는데도. 그래서 더욱 미칠 것 같았지. 분명 짝

사랑을 했었는데, 도쿄에 가서 남자를 만나 행복하게 살고, 내가 모르는 곳에서 꿈을 이뤄주면 안 될까 하는 생각까지 했으니까. 아마노는 내가 그렇게 이상해진 건 전혀 모르고 변함없이 나를 대했어. 편집자가 다른 사람을 붙이려는 것도 거절하고 수학여행 자유 시간에 원고를 들고 다시 출판사를 찾아갈 거니까 같이 가자고 했지만, 나에겐 절대 무리였어. 신칸센을 다시 탄다는 생각만으로도 토가 나올 것 같았거든. 그런데 나는 그걸 거절하지도 못하고, 전날에야 독감 핑계를 대고 빠진 거야."

아마노나 반 친구들과 나의 운명이 갈린 것은 우연이 아니었다.

아마노가 옆에서 꿈을 이루는 순간을 지켜보는 게 두려웠기 때문이다. 내 안에 도사린 질투나 어두운 마음이 오랜 친구에 대한 애정을 넘어서는 게 두려웠기 때문이다.

"결과를 들고 돌아올 아마노가 두려워서 더 이상 만나고 싶지 않다고 생각했어. 그래서 신칸센이 멈췄을 때, 나는 내 어처구니없는 소망을 악마가 귀담아들은 건 아닐까 하는 생각까지 했어."

삼촌은 내가 아마노를 질투하는 걸 몰랐다. 그저 내가 아마노를 짝사랑했고, 고백하지 못한 채로 2700년의 세월에 가로막혀버렸다고만 믿었다. 삼촌은 멋대로 상상한 비련의 이야기를 진실이라 믿었고, 그렇기 때문에 나에게 소설을 쓰게 해서 나를 일으켜 세우고, 내친김에 세상에 팔려고 계획했을 것이다.

"그래서 삼촌이 부추기긴 했지만 글을 쓰기 시작한 이유도 미래의 시점이라면, 아마노와 마주할 수 있을 것 같아서였어. 당당히 마주하지 않고서는 돌아오지 않길 바라는 마음이 내 안에서 사라지지 않을 테니까. 그러니 그걸 쓴 이유는 분명 내 정신의 안정을 위해서였고, 아마노에 대한 진정한 마음은 없었을 거라고 지금은 생각해."

하지만 2700년 동안이나 노조미가 돌아오지 않는 이야기는 너무 불길하니까 예측을 뒤엎고 5년 후에 돌아오는 이야기로 하자고, 처음에는 삼촌에게 제안했었다.

삼촌은 그런 내가 어이없었는지 웃으며 말했다.

5년이나 10년 뒤에 재회하는 이야기가 팔릴 리가 없지. 2700년이나 미래로 가버리는 바람에 생이별을 하고, 이젠 두 번 다시 만날 수가 없으니까 네티즌 전체를 울리는 감동적인 작품이 되는 거야. 하야키, 너 책 좀 더 읽어야겠다.

나는 그런 삼촌에게 저항했지만 결국은 타협했다. 그렇다기보다 가까운 미래를 무대로 하면 한 줄도 써지지가 않았다. 아득한 미래를 배경으로 설정하고 펜을 움직이고 나서야 비로소 나는 깨달았다. 나는 나 자신의 흔적이 조금이라도 남아 있는 시대는 쓸 수 없다는 것을.

유품을 정리하려고 삼촌의 아파트에 들어갔을 때였다. 삼촌의 방은 온통 책으로 넘쳐났고, 책장에 다 들어가지 못한 책들이 곳곳에 지층을 만들고 있었다. 눈에 띄는 곳에 쌓여 있던 책은 시간과 관련된 소설이었다. 그제야 깨달았다. 삼촌은 자기가 읽고 감동받았던 내용과 비슷한 이야기를 내게도 쓰게 하려 했던 것이다.

별안간 나기하라의 손에서 풀려난 나는 허리를 세게 부딪쳤다.

"조금은 속여. 속마음을 전부 털어놓으면 상대가 그렇구나 하고 다 받아들여줄 거라고 착각하지 말라고. 기분 나빠. 재수 없어."

나기하라의 어조가 이미 조금 가라앉아 있었다.

고개를 들고 올려다본 그녀의 눈동자에는 이제 눈물도 어려 있지 않았다. 거기에 서린 것은 분노가 아니었다. 물론 여전히 들끓고 있겠지만.

그녀가 내게 던진 것은 연민의 눈빛이었다.

"너희 삼촌, 나한테 뭐랬는지 알아? 하야키가 글을 못 쓰고 있으니 도와주라는 거야. 나랑 너랑 맺어져서 어떻게든 자손을 남기고, 그 자손이 2700년 후에 아마노와 만난다면 가장 좋은 형태로 이야기가 마무리될 테니, 출연 허락을 해주라고."

뺨이 확 달아오르는 느낌이 들었다. 삼촌에 대한 분노와 수치심 때문에.

"미안해, 몰랐어."

"사과하지 마. 삼촌은 쫓아버렸으니까. 그래도 최소한 노조미를 되찾는 수단은 고민해줬지. 승객을 태운 유인체로 데려올 수 있을지 모른다고 말한 사람은 비행기 사고를 당하기 전 그 삼촌이었어. 넌 사과할 자격도 없어."

마지막 말이 심장을 꿰뚫었다. 입에서 피가 뿜어져 나올 것 같 았다.

"아마노는 내가 구해. 넌 네가 지어낸 2700년 후의 미래에서 영 원히 인형놀이나 해. 난 그따위 미래는 거절이야."

나기하라는 발길을 돌린 후, 거칠게 문을 닫았다.

죽은 사람처럼 복도를 휘청휘청 걷다가 다른 사람과 몇 번이나 부딪쳤다. 걱정과 의혹을 동시에 품고 말을 건네는 경비원에게도 괜찮다고 대답하는 게 고작이었고, 정신을 차려보니 화장실 변기 에서 토악질을 해대고 있었다. 정작 토를 하고 싶었던 건 내가 그 런 소설을 쓴 걸 알았을 때의 나기하라였을 거라고 생각하니, 비 참해서 오열이 터졌다. 죽을 것 같은 심정으로 얼굴을 들자, 벽에 붙은 드라마 홍보 포스터 속의 인물과 눈이 마주쳤다. "천년의 세 월 동안 가슴속에 연인을 간직할 수 있나요? 시간의 벽에 가로막 힌 두 사람, 천년을 울리는 시간여행 러브스토리 〈천년 특급〉." 그 다이내믹한 글자에 또다시 욕지기가 올라왔다.

결과적으로 나기하라의 결의는 예언으로서 두 가지 오류를 범 하게 되었다.

나는 그 이야기를 이어서 쓰지 못했고,

나기하라는 아마노를 구해내지 못했기 때문이다.

***

도카이도 신칸센 기보 82호가 시속 300킬로미터가 넘는 속도로 저속화된 123호 차량을 스쳐 지나간 것은 노조미의 저속화 사고로부터 9년 3개월이 지났을 때였다.

만약 '123호보다 많은 사람을 태운, 123호를 웃도는 속도의 차량을 바로 옆으로 달리게 한다'는 계획이 사고로부터 2년 이내에 입안되었다면, 미지의 재해를 맞닥뜨린 이상한 분위기 속에서, 예의 그 나사의 실험과 어우러져 실행됐을지도 모른다.

그러나 모든 게 변해 있었다. 적지 않은 구성원이 이탈하면서 조직력이 약해진 가족협회는 예전 같은 정치적 영향력도 자금도 남아 있지 않았다.

로비 활동은 이렇다 할 성과가 없었다. 몇 년 전까지 국가적 보상을 쟁취하기 위해 전력을 쏟았던 가족협회 출신 의원들은 검토하겠다는 말뿐 아무런 노력도 하지 않았다. 정치인들에게는 계획을 실행했을 때 두 번째 열차까지 저속화가 되어버릴 경우의 위험 부담이 너무 컸기 때문이다. 정부가 보장해주지 않는 한, JR에서도 동의할 수는 없었다.

사건의 주모자는 A반 스기우라 유리의 아버지와 C반 엔도 아키라의 아버지와 형, D반 사기모리 쇼타의 남동생 렌지, D반 네고로 아오이의 가정교사, 수학여행을 갔던 학생들과는 별도로 열차에 탑승했던 회사원들의 아내 다섯 명이었고, 그 밖에는 가족협회 구성원 일곱 명이 협력했다.

그들이 눈여겨본 것은 JR의 부단한 노력과 헌신이었다. JR은 만에 하나 신요코하마-나고야 구간의 안전이 확보될 경우, 언제든 신칸센 운행을 재개할 수 있도록 선로와 분기점을 꾸준히 보수하고 있었다. 사건을 일으킨 사람들은 알아차린 것이다. 허가가 나지 않아도 노조미가 멈춰 선 하행선 바로 옆의 상행선으로 신칸센을 달리게 하는 건 가능하다는 것을.

한 해의 마지막 날의 저녁 기차가 표적이 된 것은 승객 수가 격감한 상황에서도 여전히 혼잡한, 몇 안 되는 열차였기 때문이다. 승객 941명을 태운 오사카발 나고야행 기보 82호에 올라탄 그들은 전파방해 장치를 이용해 승객들의 외부 연락 수단을 차단한 뒤 네일 건으로 승무원을 위협했고, 기관사 칸에 난입하여 칼을 들이대고 명령했다.

"도쿄 방향, 시속 300킬로미터로 올려!"

우스꽝스럽다면 우스꽝스러운 협박이었다. 만약 그들이 10년 전 시속 300킬로미터로 도쿄에 가고 싶었다면, 그냥 같은 열차의 표를 구입해 자유석에라도 앉아 있으면 충분했다. 불과 10년 만에, 그것을 실현할 방법이 신칸센 납치 말고는 남아 있지 않았다.

근면 성실한 일본철도의 직원들이 정성을 다해 꾸준히 보수해 온 선로는 죄를 범하는 사람들 또한 다정히 맞아주었다. 열차는 순조롭게 나고야 역을 지나, 마침내 시즈오카현에 돌입했다.

노조미가 시야에 들어왔을 때, 기관사 칸을 점거하고 있던 구성원들 사이에선 환호성이 터졌다고 한다. 그들은 기대로 가슴을 두근거리며 기보가 노조미를 스쳐 지나는 순간을 기다렸다.

그리고, 아무 일도 일어나지 않았다.

유인체가 된 기보에 저속화 현상이 발생하거나 옮겨지는 결과는 생기지 않았다.

신요코하마 역에 대기하고 있던 최루탄과 특수부대의 돌입으로 테러리스트들은 구속되었지만, 그들은 체포된 후에도 조건을 바꿔가며 실험을 재개하자고 부르짖었다.

신칸센 납치 사건을 겪고 나서야 국가는 무거운 엉덩이를 들었다. 정식 실험 허가를 내줬다는 뜻은 물론 아니다. 그들은 노조미 옆에 그 상행선 선로가 계속 존재하는 바람에 무모한 범죄를 유발시켰다고 판단했다. 우회로 완성을 코앞에 두었던 JR 측으로서도 그 판단은 때마침 내린 단비였다.

행정대집행을 통해 도카이도 신칸센 신요코하마―나고야 구간의 상행 선로를 없애고 아스팔트로 포장하라는 결정이 내려졌다. '노조미 123호 밀레니엄 메모리얼 로드'라는 감각 떨어지는 명칭이 공모를 통해 붙여지고 보도되었다.

국가 측의 결단은 그것에 그치지 않았다. 유인체를 이용한 열차 간섭이라는 계획에 관여했던 주도적인 구성원들을, 신칸센 납치에 관해 미리 알았느냐 몰랐느냐에 상관없이 일망타진해버린 것이다. 당연히 그 목록에는 발안자의 이름도 포함되어 있었다.

처음 만났던 날, 보호지도를 받은 경험이 몇 번이나 있을 거라고 믿어 의심치 않았던 나기하라 사리는 근신은 몇 차례 받은 적이 있어도, 실제로는 인생에서 단 한 번도 보호지도를 받은 적이 없었다. 그녀는 소문보다 훨씬 성실하게 살아왔다.

그런데 그녀의 이력에 흠집이 났다.

조직범죄대책법 위반에 따른 연좌제적 체포.

내가 신청한 면회에 나기하라가 응해준 적은 없었다.

* * *

"선생님, 내일 봬요."

방과 후 마지막까지 남아서 자습하고 있던 여학생이 순찰을 나온 나의 재촉에 책상을 정리한 후, 깍듯이 고개를 숙이며 인사했다. 아이의 교복 색깔은 흰색과 감색으로, 전국에 유명해져버린 그 흰색과 쪽빛 교복과는 달랐다.

"어 그래, 내일 보자."

그 뒷모습을 배웅한 나는 부드러운 석양이 창으로 들이비치는 교실에 홀로 남았다.

2학년 D반이 사용하던 그 교실이었다.

교사가 되어 모교로 돌아간다. 그런 결단을 내린 대학생 무렵에는 과거와 마주하기 위한 선택이라는 마음가짐이었다. 그런데 지금은 미련을 떨치지 못했기 때문에 내린 선택처럼 느껴졌다. 반친구들은 아무도 없고, 나만 홀로 남아 있다. 따뜻한 바람을 맞아 살랑살랑 흔들리는 빛바랜 흰 커튼에는 세월이 배어 있었다. 고등학교 때보다 키도 더 컸는데, 지금 보는 교실은 그때보다 더 넓고 허전해 보였다. 늘어선 책상은 이제 스무 개가 되지 않는다.

도시에선 아이들 숫자가 줄어갔다. 대중교통에 대한 불신이 커지고 고속도로가 제 기능을 다하지 못해 장거리 이동 자체를 피하게 된 데다 교통비 또한 천정부지로 치솟았기 때문에, 태어난 고향을 떠나 살아가는 사람들의 수가 급격히 줄어든 결과였다. 이제는 자전거나 도보로 이동하기 힘든 거리를 통근하거나 통학하는 경우를 찾아보기 힘들었다.

자기부상열차 건설은 긴축경제를 지지하는 정치인들의 표적이 되어 중단됐다. 수송비가 급등하여 지자체의 경계를 넘나드는 식료품 가격이 올라가는 바람에 생산지 소비를 할 수밖에 없었다. 대부분의 생선이나 채소는 생산지 이외의 지역에서는 먹을 수 없게 되었다. 사람들을 모이게 할 수 없어서, 라이브 공연이나 이벤트는 VR로 대체되었다. 인터넷으로 먼 곳에 사는 사람을 알게 되더라도 직접 만나는 경우는 극히 드물었다. 아마존이 일본 국내 배송 사업에서 손을 뗐다. '일기일회*'가 유행어가 되었다.

나는 2700년 후의 세상을 묘사할 때 신칸센 이외의 교통수단은 모조리 사라진 세계를 설정했다. 그러나 전철이나 비행기가 모두 사라지지 않는다고 해도, 그저 막연한 불안만으로도, 막을 수 없는 재해에 휘말릴지 모른다는 공포만으로도, 세상은 서서히 변해간다는 것을 뼈저리게 실감했다.

나는 깨끗하지 않은 칠판을 지우개로 지워나갔다.

학교 축제에서 D반이 다른 문화권의 카페를 열기로 해서 아마노가 장식을 맡게 된 적이 있었다. 그때 자기가 투고한 만화에 등장시켰던, 내 이름을 붙인 고양이 캐릭터 몇 개를 분필로 큼지막하게 그렸던 것도 이 칠판이었다.

수학여행 조를 짜던 날, 당번이었던 내가, 만약 수학여행에 빠지면 같은 조가 된 데라우라나 후미야마, 우키후네에게 뭐라고 사과해야 하나, 혼자 고민하며 지웠던 것도 이 칠판이었다.

나기하라와 단둘이 수업을 받게 되어 하루걸러 당번을 맞게 된 교실이었고, 그녀가 내게 면허를 따게 하려고 쉬는 시간마다 도로 표지판을 그려가며 가르쳐준 것도 이 칠판이었다.

아마노도, 다른 반 친구들도, 나기하라마저도 내게서 먼 곳으로 떠나버렸다.

가슴이 찢어질 것 같았지만 울 수는 없었다. 울려고 했으면, 그랬어야 할 기회는 얼마든지 있었다. 그런데 나는 아마노를 위해

---

* 一期一会, 일생의 단 한 번의 인연이나 기회.

울지 못하고, 내 마음속 갈등을 억누르는 데 힘이 부쳐서, 나기하라에게 추궁당할 때 울었을 뿐이었다. 이제 와서 사과할 자격이 없듯이, 내게는 아마노와 다른 아이들을 위해 울 자격조차 없었다.

그저 살짝 허공을 올려다봤다. 칠판 위에 걸린 시계, 그 초침이 변함없이 시간을 새겨나가는 모습을 물끄러미 바라보고 있었다.

"아, 후시구레 선생님."

부드럽고 경쾌한 목소리가 울려 퍼져서 퍼뜩 정신이 들었다. 복도 쪽에서 도서실 담당인 호리 후타바 선생이 나를 부르고 있었다.

얼른 눈가를 훔치고 조금 전까지의 추태를 들키지 않게 수습한 후, 그쪽으로 걸어갔다.

"전에 선생님이 기증해주신 책 말인데요."

나는 삼촌이 소장했던 책의 일부를 모교 도서실에 기부했다. 책을 버리거나 파는 게 불가능한 성격이었지만, 나기하라에게 절연당한 그 일을 겪은 후로는 곁에 두기도 꺼림칙했기 때문이다.

"무슨 문제라도 있습니까? 보존 상태가 안 좋은 책은 없었던 것 같은데."

"아뇨, 실은 메모가 끼워진 책이 있어서요. 메모는 버릴까 하다가, 혹시 몰라서 확인하려고요. 죄송하지만 도서실로 잠깐 와주시겠어요?"

"일부러 여기까지 와주셔서 고맙습니다. 번거롭게 해서 죄송하군요."

호리 선생도 반 친구의 여동생이었다. 신칸센에 갇혀버린 호리 아야카와 그 옆자리에 있던 데라우라 겐타로는 반 아이들 사이에 서는 널리 알려진 사이였지만, 그것을 사고 후에 처음 알게 된 양가 부모님은 모두 가설주택에 살면서도 사이가 좋지 않아서 가족협회에서 번번이 문제를 일으켰다.

그러나 호리 선생은 가족협회는 개의치 않고 혼자 생활하며 자기 인생을 살아갔고, 그러면서도 탑승객들의 가족에게 계속 기증받는 다량의 책을 활용해서 매우 충실한 도서실을 만들어나갔다. 아마도 그것이 그 사고에서 도망치지 않고, 당당히 마주하는 자신만의 방법 중 하나일 것이다.

도서실에 도착한 나는 접수대에서 그 책을 받아들었다. 아주 오래전 삼촌 차의 조수석에 쌓여 있었던 책들 중 한 권이었다. 제목은 『타임머신 만드는 법』.

처음에는 열람 공간에서 내용을 확인하려 했지만, 잠깐 생각하다 책장 사이로 숨듯이 들어가 책을 펼쳤다. 삼촌과 관련된 메모이니, 뭔가 좋지 않은 계획이 쓰여 있지 않으리란 보장이 없었다.

거기에 끼워진 메모는 접힌 낱장 노트였다. 글씨는 삼촌의 필체가 분명했지만, 마음이 불편해질 것 같은 그 허물없는 말투가 아니라 매우 간결하게 써둔 메모였다.

저속화는 현상이 아니고 다른 문명에 의한 간섭이 아닐까. 혹은 공격?

고속이동 하는 교통기관은 문명 유지에 필수. 그 저속화는 문명 파괴 공작으로 유용.

→ 문명의 유무를 고속이동 하는 물체의 존재로 판별하고, 간섭?

※ 자연현상에도 물의 흐름, 공기의 흐름 등 고속이동 하는 물체는 존재한다. 어떻게 판별할까?

대량 승객을 태운 고속이동 물체?

→ 불가. 123호 이전에도 대량의 승객을 태운 차량은 무수히 많았다.

나는 놀랐다. 낱장 노트에 써놓은 삼촌의 이론은 이미 이 시점에서, 단지 사람만 많이 탄다고 되는 게 아니라는 점을 밝혀냈기 때문이다. 비행기 사고로 저속화 현상의 두 번째 사례가 나타나기 전부터. 만약 삼촌이 살아 있다면, 그다음 논의, 이어지는 내용도 들을 수 있었을까. 그런 생각을 하며 별생각 없이 종이를 뒤집었는데, 거기에서 '이어지는' 내용을 발견했다.

당시 노조미의 특수성(현상을 유발한 것?)

∨ 수학여행 학생 탑승

∨ 탑승자 수

? 스마트폰·SNS로 인한 내부 상호통신

→ 고속이동 하는 물체 내부에서 이동과는 무관하게 이뤄지는 상호적 대량 데이터 통신

"무슨 일이에요, 후시구레 선생님!"

호리 선생이 달려온 이유는 내가 몸을 뒤로 젖히는 바람에 등 뒤에 있던 책장에 팔꿈치를 부딪쳐서 책들을 몇 권이나 바닥에 떨어뜨렸기 때문이다.

"죄, 죄송합니다. 바로 치울게요."

나를 걱정하는 호리 선생을 손으로 제지하고, 떨어진 책들을 집어 책꽂이에 꽂았다. 그러면서도 머릿속은 여전히 쉴 새 없이 돌아갔다.

대량의 데이터 통신뿐이라면, 신칸센이든 비행기든 운행을 위해 매일같이 행해지겠지. 그렇지만 승객들이 운행과 관계없는 대량의 이미지나 텍스트를 내부에서 서로 주고받았다면, 그 잉여를 바로 문명의 증거라고 여겼다면.

삼촌의 가설이 옳다면, 그 신칸센 열차에 저속화를 불러온 원인은 대량의 데이터가 오가는 SNS의 대화였고, 그 대화에 절대적인 박차를 가한 것은 수학여행에 같이 가지 못한 나를 위해 모두 함께 대량의 사진과 글을 올리자는 아마노의 제안이었으며, 그런 제안이 있게 된 까닭은 독감 때문에 수학여행을 못 간다는 소식을 전한 나를 아마노가 배려한 때문이었고, 내가 그런 거짓말을 한 이유는 아마노를 질투했기 때문이었다.

그 사고는 내가 아마노를 질투했기 때문에 일어났다. 내가 아마노를 더 이상 만나고 싶지 않다고 바랐기 때문에 일어났다.

그것은 그 자리에서 모두 받아들이기에는 너무나 무겁고 큰 고통이었다.

부들부들 떨리는 몸을 필사적으로 가누고 호흡을 가다듬으며 낱장 노트가 끼워졌던 책의 페이지를 넘기자, 뭔가가 바닥으로 미끄러졌다. 그것 말고도 끼워진 종이가 더 있었던 것이다. 멈출 줄 모르고 떨리는 손으로 주워 든 그것은 메모가 아니라, 이메일을 인쇄한 종이였다.

기자 여러분께
비행기 탑승 상태로 회의 진행이 가능한 새로운 앱 시연 관련

그것은 회의용 애플리케이션의 홍보 기획이었다. 링유를 매개로 비행기 안에서도 타임래그 없이 대량의 데이터를 주고받을 수 있는 앱이었는데, 그 실험을 위해 가상회의를 실시한다는 내용이었다.

거기에 적힌, 실험이 행해진다는 편명에 그 비행기 사고에 연루된 두 편의 이름이 적혀 있었다.

그제야 깨달았다. 삼촌이 그 비행기에 탄 것은 우연이 아니었다.

고속이동 하는 물체 내부에서 이동과는 무관하게 이뤄지는 상호적 대량 데이터 통신. 그것이 문명의 증거가 되어 어떤 존재의

간섭을 유발해 저속화를 초래한다.

삼촌은 자기의 가설에 승부를 걸고, 저속화 현상을 일으킬 가능성이 있는 비행기를 찾아내 거기에 탑승했던 것이다. 자기가 실험대가 되어버리면, 가설이 옳다는 사실을 세상에 알릴 수도 없는데.

삼촌의 책꽂이에 늘어서 있던 소설들을 떠올린 나는, 어쩌면 삼촌은 돈 이상으로 미래에 대한 동경에 마음이 움직였던 게 아닐까 하는 생각을 했다. 삼촌은 신칸센 안의 사람들이 부러웠을지도 모른다. 머나먼 미래에 다다를 수 있는 사람들이. 그 마음을 확인하는 건 이미 불가능하지만.

그리고 이제는 삼촌의 가설이 옳다는 걸 세상을 향해 증명할 수단도 없다.

설령 대량의 통신기기를 준비한다 해도 그 선로는 이미 제거되어 아스팔트로 뒤덮였다. 노조미 옆으로 다른 신칸센 열차를 달리게 하는 건 이제 불가능하겠지.

신칸센 말고 개인의 힘으로 시속 300킬로미터를 실현할 수 있는 물체는—

"있다."

신칸센의 경우처럼 막대한 인원과 자금이 필요하지도 않고, 시속 300킬로미터 속도를 낼 수 있는 교통수단. 그런 교통수단으로 딱 하나 떠오르는 게 있었다.

"무슨 메모였어요?"

혼잣말을 들은 호리 선생이 책장 사이로 얼굴을 불쑥 내밀었다.

"아마…… 타임머신을 만드는 방법 같아요."

* * *

여기부터는 노조미 123호 밀레니엄 메모리얼 로드입니다.

차량 출입은 삼가주십시오.

나는 안내 간판과 차량통행 금지 표지를 피해서 오토바이를 타고 침입했다. 고등학교 때와는 다르게, 이제 갓 면허를 딴 대형 이륜이었다.

등에 멘 배낭 속을 가득 채운 것은 충전을 끝낸 경량 스마트폰 169대. 웨스트백과 라이더재킷에 넣은 것까지 포함하면 다 해서 200대. 열 폭주를 방지하기 위해 샌드위치처럼 사이사이에 냉각재를 끼워뒀지만 일시적인 안심에 불과할 것이다.

인터넷에서 구형 중고 스마트폰을 긁어모으고, 페이퍼컴퍼니를 만들어 대량의 전화 회선을 계약했다. SNS로 대량의 데이터 통신을 상호 반복시키는 프로그램은 외주로 의뢰했다.

단지 기계끼리의 통신을 승객 간의 통신으로 인식할지는 의문이었다. 만약 실패하면 수많은 쥐들에게 스마트폰을 동여매 똑같은 시도를 해야 한다는 각오까지 되어 있었다.

의연금과 저금도 모두 깼다. 삼촌에게 물려받은 책의 대부분을 헌책방에 팔아 가까스로 이 정도까지 마련할 수 있었다.

가족협회 사람들에게 도움을 요청하면 모든 게 훨씬 수월하게 진행됐을지도 모른다. 열차 방문 횟수가 다시 잦아진 나를 다케시 씨가 따뜻하게 맞아줄 때마다 몇 번이나 마음이 흔들렸지만, 신칸센 납치 사건의 전말을 고려하면 타인의 도움은 받을 수 없었다.

게다가 질투심 때문에 수학여행에 빠진 나의 과오가 아니던가. 아무것도 모르는 아마노가 마음을 쓰게 만들었고, 그것이 SNS의 탁류를 일으켜 그 현상을 불러온 것이 아닌가. 그렇게 반 친구들과 800명이 넘는 승객들에게서 10년을 빼앗고, 가족과 친구와 이별하게 만들고, 가정을 파괴하고, 수많은 비극을 불러왔으니 속죄할 길이 있을 리 없겠지만 이 한 몸 바치는 게 최소한의 속죄다. 더 이상 누군가를 끌어들여 새로운 희생을 치르게 할 수는 없었다.

다만, 설정해둔 시간에 호리 선생 앞으로 FEEL이 가도록 해놓았다. 그것은 삼촌의 가설과 내가 시도한 계획의 전모를 밝히고 가족협회에 전해달라는, 일종의 유서였다. 돌아올 거라는, 적어도 그들이 살아 있는 시대에 돌아올 수 있을 거라는 생각은 하지 않았다. 내 스마트폰은 나기하라의 본가로 보내버렸다. 비밀번호도 동봉했으니 출소 후에 얼마든지 아마노의 사진을 복구할 수 있을 것이다.

차량에서 10킬로미터 지점, 그 아스팔트 위, 새벽 4시. 사람은 보이지 않았다. 호기심 많은 사람이 조깅하러 들어오기도 하는 이 길에는 입구가 여러 개 있었지만, 어제 미리 가짜 간판으로 봉쇄해두었다.

엔진을 고속으로 회전시켰다. 생명을 불어넣은 오토바이의 기어를 1단으로 넣었다.

달리기 시작한 기계는, 졸업식을 마치고 밤길을 달려왔던 때처럼 확실한 진동을 내게 전해주었다.

그 확실함이 사그라지지 않게 힘차게 발끝을 들어 기어를 올렸다.

어제, 아마노를 다시 만나러 갔었다.

저속화된 차량 안에 있는 그애의 자세는 졸업식 후 보러 갔던 그날 밤과 변함이 없었다.

그러나 달라진 점도 있었다. 그때, 아직 어디로 보낼지 숨기듯이 망설이고 있던 그애의 손가락이 '나기하라 사리' 쪽을 선택하고 있었다. 아마노는 자신의 승전보를 가족에게 먼저 알리려 했다. 착시일지 모르지만, 꼭 다문 그애의 입매는 상대의 반응을 기대하는 듯한, 그런 미소를 머금고 있는 것처럼 보였다.

나의 마지막 각오가 확고하게 다져진 것은 그 모습을 본 순간이었다고 생각한다.

속도계가 100킬로미터에서 150킬로미터를 향해 움직였다. 아이콘의 보정 덕분에 시야가 좁아지지는 않았다.

만약, 만약에 내가 지금도 아마노를 사랑하고 있다면 분명 이런 선택은 할 수 없었을 것이다. 사랑하는 사람을 구하기 위해 홀로 미래를 향해 자살 행위를 시도하고, 돌아오지 못해 그 사람을 두 번 다시 만날 수 없을지도 모른다니, 분명 두려워서 견딜 수 없었을 것이다.

만약, 만약에 내가 지난 10년 사이에 나기하라에게 사랑을 품고 그녀의 마음을 얻고 싶었다면, 분명 이런 선택은 할 수 없었을 것이다. 그렇게 허망하게 이별한 채로, 홀로 미래를 향해 자살 행위를 시도하다니, 분명 두려워서 견딜 수 없었을 것이다.

그런데 그 어느 쪽도 아니었다.

나는 아마노와 다시 만나 같은 시간을 보내고 싶었다.

나는 나기하라와 다시 만나 얘기를 나누고 싶었다.

그러나 그 이상으로 원하는 게 있었다. 나는 아마노와 나기하라를 만나게 해주고 싶었다.

수학여행을 피해, 아마노를 피해 도망쳤고, 묘비가 세워지는데도 손 놓고 바라보며 2700년 후 공상의 세계로 도망쳤던 나 같은 놈보다는.

방망이를 휘두르고, 포클레인을 몰고, 유인체 계획을 호소하며, 아마노를 되찾아오려 애썼던 나기하라.

나기하라야말로 아마노와 재회해야 마땅하다, 재회해야만 한다, 그런 마음이었다.

오토바이의 속도계가 시속 250킬로미터에서 망설이듯 앞뒤로 살짝 흔들리다, 마침내 결의를 다진 듯이 가속이 붙었다.

신칸센과 같은 속도로 휙휙 스쳐 지나는 풍경을 예전에도 분명 차창 너머로 보았을 것이다.

내가 이야기를 만들고 아마노가 그림을 그린 만화 원고를 품에 안고, 기대감에 부풀어 도쿄의 출판사를 찾아갔을 때 바라봤던 차창. 가는 출판사마다 역할을 부정당하고 그 분함에 짓눌려 잠든 척 기댔던 차창. 인생에서 단 두 번뿐인 신칸센의 차창.

숲이, 주택이, 공장이, 다리가 휙휙 스쳐갔다. 10년이 넘는 세월이 지났으니 조금은 모습이 변했을 것이다.

그러나 나는 그 차이를 알 수가 없다.

후려치는 듯한 풍압에 꼼짝도 할 수 없다. 통증의 감각조차 사라질 지경이다. 제발 장갑 아래로 느껴지는 가속기 감촉만은 마비되지 않게 해달라고 기도한다.

앞으로 숙인 자세라 등 뒤에서 심상치 않은 무게와 열기가 느껴진다. 허리 언저리에는 웨스트백의 열원熱源. 내 몸이 열 덩어리가 된 걸 실감할 수 있다. 내가 통째로 발화하는 건 아닐까 하는 생각마저 든다. 그래도 그 열량이야말로 대량의 텍스트와 이미지가 오고 가는 봇Bot 활동의 증거라 믿고, 계속해서 속도를 높여갔다. 언젠가 봤던 세계를 뒤에 남겨둔 채.

아이콘 시야로, 수없이 봐서 눈에 새겨져버린 그 불길한 하얀 꼬리가 날아들었다.

곧이어 노조미의 마지막 차량에 도달하고, 그리고 앞질러 갈 것이다.

만약 계획이 실패하면, 시속 300킬로미터인 오토바이는 순식간에 선두 차량에 다다르고 그대로 지나쳐, 내 시야에서 열차가 사라질 것이다.

거대한 하얀 몸체의 그림자로 들어섰다. 눈 깜짝할 사이에 앞질러 가는 것이 몇 번째 차량인지 헤아릴 수 없다. 속도가 300킬로미터를 밑돌지 않게 속도계 바늘에만 시선을 고정시키느라 고개를 옆으로 돌릴 수도 없고, 한 량씩 추월해가는 시간이 너무나 빠르다.

그런데도 나의 감각이 이상해져서 고작 15량 길이를 지나면서도, 시간이 왜곡되지도 않았는데, 영원처럼 길게 늘어진 시간 속에서, 환각일까, 창 너머로 서리가 내리는 듯했고, 그리고 신칸센 앞머리가 보였고,

—소리가, 들렸다.

덜컹, 덜컹, 선로를 밟는 소리가.

노조미 123호가 가속하거나 이쪽이 감속하거나 둘 중 하나가 일어나지 않는 한, 있을 수 없는 일이었다. 속도의 일치. 같은 시간이 흐르는 세계로의 합류.

그 순간, 낮추고 싶은 생각이 들었다. 가속기를 풀고 기계의 속도를 낮추고 싶다는, 예상치도 못한 발작에 별안간 사로잡혔다.

고속이동 하는 물체를 낚아채는 현상은 어쩌면 지금 오토바이의 속도를 급감시키면 내게서 멀어질지 모른다. 속도를 낮추면, 그 불길한 현상에서 도망칠 수 있을지 모른다. 오른손만 느슨하게 풀면, 기어만 내리면.

나기하라에게 사진을 보내려고 하는 아마노의 미소가 뇌리를 스치고 지나갔다.

안 돼. 아직 더 최대한으로 당겨야 해. 노조미에게서 놈을 떼어내지 못하는 한, 겁을 먹고 움츠러들어선 안 돼. 지금 속도를 낮추면 모든 게 물거품이 될 거야.

선로 위를 덜컹거리는 그리운 소리가 사라지고, 귀울음처럼 나지막한 울림이 시작되었다. 환청이었을까, 아니면 노조미가 또다시 저속화되어버린 걸까. 그게 아니었다. 이건 분명 길게 늘어난 소리였다.

그리고 솟구친 것은 회오리바람과 비슷했다.

빛보다 빠르고 눈 깜박임보다 짧은 찰나, 흰 용의 배가 내 왼쪽 시야의 절반을 채웠고 / 환영일까 / 눈 깊이 아로새겨진 / 서리 속 / 스마트폰에서 얼굴을 들고 / 창밖을 바라보는 소녀와 / 시선이 마주쳤다 / 사라지고,

이쪽의 속도계는 300킬로미터인 채로 변함이 없었다.

소리는 더 이상 들리지 않았다.

찰나의 한순간, 그 꼬리가 지평선 저 너머로 스미듯 빨려드는

모습이 보인 것 같은 기분이 들었지만.

노조미는 가버렸다.

흔적조차 없이 사라지듯이. 달려가는 모습을 눈으로 확인할 수 없었던 것, 그것이야말로 내가 성공했다는 증거였다.

그것이 신칸센 대신 내가, 감속 세계에 남겨졌다는 방증이었다.

가속기를 풀고 속도를 낮춘다. 270, 250, 200. 그것은 어쩌면, 나에게 들러붙은 저속화를 떼어낼 수 있을지 모른다는 어렴풋한 기대가 담긴 감속이었지만.

내가 눈을 깜박이고 있다고 느꼈고, 실은 그게 아니란 걸 깨달았다. 밤낮이 바뀌고 있었다. 170, 130, 100. 그 사실을 내 뇌가 다 처리하기도 전에 깜박임의 속도가 더욱 빨라져서 인식할 수 없게 되었고, 이윽고 아침과 밤이 뒤섞인 잿빛으로 변했다.

2600만 분의 1의 세계.

나는 1초간 숨을 들이마시는 것만으로 300일이 사라지는 세계에 있었다.

희망적인 관측은 산산이 부서졌다. 한번 감속 세계에 걸려들면, 오토바이 속도를 낮춰도 탈출할 수 없었다. 멈춰 서도 분명 마찬가지겠지.

바깥세상과 유리창으로 가로막히지 않은 나라면, 2600만 배로 흘러가는 세계의 속도를 지켜볼 수 있을지도 모른다. 만약 그렇다면 리켄 연구소에서든 나사에서든 아니면 나의 지인이든 저속화

된 나를 구경하러 온다면, 내 시야에 몇만 몇십만 분의 1초 정도의 흔들림은 주겠지. 그러나 초인도 뭣도 아닌 내게는 그것을 감지할 능력이 없다. 친척도 없는 내가, 죄인인 내가 그런 걸 바라면 주제넘다는 것도 잘 알고 있었다.

눈 아래 나무들이 살아 몸을 일으키는 듯한 속도로 자라났고, 멀리 보이는 빌딩이 눈 깜짝할 새 솟구치며 하늘을 찌를 듯한 높이로 변해갔다. 아득히 먼 산들이 찰나의 순간, 주홍빛으로 번뜩이듯이 보인 것은 단풍이었을까.

문득 시선을 들자, 비현실적으로 화려한 색깔이 하늘을 네모나게 도려낸 걸 알 수 있었다. 그것이 뭔지 몰라 한순간 겁을 먹고 나서야 정체를 알아챘다. 그것은 분명 비치파라솔이나 텐트 종류, 내가 비를 맞지 않게 누군가가 거기 놔준 것이었다. 1초에 300일, 고속으로 나를 내리칠 빗방울로부터 내 몸을 지켜주기 위해. 그리고 그 누군가는 내가 탄 오토바이가 나아갈 때마다 파라솔을 조금씩 앞으로 옮겨주고 있다. 며칠이나, 몇 주나, 몇 개월이나.

나는 한순간, 눈을 감았다.

울지 않겠다고 다짐했다. 눈물을 흘렸다간 그 한심한 얼굴이 몇 년이고 몇백 년이고 남들에게 구경거리가 될 테니까. 아무리 모자란 나지만 누군가에게 그런 표정을 보이고 싶지는 않았다. 아마노나 나기하라에게는 더더욱. 최소한 내가 자랑스러운 표정을 지어 보일 수 있기를.

＊ ＊ ＊

안개 속에서 소년을 이끌어준 것은 한 줄기 빛이었다. 시야 끄 트머리에서 빛나는 뭔가를 발견한 소년은 한 발, 또 한 발 그쪽으 로 다가갔다.

쏟아지는 햇빛을 받아 반짝이는 것은 '영원한 벽'의 정상이었다.

벽을 발견한 소년은 가슴이 뛰었다. 드디어 용이 지척에 있는 것이다. 소년은 자세를 낮추고 발밑을 살폈다. 얼마 후 소년은 신 철을 잃어버린 길을 거슬러 올라가 그 장소를 찾아냈다.

용의 꼬리였다. 둥그스름해서 신체의 그 어떤 부분보다 생물체 처럼 느껴지는 뒷모습.

그는 안개 속에서 길을 잃지 않으려고 거대한 용의 몸에 손을 얹고, 손끝의 촉감에 기대어 용의 머리 쪽을 향해 옆걸음으로 걸 어갔다. 그는 '그림' 하나하나에 시선을 던지고, 기억과 맞춰보는 것도 잊지 않았다. 각각의 그림은 분명히 앉아 있던 사람이 일어 서기도 하고 잠들어 있던 사람이 하품을 하는 등 그가 알고 있던 모습과는 달라져 있었지만, 그래도 옛날과 같은 사람들이었다. 그 리니 용의 꼬리부터 보기 시작해서 몇 번째 '그림'인가를 제대로 헤아려간다면, 실수 없이 자기가 좋아했던 한 장을 찾아낼 게 틀 림없었다.

414

소녀는 지금 어떤 표정을 짓고 있을까. 간절히 기다리던 목적지에 도착해 부드러운 미소를 머금고 있을까. 눈빛을 반짝이고 있을까.

하나하나 헤아려 드디어 도착한, 어린 시절부터 동경했던 한 장의 '그림'. 그런데 그 소녀는 보이지 않았다.

아주 먼 옛날부터 그곳에 있었던 다갈색 눈동자의 소녀는 사라지고 없었다. 안쪽에 조그맣게 보였던 다른 몇 사람만 남기고, 원래부터 거기에는 좌석밖에 없었다는 듯이, 소녀 혼자만 사라지고 없었다.

멍하게 '그림' 앞에 서 있는 소년의 마음을 휘젓듯이, 가슴이 두근거리는 경쾌한 음악이 안개 속으로 흘러나오기 시작했다. 설령 '용'이 생물체는 아니라 해도 이것이 용의 임종의 노랫소리라는 건 믿을 수 있겠어, 소년은 그렇게 생각했다. 몸의 절반을 잃은 듯한 통증을 느끼면서.

이것이 기적인 걸까. 마법 같은 이별이야말로—

소년은 이별을 기적이라고 부르는 건 받아들일 수 없었다.

* * *

다시 눈을 떴을 때, 시야에 들어온 것은 시속 60킬로미터를 가리키는 속도계.

귀에 들어온 것은 들려서는 안 될…… 또 하나의 엔진 소리.

미친 듯이 휘몰아치는 바람 속에서 그것이 바로 내 옆에 이르렀다.

환청인가 했지만, 무심코 눈길을 돌려 옆을 보고 말았다.

눈을 찌를 듯한 검정색과 연녹색, 생물체로 여겨지는 곡선, 미래적인 형태의 오토바이가 내 옆에서 나란히 달리고 있었다. 그 차체가 나를 추월하려는 듯 달리고 있었다.

"오지 마!"

나는 소리쳤다. 윙윙거리는 바람과 엔진 소리에 삼켜지지 않도록 있는 힘껏 소리를 질렀다.

나를 구하기 위해 누군가가 나와 똑같은 행동을 하려는 것이다. 자기를 유인체로 삼아 나를 보통의 시간으로 되돌리려고.

아니, 누군가라는 애매한 말로 얼버무리지 말자. 단 한 명의 인간을 위해, 미래를 향해 오토바이로 특공 작전을 펼칠 만큼 무모한 사람은, 내가 잘 아는 그녀밖에 없다. 이 일에 연루시킬 수는 없다. 두 사람을 또다시 뿔뿔이 떼어놓을 수는 없다.

구원자를 내게서 떼어내기 위해 다시 기어를 바꾸며 속도를 높이려고 결심한 순간이었다.

아무런 전조도 없이, 등 뒤에서 펑 하는 소리가 울리며 순식간에 열기가 덮쳐왔다. 배낭에 꽉꽉 들어차 막대한 데이터 통신을 주고받던 스마트폰들이 마침내 한계에 다다른 것이다. 나는 반사적으로 급브레이크를 잡고 말았다. 오토바이가 멈춘 순간, 산산조각이 날 것 같은 충격이 온몸을 덮쳐왔다.

그런데도 정지하자마자, 화상을 입어가는 등을 보호하기 위해 거의 본능적으로 배낭을 벗어 던졌다. 아스팔트 위에 던져진 배낭은 일부가 타서 하얀 연기까지 피어올랐다.

조금 앞쪽에서 다른 한 대의 브레이크 소리가 들렸다. 퍼뜩 정신이 들어 시선을 던지자, 멈춘 오토바이에서 내린 인물이 이쪽으로 한 발, 두 발 다가왔다.

그 걸음걸이는 내가 보기에 특별히 빠르지도, 특별히 느리지도 않았다. 나와 상대는 같은 시간의 흐름 속에 있는 게 틀림없었다.

와버렸구나, 이 시공으로. 두 사람이 동시에 감속 세계에 갇혀버리다니, 그녀에게서 몇백 년, 몇천 년을 가로채버리다니, 나는 결코 원치 않았는데.

초조함에 힘이 빠져버린 내 앞에서 상대가 손을 쓱 들어 올리며 내 뒤쪽을 가리켰다.

그녀가 말없이 가리킨 것은 내가 조금 전까지 오토바이를 타고 달려왔던 방향이었다. 뒤를 돌아보니, 위쪽 부분이 원뿔형으로 생긴 소형 로켓 같은 물체가 보였다. 공중에 정지한 것처럼 보였는데 정지가 가능할 리 없다. 그 비행기처럼 '저속화'된 거겠지.

자기 오토바이가 아니라 저기에 통신기기를 가득 채워서, 내게서 저속화 현상을 떼어내는 유인체로 삼은 것인가.

나는 노조미 열차에서 저속화 현상을 떼어내기 위해 바로 옆에서 유인체(오토바이)를 달리게 했지만, 수직으로도 유인체(로켓)를 띄우는 방법이 있다는 데는 생각이 미치지 못했다.

그 로켓 너머의 동쪽 하늘에서 아침 해가 떠오르는 광경을 나는 보았다. 이제 보니 이미 날은 밝아 있었다. 낮과 밤이 어지럽게 뒤섞이던 잿빛 하늘이 아니었다. 눈이 빙글빙글 도는 밤낮의 교대가 사라졌다.

우리는 감속된 세계에 있는 게 아니었다.

나는 보통의 시간 흐름으로 돌아온 것이다. 그녀가 하늘로 쏘아 올린 새로운 유인체의 도움으로. 그녀는 단지 내가 보통의 시간으로 돌아왔다는 사실을 알려주려고 오토바이를 타고 찾아온 것이다.

그것을 이해한 순간, 심장이 방망이질했다. 고개를 돌리며 360도를 둘러보고 말았다.

돌아온 건 좋다. 그렇지만 돌아올 때까지 세월이 얼마나 흘렀는지는 여전히 알 수가 없었다.

멀리 주택이 보이고, 상업시설이 보이고, 테마파크로 가는 간판이 보였다.

최소한 인류의 문명은 아직 멸망하지 않았다.

그렇다, 몇십 년씩이나 흘렀을 리가 없다. 그도 그럴 것이 그녀에게 시선을 돌리자, 이쪽으로 다가오며 헬멧을 벗은 그 모습은,

절대 잊을 수 없는, 미친개와도 같은 그 반가운―

아니다.

"머리가……"

나는 나지막이 중얼거리고 말았다.

얼굴은 나기하라와 판박이처럼 똑같았지만, 눈앞에 나타난 여자의 머리카락은 정신이 번쩍 들 만큼 붉은색이었다.

온화한 미소 또한 나기하라의 얼굴에는 떠오른 적이 없는 미소였다.

나기하라 사리의 딸인가, 손녀인가, 증손녀인가.

눈앞에 있는 상대는 대체 몇 세대 후의 인간이지?

확인하는 게 두려웠다. 쿵쾅쿵쾅 뛰는 심장 소리가 느껴졌다.

"처, 처음 뵙겠습니다."

그렇게 인사를 건넨 나는 최대한 우호적인 첫인상을 주기 위해 애써 웃는 표정을 지었다.

"나기하라 사리 씨의 자녀분인가요? 손녀분인가요? 아니면 좀더……"

멈춰 서서 고개를 살짝 기울인 상대는 내 얼굴을 뚫어져라 관찰한 후, 생각에 잠기는 몸짓을 했다. 그러더니 잠시 후 목례를 한 번 하고, 악수를 청하듯 손을 내밀며 말했다.

"처음 뵙겠습니다, 나기하라 사리의 고손녀의 고손녀의 고손녀입니다."

늦가을 같은 차디찬 바람이 우리 사이를 스치고 지나갔다.

나는 눈앞의 여자가 내민 손을 향해 머뭇머뭇 손을 뻗었다.

그러자 무방비 상태인 내 배로 난데없이 주먹이 날아들었다.

"그렇게 말할 줄 알았냐? 넌 사람 얼굴을 머리카락 색깔로만 구분해?"

내 입에서 신음 소리와 함께 말이 흘러나왔다.

"나기, 하라?"

"우리가 함께 지낸 세월이 몇 년인데 사람도 못 알아봐. 방송국에서도 안 때렸는데 결국 때려버렸네."

틀림없었다. 기분이 상한 듯한 그 표정은 나기하라 사리가 아닌 다른 사람일 리 없었다. 통증 때문에 몸을 꺾으며 내가 물었다.

"잠깐. 지, 지금 몇 년 후야?"

"흠, 잠깐만 눈을 떼면 시대는 너무 빨리 변해버리지. 네가 노조미를 이쪽으로 돌려보내고 채 2년도 지나지 않아서, 미군이 통신 장치를 가득 채운 무인기를 날려서 그때 그 비행기를 탈환했어. 나사는 캘리포니아인가 어딘가에서 자동운전 차량 100대를 폭주시켰고. 전 세계가 비슷한 실험을 하면서 그것과 커뮤니케이션을 하려고 경쟁하고 있지. 나사 쪽의 가설로는 속도를 언어 삼아 문명과 접속하려는, 지구 밖에 있을지도 모르는 생명체와의 퍼스트 콘택트라는 거지. 뭐, 믿거나 말거나."

"그러니까, 몇 년이냐고!"

"인사에서 대뜸 2700년을 건너뛰다니, 쯤! 대체 어떤 척도로 살았던 거야. 아 참, 느려졌을 때 서리 같은 거 봤나? 그거 본체本体래."

"나기하라, 나기하라 사리 씨! 착각한 건 사과할게! 제발 지금이 서기 몇 년인지나 알려줘!"

나기하라는 심술궂은 눈길로 이쪽을 바라본 후, 한숨을 한 번 내쉬고 말했다.

"네가 출발한 뒤로 지금이 3년 3개월째인가."

대답이 머릿속으로 스며들기까지 시간이 조금 걸렸다.

각오했던 것보다 훨씬 짧은 시간이었다. 안도감에 온몸에서 힘이 쭉 빠져버린 나는 그 자리에 털썩 주저앉았다. 아스팔트에 스민 밤바람이 살갗을 싸늘하게 식혔다. 헬멧을 벗어 던지고 숨을 몰아쉬자, 갇혀 있던 열기가 안개처럼 흩어지며 시원한 공기가 뺨을 때렸다.

자연스럽게 다음 질문이 입 밖으로 흘러나왔다.

"다들…… 어떻게 됐어?"

"2학년 녀석들은 다 같이 학교로 돌려보냈는데, 교과 과정이 바뀌어서 죽을 만큼 고생했나 봐. 가족협회도 일상을 되돌리는 데 필사적이라 해산했지. 신칸센 납치는 대체로 집행유예가 선고됐고, 그렇지 않은 사람도 일찍 나올 수 있을 거야. 신칸센, 비행기, 고속도로도 원상 복귀했고, 자기부상열차도 개통한대."

나는 나기하라의 말을 하나하나 음미했다.

"그렇구나, 정말로 모두 돌아왔구나. 끝났네, 전부."

"그건 그렇고, 아마노가 어떻게 됐는지는 안 물어보냐?"

"10년 사이에 만화 그리는 소프트웨어도, 유행하는 그림풍도 많이 변했다. 만회하려고 필사적으로 노력 중이다. 아니야?"

"그건 1년 전에 넘어섰어. 벌써 캔터베리에 연재해서 SSP 2천만…… 뭐, 그것도 3년 전에 네가 떴으니 알 리가 없겠지."

귀에 익지 않은 어휘가 뒤섞여 날아왔지만 신경 쓰지 않았다. 아마노가 돌아온 것이다. 그리고 옛날과 다름없이 앞을 향해 달리고 있다.

내 입에서 푸하하하, 웃음소리가 흘러나왔다.

나기하라는 그런 나를 향해 대수로운 얘기도 아니라는 듯이 덧붙였다.

"그리고 네가 쓴 용 어쩌고 하는 거, 사정을 설명해주고 아마노에게 읽혔더니 '아무래도 이건 좀 깬다' 그러더라."

"설마! 해도 되는 게 있고 안 되는 게 있지!"

웃음이 사라져버렸다. 방심하자마자 곧장 생지옥행이라니.

2700년 후라면 또 몰라도, 10년 후에 당사자가 읽게 될 줄은 상상도 하지 못했다.

"내친김에 학년 전체에 돌렸는데 여자애들은 대체로 악평이었어. 남자애들은 '그 후시구레가……' 뭐 대충 그런 분위기였고."

"으윽…… 원래 시간으로 돌아가기 싫어진다."

나는 주저앉은 채, 손으로 얼굴을 덮어버렸다.

출발하기 전에 투고 사이트에서 삭제했어야 했다. 그렇지만 보통은 학년 전체에 돌리는 그런 악마적인 생각은 못하니까. 그렇지 않아도 저속화의 주범으로 모두에게 미움을 받을 텐데. 나는 불현듯 안 좋은 예감이 떠올라 얼굴을 들고, 머뭇머뭇 물었다.

"혹시 나기하라 너 혼자 마중 나온 건, 내가 종기 취급당해서 그런 건가?"

"그럴 리가 있나. 널 구해내려면 여러 법률들을 위반해야 하기 때문에 공공연하게 나서서 참여할 수 없었을 뿐이야. 로켓에 링유를 빵빵하게 채워서 쏘아 올리는 것도 나 혼자 힘으로는 불가능해. 오늘, 좀 있다 나고야에서 너를 둘러싸고 축하파티를 할 거야. 반 애들이랑, 다케시 씨랑, 가족협회였던 사람들이랑, 학교 관계자까지 다들 모여서. 이것도 먼저 줄게."

그녀가 건넨 것은 내 스마트폰이었다.

전원을 켠 순간, 말도 안 되는 일이 일어났음을 알았다. 알림이 9999+로 표시되어 있었다.

여전히 멍한 머리로 화면을 내렸다.

눈으로 날아든 것은 엄청난 양의 글과 사진. 손가락으로 더듬어 가는 사진 속에는 모두가 함께한 수학여행보다 뒤에 열린 행사, 학교 축제, 체육대회, 졸업식 사진까지 다 포함되어 있었다.

아무리 스크롤을 내려도, 소년소녀들의 웃는 얼굴이 끊임없이 이어졌다.

나는 그 눈부심에, 글썽이는 눈을 가늘게 뜨고 몸을 살짝 떨었다.

"그 정도면 고맙다는 말 일일이 안 해도 알겠지? 28명 플러스 알파가 3년 3개월 동안 보낸 거야. 한 달은 볼 수 있을걸?"

그녀가 주저앉아 있던 내 팔을 강제로 잡아끌며 일으켜 세웠다. 그렇지만 곧바로 내 등을 있는 힘껏 내리쳐서, 나는 또다시 휘청거리다 주저앉을 뻔했다.

"2700년을 10년으로 줄였어. 당당하게 가슴 펴. '타임머신을 만들었다'고 자랑할 수 있잖아!"

직접 대놓고 그런 말을 하니 얼굴이 화끈 달아올라서 나는 얼른 화제를 바꾸었다.

"저기, 그 빨간 머리, 혹시……"

"아마노가 지금은 이쪽이 더 어울린다고 해서."

"시스터 콤플렉스는 여전하네."

"어쩔 수 없잖아. 그런 노력파가 원하는 걸 무시할 수도 없고."

쑥스러워하기는커녕 오히려 살짝 자랑스러운 듯이 우쭐거려서 중증이라는 생각이 들었다.

"내가 출발하고 시간이 꽤 지났는데 전혀 변하질 않았네. 나이 헛먹은 거 아니야?"

내가 농담처럼 본심을 전하자, 헬멧을 쓰며 아무렇지도 않은 듯이 태연하게 받아쳤다.

"나 혼자만 나이 먹고 싶진 않았으니까. '오토바이로 좀 달리면서' 조절했지."

흘려들을 수 없는 말이었다. 분명 서른이 가까운 나이치고는 너무 젊게 보였다. 내 착각이 아니라면, 불을, 전기를 맨 처음 손에 넣은 인류처럼, 신조차 두려워하지 않는 짓들을 하고 다녔다는 말처럼 들렸다. 그러나 지금 모든 걸 이해하기에는 시간이 너무 부족했다. 나중에 차근차근 물어야겠다고 생각했다.

"아 참, 깜박했는데."

그렇게 말을 이으며 그녀가 헬멧을 이쪽으로 던졌다. 받아든 무게 때문에 내가 허둥거리고 있는데, 그녀가 자기 오토바이에 시동을 걸며 말했다.

"네가 쓰다 만 용 그거, 나랑 아마노가 마음대로 이어 써서 끝냈다. 집에 가서 읽어."

"뭐?"

허를 찔린 내가 쩔쩔매는 사이, 그녀는 벌써 앞을 바라보고 있었다.

나도 허둥지둥 헬멧을 쓰고 내 오토바이에 올라탔다.

물어보고 싶은 말은 많았지만 이번에야말로 떨어지지 않게, 이번에야말로 따라잡을 수 있게.

엔진에 불을 붙였다. 문명과 지적 생명을 증명해낸 충실한 불꽃이 다시금 포효를 내질렀다.

"고맙다."

"어? 뭐라고?"

두 개의 엔진 소리에 속삭임 정도의 작은 소리가 뒤섞인 듯한 느낌이었다. 그러나 다시 물어도 그녀는 뒤도 돌아보지 않았다.

"얼른 따라오기나 해. 우물쭈물하면 그냥 두고 간다."

* * *

사라져버린 게 믿기지 않아 소녀가 없어져버린 그림만 바라보던 소년은 어느새 안개가 깨끗이 걷혔음을 깨달았다. 차체 주변만이 아니었다. 돌아보니 '영원한 벽'도 가까이 보였고, 비바람과 천둥 후에도 여전히 그 위용을 유지하고 있어서, 거기에 적힌 무늬의 변함없는 아름다움에 또다시 넋을 잃었기 때문에 곧이어 일어난 상황에 소년은 몹시 놀라고 말았다.

벽에 새겨져 있던 대량의 무늬가 벽에서 생물처럼 미끄러져 나온 것이다. 유리 속에 갇혀 있던 투명한 무늬와 무늬, 그 소녀가 문자라고 불렀던 것들이 공중에서 풀어지고, 서로 뒤엉키고, 뒤섞이고, 저쪽에서 튀고, 이쪽에서 구르고, 저쪽에서 소용돌이를 만들고, 이쪽에서 거꾸로 휘몰아치고, 미친 듯이 춤추고, 끝도 없이 부풀어 오르나 작렬했다. 그야말로 빛의 홍수를 연상시키며 문자가 쏟아져 내렸고, 세상은 눈부신 빛으로 휩싸였다.

찬란한 빛에 눈이 아찔해졌던 소년이 머뭇머뭇 서서히 눈을 떴을 때, 지평선 저 너머까지 이어졌던 초원은, 2700년 후의 푸른 들판은, 이미 거기에 존재하지 않았다.

땅울림과 함께 대지가 갈라졌다. 영원한 벽 아래에서 마치 물줄기가 솟구쳐 오르듯 헤아릴 수 없이 많은 초록색 통들이 뿜어져 나왔다. 그것은 여기저기에서 일제히 싹을 틔우고, 눈 깜짝할 새에 줄기를 뻗기 시작했다. 이윽고 서로서로 잎을 펼치며 하늘을 덮고, 우거진 나뭇잎에서는 과일이 매달리며 시시각각 그 형상을 드러냈다. 하늘을 덮은 어린잎들의 사이로 쏟아진 햇빛은 몇 개나 되는 천장 등燈으로 모습을 바꿨고, 그 불빛에 진실이 밝혀졌다. 가지 끝에 매달린 탐스러운 과일 열매는 흐물흐물 부풀어 오르며 스피커로, 역 이름 표지판으로, 또는 전광판으로 모습을 변모시켰고, 수십 그루의 커다란 나무는 콘크리트 기둥이 되어 지붕을 떠받쳤다.

한 기둥 뒤에서 막 날아오르는 새가 보였다. 황금빛 봉황, 누군가의 졸업증서에 새겨졌던 영원의 새가 날개를 가다듬고, 날갯짓하던 황금빛 깃 속에서 벤치가 만들어지고, 엘리베이터가 생기고, 키오스크가 생겨나고, 봉황은 저 먼 하늘로 사라졌다.

용의 노래 같은 게 아닌, 그 그리운 도착 멜로디가 영혼을 재촉하듯 울려 퍼지는 플랫폼에 소년은 서 있었다. 그곳은 사람들 훈김의 열기까지 느껴질 정도로 수많은 사람들로 넘쳐났다. 노인이 있고, 어른이 있고, 아이가 있었다. 세월이 흘러도 당신은, 당신들은 누구도 방황한 나그네들을 잊지 않았다.

기적, 그렇게밖에 부를 수 없는 광경을 앞에 두고 너무나 압도되어 그 자리에 붙박여버린 소년의 시야 끝자락에서 그 일은 일어났다.

희고 거대한 용에게서 비늘 한 장이 벗겨지며 떨어지듯이, 몸서리를 치는 듯한 숨결을 내쉬면서 노조미의 문이 열린 것이다.

소년은 그쪽으로 걸음을 내디뎠다. 그는 확신했다, 거기에 누가 있는지.

그 순간을 간절히 기다렸다는 듯이 문에서 튀어나오는 그림자가 보였다.

교복 차림의 그림자는 바로 다갈색 눈동자의 소녀. 소년과 가로막힌 날들은 2700년이라는 세월에 비하면, 분명 찰나와도 같은 시간일 것이다. 이제 곧 너는 나를 향해 외치겠지.

"다녀왔어, 하야키!"

감사의 말

〈SF 연구회〉의 추억으로.

사카나가 유이치 씨가 무수한 작품들을 매력적으로 소개해주신 덕분에 저는 많은 SF 걸작들을 만날 수 있었습니다. 그리고 사카나가 씨가 「무인선無人船에서 발견된 수기手記」를 집필해주셨기에, 저는 같은 동인지를 통해 「매끄러운 세계와 그 적들」을 세상에 선보일 수 있었습니다.

후나토 가즈히토 씨가 사카나가 씨와 즐거운 〈SF 연구회〉를 만들어주신 덕분에 저는 그곳에 머무를 수 있었습니다. 후나토 씨가 어느 작가를 열심히 포교해주시지 않았다면, 저는 장편의 시작 부분을 읽으러 국회도서관에 가지도 않았을 테고, 후나토 씨가 『SF 매거진』을 통해 데뷔하지 않았다면, 우리가 경쟁하듯 소설을 쓰지도 않았을 겁니다.

소네 스구루 씨가 국회도서관에 다니며 잡지를 발굴해주지 않았다면, 저는 서적으로 만들어지지 않은 SF 소설의 대부분을 읽지 못했을 겁니다. 그리고 소네 씨가 동인지를 계속 만들어주지 않았다면, 상업지의 원고 의뢰가 없는 동안, 저는 꾸준히 작품을 발표할 수 없었을 것입니다.

슌민 가에루 씨가 국내의 옛 작품들을 추천해주지 않았다면, 일본 작가가 쓴 SF 중에 재미있는 소설들이 얼마나 많이 잠들어 있었는지 여전히 알지 못했을 것입니다. 그리고 슌민 씨가 쓴 「전천녀연기戰天女緣起」를 읽지 못했다면, 저는 「홀리 아이언 메이든」 이후의 몇몇 작품들은 쓰지 못했을 것입니다.

미나즈키 소바 씨가 사이버펑크의 애독자가 아니었다면, 저 역시 『매미의 여왕』이나 『스키즈매트릭스』를 도쿄 고서점까지 사러 가지도 않았겠지요. 그리고 미나즈키 씨가 「에도의 꽃」을 쓰겠다고 약속해주지 않았다면, 저는 「싱귤래리티 소비에트」를 완성할 수 없었을 것입니다.

다니바야시 마모루 씨가 〈SF 연구회〉의 회지 마감을 아슬아슬한 순간까지 기다려주신 덕분에 저는 「제로연대의 임계점」을 완성할 수 있었습니다. 다니바야시 씨가 어려운 부탁을 여러 번 들어주시고 저를 궁지에서 구해주셨기에 전업 작가가 아닌 저도 집필 활동을 이어나갈 수 있었습니다.

이 책의 발간을 앞두고 저의 모든 작품의 해설을 써주신 오모리 노조미 씨, 오가와 잇스이 씨, 오키시 다케히코 씨, 구사노 겐겐 씨, 구라타 다카시 씨, 도비 히로타카 씨, 도리시마 덴포 씨, 니시자키 겐 씨, 하세 사토시 씨, 히구치 교스케 씨, 야마기시 마코토 씨에게 감사의 말을 전합니다. 분에 넘치는 영광입니다. 여러분이 집필, 소개, 번역하신 작품군은 저의 피가 되고 살이 되었습니다.

『연간일본SF걸작선』을 오모리 씨와 함께 꾸준히 엮어주신 구사카 산조 씨에게. 두 분이 편집하신 연간 걸작선의 존재가 없었다면, 저는 집필을 그만두었을지도 모릅니다.

요코타 준야 씨에게. 제가 초등학교 4학년 무렵 처음으로 접한 일본 SF의 '단편' 작품이 요코타 선생님이 편집해주신 『주니어 SF선』이었습니다. 그 시리즈로 난생처음 평행세계를 알고 충격을 받은 인간이 첫 SF 단편집의 표제작으로 「매끄러운 세계와 그 적들」을 낸 소식을 전할 수 없는 점이 못내 안타까울 뿐입니다.

멋진 표지 일러스트를 그려주신 아카사카 아카 씨에게.
마지막까지 큰 힘을 보태주신, 편집, 교정, 교열을 맡아주신 분들에게.

나에게 SF를 읽고 사는 인생을 만들어주신 부모님과 남동생에게.
오래도록 나를 지지해준 파트너에게.

아무리 시간이 흘러도 신간을 내지 않는 저를 9년 동안이나 기다려주신 『소녀금구少女禁区』 독자 여러분에게.

그리고 이 책을 손에 들어주신 분들에게.
정말로 어쩌다 한 번씩 발표되는 단편을 읽어주시고, 단편집을 기대해주신 분들에게.
끝으로, 오늘에 이르기까지 SF의 역사를 만들어온 작가와 독자 여러분에게.

진심으로 깊은 감사의 인사를 올립니다.

2019년 7월
한나 렌

옮긴이의 말

　문학의 본질은 '비반복성'에 있다고 한다. '낯설게 하기'가 굉장히 중요한 가치라는 의미다. 그런 측면에서 볼 때『매끄러운 세계와 그 적들』은 문학적 본질에 매우 충실한 작품이라 할 수 있다. 무엇보다 한나 렌이라는 작가의 이름부터가 낯설다. 게다가 이 책은 그가 데뷔한 지 9년 만에 발표하는 첫 번째 SF 단편집이다. 그런데도 정식 출간 이전에 이미 중쇄가 결정되고, 이 주 사이에 5쇄를 찍는 선풍적인 인기를 끌며, 최고의 주목을 받는 SF의 기수로 떠오른 작가가 바로 한나 렌이다. 그는 천재가 넘쳐나는 SF계에서도 군계일학 같은 존재로 '2010년대에 세계에서 가장 SF를 사랑한 작가'라는 평가가 결코 과장된 표현이 아니었음을 이 한 권으로 여실히 증명해낸다.

이 책은 평행세계, 대체역사, 기술적 특이점, 뇌과학, 저속화 재난물 등 다양한 주제들을 다루고 있으며, 도저히 한 명의 작가가 썼다는 사실이 믿기지 않을 정도로 작품마다 다른 작풍과 문체를 선보인다. 탁월한 필치와 상상력으로 엮어낸 여섯 편의 작품은 SF를 향한 끝없는 동경이 낳은 기적적인 재능과 만반의 준비가 바탕이 된 놀라운 걸작들이다.

먼저 표제작인 「매끄러운 세계와 그 적들」은 무한한 평행세계를 의식만으로 자유롭게 넘나드는 '승각乘覺'이라는 독자적인 감각을 가진 사람들의 이야기다. 작품 도입부, 막 잠에서 깬 주인공이 여름과 겨울이라는 상반된 세상을 번갈아 본다. 시각화가 불가능한 모순된 정경을 문장으로 생생하게 묘사해내며 작품 세계의 기본 설정을 독자에게 무심한 듯 툭 던져놓는다. 그런데 극중 인물에게는 지극히 당연한 능력과 감각의 표현이 정작 독자에게는 강렬한 당혹감과 위화감으로 다가온다. 허구의 창작물인 '승각'을 소유하지 않았기 때문만은 아니다. 스스로 만들어둔 세상의 틀이 얼마나 경직되고 왜소했는지를 절실하게 실감할 수밖에 없기 때문이다. 처음에는 이해하기 어렵지만 중간부터 서서히 이해가 되며 세계가 열리는 쾌감, 즉 SF를 읽는 묘미를 맛보게 해주려는 의도였다고 작가는 말한다. 너무나 낯설지만 더없이 새롭고, 깊은 성찰의 기회까지 주는 뛰어난 작품이다.

두 번째 단편인 「제로연대의 임계점」은 한정적인 시대의 한정적인 목소리를 집약한 역사서 성격을 띤 비평 형식의 소설이다. 가공의 일본 SF 역사를 써 내려가면서 그 선조를 여성으로 설정한다. 일반적으로 SF의 시작은 메리 셸리의『프랑켄슈타인』이라 일컬어지는데, 어쩌면 일본에서도 그럴 가능성이 있었을지 모른다는 생각이 발상의 기점이었다고 한다.

1902년, 한 여학교에서 벌어진 어떤 상황에서부터 시작되는 이 작품은 도미에, 후지, 오토라 세 명을 중심축으로 하는 '일본 SF 1세대'와 일본 SF 여명기에 얽힌 일화의 진위를 가려낼 목적으로 쓰인 글이다. 가공의 역사를 풀어내듯 읽어가는 재미도 있지만, 눈길을 끄는 또 다른 점은 이 가공의 역사가 완전한 가공인 듯하면서도 그렇지 않다는 것이다. 일본 SF 여명기의 세 작가의 존재는 현실 SF 역사의 세 작가(호시 신이치, 고마쓰 사쿄, 쓰쓰이 야스타카)와 중첩되는 면이 있고, 또한 그 세 사람 사이가 꼭 좋지만은 않았다는 설정은 해외 SF의 세 작가(아시모프, 클라크, 하인라인)를 상기시키기도 한다. 이 책의 수록작은 전체적으로 SF 비평적인데, 그런 색채가 가장 분명하게 드러난 것이 바로 이 작품이다.

주목할 만한 다음 작품은 동인지에 소개되면서부터 큰 화제를 몰고 온 대체역사소설인「싱귤래리티 소비에트」다. 이 작품을 읽으면서 가장 놀랍고도 인상적이었던 점은 우리가 알고 있는 현실 역사가 허구로 덧칠해져버리는 충격과 불안, 그리고 마음 깊은 곳에서 솟구치는 흥분이다.

동서 냉전기에 양 진영의 위신과 과학적, 전략적 우월성을 걸고 경쟁한 우주개발. 인공위성 발사(스푸트니크), 유인 우주비행(가가린), 우주유영(레오노프)의 모든 면에서 소련에게 추월당한 미국에 남겨진 마지막 카드, 그것은 다른 천체, 즉 달에 인간을 보내는 프로젝트였다. 소련이 예산 부족으로 유인 달 탐사를 포기하자, 더 이상 맞설 상대가 없는 허무한 경쟁을 계속하며 막대한 예산과 고귀한 인명을 낭비했던 미국은 마침내 1969년 아폴로 11호로 마지막 순간에 위대한 승리를 거둔다. 여기까지가 실제 역사다.

그런데 「싱귤래리티 소비에트」에서 달 착륙의 영웅 암스트롱과 올드린, 그리고 그 위업을 생중계로 지켜보던 전 인류가 목격한 장면은 달에 우뚝 선 성조기가 한순간에 낫과 망치와 톱니바퀴가 그려진 적기로 변하는 광경이다. 소련은 이미 기술적 특이점을 돌파하고, 미국에 앞서 달에 도달한 것이다. 그것은 미국의, 나아가서는 자본주의 체제의 완전한 패배를 의미한다. 그리고 또한 우리가 알고 있는 현실 역사의 패배를 의미한다.

이 작품이 성공적인 부분은 현실과 허구를 대립시키고, 그것들이 서로를 침식하는 구도를 만들어낸 것이다. 이를 통해 우리가 알고 있는 역사를 허구로 전복시키고, 현실까지도 의심하게 만들며 우리의 기반 자체를 뒤흔든디.

끝으로 「빛보다 빠르게, 느리게」는 이 책을 마무리하는 가장 긴 작품이다. 신칸센을 습격한 '저속화'라는 미증유의 사건을 소재로 한 소설로, 현시점에서는 한나 렌의 최신작이기도 해서 지금까지의 작품에서 보여준 특징과 역량과 새로운 시도가 집대성된 결과물이다.

저속화로 인해 차량 안의 시간의 흐름만 2600만 분의 1의 속도로 저하된 상황, 승객의 주변인들과 사회의 묘사가 실제 상황처럼 너무나 사실적이다. 그런 만큼 해결책의 돌파구가 열리고, 엔딩으로 향하는 흐름에서 전해지는 고양감과 카타르시스, 청춘의 향기가 물씬 풍기는 깔끔한 결말이 더없이 상쾌한 여운을 준다.

이 스토리의 초점은 저속화라는 현상에 있다기보다 상상조차 하기 힘든 재난에 직면한 사람들이 그 재난을 상징하는 신칸센과 승객들에게 자기들이 원하는 '이야기'를 멋대로 투영해가는 양상에 맞춰진다. 얼어붙은 시간 속에 갇힌 승객들을 비춰주는 노조미 123호의 창은 '창밖의 인간'들이 원하는 '이야기'를 투영해내는 거울이라는 독특한 SF적 장치가 되는 셈이다. 그런데 정작 문제를 해결하고 세계를 개혁하는 주체는 나기하라로 대표되는 단순한 리얼리스트도, 삼촌으로 표현되는 단순한 로맨티스트도 아니다. '이 세계'와 맞서는 용기와 '다른 세계'를 꿈꾸는 상상력이라는 두 가지 상반된 태도를 융합하는 데 성공한 사람, 즉 하야키만이 세계를 바꾸는 진정한 기회를 손에 넣는다. 따라서 이 작품은 '다른 세계'를 갈망하는 상상의 도피행을 거쳐 '이 세계'로 귀환하는 하야키의 실존적 모험이라고도 해석할 수 있다.

그 밖에도 이토 게이카쿠를 오마주하며 뇌과학과 정체성을 다루고 있는 「미아하에게 건네는 권총」, 고풍스러운 아가씨 말투로 서간체 소설을 완성해낸 「홀리 아이언 메이든」 역시 고유한 색깔을 지닌 매력적인 작품들이다.

유한한 인간이 결코 도달할 수 없는 머나먼 미래를 동경하며, 무료하고 평범한 '이 세계'에서 벗어나 '다른 세계' '여기가 아닌 어딘가'에 도달하고자 하는 소망의 끈을 놓지 못하는 것은 어쩌면 당연한 결과다.

한나 렌 작품의 등장인물들도 때로는 다른 나, 다른 세계라는 가능성에 안이하게 뛰어들어버릴 것 같으면서도 최종적으로는 지금의 나와 이 세계를 받아들이기로 단호하게 결심한다. 이런 결말은 무한한 가능성을 인간 앞에 제시하는 SF적 상상력의 의의를 부정하는 게 절대 아니다. 오히려 SF적 상상력이 다른 나, 다른 세계의 가능성에 등장인물들을 직면시키기 때문에 그들은 자신과 이 세계의 소중함을 자각하고, 그것을 사랑할 수 있는 힘을 얻는 것이다. '세계에서 가장 SF를 사랑한 작가'는 SF를 사랑하는 것에 어떤 의미가 있는가라는 물음에 이 작품으로 그 대답을 대신한다.

2020년 11월

이영미

옮긴이 이영미

일본문학 전문 번역가. 아주대학교 국어국문학과를 졸업하고 일본 와세다대학교 대학원 문학연구과 석사 과정을 수료했다. 2009년 요시다 슈이치의『악인』과『캐러멜 팝콘』번역 으로 일본국제교류기금에서 주관하는 보라나비 저작·번역상의 첫 번역상을 수상했다. 그 외의 옮긴 책으로 요시다 슈이치의『도시여행자』『파크라이프』『사요나라 사요나라』『동경 만경』『나가사키』, 오쿠다 히데오의『공중그네』『면장선거』『팝스타 존의 수상한 휴가』, 히가시노 게이고의『옛날에 내가 죽은 집』, 미야베 미유키의『화차』, 아베 고보의『불타버린 지도』, 이마미치 도모노부의『단테 신곡 강의』등이 있다.

매끄러운 세계와 그 적들

1판 1쇄   2020년 11월 27일
1판 3쇄   2020년 12월 30일

지은이   한나 렌
옮긴이   이영미
펴낸이   김이선
편집   김이선 권은경 김미형
디자인   이강효
마케팅   이지혜 양혜림

 ˹곳   (주)엘리
  ᄅ   2019년 12월 16일 (제2019-000325호)
        04043 서울특별시 마포구 양화로 12길 16-9 (서교동 북앤빌딩)
       ʌlit@naver.com
         ˎ020
            ᴣ144 3803 (마케팅) 02 3144 2553

                        ˋ830